W0412901

Fantasy

Herausgegeben von Friedel Wahren

Von **Tom Holt** erschienen in der Reihe
HEYNE SCIENCE FICTION & FANTASY:

*Wer hat Angst vor Beowulf?* · 06/5059
*Der Fliegende Holländer* · 06/5079
*Wir haben Sie irgendwie größer erwartet* · 06/5107
*Der Ziegenchor* · 06/5191
*Der Garten hinter der Mauer* · 06/5192
*Liebling der Götter* · 06/5193
*Wenn die Zeit aber nun ein Loch hat ...* · 06/5326
*Im Himmel ist die Hölle los* · 06/5359
*Faust und Konsorten* · 06/5426
*Snottys Gral* · 06/5499
*Auch Götter sind nur Menschen* · 06/5630 (in Vorb.)

*Weitere Romane in Vorbereitung*

TOM HOLT

# Snottys Gral

*Roman*

Aus dem Englischen übersetzt
von
Kalla Wefel

**Deutsche Erstausgabe**

WILHELM HEYNE VERLAG
MÜNCHEN

HEYNE SCIENCE FICTION & FANTASY
Band 06/5499

Titel der Originalausgabe
GRAILBLAZERS
Übersetzung aus dem Englischen von
KALLA WEFEL
Umschlagbild: ANDREAS REINER

*Umwelthinweis:*
Dieses Buch wurde auf chlor- und säurefreiem Papier gedruckt.

Redaktion: Friedel Wahren

Die Erstausgabe erschien bei Orbit Books,
a Division of Little, Brown and Company (UK) Limited

Printed in Germany 1996
Umschlaggestaltung: Atelier Ingrid Schütz, München
Technische Betreuung: M. Spinola
Satz: Schaber Satz- und Datentechnik, Wels
Druck und Bindung: Elsnerdruck, Berlin

ISBN 3-453-10972-4

# 1

Es tobt ein heftiger Sturm.

Dabei begann alles mit einem ganz gewöhnlichen Jaulen der Geigen, doch dann folgte der vehemente Einsatz der Blechbläser, zu denen sich kurz darauf sämtliche Holzblasinstrumente gesellten, und erst vor kurzem sind die Kontrabässe und Tuben voll eingestiegen, wobei hin und wieder die Posaunen im Hintergrund aufflackern.

Ein gleißendheller Blitz durchzuckt den nächtlichen Himmel und wird funkensprühend von einem Mann reflektiert, der sich in voller Rüstung die steile Böschung des Hügels hinaufschleppt. Das Visier des Helms ist hochgeklappt, und dem Mann steht die Furcht ins Gesicht geschrieben. Wie man auf den ersten Blick erkennt, handelt es sich bei ihm um einen echten Volltrottel. Dabei verrät ihn weniger sein großer, jugendlicher und athletisch gebauter Körper oder gar das triefnasse goldblonde Haar, das ihm wie Seetang auf der Stirn klebt, sondern vielmehr die Tatsache, daß kein Mensch, der auch nur auch etwas Substanz zwischen den Ohren hat, bei einem Gewitter in voller Rüstung einen steilen Berg hinaufklettern würde.

Sicher, auf dem Berggipfel soll es eine schlafende Prinzessin geben, die durch einen Kuß aus hundertjährigem Schlaf aufwachen wird. Sicher, angeblich ist diese Prinzessin schön, gescheit und unermeßlich reich und wird sich höchstwahrscheinlich gegenüber demjenigen, der sie wachküßt, wohlwollend verhalten. Dennoch ginge jeder einigermaßen vernünftige Mensch, selbst wenn er sich mit dem Gedanken an schlafende Prinzessinnen auf Berggipfeln anfreunden kann, bestimmt davon aus, daß die Angehimmelte, zumal sie sich bereits seit einhundert Jahren dort oben befindet, auch noch am nächsten Morgen dort anzutreffen sein dürfte, wenn es nicht mehr regnet und man wenigstens einigermaßen sehen kann, wohin man tritt.

Der Ritter kämpft sich weiter voran, und irgend etwas – wahrscheinlich mehr Glück als Verstand – bewahrt ihn davor, über Ameisenhaufen, Heidekrautbüschel oder ähnliche natürliche Hindernisse zu stolpern und mit der fünfzig Pfund schweren Blechrüstung wie ein Lastschlitten den Abhang hinunterzurutschen. Erneut flammt am Himmel ein zickzackförmiger Blitz auf, doch anstatt seiner Bestimmung nachzukommen und den Ritter zu erschlagen, zieht er es vor, den Berg lediglich in helles Licht zu tauchen. Offensichtlich hat es der Blitz auf einen windschiefen Dornbusch abgesehen gehabt, der kurz darauf lichterloh in Flammen steht, so daß der Ritter unter dem natürlichen Schutz eines Felsvorsprungs die Umrisse eines schlafenden Menschen ausmachen kann. Außer einem Schild mit der Neonschrift HIER SIND SIE RICHTIG fällt einem wohl kaum noch etwas ein, das einem die Sache leichter machen könnte.

»Ha!« triumphiert der Ritter.

Er legt Schild und Speer ab und kniet, versunken in einem Meer von Staunen und Bewunderung, fast andächtig nieder. Ein Schaf, das sich unter einem Stechginsterstrauch zusammengekauert hat und gelangweilt an einer Heidekrautwurzel kaut, wirft ihm einen verächtlichen Blick zu.

Die Schlafende zeigt nach wie vor keine Regung.

Das Seltsame daran ist, daß sie sich für eine Person, die seit einhundert Jahren auf einem Berggipfel schläft, in einem erstaunlich guten Konservierungszustand befindet. Bedenkt man, was alles mit einer ganz gewöhnlichen Kordhose passiert, die man nachts versehentlich draußen auf der Wäscheleine hängen läßt, ist man baß erstaunt, wie sauber und gepflegt die Dame ist. Solche Assoziationsketten sind unserem Volltrottel natürlich fremd, und statt dessen betet er sogar, und wenn es darum geht, sich zu solchen Anlässen die absurdesten Augenblicke auszuwählen, ist er praktisch unschlagbar.

Und nun hat es aufgehört zu regnen, und als die Morgendämmerung ihren ersten rosigen Zeh zaghaft unter der Wolkendecke hervorstreckt, erschaudert sie. Ein vereinzelter Sonnenstrahl taucht den Schauplatz in ein befremdlich wirkendes Licht. Die Rüstung des Ritters rostet leicht. Später wird sie von jemandem mit einer Drahtbürste und etwas Metallpolitur behandelt werden müssen, doch kann man sich schon jetzt denken, daß es sich dabei bestimmt nicht um unseren Ritter selbst handeln wird.

Nachdem er ein paar Vaterunser und das eine oder andere Tedeum heruntergeleiert hat, erhebt sich der Ritter und nähert sich der schlafenden Gestalt. Die Morgendämmerung ist jetzt voll in Schwung gekommen, und während der Ritter den Schleier vom Gesicht der Prinzessin entfernt – bitte beachten Sie, daß der Schleier dank einer geheimnisvollen Macht über ein Jahrhundert vor dem Vermodern oder Verschimmeln bewahrt wurde –, setzt die Sonne ungeheure Mengen stimmungsvollen rosafarbenen Lichtes frei. Mit leicht quietschender Rüstung beugt sich der Ritter vor und drückt der Schlafenden hastig und unbeholfen einen keuschen, trockenen Kuß auf die Wange.

Die Prinzessin rührt sich und öffnet langsam und träge die Augen. Denken Sie nur mal daran, wie Sie sich morgens fühlen, und multiplizieren Sie das mit sechsunddreißigtausendfünfhundert. Richtig, Sie kämen sich wie der leibhaftige Tod vor, stimmt's? Und als erstes würden Sie ganz gewiß sagen: ›Auhauahauaha!‹ Aber nichts davon.

»Heil dir, Sonne!« seufzt sie herzergreifend. »Heil dir, Licht! Heil dir, leuchtender Tag ...«

Doch genug der Gefühlsduselei; sie reißt sich zusammen und blinzelt mit den Augen.

»Moment mal!« ruft sie erstaunt.

Der Ritter kniet noch immer neben ihr. Er hat diesen absolut dämlichen Gesichtsausdruck, wie man ihn sonst nur noch auf präraffaelitischen Gemälden findet.

»Wer bist du?« wollte die Prinzessin wissen.

Der Ritter räuspert sich. »Ich bin Prinz Boamund, ältester Sohn von König Ipsimar von Northgales«, stellt er sich vor. »Und ich bin gekommen, um ...«

»Wer?«

Der Ritter runzelt die Stirn und sieht wie eine vom Präraffaeliten Burne-Jones gemalte Figur aus, die gerade auf einen spitzen Gegenstand getreten ist. »Ich bin Prinz Boamund, ältester Sohn von König ...«

»Boamund?«

»Richtig. Boamund, ältester Sohn von ...«

»Wie buchstabiert man das?«

Der Ritter blickt verwirrt drein; dort, wo er herkommt, kann man entweder höhere Falkenkunde oder Rechtschreibung studieren, aber nicht beides zusammen. Jetzt raten Sie mal, für welche Fachrichtung er sich damals entschieden hat ...

»Beeeh ...«, beginnt er und fährt zögernd fort: »Oooh ... eeeh ... nee, Moment ... aaah ...«

Auf dem Gesicht der Prinzessin (das natürlich von geradezu göttlicher Schönheit ist) spiegelt sich Neugier wider. »Willst du mich auf den Arm nehmen?«

»Auf den Arm nehmen? Gern.«

»Nein! Ich meine, willst du mich an der Nase rumführen, mich veräppeln oder so was in der Richtung?« Nach kurzer Einschätzung der Lage gelangt die Prinzessin jedoch zu einem anderen Schluß: »Ich fürchte, du meinst das ernst, nicht wahr?«

»Ja«, antwortet Boamund und denkt ein Weile angestrengt nach. »Hör zu, ich bin Boamund, ältester Sohn von König Ipsimar von Northgales, und du bist Kriemhild die Holde und hast auf diesem Berg einen Zauberschlaf gehalten, seit du von dem hinterhältigen Hexenmeister Dunthor verzaubert worden bist, und ich habe dich gerade mit einem Kuß aufgeweckt. Alles klar soweit?«

Die Prinzessin nickt.

»Na prima«, seufzt Boamund erleichtert.

»Und nun?«

»Wie ... wie und nun?« stammelt Boamund, wobei er leicht errötet. »Ich meine, so ist es doch vorgesehen, nicht wahr? Also ich ... ähm, also ...«

»Also was?«

»Also ...«

Erneut wirft ihm Kriemhild einen merkwürdigen Blick zu und holt unter einem Stein eine Strickjacke hervor, die selbstverständlich – wie alles an ihr – von makelloser Reinheit ist.

»Ich meine, klar, du erfüllst alle Voraussetzungen. Klar, du bist ein Prinz und all das, aber ... irgendwem scheint da ein Fehler unterlaufen zu sein.«

»Ein Fehler?«

»Ja, ein Fehler«, bekräftigt Kriemhild. »Paß auf, wer hat dir überhaupt davon erzählt, daß ich hier oben bin und all den anderen Kram?«

Erneut denkt Boamund angestrengt nach. »Na ja, da war zunächst einmal dieser Mann in der Taverne, wenn du es unbedingt wissen willst.«

»Ein Ritter?«

Boamund kratzt sich nachdenklich am Kopf; am besten stellen Sie sich einen Ritter auf einem Bild von

Alma-Tadema vor, der es wortwörtlich geschafft hat, aus dem Rahmen zu fallen und sich nun verzweifelt fragt, wie er auf seinen ihm angestammten Platz zurückgelangt, ohne dabei das Glas zerbrechen zu müssen. »Doch, wenn ich jetzt so darüber nachdenke, könnte der Typ durchaus ein Ritter gewesen sein. Wir haben Karten gespielt, und ich hab gewonnen.«

Kriemhilds rosarote Lippen haben unterdessen einen schmalen Strich gebildet. »Ach, wirklich?«

»Ja«, antwortet Boamund. »Und als ich ihn aufgefordert hab, seine Spielschulden bei mir zu begleichen, hat er gesagt, es täte ihm zwar schrecklich leid, aber er habe leider kein Geld. Und als ich so richtig sauer auf ihn wurde, meinte er, er könne mir statt dessen einen brandheißen Tip geben, falls ich Interesse daran hätte. Na ja, und da mir klar war, daß ich kaum eine andere Wahl hatte, hab ich natürlich eingewilligt, und so ...«

»Ich verstehe«, unterbricht ihn Kriemhild mit eisiger Stimme. »Sag mal, dieser Ritter, war der dunkelhäutig und im landläufigen Sinne gutaussehend? Und hatte der eine lange Nase und über die Schultern wallendes Haar?«

»Ja, das stimmt«, staunt Boamund. »Kennst du ihn etwa? Ich meine, wie kann das angehen, wenn du derart lange geschlafen hast?«

»Wart's ab, wenn mir diese miese, kleine Ratte erst mal in die Hände kommt!« faucht Kriemhild aufgebracht. »Das hätte ich mir wirklich denken können ...«

»Also kennst du ihn *wirklich?*«

Kriemhild lacht verbittert. »Und ob ich Tancred de la Grange kenne! Sobald sich dieser Mistkerl dazu herabläßt, doch noch hier aufzutauchen, werde ich Messire de la Grange das ein oder andere zu sagen haben, darauf kannst du Gift nehmen.«

In Boamunds nur träge arbeitendem Verstand kristallisiert sich allmählich ein Gedanke heraus. »Oh, dann möchtest du also lieber, daß ich wieder ...?«

»Ja.«

»Und du hast keine Lust, ähm …?«

»Nein.« Kriemhild zieht die Strickjacke wieder aus, rollt sie zusammen und steckt sie sich unter den Kopf. »Bevor du gehst, leg mir bitte wieder den Schleier vor«, fordert sie Boamund auf. »Gute Nacht.«

»Na gut, ganz wie du meinst.« Boamund bückt sich unbeholfen und hebt den Schleier auf, wobei ihm entgeht, daß er versehentlich mit dem linken Fuß darauf steht. Es gibt ein reißendes Geräusch. »Oje! Tut mir leid«, entschuldigt er sich und drapiert den Schleier so gut wie möglich über das Gesicht der Prinzessin, die kurz aufseufzt und daraufhin erneut in tiefen Schlaf fällt.

»Verdammter Mist«, faucht Boamund wütend. Dann zuckt er resigniert die Achseln, woraufhin sein angerosteter Brustharnisch quietscht, und steigt schließlich den Berg langsam wieder hinab.

Nach einem Drittel der Strecke beginnt es erneut zu regnen.

Glücklicherweise kommt er an einer Höhle vorbei, deren Eingang von einem windschiefen Dornbusch halb verdeckt wird, und stampft mit vor Nässe quatschenden Stiefeln darauf zu. Drinnen entdeckt er einen Zwerg, der, im Schneidersitz hockend, an einer Hühnerkeule nagt.

Das sieht vielversprechend aus.

»Guten Tag, Zwerg«, begrüßt ihn Boamund.

»Red keinen Quatsch«, grummelt der Zwerg. »Draußen pißt es immer noch, richtig?«

»Ähm … ja.«

»Das Wetter in dieser Gegend ist wirklich furchtbar beschissen. Ich nehme an, du möchtest gern reinkommen, nicht wahr?«

»Nur, wenn du nichts dagegen hast.«

»Mach's dir bequem. Wahrscheinlich willst du etwas zu trinken und zu essen haben, stimmt's?«

Unter den nassen Haarsträhnen hellt sich Boamunds Miene auf. »Hast du vielleicht etwas Milch?« fragt er.

Der Gnom wirft ihm einen leicht verächtlichen Blick zu und deutet auf eine große Lederflasche. »Bedien dich«, nuschelt er mit vollem Mund.

Das Getränk schmeckt merkwürdig. Boamund hat das Gefühl, daß wahrscheinlich Kräuter drin sind, zumal die Milch eher nach kaltem Kräutertee als nach einem Molkereiprodukt schmeckt. Dann fühlt er sich plötzlich unendlich müde.

Als er schließlich tief und fest schläft, wirft der Zwerg die Hühnerknochen in die Ecke, grinst unheilvoll, macht ein kabbalistisches Zeichen, erhebt sich und geht auf den Eingang zu. Plötzlich fällt ihm etwas ein, und er kehrt noch einmal zurück. Nachdem er Boamund den Geldbeutel, das Taschenmesser mit Korkenzieher und das Taschentuch abgenommen hat, geht er hinaus und verschwindet kurz darauf im Nichts.

Boamund schläft.

Etliche Zeit später wachte er auf.

War es ›stellenweise starker Regen‹ oder hatte jemand gerade einen Kübel Wasser über ihn ausgeleert? Er versuchte, sich zu bewegen, konnte es aber nicht. Etwas quietschte und knarrte entsetzlich.

»Keine Sorge, es ist alles in Ordnung«, beruhigte ihn eine Stimme irgendwo über ihm. Nach Boamunds Auffassung gehörte sie höchstwahrscheinlich Gott; in dem Fall hätten sich seine schlimmsten Befürchtungen bewahrheitet; nämlich daß Gott tatsächlich aus dem Verwaltungsbezirk West Riding der Grafschaft Yorkshire stammte.

»Bleib ganz ruhig«, redete ihm die Stimme gut zu. »Du bist weder gelähmt, noch ist dir sonst was in der Richtung zugestoßen. Deine Rüstung ist nur total festgerostet, und zwar wirklich fest«, fügte die Stimme mit einem Hauch von Ehrfurcht hinzu. »Um dich da rauszubekommen, brauchen wir schon etwas mehr als einen einfachen Dosenöffner.«

Boamund versuchte herauszufinden, wer mit ihm sprach – letztendlich wahrscheinlich doch nicht Gott –, allerdings gelang es ihm lediglich, sich die Augen zu verrenken und eine Nahaufnahme vom unteren Visierrand seines Helms zu erhaschen. »Wo ... wo bin ich?« stammelte er ängstlich.

»In einer Höhle«, klärte ihn die Stimme auf. »Tut mir leid, dir das sagen zu müssen, aber du bist hier schon eine ganze Weile.«

Boamund ließ seine Gedanken zurückschweifen. Ein flammender Berg. Ein Mädchen. Ein Zwerg. Milch, die äußerst komisch geschmeckt hat. Und vor allem erinnerte er sich daran, was ihm seine Mutter vor vielen, vielen Jahren geraten hatte: ›Nimm niemals Milch von fremden Zwergen an!‹

»Was geht hier eigentlich vor?«

»Ach so, du bist wohl einer von denen, die immer gleich alles wissen wollen, wie? Na, vielleicht reichen ja ein paar Tropfen Kriechöl. Halt mal bitte eben still.«

Diese Aufforderung war natürlich in gewisser Weise überflüssig, aber immerhin gelang es Boamund, einen sehr kurzen Blick von einem kleinen Wesen mit einer lila Kapuze zu erhaschen, das fortwährend durch sein stark eingegrenztes Blickfeld hin- und herhuschte. »Ey, hör mal! Du bist doch dieser Zwerg, stimmt's? Der Typ, der mich ...«

»Fast, aber nicht ganz«, korrigierte ihn der Zwerg.

»Moment mal!« protestierte Boamund. »Entweder bist du's oder bist du's nicht.«

»Jedenfalls bin ich nicht der Zwerg, an den du dabei denkst. Allerdings bin ich ein Verwandter von ihm.«

»Ein Verwandter ...?«

»Ja.« Ein kleines, häßliches und breites Grinsen tauchte kurz in Boamunds Sichtfeld auf und verschwand dann wieder. »Ein Verwandter. Genauer gesagt ...«

»Ja?«

»Na ja« – ein trippelndes Geräusch –, »ein direkter Verwandter sogar.« Plötzlich war ein merkwürdiges Zischen in der Nähe von Boamunds linkem Knie zu hören. »Probier's mal«, forderte ihn der Zwerg auf.

Boamunds verzweifelte Bemühungen, das linke Knie zu beugen, waren nicht von Erfolg gekrönt.

»Versuch's noch mal«, ermunterte ihn der Zwerg. »Dieses WD-40 ist zwar ein echtes Teufelszeugs, aber man muß es wohl doch erst eine ganze Weile einwirken lassen.«

Allmählich dämmerte es Boamund. »Wie lange genau bin ich denn schon hier?« fragte er. »Wenn meine Rüstung wirklich festgerostet ist, dann muß ich hier ja schon seit« – er rechnete kurz nach – »etlichen Wochen sein.«

»Versuch's noch mal.«

»Geht nicht.«

»Bestimmt nicht?«

»Klar, sonst...«

Das Geräusch eines einatmenden Zwergs. Im selben Maße, in dem diese Spezies für ihre unheilvolle Allianz mit Zauberern, Magieren und ähnlichen finstren Mächten bekannt ist, steht sie in dem Ruf, hervorragende Schmiede und Metallarbeiter zu sein. Das wiederum bedeutet, daß Zwerge diese furchtbare Angewohnheit haben, anstatt Fragen zu beantworten, lieber den Atem geräuschvoll durch eine Zahnlücke einzuziehen. Sicherlich ist diese Marotte jedem, der schon mal ein Auto in eine Werkstatt gebracht hat, um einem unerklärlichen Quietschen auf die Spur zu kommen, nur allzugut bekannt. Wie eine Untersuchung schnell zutage fördern würde, ist eine solche Zahnlücke zumeist die Folge eines Schlags ins Gesicht, der wiederum aus der Überreaktion eines leicht reizbaren Kunden zu resultieren pflegt, dem kurz zuvor mitgeteilt wurde, daß die Ersatzteile leider nicht lieferbar seien.

»Du steckst da ganz schön fest drin, mein Freund«, meinte der Zwerg. »Total fest sogar. So was ist mir mein Lebtag noch nicht unter die Augen gekommen.«

Tief im Innern seines Verdauungsapparats verspürte Boamund ein leicht panisches Zucken. »Was meinst du mit ›total fest‹?« wollte er wissen.

Der Zwerg schien ihn nicht gehört zu haben. »Bedenkt man, wie lange du hier schon liegst, ist das auch kein Wunder. Ich denke, wir sollten es mal mit dem guten alten Meißel versuchen. Versprechen kann ich allerdings nichts.«

»Heh! Was soll...?« hob Boamund zum Protest an, doch im nächsten Augenblick begann sein begrenztes Universum laut zu vibrieren.

»Hab ich's mir doch gleich gedacht...! Klappt auch nicht«, seufzte der Zwerg nach einer Weile erschöpft. »Der Helm ist fest mit dem Brustpanzer zusammengerostet. Für mich sieht das ganz danach aus, als könnte uns nur noch eine Metallsäge weiterhelfen. Wart hier bitte mal 'ne Minute, ja?«

In einer idealen Welt hätte Boamund äußerst geistreich angemerkt, unter diesen Bedingungen wohl kaum eine andere Wahl zu haben; da sein wirklicher Lebensraum aber noch unter den starken Nachwirkungen litt, die durch den kurz zuvor mit Hammer und Meißel durchgeführten Zwergenaufstand ausgelöst worden waren, beschränkte er sich auf ein laut vernehmbares »Auaaah!«.

»So, da bin ich wieder«, meldete sich der Zwerg bald darauf zurück. »Ich hab die Metallsäge, den großen Vorschlaghammer, eine Brechstange und den Acetylensauerstoff-Brennschneider dabei. Halt bitte still, solange ich...«

»Was hast du da eben von einem Atzedingsbums erwähnt?«

»Atze? Ach so, den meinst du...« Der Gnom schwieg für einen Augenblick. »Du erinnerst dich doch noch, daß ich dir eben gesagt hab, daß ich von diesem anderen Zwerg ein Verwandter bin, nicht?«

»Ja. Und?«

»Na ja, Tatsache ist, daß ich sein … wart mal …« Der Zwerg murmelte etwas vor sich hin; offenbar rechnete er in Gedanken laut nach.

»Du bist sein was?«

»Ich bin sein Urururururururururururururururururururur-urururururururururururururururururururururururururururur-großenkel«, antwortete der Zwerg. »So ungefähr jedenfalls. Ich habe das auf der Grundlage von fünfzehnhundert Jahren bei etwa fünfunddreißig Jahren pro Generation berechnet. Jetzt kannst du dir wenigstens eine ungefähre Vorstellung davon machen, wie lange du schon hier bist.«

Für den Zeitraum einiger Minuten herrschte andächtiges Schweigen in der Höhle, das nur durch das Geräusch einer dreiseitigen Feile unterbrochen wurde, mit der der Zwerg ein Scharniergelenk am Visier bearbeitete.

»Was hast du da eben gesagt?« hakte Boamund schließlich nach.

»Ich bin der Urururururururururururururururururururur-urururururururururururururururururururururururururururur-großenkel des anderen Zwergs, von dem du gerade den Namen genannt hast«, wiederholte der Zwerg. »Von diesem Atze. Und ich heiße übrigens Zehennagel. Na bitte, das sieht schon besser aus. Ich glaube, so kommen wir allmählich weiter.«

Boamund gab zunächst nur ein paar glucksende Laute von sich, die sich wie ein verstopftes Abflußrohr in einem Hotelzimmer anhörten. Als er sich allmählich gefangen hatte, fragte er: »Was war das eben mit den fünfzehnhundert Jahren?«

Zehennagel blickte von seiner Feilarbeit auf. »Etwa fünfzehnhundert Jahre, vielleicht auch das ein oder andere Jahr mehr oder weniger. Jedenfalls ist das der aktuelle Stand, wie er seit vierzig Generationen mündlich überliefert wurde. Na ja, seit ungefähr vierzig Generationen. Halt mal eine Sekunde still.«

Es ertönte ein lautes Krachen, und irgend etwas gab nach. Kurz darauf präsentierte Zehennagel stolz ein verrostetes braunes Stück Eisen.

»Dein Visier!« freute sich der Zwerg nicht ohne Stolz. »Jetzt kommt der knifflige Teil.«

»Ich bin hier seit fünfzehnhundert Jahren?« staunte Boamund ungläubig.

»Ja, du liegst hier sozusagen auf Abruf bereit«, klärte ihn der Zwerg auf. »Du bist nämlich verzaubert worden.«

»Na, das hab ich mir schon gedacht...«

»Schuld daran war die Milch«, fuhr Zehennagel fort. »Seit langem wird in unserer Familie überliefert, wie Zehennagel der Erste den dummen Ritter mit einem Zaubertrank aus Milch und Kräutern in Schlaf versetzte. Das ist sogar so ziemlich die einzig aufregende Geschichte, die unserer Familie jemals widerfahren ist. Seit fünfzehnhundert Jahren weisen wir eine ununterbrochene, gradlinige Abstammung vor. Seit dem Tod meiner Mutter, ihre Seele ruhe in Frieden, gibt es nur noch drei von uns, und zwar mich, unsere kleine Frostbeule und unseren Niednagel. Fünfzehnhundert Jahre... und worauf können wir nach all den Jahren zurückblicken? Auf einen narkotisierten Ritter und mehrere hunderttausend Kessel und ebenso viele Rasenmähermesser, die wir geflickt, beziehungsweise geschärft haben. Kontinuität nennt man so was wohl.«

»Ich...«

»Halt still!«

Es ertönte ein ohrenbetäubendes Quietschen, und dann wurde Boamund von etwas sehr Hartem an der Kinnspitze getroffen. Als er wieder zu sich kam, konnte er den Kopf bewegen, und neben ihm lag etwas, das wie ein verbogener rostbrauner Kohleneimer aussah.

»So, das war dein Helm!« stellte Zehennagel mit Genugtuung fest. »Ach, übrigens willkommen im zwanzigsten Jahrhundert.«

»Im was?«

»Ach ja, ich Dummkopf hab ganz vergessen, daß man zu deiner Zeit die Jahrhunderte noch gar nicht gezählt hat«, rügte sich Zehennagel selbst und fügte hinzu: »Deswegen würde ich mir aber nicht den Kopf zerbrechen, viel verpaßt hast du nämlich nicht.«

»Wirklich nicht?«

Zehennagel dachte kurz darüber nach. »Na ja, jedenfalls so gut wie nichts. Aber egal ... Für den Brustpanzer kommt wohl nur der Schweißbrenner in Frage, fürchte ich.«

Unabhängig von dem, was Zehennagel gesagt hatte, wurde Boamund von dem unangenehmen Gefühl beschlichen, zumindest die Entwicklung des Acetylensauerstoff-Brennschneiders eindeutig verpaßt zu haben.

»Was, zum Teufel, war das?« beschwerte er sich, als er nach einigen glühendheißen Momenten seine schon verloren geglaubte Stimme wiedergefunden hatte.

»Keine Sorge, das erklär ich dir später«, besänftigte ihn Zehennagel. »Einstweilen stell dir einfach einen tragbaren Drachen darunter vor, in Ordnung?« Er hob ein Stück des Brustpanzers ab und warf es beiseite. Es fiel scheppernd zu Boden und zerstob zu einer Wolke brauner Schneeflocken.

»Grundsätzlich stammst du aus dem Frühmittelalter und hast das Hoch- und Spätmittelalter, die Renaissance, das Zeitalter der Aufklärung, die Industrielle Revolution und die beiden Weltkriege verpaßt. Ansonsten läuft eigentlich alles wie gehabt. Nur heißt diese Gegend hier nicht mehr Albion«, fügte er hinzu, »sondern Großbritannien.«

Boamund gluckste erneut. »Großbr ...?«

»Großbritannien oder das Vereinigte Königreich

oder, international, United Kingdom. UK. Weißt du wie bei Kawaguchi Industries (UK). Manchmal auch nur England. Aber im Grunde bedeutet alles dasselbe; der Name wurde hin und wieder leicht geändert, das ist schon alles. Wir können das später klären. Halt mal eben still.«

Boamund hätte weiter nachgehakt, aber Zehennagel drehte erneut den Brennschneider auf volle Leistung hoch, so daß er viel zu sehr mit seiner Angst zu kämpfen hatte, um das Thema weiterverfolgen zu können. Zu einem bestimmten Zeitpunkt war er sich sogar völlig sicher, daß ihm diese schreckliche weiß-blaue Flamme mitten durch den Arm geschossen war.

»Probier's jetzt mal«, forderte Zehennagel ihn auf.

»Grrr! Arrgh!«

»Wie bitte?«

Boamund gab noch etliche andere Urlaute von sich, die weitaus schwieriger in Worten als in der Wirklichkeitsform nackter Angst wiederzugeben sind.

»Du brauchst dir wirklich keine Sorgen zu machen«, beruhigte ihn Zehennagel. »Sei lieber froh, daß ich auf den Einsatz des Lasers verzichte.«

»Was ist denn ein …?«

»Vergiß es. Wenn du willst, kannst du jetzt auch die Arme bewegen.«

Einen Augenblick lang hielt Boamund dies für einen schlechten Scherz, doch dann mußte er sich eines Besseren belehren lassen, denn allmählich forderten die seit anderthalb Jahrtausenden eingeschlafenen Gliedmaßen ihren Tribut, und er schrie vor Schmerzen.

»Das ist ein gutes Zeichen!« ermunterte ihn Zehennagel über den Lärm hinweg. »Das beweist nur, daß das Blut wieder zu zirkulieren beginnt. Glaub mir, du wirst in Null Komma nichts wieder auf den Beinen sein.«

»Und als erstes werde ich dieses Atzedingsbums nehmen und es dir über den Schädel ziehen!« brüllte Boamund den Zwerg an.

Zehennagel grinste und setzte die Arbeit mit dem Schneidbrenner an den Beinröhren der Ritterrüstung fort. Klugerweise entschied sich Boamund, lieber nicht hinzusehen.

»Jedenfalls möchte ich wetten«, fuhr Zehennagel ungerührt fort, während er die furchterregende Flamme an Boamunds rechtem Bein entlangführte, »daß du jetzt um alles in der Welt von mir wissen willst, warum du fünfzehnhundert Jahre mit voller Rüstung in einer Höhle in Tiefschlaf gehalten worden bist, stimmt's?«

»Auaaah!«

»Huch! Das wollte ich nicht, aber meine Konzentration läßt allmählich nach«, entschuldigte sich der Zwerg. »Ich persönlich halte es übrigens für einen Fehler, daß man dich mitsamt der Rüstung verzaubert hat. Ein wenig schludrig von Zehennagel dem Ersten, wenn du mich fragst.« Der Zwerg schmunzelte. »Aber vielleicht gehörte das ja neben dem Teil des Einschlafens zu deiner Vorsehung.«

»AUAAAH!«

»Ich Schussel«, murmelte der Zwerg. »Tut mir leid. So, wie ich es verstanden habe, bist du jedenfalls dazu bestimmt, ein Held oder etwas Ähnliches zu sein. Weißt du, wie irgendeine dieser sagenumwobenen Gestalten. Alfred der Große zum Beispiel, Sir Francis Drake oder ...«

»Wie wer?«

»Ich nehme an, die sind alle erst nach deiner Zeit drangewesen. Na, eben so was in der Richtung wie der große Nationalheld, der nicht tot ist, sondern nur schläft und zurückkehrt, sobald sein Land ihn braucht.«

»Meinst du wie Anbilant de Ganes?« wagte sich Boamund vor. »Oder wie Sir Persiflant der ...«

»Wie wer?«

»Persiflant der Graue«, fuhr Boamund verunsichert fort. »Du mußt von ihm gehört haben, er soll unter dem Suilven Felsen schlafen, und sobald der König von Benwick den Fuß auf albionische Erde setzt, wird er zurückkehren und …«

Zehennagel grinste und schüttelte den Kopf. »Tut mir leid, mein Lieber. Ich fürchte, er hat vergessen, den Wecker zu stellen. Jedenfalls hast du's einigermaßen erfaßt. Du bist nämlich praktisch dieser Persiflant.«

»Ich?«

»Du. Auch wenn zur Zeit nicht besonders viel los ist. Ich meine, im Fernsehen ist zwar andauernd die Rede davon, daß überall im Land die Kleinbetriebe den Laden dichtmachen müssen, wenn nicht bald die Zinssätze gesenkt werden, doch dagegen etwas zu unternehmen, ist wohl weniger deine Aufgabe, würde ich meinen. Vielleicht solltest du etwas gegen das erschreckend niedrige Niveau auf den Grundschulen tun. Was meinst du, hä?«

»Was ist denn eine …?«

»Na ja, vielleicht war die Idee doch nicht so gut«, räumte Zehennagel ein und hielt kurz inne. »Du bist nicht zufällig ein guter Linkshandwerfer? Ich meine, beim Kricket?«

»Was ist denn Kri …?«

»Schade, wir könnten wirklich dringend einen brauchen. Jedenfalls egal, was wir brauchen, offenbar bist dazu ausersehen. Versuch mal, die Beine zu bewegen.«

»Aua!«

»Na prima. Wir warten noch eine Minute ab, und dann kannst du mal versuchen aufzustehen.«

Boamund verlagerte leicht das Gewicht und mußte dabei feststellen, daß er die letzten fünfzehnhundert Jahre auf einem kleinen, aber scharfkantigen Stein verbracht hatte. »Ojemine …!« seufzte er voller Inbrunst.

Zehennagel packte das Werkzeug in einen kleinen Segeltuchsack zurück. »Ich kann dir sagen, damals haben die noch richtige Wertarbeit gemacht. Fünfzehnhundert Jahre alter Stahl, wie?« stellte der Zwerg voller

Bewunderung fest. Dann nahm er eine der beiden wuchtigen Armbeugen in die Hand und stocherte mit dem Finger darin herum. »Von Rechts wegen gehört solch eine Rüstung eigentlich in ein Museum. Es gibt bestimmt einige Leute, die eine Menge Geld dafür hinlegen würden.«

Boamund gab seinen Bemühungen auf, legte sich wieder hin und fragte sich, ob man an eingeschlafenen Gliedmaßen sterben konnte. Von draußen drang ein Geräusch herein, das dort zwar schon eine ganze Weile gewesen war, doch nahm er es jetzt zum erstenmal bewußt wahr. Ein tiefes, seltsames Surren wie von einem Tier – nein, eher wie von einem riesigen Bienenschwarm; allerdings hätten die Bienen drei Meter lang sein müssen, um einen solchen Lärm veranstalten zu können.

Zehennagel grinste ihn an.

»Was du da hörst, ist die M62. Mach dir deswegen keine Sorgen.«

»Ist die gefährlich?«

Zehennagel dachte darüber nach. »Kommt ganz drauf an, aber soweit es dich in deinem jetzigen Zustand betrifft, ist sie einigermaßen ungefährlich. Jetzt versuch endlich mal aufzustehen.«

Der Zwerg streckte Boamund die rechte Hand entgegen, und dieser griff danach. Kurz darauf stellte der Ritter sein Gewicht auf die fünfzehnhundert Jahre alten Schuhe. Merkwürdigerweise waren sie noch in einem recht passablen Zustand; wenngleich ihnen ein paar Spritzer Schuhcreme sicherlich nicht geschadet hätten.

»Was ist denn mit meiner Kleidung?« staunte Boamund. »Warum ist die nicht …?«

»Auch verzaubert, damit sie adrett und sauber bleibt«, klärte der Zwerg ihn auf. »Und jetzt komm endlich, wir sind spät dran.«

Boamund folgte Zehennagel zum Ausgang der Höhle, blickte nach draußen und schrie wie am Spieß.

Etwa ein Jahr zuvor hatte ein Fernsehproduzent namens Danny Bennett eine Dokumentation gedreht, in der er die These aufgestellt hatte, der Schriftsteller T. S. Eliot sei einst vom CIA ermordet worden.

Laut Bennetts Behauptungen habe man Eliot getötet, weil dieser mehr oder weniger zufällig über streng geheime Aufzeichnungen metaphysischen Inhalts gestolpert sei, die das Pentagon zu militärischen Zwecken habe nutzen wollen. Der Folgen seines Handelns nicht bewußt, habe Eliot seine erkenntnisreichen Funde in dem Lyrikzyklus *Vier Quartette* veröffentlicht; zweiundzwanzig Jahre nach Vollendung dieses Werks war er tot; ein weiteres Opfer der Männer in den grauen Anzügen.

Nach Bennetts Auffassung lauteten die verhängnisvollen Zeilen:

*Sowohl Gegenwart als auch Vergangenheit*
*sind womöglich in der Zukunft gegenwartig.*

Er stellte nun die Behauptung auf, diese Zeilen seien von diesen verabscheuungswürdigen Mistkerlen als eine Art Enthüllung merkwürdiger Dinge begriffen worden, die gewisse Leute in jenen Teilen altertümlicher Gebäude und historischer Häuser treiben würden, die der Öffentlichkeit nicht zugänglich seien.

»Nehmen wir zum Beispiel Hampton Court Palace oder Anne Hathaways Landhaus«, verkündete Bennett damals in seinem Bericht. »Mehr als die Hälfte aller Zimmer dieser Prachtexemplare englischen Erbes sind permanent verschlossen. Und warum? Ist es wirklich nur deshalb, weil die Regierung uns glauben machen will, es sei einfach nicht genug Geld für Instandhaltungs- und Wartungskosten vorhanden? Oder gibt es womöglich dafür eine sehr viel ominösere Erklärung? Könnte es nicht vielmehr sein, daß hinter den verriegelten und vernagelten Türen streng geheime Experimente stattfinden, um am Wesen der Zeit an sich zu forschen? Handelt es sich womöglich um Untersuchungen, die, wie diese Mistkerle hoffen, zur Entwicklung einer Superwaffe führen? Und will man etwa die NATO-Streitkräfte durch diese Superwaffe in die Lage versetzen, durch die Jahrhunderte zurückzureisen, Lenin umzubringen, um auf diese Weise den Sturm auf das Winterpalais zu verhindern? Und waren es nicht die Anfangszeilen von *Burnt Norton*, mit denen Thomas Stearns Eliot sein Todesurteil unterschrieben hat?«

Kurz nach Fertigstellung der Dreharbeiten des Dokumentarfilms wurde Bennett mehr oder weniger aufs Abstellgleis gestellt und zum neuen Programmchef des Radiosenders der BBC auf Martinmas Island ernannt, einem kleinen Korallenriff, fast fünftausend Kilometer östlich von Sidney gelegen. Die Interpretationen zu dieser Versetzung fielen sehr unterschiedlich aus; Bennett vertrat in seiner Sendung *Guten Morgen, Martinmas* die Ansicht, er sei mundtot gemacht worden, was nur beweise, daß er mit seinen Thesen absolut richtig gelegen habe. Demgegenüber behauptete die BBC, man sei zu diesem Schritt gezwungen gewesen, da Bennett den Bogen endgültig überspannt habe. Selbst auf die Gefahr hin, daß sich die nächsten drei Jahre für die beiden Meeresbiologen und sechstausend Pinguine, die auf den Martinmas lebten, höchstwahrscheinlich nicht allzu angenehm gestalten würden, habe man letztendlich nicht sehr viel mehr tun können, als diesen komischen Kauz dorthin zu versetzen.

Merkwürdigerweise – und in bezug auf Danny Bennetts Recherchen rein zufällig – ist allerdings an den Hinterzimmern altertümlicher Gebäude tatsächlich etwas extrem faul. Wie man weiß, werden solche Räumlichkeiten in erster Linie von Ämtern zu Archiv-, Lager- oder ähnlichen Zwecken genutzt; dennoch hat bis heute noch niemand eine befriedigende (oder wenigstens ausreichende) Erklärung für die Tatsache gefunden, daß die allmorgendlich hereinkommenden Mitarbeiter benutzte Schreibmaschinen und noch warme Teekessel vorzufinden pflegen.

»Wie? Und das war alles?« fragte Boamund.

»Im Grunde ja«, antwortete der Eremit*. »Helmuth von Moltke und den Frieden von Nikolsburg habe ich ausgelassen und die Zoll- und Wirtschaftsunion der Benelux-Staaten vielleicht nur in groben Zügen umrissen, aber ich denke, das Wesentliche weißt du jetzt. Falls du noch irgendwelche Fragen hast, kannst du ja in diesem Buch nachschlagen.«

Boamund zuckte die Achseln. Er hatte erfahren, daß sich zwar während seines anderthalbtausend Jahre währenden Schlafs der Name von Albion tatsächlich geändert hatte und einige arbeitssparende Geräte erfunden worden waren, im wesentlichen jedoch alles beim alten geblieben war. Um ganz ehrlich zu sein, war sogar alles noch ein bißchen schlimmer als früher, und er war enttäuscht.

»Mein Dad sagte immer: ›Wenn du erst mal erwachsen bist, wird den Menschen längst ein dritter Arm gewachsen sein, um sich damit am Rücken kratzen zu können.‹«

Der Eremit verzog die Lippen zu einem schmalen Wie-wahr-doch-dazu-ist-es-nun-längst-zu-spät-Lächeln, zuckte die Achseln und begutachtete den Sauerteigfladen am Ende der Röstgabel. Draußen fuhren kleine Kinder auf Fahrrädern die Straße auf und ab und schlugen mit ihren Plastikschwertern den Blumen die Köpfe ab.

»Ich weiß«, stimmte ihm der Eremit mit betrübter Miene zu. »Wir haben uns, weiß Gott, alle Mühe gege-

* Er war klein, rundlich und Mitte fünfzig; und Boamund hatte das unangenehme Gefühl, daß der nach Weingeist riechende Bart nur angeklebt war.

ben, aber die Menschen hören einfach nicht auf uns. Man versucht, sie in die richtige Richtung zu führen, und was kommt dabei heraus? Gleichgültigkeit. Man gibt ihnen eindeutige Tips, wie man die Energie der Sonne, des Winds und der Blitze ausnutzen kann, und alles, was denen dazu einfällt, ist, daß sie den Staubsauger erfinden. Für die wirklich wichtigen Technologien zeigt man nicht einmal ansatzweise Interesse.«

Boamund blickte in mitleidig an. »Das muß ganz schön schwer für dich sein.«

»Ach, das ist alles nur halb so schlimm«, winkte der Eremit ab. »Eigentlich komme ich ganz gut zurecht, mehr oder weniger jedenfalls. Zwar ist alles nicht mehr so, wie es früher mal war, aber was mich betrifft, ist die Hauptsache zu versuchen, mich so harmonisch wie möglich in die Landschaft einzufügen, mich der Umwelt anzupassen, um den rechten Augenblick abzuwarten.«

»Und wann ist dieser Augenblick für dich gekommen?« wollte Boamund wissen.

»Immer mit der Ruhe, darauf komme ich schon noch zu sprechen«, antwortete der Eremit. Mittlerweile hatte die immaterielle rote Glut den Sauerteigfladen verkohlt, und der Eremit ließ beides ungeduldig verschwinden und öffnete statt dessen eine Packung Plätzchen. »Möchtest du auch welche? Nach all den Jahren mußt du doch kurz vorm Verhungern sein.«

»Danke.« Boamund ließ sich das nicht zweimal sagen und stopfte sich gleich eine ganze Handvoll Kekse in den Mund. Kurz darauf zog er ein Grimasse, spuckte eine Handvoll Krümel aus und hustete.

»Ich hätte dich wohl vorwarnen müssen«, entschuldigte sich der Eremit, »die Kekse sind leider organisch. Aus geriebenen Grassamen und weiterverarbeiteten Zuckerrüben hergestellt, glaube ich. Die Kunst, Lebensmittel künstlich herzustellen, hat die Menschheit schon vor Jahrhunderten verlernt. Mit der Zeit gewöhnt man sich aber daran, trotzdem schmeckt es so, als würde man sich durch den Komposthaufen seines Nachbarn fressen. Hier, nimm lieber einen Doughnut; diese Dinger schmecken wenigstens noch einigermaßen synthetisch.«

Auf Boamunds Armlehne erschien ein Doughnut, und er führte ihn sich dankbar zu Gemüte. Mit vollem Mund fragte er: »Also, wie schaffst du das? Ich meine, dich so harmonisch der Umwelt anzupassen oder wie du das genannt hast.«

»Ganz einfach«, antwortete der Eremit. »Ich tue so, als würde ich Fernsehapparate reparieren. Du wirst es kaum glauben, aber in diesem Land wimmelt es nur so von kleinen alten Männern, die Strickjacken mit durchgescheuerten Ellenbogen tragen und ihren Lebensunterhalt damit bestreiten, Fernsehgeräte zusammenzuflicken.«

Boamund dachte darüber nach. »Das sind diese kleinen Kästen mit den Bildern drin, stimmt's?«

Der Eremit nickte und fuhr fort: »Ich bin hier jetzt seit vierzig Jahren, und bis heute ist noch niemandem auch nur ansatzweise aufgefallen, was ich eigentlich treibe. Wenn jemand merkwürdige Geräusche hört oder spät in der Nacht grünes Licht aufblitzen sieht, sagen die Nachbarn nur: ›Ach, der schon wieder! Der repariert mal wieder Fernseher.‹ Und damit scheinen sie sich zufriedenzugeben. Da sie offenbar von einem erwarten, wahre Wunder zu vollbringen, gehe ich davon aus, daß es sie nicht allzusehr stört, wenn man nachts arbeitet. Ich erledige meine Arbeit sogar so gut, daß mir einige von denen die reparierten Geräte noch mal zurückbringen und sich darüber beschweren, sie würden immer noch nicht richtig funktionieren, selbst wenn ich diese verflixten Dinger derart verhext habe, daß sie einem Atomkrieg standhalten würden.«

»Für mich hört sich das nach einer wirklich guten Tarnung an«, meinte Boamund voller Bewunderung.

»Und solange ich hier bin, ließe ich dich gern mal einen Blick auf mein Astrolabium werfen. Ich glaube, es liegt an den Lagern.«

Ohne auf ihn einzugehen, fuhr der Eremit fort: »Natürlich habe ich das Glück, noch immer einen Zwerg an meiner Seite zu haben.«

»Du meinst Zehennagel?«

»Genau. Zwar sind Zwerge auch heute noch ein wenig rar gesät, trotzdem ist es nicht mehr ganz so schlimm wie früher. Ich nehme an, das lag an der Milch, die man früher an Schulkinder kostenlos auszugeben pflegte. Milch hat damals dem Kalziummangel den Garaus gemacht, doch heute trinken die Blagen nur noch Cola.« Der Eremit runzelte die Stirn. »Ich fürchte, ich weiche etwas vom Thema ab. Kommen wir also zu dir und deiner Vorsehung und zu allem, was damit zusammenhängt. Wahrscheinlich möchtest du gern wissen, was deine Vorsehung ist, nicht wahr? Nun ...«

»Ha ... tschi!«

»Wie bitte?«

Boamund erinnerte den Eremiten daran, daß er die letzten fünfzehnhundert Jahr in einer feuchten Höhle mit Durchzug verbracht hatte. »Entschuldige, erzähl bitte weiter.«

»Was du zu tun hast, ist folgendes: dich nach Ventcaster-on-Ouse zu begeben und den Heiligen Gral zu finden.«

Boamund dachte eine Weile angestrengt darüber nach.

Der zu bewältigende Lehrplan für angehende Ritter ist äußerst anspruchsvoll. In zeitgemäßen Worten ausgedrückt, bedarf es des Abiturabschlusses in den Pflichtfächern Wappenkunde, Stammbaumforschung und Unterweisung in religiöse Praktiken sowie des Universitätsabschlusses in Falknerei, Reitkunst und Waffenfertigkeit. Zudem gibt es die Möglichkeit eines weiterführenden Studiums, wobei man Mystizismus oder Hofmachen wählen kann. So wichtig diese Fächer für den Beruf des Ritters auch sein mögen, keins von ihnen scheint für die Förderung des Denkvermögens sonderlich prädestiniert zu sein. Wenn es bei einem Fach nichts zum Töten, zum Draufhauen oder zum Anbeten gibt, dann kann es, soweit es das Dasein eines Ritters betrifft, nicht von allzu großer Wichtigkeit sein. Aus diesem Grund muß ein Vorschlag, der einen Ritter ernsthaft zum Nachdenken bewegt, schon einigermaßen verblüffend sein.

»Wenn du sowieso schon weißt, daß dieses Dingsda in Ventcaster-on-Ouse ist, wozu brauchst du mich dann noch, um danach zu suchen?« erkundigte sich Boamund vorsichtig. »Könntest du nicht einfach einen Zwerg losschicken, um es zu holen?«

Der Eremit lächelte freundlich. »Tut mir leid, vielleicht hätte ich mich konkreter ausdrücken sollen. Ich habe nicht gesagt, daß der Gral in Ventcaster ist. Ich möchte sogar meinen Kopf darauf verwetten, daß es sich dabei um einen der vielen Orte auf der Erde handelt, wo der Gral garantiert nicht zu finden ist. Wenn du ihn allerdings suchen mußt, ist es ein unbedingt erforderlicher Schritt, dich zuvor nach Ventcaster zu begeben, weil sich dort die übrigen Gralsritter aufhalten. Sie brauchen einen neuen Großmeister, und der bist du.« Er hielt kurz inne. »Soweit alles klar?«

Boamund nickte; er dachte immer noch nach. »Ja, das geht voll in Ordnung. Aber warum ich? Was ist ein Gral? Und wieso überhaupt das Ganze?«

Vielleicht lächelte der Eremit erneut, oder es handelte sich nur um sein natürliches Grinsen, das lediglich um zwei Millimeter hochgewunden war.

»Als die da oben beschlossen haben, Albion solle sich endgültig mit Europa zusammenschließen, und wir dazu übergehen mußten, europäischer zu denken«, erläuterte der Eremit mit unverhohlenem Abscheu, »hielten es einige von unseren Leuten, die über etwas mehr Weitblick verfügten, für eine gute Idee, wenn ... mhm ... wie soll ich das mal ausdrücken? Na ja, wir haben damals für den Fall der Fälle ein paar wichtige Mitarbeiter – Ritter, Eremiten und Weise – sozusagen auf Eis gelegt, um sie bei Bedarf wieder auftauen zu können. Einerseits mußten sie natürlich relativ unbekannt sein, weil man sie sonst in der Geschichte vermißt hätte, andererseits aber auch über ein gewisses Potential verfügen. Und du bist einer von denen.«

»Aha«, merkte Boamund spitzfindig an.

»Man könnte solche Leute auch als Tiefstapler mit insgeheim hochgesteckten Zielen bezeichnen oder als welche, die ihr Licht schlichtweg zu sehr unter den Scheffel stellen«, erklärte ihm der Eremit. »Jedenfalls wecken wir von Zeit zu Zeit jemanden von euch auf, wenn wir ihn brauchen. Die Gralsritter haben gerade ihren Anführer verloren, und deshalb ...«

»Ist er getötet worden?«

»Nein, nicht direkt«, antwortete der Eremit mit leicht säuerlicher Miene. »Er hat den Ritterorden verlassen, um in der Gegend von Leamington Spa mit irgendeinem windigen Kerl eine Videothek zu eröffnen. Folglich brauchen wir einen Ersatzmann. Der Posten ist wirklich gut«, fügte er hinzu. »Die Besoldung erfolgt nach Gehaltsstufe C, Firmenpferd wird gestellt, und zudem besteht Pensionsberechtigung.«

»Dabei fällt mir was ein ...«, setzte Boamund an, doch der Eremit machte ein abwehrende Geste.

»Darüber hinaus sichert dir die tatsächliche Entdeckung des Grals einen Platz in Avalon, absoluten Sündenerlaß und eine eigene Sage«, fuhr er fort. »Wenn ich ein zielstrebiger und gescheiter junger Ritter wäre, der sich einen Namen machen will, würde ich an deiner Stelle sofort zugreifen.«

Boamund blickte ihn unbeholfen an.

»Und wenn du das nicht tust«, drohte ihm der Eremit, »werde ich dich wieder in Schlaf versetzen, bis du dazu bereit bist. Alles klar?«

»Alles klar«, antwortete Boamund.

»Na prima. Zehennagel!«

Die Zwergenklappe im Wohnzimmer schlug auf, und Zehennagel erschien. Seine Arme waren bis zu den Ellenbogen mit Öl verschmiert, und er hielt einen Schraubenschlüssel in der Hand.

»Was ist denn?« grummelte er mißmutig.

Der Eremit blickte ihn mißbilligend an. »Bastelst du etwa schon wieder an deinem Motorrad herum?«

Zehennagel blickte verstohlen über den Schemelrand hinweg nach oben. »Und was wäre daran so schlimm, wenn ich es tatsächlich täte?«

Der Eremit schüttelte resigniert den Kopf. »Weil es genau das ist, was ich wissen will. Wenn dieses alte Scheißding nämlich nicht funktioniert, verzaubre ich's für dich, und dann tragen Geschirrhandtücher endlich nicht mehr überall diese öligen Fingerabdrücke.«

»Laß bloß die Finger von meinem Motorrad!« protestierte der Zwerg mit mürrischer Miene. »Ich bin nun mal ein Zwerg, und das Reparieren von irgendwelchen Sachen steckt mir im Blut.«

»Das Anschließen neuer Waschmaschinen aber anscheinend nicht«, merkte der Eremit spöttisch an. »Ich bin von Kopf bis Fuß naßgespritzt worden, als du versucht hast, die Maschine anzuschließen.«

»Das ist ja auch Klempnersache«, wehrte sich der Zwerg. »Wenn du Klempnerarbeiten zu erledigen hast, muß du eben einen Klempner ins Haus kommen lassen. Nebenbei, was wolltest du überhaupt von mir?«

Mit einem resignierten Seufzer blickte der Eremit auf die ölverschmierten Fußabdrücke auf dem Teppich und antwortete: »Sir Boamund hier braucht eine neue Rüstung, ein Schwert, einen Schild und den ganzen anderen Plunder. Schau bitte mal im Schrank unter der Treppe nach, was wir noch alles vorrätig haben.«

»Na also, das klingt doch schon vernünftiger«, kommentierte der Zwerg schnippisch, bevor er sich artig verbeugte und verschwand.

»Eigentlich ist er ein prima Kerl, wirklich«, meinte der Eremit. »Ich wünschte nur, er würde nicht andauernd versuchen, der Katze einen Sattel umzuschnallen und mit ihr ums Haus zu reiten. Die Katze mag das einfach nicht.« Der Eremit erhob sich, schüttelte Boamund die Hand und klopfte ihm auf die Schulter. »Auf alle Fälle wünsche ich dir alles Gute. Schau doch mal rein, wenn du den Gral gefunden hast, und zwischendurch solltest du mir ruhig berichten, wie du vorankommst.«

Boamund nickte. So ist das mit dem Ritterdasein; die eine Minute sitzt man noch unter einem Baum, kaut gedankenverloren an einem Grashalm herum und träumt vor sich hin, und im nächsten Augenblick wird man in eine ganze Kette von Abenteuern verwickelt, was möglicherweise darauf hinausläuft, daß man die älteste Tochter des Königs heiratet, jedoch genausogut damit enden kann, daß man vom Pferd gestoßen wird und sich den Hals bricht. Als Ritter lernt man es jedoch, sich rasch jeder Situation anzupassen; zumindest in dieser Hinsicht ist dieser Job ein wenig wie der eines Klinkenputzers.

»Tschüß denn«, verabschiedete sich Boamund. »Das Astrolabium lasse ich einfach hier. Wenn du zufällig mal Zeit hast, einen Blick darauf zu werfen, wäre ich dir dankbar.«

»Jaja, natürlich«, grummelte der Eremit, wobei er bereits in einem See aus blauem Licht versank und ins Zentrum des großen Glasbergs gezogen wurde. Ein Paar Pantoffeln ging plötzlich in Flammen auf, und dann blieb nur noch ein leerer Sessel zurück.

Als Boamund bereits gehen wollte, flüsterte eine

schwache Stimme aus weiter Ferne: »Was immer du auch tust, hüte dich vor der Nähe …«

»Wie bitte?« fragte Boamund. Er wartete noch ein paar Minuten auf eine Antwort, doch alles, was er hörte, war das ferne Klingeln des Eismanns.

»Was ist denn das?« staunte Boamund.

Zehennagel seufzte. Er hatte das bestimmte Gefühl, daß sich dieser Boamund als ein äußerst schwieriger Fall erweisen würde, und beschloß deshalb, sich so geduldig wie nur irgend möglich zu geben. Unglücklicherweise gehört Geduld nicht zu den drei großen Zwergentugenden*.

»Das ist ein Reißverschluß«, klärte er Boamund auf. »Guck, der ist dazu da, um damit etwas zuzumachen.«

»Was kann man damit zumachen?«

»Na, das hier.«

»Aua.«

Zehennagel seufzte erneut. »Das ist so eine Art Hosenbeutel, du wirst dich schon dran gewöhnen.«

Boamund rieb sich die schmerzende Stelle und murmelte etwas davon vor sich hin, daß solche Reißverschlüsse seiner Meinung nach eine völlig dämliche Verpackungsform seien. Zehennagel strahlte übers ganze Gesicht und reichte ihm den Helm.

»Und was ist das schon wieder?«

Zwar hatte es Zehennagel allmählich satt, dennoch antwortete er geduldig: »Das ist ein Helm.«

Boamund starrte ihn fassungslos an. »Hör mal, ich weiß zwar, daß das meiste hier neu für mich ist, aber versuch nicht, mich zu vergackeiern. Ein Helm ist schwer und glänzend und ist aus edelstem Eisen gefertigt. Dieser hier ist aus diesem Zeug … wie nennt man das noch mal?«

---

* Ehrlichkeit, handwerkliches Geschick und – kaum zu glauben, aber wahr – Zahnpflege.

»Plastik oder, wie in diesem Fall, Fiberglas. Das ist ein Sturzhelm, und von den Helmen, die du von früher her kennst, unterscheidet er sich gewaltig.«

»Aber …«

Zehennagel zwang sich, unter allen Umständen durchzuhalten, weil sie sonst kein Stück weiterkämen. »Paß auf, zu deiner Zeit gab es Kampfhelme und Turnierhelme und Paradehelme, und alle habe sich voneinander unterschieden, stimmt's? So, und das hier ist ein Helm fürs Motorradfahren, und darum ist er anders als ein normaler Helm, klar?«

Boamund begann zu schmollen. Er hatte bereits zweimal zuvor geschmollt; einmal als Zehennagel ihm eine Motorradjacke ausgehändigt hatte, woraufhin Boamund dem Zwerg klarzumachen versucht hatte, nur Bauern und Bogenschützen trügen Lederrüstungen, und ein weiteres Mal als ihm gesagt wurde, er solle auf dem Soziussitz mitfahren. Er hatte gerade klarstellen wollen, daß stets der Ritter das Pferd reite und gefälligst der Zwerg auf dem Soziussitz Platz zu nehmen habe, als es Zehennagel gelungen war, ihn zum Schweigen zu bringen, indem er ihm ein schweres Werkzeug auf die Füße hatte fallen lassen.

Aufgrund der letzten Vorfälle ging Zehennagel deshalb davon aus, daß schon bald noch mehr Ärger ins Haus stehen würde. »Und hier sind dein Schwert und dein Schild. Halt mal eben fest, während ich …«

»Ey, warum stecken die Dinger denn in Leinensäcken? Es ist nicht gerade ehrenhaft, wenn man mit einem eingepacktem Schwert umherzieht.«

Zehennagel hielt es noch nicht für den geeigneten Zeitpunkt, Boamund zu erklären, warum es nicht sonderlich ratsam wäre, ein Schwert offen zur Schau zu tragen; Begriffe wie ›Verhaftung‹ oder ›Angriffswaffe‹ gehörten wahrscheinlich noch nicht zum Vokabular des Ritters. Deshalb beschränkte er sich darauf, ihm zu verdeutlichen, daß die Suche nach dem Gral es erfordere, inkognito zu reisen, um sich unterwegs kräftezehrende Auseinandersetzungen zu ersparen. Merkwürdigerweise schluckte Boamund das, ohne irgendeinen Kommentar abgeben zu müssen.

»Gut, und wo ist das Pferd?« wollte Boamund schließlich wissen.

»Na ja, das ist kein richtiges Pferd«, antwortete Zehennagel zögernd. »Jedenfalls nicht direkt. Komm mit, am besten siehst du's dir mal an.«

Der Zwerg ging voran, bis sie durch die Hintertür ins Freie kamen. Dort stand unter einer Wäscheleine seine geliebte Triumph Bonneville, das einzige auf der ganzen Welt, das er wirklich und ohne Vorbehalte liebte.

»Was ist denn das?« staunte Boamund heute nicht zum erstenmal.

Zehennagel ballte die Fäuste fest zusammen und antwortete unter großen Mühen: »Das hier ist ein Motorrad. Das ist so was wie« – er schloß die Augen und durchwühlte sein Gehirn nach einem passenden Ausdruck, zog dabei sämtliche Schubladen heraus und schüttete den gesamten Inhalt auf den Boden –, »so was wie ein Zauberpferd, das nicht beschlagen werden muß.« Etwas Besseres wollte ihm dazu partout nicht einfallen.

»Kann das Ding auch fliegen?« wollte Boamund wissen.

»Nein«, seufzte Zehennagel. »Die Maschine fährt auf dem Boden. Kein Sorge, mit Rückenwind und bergab macht sie hundertachtzig Sachen.«

»Was für hundertachtzig Sachen?«

»Kilometer.«

»Ach so.« Boamund runzelte nachdenklich die Stirn. »Und was machst du dann?«

»Wie meinst du das?«

»Na, sobald du hundertachtzig Kilometer damit zurückgelegt hast. Nimmst du dir dann eine neue Maschine, oder was machst du ...?«

»Nein, nein!« unterbrach ihn Zehennagel, wobei er die Augen nach oben verdrehte und nur mit Mühe der Versuchung widerstehen konnte, Boamund in die Kniekehlen zu beißen. »Hundertachtzig Kilometer pro Stunde«, stellte er klar.

»Moment mal, eben hast du doch noch gesagt, die Maschine kann nicht fliegen.«

»Das tut sie auch nicht.«

Dennoch schien Boamund davon nicht überzeugt zu sein. »Alle Zauberpferde, von denen ich jemals gehört habe, konnten fliegen. Da wäre beispielsweise Altamont, das geflügelte Roß von Sir Grevis de Bohun. Es machte über fünfhundert Sachen pro Stunde und brauchte von null auf hundert keine drei Sekunden ...«

»Jaja, ist ja gut. Trotzdem ...«

»Mein Onkel hatte auch mal so ein Zauberpferd.« Boamund ließ nicht locker. »Von Caernarvon nach Tintagel hat er damit einmal nur ein Stunde und sieben Minuten gebraucht. Man könne dem Pferd ganz schön die Stiefel geben, sagte er immer.«

»Ähm ...«

»Es hatte auch alle möglichen Sonderausstattungen«, schwärmte Boamund verträumt. »Einzeln gedämpfte Steigbügelaufhängung, Servozügel, einen hydraulisch gedämpften Sprungriemen, individuell angefertigte Dreipunktgurte aus Kammgarn, automatische ...«

Zehennagel marschierte entschlossen auf das Motorrad zu. »Komm endlich, schließlich haben wir nicht den ganzen Tag lang Zeit.«

Boamund zuckte die Achseln. »Schon gut. Und wo sitze ich?« wollte er wissen.

»Hinter mir. Steig auf. Hast du den Sack dabei?«

Boamund nickte und setzte den Helm auf. Während er das eine oder andere vor sich hin murmelte, zog Zehennagel den Choke, klappte den Kickstarter zur Seite, stellte sich darauf und sprang hoch.

Unnütz zu erwähnen, daß das verdammte Ding nicht ansprang.

Boamund klopfte ihm auf die Schulter. »Was machst du da eigentlich?«

»Ich versuche, die Maschine zu starten«, klärte ihn Zehennagel auf.

»Indem du dieses Dingsda runterklappst und darauf herumtrittst? Wozu soll das gut sein? Damit reizt du die Maschine doch nur unnötig, und am Schluß wehrt sie sich und beißt dich oder macht wer weiß was mit dir.«

*Ich könnte ja versuchen, ihm alles zu erklären, aber wozu?* fragte sich Zehennagel. Dann plazierte er den rechten Fußballen genau auf das Pedal des Kickstarters, erhob sich im Sattel und sprang erneut nach unten. Wie gewöhnlich rutschte er mit dem Fuß vom Pedal ab, schürfte sich böse das Schienbein und fluchte laut.

»Hab ich's dir doch gleich gesagt«, rügte ihn Boamund. »Warum sagst du nicht einfach das Zauberwort?«

»Weil es kein Zauberwort gibt, du dämlicher Einfaltspinsel!«

Boamund seufzte und murmelte irgend etwas Unverständliches vor sich hin. Sofort sprang der Motor an, heulte kurz auf und verfiel gleich darauf in ein sanftes, verträumtes Schnurren. Von dem sonst üblichen Rasseln der falsch eingestellten Ventile war nichts zu hören. Zehennagel saß mit offenem Mund und andächtig lauschend da; sogar das Geräusch der Antriebskette klang gut.

»Können wir jetzt endlich los?« drängte Boamund. »Selbst wenn dieses Ding hier einigermaßen läuft, brauchen wir wenigstens eine Stunde.«

»Wie hast du das bloß gemacht?« staunte Zehennagel. »Normalerweise springt die Maschine nie beim erstenmal an. Niemals...« Irgendwie kam sich der Zwerg von seiner großen Liebe hintergangen vor.

»Ganz einfach«, stellte Boamund klar. »Ich hab das Zauberwort gesagt. Ganz so dumm, wie du gern möchtest, bin ich nämlich auch nicht.«

*Also gut, genug ist genug!* sprach sich Zehennagel Mut zu. *Du hast es nicht anders gewollt.* Er ließ den Seitenständer einrasten, legte den ersten Gang ein und drehte das Gas hoch. Das Vorderrad schnellte zufriedenstellend gen Himmel, und mit dem widerspenstigen Quietschen mißhandelten Gummis ging es die Zufahrt hinaus auf die Cairngorm Avenue. Am Ende der Straße hatte Zehennagel fast achtzig drauf, und als sie in die nächste Straße einbogen, ging er so scharf in die Kurve, daß der Ständer auf der rechten Seite funkensprühend über den Asphalt kratzte.

*Blas mir doch den Schuh auf mit deinen Zauberpferden, du Ritter von der traurigen Gestalt! Ich werde dir schon zeigen, was ein Zauberpferd ist.*

Als sie sich auf dem Sunderland Crescent wie eine vom Wahnsinn befallene Honigbiene mit hundert Sachen lässig um die geparkten Autos hindurchschlängelten, beugte sich Boamund vor und klopfte Zehennagel auf die Schulter.

»Was ist denn?« brüllte Zehennagel nach hinten. »Willst du, daß ich langsamer fahre?«

»Bestimmt nicht!« schrie Boamund zurück. »Kriegst du das Ding nicht schneller?«

Der Zwerg wollte gerade etwas sehr Abfälliges von sich geben, als Boamund erneut eine unverständliche Floskel vor sich hin brabbelte und die Straße vor Zehennagels Augen plötzlich zu einem einzigen Fleck verschwamm. Er schrie um Hilfe, doch der Fahrwind übertönte alle anderen Geräusche. Direkt vor ihnen fuhr dieser Möbelwagen und …

… und dann flogen sie. Dabei waren sie bei der ganzen Geschichte nur haarscharf einem Unfall entgangen: der Vorderreifen hatte noch die Hinterkante des Lastwagendaches gestreift, und höchstwahrscheinlich müßte er demnächst wieder einmal einen Hinterreifen beim Schrotthändler auftreiben (versuchen Sie mal, für eine Bonneville Baujahr '74 einen Hinterreifen aufzutreiben, und Sie werden sehen, was dabei herauskommt), doch immerhin waren sie noch am Leben. Und sie befanden sich in der Luft!

»Hol mich sofort hier runter!« kreischte Zehennagel. »Was denkst du dir eigentlich dabei? Das hier ist ein uraltes Motorrad, ich habe stundenlang daran herumgebastelt, um es wenigstens einigermaßen konkurrenzfähig zu machen. Wenn es kaputtgeht, bringe ich dich um!«

»Aber es ist so furchtbar langsam«, rechtfertigte sich Boamund. »Halt dich einfach fest, wir sind sowieso gleich da.«

Zehennagel wurde allmählich schlecht. »Bitte ...«, jammerte er kleinlaut.

In den Gesetzen des Rittertums, die ungefähr so verständlich und praktisch anwendbar sind wie die Mehrwertsteuerbestimmungen, ist festgelegt, daß ein wahrer Ritter Mitleid mit den Schwachen und Gebrechlichen haben muß, und folglich murmelte Boamund – wenn auch nur widerwillig – die passende Formel. Gleich darauf setzte das Motorrad mit einer annähernden Geschwindigkeit von vierhundert Kilometern auf der in Richtung Süden führenden Fahrbahn der M18 auf.

*Jesus, Maria, Josef!* stöhnte Zehennagel im stillen. *Wenn ich einen Leserbrief an das Motorradfanmagazin schreibe, glauben die mir sowieso kein Wort davon.* Er sammelte die ganze Kraft seiner rechten Hand zusammen und zog an der Bremse. Allmählich verlor das Motorrad an Geschwindigkeit und kam auf dem Seitenstreifen zum Stehen. Schließlich stellte der Zwerg den Motor ab und saß, am ganzen Körper zitternd, stumm da.

»Und was soll das jetzt schon wieder?« fragte Boamund gereizt.

Zehennagel drehte sich langsam auf dem Sattel um, beugte sich zu Boamund vor, bis sich ihre Visiere berührten, und fauchte: »Jetzt paß mal auf! Ich weiß, du bist ein Ritter, und ich bin nur ein Zwerg, und du hast eine Vorsehung und weißt alles über altertümliche Technologie, und dein Onkel hatte eine Art Motorrad für Beschleunigungsrennen, das es in drei Sekunden von null auf hundert geschafft hat, aber solltest du jemals wieder eine solche Nummer abziehen, dann nehme ich dein Schwert und stecke es dir direkt ins Arschloch, ist das klar?«

Hundert Zentimeter zerstörter Träume und verletzten Stolzes können manchmal recht überzeugend wirken, und Boamund zuckte ergeben die Achseln. »Wenn du meinst. Ich wollte dir nur helfen.«

»Dann laß es.« Zehennagel sprang erneut auf den Kickstarter, fluchte, versuchte es noch einmal und rollte langsam, aber sicher auf der Kriechspur weiter.

Im Verlauf der nächsten achtzig Kilometer wurden die beiden von drei LKWs, zwei landwirtschaftlichen Nutzfahrzeugen, einem Motorroller und sogar von einem überlangen Fahrzeug mit Polizeieskorte überholt, auf dem ein Gegenstand transportiert wurde, der wie ein vorgefertigtes Brückenteil aussah; doch das interessierte Zehennagel nur herzlich wenig.

Als Boamund ihn erneut bedrängte, wenigstens etwas schneller zu fahren, antwortete Zehennagel: »Wenn es wirklich Gottes Absicht gewesen wäre, daß wir von einem zum anderen Ort schnell und bequem reisen, dann hätte er uns nicht den Verbrennungsmotor gegeben.«

Soweit es Boamund betraf, gab es darauf keine passende Antwort.

»Wohin fahren wir überhaupt?« wollte Boamund wissen.

Zehennagel nahm die linke Hand vom Lenkrad und zeigte auf ein Schild.

»Ja, ich kann schon lesen«, grummelte Boamund. »Aber was heißt das?«

Diese Frage verunsicherte Zehennagel; für ihn erklärte sich das Wort ›Rasthof‹ selbst. Deshalb hielt er es nicht für notwendig, Boamunds Frage zu beantworten, und fuhr auf den Parkplatz.

»Also mit dem Wort ›Rast‹ kann ich ja noch was anfangen«, meinte Boamund kopfschüttelnd, nachdem er den Helm abgenommen hatte. »Man gönnt sich als Ritter nämlich nur selten eine Rast, schon wegen der Rüstung – wer rastet, der rostet, davon kann ich ein Lied singen … Aber Hof? Ich meine, muß man hier jemandem den Hof machen? Oder hat sich hier etwa der ganze Hof versammelt, und kommen die Ritter hierher, um sich vor ihren Herren zu verbeugen und sie um den ein oder anderen Gefallen zu bitten?«

Zehennagel dachte an das Theater, das er hier letzthin mitgemacht hatte, als er eine Bratwurst, gebackene Bohnen und Toast ohne das normalerweise dazugehörige Spiegelei bestellen wollte, und sagte: »Ja, so was Ähnliches ist das hier. Hast du Hunger?«

»Da du davon redest, ja«, antwortete Boamund. »Alles, was ich in den letzten fünfzehnhundert Jahren zu mir genommen habe, sind ein Becher vergiftete Milch, ein Plätzchen und irgend so ein Kringelgebäck.«

»Nicht vergiftet, sondern mit Betäubungsmitteln angereichert«, korrigierte ihn Zehennagel. »Wäre die Milch vergiftet gewesen, wärst du jetzt nicht hier.«

»Dann muß das wohl Wunschdenken von mir gewesen sein«, räumte Boamund ein.

Kurz darauf gab sich Zehennagel redlich Mühe, Boamund das System des Essenfassens in einer Raststätte bis in die letzte Einzelheit zu erklären. »Du nimmst dir ein Tablett und stellst dich hinten in der Reihe an, während die Leute vor dir bedient werden. Sobald du dran bist, sagst du einer der Frauen hinter dem Tresen, was du von ihr willst … rein essensmäßig natürlich«, fügte er rasch hinzu. »Dann stellt sie dir das Zeug aufs Tablett, und du gehst damit zur Kasse. Alles klar?«

Boamund nickte. »Und was dann?«

»Dann setzen wir uns hin und essen.«

»Wo?«

Zehennagel blickte verdutzt zu Boamund auf. »Wie meinst du das?«

»Wo setzen wir uns hin?« wiederholte Boamund. »Ich meine, ich will mich nicht selbst zum Narren halten, indem ich mich auf einen unehrenhaften Platz setze.«

*Du meine Güte!* fluchte Zehennagel im stillen. *Warum habe ich bloß keine Sandwiches mitgenommen?* »Du setzt dich hin, wo du willst. Das hier ist ein Rasthof und kein Galadiner beim Oberbürgermeister.«

»Was ist denn ein ...?«

»Halt's Maul!«

Zu Boamunds Ehrenrettung sei gesagt, daß er geduldig in der Reihe wartete, ohne zu drängeln oder zu schubsen, und selbst wenn ihm der ein oder andere der LKW-Fahrer versehentlich auf den Fuß trat, forderte er niemanden zum Duell heraus. Zehennagel hing der Magen allmählich in den Kniekehlen.

»Der nächste, bitte!« sagte die junge Frau am Tresen für ›Heiße Spezialitäten‹. Zehennagel bestellte sich ein Steak mit Bohnen und wollte sich bereits zur Kasse begeben, als er Boamunds Stimme hörte.

»Ich möchte einen mit Wachteln gefüllten, knusprig gerösteten Schwan, ein großes Lendenstück vom Eber, in Honig gebraten, passiertes Rehfleisch, drei angebratene Rebhühner und einen halben Liter Rheinwein. Bitte«, fügte er in aufrichtiger Bescheidenheit hinzu.

Die junge Frau blickte ihn befremdet an.

»Ich habe gesagt, ich möchte einen mit Wachteln gefüllten, knusprig gerösteten Schwan ...«

Einer der wenigen Vorteile, den man als Zwerg hat, besteht darin, daß man sich Situationen wie dieser entziehen kann, ohne daß es jemandem auffällt, und sei es, indem man sich noch kleiner macht und sich zwischen den Beinen der Leute hindurchschlängelt. Sehr vorsichtig, um keine Soße zu verschütten, entfernte sich Zehennagel vom Ort des Geschehens.

»Zehennagel!«

Schwer seufzend blieb der Zwerg stehen. Die hinter Boamund stehenden Gäste wurden allmählich ungeduldig.

»Zehennagel, du hast mir gesagt, ich solle bei einer der Frauen hinterm Tresen bestellen, was ich essen will. Und jetzt sagt mir hier dieses ... dieses Burgfräulein mit der komischen Haube, ich könne nur noch etwas kriegen, das *Larsantje* oder so heißt.«

»Das schmeckt dir bestimmt«, krächzte Zehennagel mit knallrotem Kopf. »Glaub mir, die machen hier eine ganz hervorragende Lasagne.«

Doch Boamund schüttelte entschieden den Kopf. »Hören Sie mal, meine Liebe«, sagte er zu der jungen Frau, deren Gesicht genau das tat – nur sehr viel schneller –, was normalerweise Beton tut. »Ich will diese gelbe Matsche nicht, klar? Ich will mit Wachteln gefüllten, knusprig gerösteten Schwan und ...«

Die junge Frau sagte etwas zu Boamund, und der Zwerg, dessen Gene voll mit nützlichen Informationen über die Gewohnheiten beleidigter Ritter waren, ließ instinktiv das Tablett fallen und rollte sich auf dem Boden zu einer Kugel zusammen.

Doch wider Erwarten reagierte Boamund relativ gelassen und entgegnete nur: »Wenn ich hier nichts kriege, muß ich mich eben selbst versorgen.« Dann murmelte er die ein oder andere Zauberformel vor sich hin und entfernte sich langsam vom Tresen. Wider besseres Wissen öffnete Zehennagel ein Auge und blinzelte nach oben.

Boamund hielt noch immer das Tablett in den Händen. Darauf befanden sich ein mit Wachteln gestopfter, knusprig gerösteter Schwan, ein in Honig gebratenes großes Lendenstück vom Eber, passiertes Rehfleisch, drei angebratene Vögel und ein großer Zinnkrug.

»He! Das ist nicht erlaubt!« rief die junge Frau empört.

Boamund verharrte in der Bewegung und stand eine Weile reglos da. »Was ist los?«

»Der Verzehr von mitgebrachtem Essen ist hier nicht gestattet«, klärte ihn die Bedienung auf.

Zehennagel spürte zwar, wie sich ihm ein Stiefel in die Rippen grub, doch versuchte er, sich nichts anmerken zu lassen.

»Allmählich verstehe ich überhaupt nichts mehr, Zehennagel. Erst gibt's hier kein richtiges Essen, nur dieses *Larsantjezeugs*, und jetzt sagt mir diese Maid, ich dürfe mein mitgebrachtes Essen nicht verzehren. Heißt das, wir tauschen hier untereinander Tabletts aus, oder was?«

Zehennagel stand auf. »Komm schon, Boamund. Laß uns gehen, und zwar schnell.«

»Aber ...«

»Komm endlich!«

Zehennagel packte Boamund am Ärmel und zog ihn in Richtung Ausgang. Hinter ihnen schrie eine weibliche Stimme: »He, die beiden haben noch nicht bezahlt!«

Boamund blieb wie angewurzelt stehen, und trotz Zehennagels übergnomischer Bemühungen ließ er sich nicht von der Stelle bewegen. »Was haben Sie da eben gesagt?« verlangte Boamund von der Frau zu wissen.

»Sie haben noch nicht bezahlt.«

»Ich habe ja auch von Ihnen nichts gekriegt«, stellte Boamund sehr geduldig und nicht ganz zu Unrecht klar. »Hier gibt es nichts, was ich mag, also habe ich mir selbst etwas zu essen besorgt.«

Zehennagel wettete mit sich selbst, genau zu wissen, was als nächstes passieren würde.

»Der Verzehr von mitgebrachtem Essen ist nicht gestattet«, wiederholte die Stimme penetrant.

*Na prima, ich habe gewonnen,* sagte sich Zehennagel.

»Hören Sie mal, ich …«

»Nein, Sie hören mir jetzt mal zu«, widersprach die Stimme.

Ehre sowie deren Pflege und Erhaltung sind die Säulen des Rittertums. Deshalb ist es äußerst unklug, einem Ritter etwas wie ›Nein, Sie hören mir jetzt mal zu‹ zu sagen, erst recht, wenn er hungrig und durch die äußeren Umstände leicht verwirrt ist. Obwohl Zehennagel bewußt den Blick abgewandt hatte – aus der ziemlich irrationalen Überlegung heraus, daß er für das, was er nicht sehen könne, auch nicht zur Verantwortung zu ziehen sei –, brauchte er keine Augen, um herauszubekommen, was als nächstes passierte. Das Geräusch, das ein stellvertretender Geschäftsführer einer Raststätte von sich gibt, wenn er von einem mit knusprig geröstetem Schwan überladenen Tablett getroffen wird, bedarf keiner weiteren Erklärung.

Zehennagel hatte sich mittlerweile unter einen Tisch verkrochen. Von hier aus konnte er einen kleinen Abschnitt des Kampfes – nämlich ungefähr von den Füßen bis zu den Knien der Beteiligten – sehr gut überblicken, und was ihn anging, so reichte ihm das allemal. Dennoch mußte er einräumen, daß er von Boamund – zumal nach fünfzehnhundert Jahren Schlaf auf einem Berg – erwartet hätte, völlig außer Form zu sein, doch davon konnte nicht im geringsten die Rede sein.

Bald darauf sah Zehennagel nur noch ein Paar Füße, und diese steckten in genau jenen Motorradstiefeln, die er, nachdem er die Füße des schlafenden Ritters ausgemessen hatte, extra vor einer Woche gekauft hatte. Wie unendlich lange her ihm das mittlerweile vorkam!

»Zehennagel!«

»Ja?«

»Du hast keinen besonderen Hunger mehr, oder?«

Zehennagel lugte mit dem Kopf unter der Tischdecke hervor. »Eigentlich nicht. Laß uns doch einfach etwas essen, sobald wir am Ziel unserer Reise angekommen sind, ja?«

»Gute Idee«, stimmte ihm Boamund zu, wobei er sich ein paar Spritzer der Bratensoße aus dem Gesicht wischte und verlegen grinste.

Vier Sekunden vor dem Eintreffen der Polizei saßen die beiden auf dem Motorrad, das auf Anhieb ansprang. Glücklicherweise hatte die Polizei darauf verzichtet, Hubschrauber mitzubringen, denn als das Motorrad plötzlich vom Boden abhob und in Richtung Birmingham davonröhrte, blieb den Ordnungshütern nicht viel mehr übrig, als sich das Kennzeichen des fliegenden Feuerstuhls zu notieren und zwei Studenten auf einer Honda 125 mit defektem Bremslicht zu verhaften.

# 2

»Ja«, antwortete Zehennagel.

»Bist du dir wirklich sicher?« fragte Boamund skeptisch. »Gib mir lieber noch mal die Karte.«

Zehennagel gab sie ihm, und Boamund schaute sich die Karte eine Weile genauer an. »Sieht ganz so aus, als hättest du recht«, räumte er schließlich ein. »Nur habe ich noch nie in meinem Leben eine Burg gesehen, die so aussieht.«

In diesem Punkt stimmte Zehennagel hundertprozentig mit Boamund überein. Die vermeintliche Burg sah nämlich viel eher nach einem kleinen und ziemlich heruntergekommenen Reisebüro aus, das zu allem Überfluß auch noch geschlossen war.

»Vielleicht sollten wir außen herumgehen und den Hintereingang nehmen«, schlug er vor.

Boamund musterte ihn mit fast geringschätzigem Blick. »In diesem Punkt irrst du dich leider gewaltig. Mit Burgen ist es nämlich so, daß ...« Er hielt inne, um die passenden Worte zu wählen. »... na ja, eben so, daß man nicht erst großartig um irgendwas außen herumgehen muß, um hineinzugelangen. Mit Burgen ist das nun mal völlig anders.«

»In Brownshill kann man aber vielleicht doch von hinten reinkommen«, wandte der Zwerg ein. »Oder bist du schon mal hiergewesen?«

»Ich weiß nicht genau«, rätselte Boamund. »Seit damals hat sich eine Menge verändert.«

»Na ja, offensichtlich hat sich die Architektur von Burgen auch verändert, heutzutage scheint man einen schlichteren Baustil zu bevorzugen.«

Boamund runzelte die Stirn und stieg vom Motorrad. Instinktiv spürte Zehennagel, daß sich ihm in nächster Zeit wohl kaum eine günstigere Gelegenheit böte, sich wieder auf die Maschine zu schwingen, den Motor zu starten und mit Vollgas abzuhauen, bevor ihm noch etwas wirklich Furchtbares zustieße; doch aus einem unerfindlichen Grund tat er es nicht. Statt dessen redete er sich ein, daß der Motor sowieso nicht anspringen werde, und darüber hinaus wußte er, daß Ritter böswilliges Verlassen generell mißbilligten. Die Wahrheit war, daß seine gnomischen Gene ein solches Verhalten sowieso niemals zugelassen hätten (›Üb immer Treu und Ritterlichkeit‹ heißt es schon in dem alten Gnomenlied, das er auf der Zwergschule gelernt hatte).

Schließlich ergriff Boamund die Initiative, klopfte an die Tür und rief: »Ist jemand da?«

Schweigen. Er versuchte es noch einmal. Doch dieses Mal holte er zuvor tief Luft, als wäre ihm klar, hier allenfalls noch etwas mit einer lauten Hupe ausrichten zu können, wenn er eine bei sich gehabt hätte. Trotz des Heidenlärms, den er veranstaltete, meldete sich niemand.

»Das muß das falsche Gebäude sein«, drängte Zehennagel. »Komm, laß uns irgendwo anders hingehen und alles in Ruhe überdenken, okay?«

Boamund schüttelte entschieden den Kopf. »Nein, ich bin mir ziemlich sicher, daß wir hier trotzdem richtig sind«, beharrte er und zeigte auf die Eingangstür.

Zehennagel stellte sich auf die Zehenspitzen und blickte nach oben. Doch konnte er nichts Auffälliges entdecken, und er sagte dies auch.

»Noch höher«, half ihm Boamund auf die Sprünge. »Siehst du nicht, was da ganz oben auf dem Türrahmen steht? Es ist zwar kaum zu erkennen, aber es steht eindeutig da.«

Zehennagel spähte mit zusammengekniffenen Augen auf die besagte Stelle. Wie er einräumen mußte, waren dort oben in den spröden Lack ein paar Striche hineingeritzt worden, die man allerdings nur mit sehr viel Phantasie als ein nicht zufällig entstandenes Muster deuten konnte. Eine Weile nahm er das Gekritzel genauer in Augenschein, bis er sich schließlich einbildete, einen Strauß Rosen mit ineinander verschlungenen Blättern zu erkennen. »Ah ja, jetzt kann ich's auch sehen. Und was ist das?«

»Das ist eine Art Wegweiser oder Hinweisschild«, klärte Boamund ihn auf. »Ein Zeichen aus der alten Symbolik, das darauf hinweist, daß hier irgendwo Ritter sein können.«

»Was meinst du mit: ›Sein können‹? Bedeutet das, daß hier auch wirklich welche sind?« fragte Zehennagel.

»Genaugenommen, nein«, antwortete Boamund. »Tatsächlich bedeutet das Zeichen: ›Versicherungsvertreter oder Zeugen Jehovas haben keinen Zutritt – Vorsicht, bissiger Hund!‹ Wenn man allerdings zwischen den Zeilen liest, dann … Hier, was ist das da auf dem Türpfosten zum Beispiel?«

»Ein anderes Zeichen?«

»Vielleicht, mal sehen«, murmelte Boamund geistesabwesend. Dann wischte er ein wenig getrockneten Taubendreck vom Türpfosten ab, untersuchte ihn eingehender und kicherte vor sich hin. »Das ist eindeutig ein Wegweiser. Sieh mal.«

»Du mußt mir das Zeug nicht unter die Nase halten, ich glaube dir auch so«, murrte Zehennagel angewidert.

»Dieses altertümliche Schriftzeichen dient dazu, Gerichtsvollzieher wissen zu lassen, daß man umgezogen ist«, erzählte Boamund. »Wir nennen es das große Mumpitz-Pentagramm. Ich nehme an, wir sind hier richtig.« Er hämmerte mit den Fäusten so heftig gegen die Tür, daß Zehennagel das Gefühl hatte, das Holz zusammenzucken zu sehen. Dann rief er mit sehr lauter Stimme ein paar Wörter, die Zehennagel unter normalen Umständen der bulgarischen Sprache zugeordnet hätte.

Nach einigen Sekunden absoluter Stille öffnete sich über ihnen knarrend ein Fenster.

»Wir haben geschlossen!« rief eine Stimme. »Verschwindet!«

Boamund starrte mit offenem Mund nach oben. »Ja gibt's denn so was? Bedders!« jubelte er und winkte begeistert nach oben. »Bedders, ich bin's!«

Zehennagel sah zu dem Mann am Fenster hinauf; ein rundgesichtiger Glatzkopf mit einer roten Knollnase.

»Bo? Das darf doch nicht wahr sein!« rief der Mann erstaunt zurück, wobei sein Tonfall verriet, daß dieses Zusammentreffen für ihn zwar völlig unerwartet und nicht unbedingt gelegen kam, er es aber dem Anblick von weißen Mäusen immer noch vorzuziehen schien.

»Bedders, ich bin's!« wiederholte Boamund mit ungebrochener Begeisterung. »Komm endlich runter, und mach die Tür auf, bevor ich sie noch eintrete!«

Nach Zehennagels Wissen stimmte diese etwas rüde Art der Begrüßung durchaus mit jenen Umgangsformen überein, wie Ritter sie auch unter normalen Umständen miteinander pflegten. Offenbar gehörte es zu den ungeschriebenen Gesetzen des Rittertums, daß man seine warmherzigen Gefühle der Freundschaft oder auch nur sein Wohlwollen gegenüber einem anderen Ritter dadurch bekundete, daß man ihn dazu aufforderte, seine Rüstung anzulegen, um ihn anschließend vom Pferd zu stoßen und ihm mit einem fünfzehn Pfund schweren Streitkolben den Kopf zu zertrümmern.

»Wenn du die Tür auch nur mit dem kleinen Finger berührst, breche ich dir beide Beine!« drohte der Kopf im Fenster von oben herab. Ein Experte für schlagfertige – oder besser: schlagkräftige – Antworten hätte diese Aussage als das ungefähre Gegenstück von ›George, du alter Mistkerl! Wie geht's dir?‹ erkannt, dennoch zog Zehennagel es vor, sich für den Fall der Fälle lieber hinter dem Motorrad zu verstecken.

»Da müßtest du aber schon ein ganzes Heer bei dir haben, du alte Schnapsnase«, antwortete Boamund liebevoll.

Der Kopf grinste. »Bleib gefälligst da, wo du bist!« forderte er Boamund auf, und gleich darauf wurde das Fenster zugeschlagen.

»Was treibst du eigentlich da unten, Zehennagel?« wollte Boamund wissen.

»Mich verstecken natürlich, oder wonach sieht das hier deiner Meinung nach aus?« grummelte der Zwerg hinter dem Motorrad hervor.

»Vor dem alten Bedders brauchst du doch keine Angst zu haben«, beruhigte ihn Boamund. »Der alte Bedders, für dich übrigens Sir Bedevere, ist völlig harmlos, also beachte ihn einfach gar nicht. Aber egal. Schnell, wo sind Schwert und Schild?«

Boamund durchwühlte das Gepäck, und als sich die Tür öffnete (in der, wie Zehennagel zu seinem Entsetzen feststellen mußte, eine große Gestalt erschien, die von Kopf bis Fuß in Stahl steckte), hatte er bereits das Schwert und den Schild gefunden und sich den Sturzhelm wieder aufgesetzt. Nachdem Zehennagel die ihm zu Verfügung stehenden Möglichkeiten nach allen Seiten abgeklopft hatte, sprang er in die linke Satteltasche, duckte sich und zog den Deckel über den Kopf nach unten. Hin und wieder kann es durchaus von Vorteil sein, wenn man klein ist.

»Ha! Hinweg, treuloser Ritter!« hörte er jemanden sagen. »Bei deinem Anblick fehlen mir die Worte, also soll mein Schwert für mich sprechen!«

»Dann solltest du dich vor mir hüten, denn sonst verschlägt es dir noch vollends die Sprache!« erwiderte der andere Idiot.

Danach gab es ein Geräusch wie bei einer gewaltigen Massenkarambolage, gefolgt von einem unvermeidlichen Geräusch von etwas Metallischem, das sich wie eine Radkappe anhörte, die erst über den Boden rollt, dann ins Trudeln gerät und schließlich mit einem Scheppern liegen bleibt. Zu guter Letzt ertönte schallendes Gelächter.

Und dann klappte jemand den Deckel der Satteltasche hoch und zog Zehennagel am Kragen heraus.

»Das hier ist Sir Bedevere, Zehennagel«, stellte ihm Boamund seinen alten Kampfgefährten vor. »Und das hier, Bedders, ist mein Zwerg Zehennagel.«

»Schön, dich kennenzulernen, Zehennagel«, sagte der in einer Rüstung steckende Geisteskranke. Allem Anschein nach mußte es sich bei dem Gegenstand, der sich selbständig gemacht hatte und über den Boden gerollt war, um Bedeveres Helm gehandelt haben, da der Ritter barhäuptig und mit einer klaffenden Schnittwunde über dem linken Auge vor ihm stand. »Also gut, dann kommt mal lieber mit rein«, forderte Bedevere die beiden auf. »Die anderen sind gerade alle unterwegs, und ich bin wieder mal der Depp, der die Küche wischen darf«, fuhr er mürrisch fort, doch gleich darauf erhellte sich seine Miene, denn er hatte eine Idee. »Moment mal! Dein Zwerg kann das doch erledigen, oder?«

Zehennagel wollte gerade heftig protestieren, als Boamund bereits antwortete: »Gute Idee«, und dem Zwerg ermunternd auf den Rücken klopfte.

*Wenn das so weitergeht, drehe ich hier noch durch!* seufzte Zehennagel im stillen. Wie sich allerdings zeigen sollte, hätte alles noch sehr viel schlimmer kommen können. Denn nachdem ihm Bedevere Eimer und Lappen gegeben hatte, stellte es sich heraus, daß es sich um eine Küche handelte, die kleiner war als die in … na, sagen wir mal, als die im Versailler Schloß.

»Setz dich«, forderte Bedevere seinen Gast auf und führte ihn zu einem bequemen Sessel in den direkt an die Küche anschließenden Gemeinschaftsraum. »Fühl dich ganz wie zu Hause, und erzähl mir alles.«

»Gern, aber was denn?« fragte Boamund und nahm sich ein paar Erdnüsse. »Dabei fällt mir ein, daß ich fast am Verhungern bin, denn ich hab seit einer Ewigkeit nichts mehr gegessen, jedenfalls nichts Richtiges.«

»Dann solltest du diesen Zustand umgehend ändern«, schlug Bedevere mitfühlend vor, und nachdem Boamund die entsprechende Formel aufgesagt hatte, machte er sich daran, ein großes Stück Rehbraten und andere Wildgerichte zu vertilgen, die zuvorkommenderweise direkt vor ihm auf einem großen Teller materialisiert waren.

Während Zehennagel in der Küche auf allen vieren über den Boden kroch und gerade versuchte, einen besonders widerspenstigen Fleck zu entfernen, fragte er sich, wozu Ritter überhaupt eine Küche oder gar einen Küchenfußboden brauchten, wenn sie sich ihr Essen sowieso zaubern konnten.

»Du wolltest gerade was erzählen«, fuhr Bedevere nach einer Weile fort.

»Wirklich?«

»Ja, was du so alles getrieben hast. Außerdem wüßte ich gern, wie es … ähm …«

»Ja?«

»Na ja, wie es angehen kann, daß du noch lebst. Ich meine, das ist natürlich wirklich prima«, versicherte Bedevere seinem alten Freund. »Trotzdem ist das doch einigermaßen erstaunlich, findest du nicht?«

Boamund legte einen Fasanenflügel auf den Teller

zurück und blickte sein Gegenüber mißmutig an. Auch wenn sie gemeinsam die Grundausbildung, die Ritterschule und die Benwick-Kampagne durchgestanden hatten, gab das diesem kleinen Fettwanst noch lange nicht das Recht, ihm persönliche Fragen zu stellen. »Was ist denn mit dir?« wollte er deshalb wissen. »Schließlich bist du derjenige gewesen, der sich immer mit Honigkuchen und Unmengen von Milchbrei vollgestopft hat. Wenn hier einer den Löffel hätte abgeben müssen, dann doch du.«

Bedevere zuckte leicht zusammen. »Das ist allerdings eine sehr lange Geschichte.«

Boamund blickte ihn über eine gegrillte Wachtel hinweg herausfordernd an. »Dann schieß los«, ermunterte er Bedevere. »Ich hab's nicht eilig.«

»Na gut, ganz, wie du willst...«

Die wesentlichen Passagen aus Bedeveres Bericht lauteten wie folgt:

»Bestimmt erinnerst du dich daran, wie schwierig damals die Lage aufgrund der Angelsachsen und all der anderen widrigen Umstände gegen Ende von Artus' Regentschaft war...«

»Nein, eigentlich nicht so genau«, widersprach Boamund, »denn ich hab zu der Zeit geschlafen. Doch glaube ich dir auch so aufs Wort. Also, erzähl einfach weiter.«

»Na gut. Wie ich schon sagte, war die Lage wegen der Angelsachsen und all der anderen widrigen Umstände jedenfalls schwierig, und der König wollte auf keinen Fall, daß sich seine Ritter den übermächtigen angelsächsischen Streitkräften widersetzten.«

Wie Bedevere weiter erzählte, wäre ein solches Vorgehen nach Meinung des Königs ein grundlegender Fehler gewesen, weil sich dadurch alles nur noch verschlimmert hätte. Andererseits hätte es der ritterlichen Ehre widersprochen, die Hände in den Schoß zu legen, während sich ein Haufen dänischer Würstchenverkäufer anschickte, kleine Ladeninhaber vom einheimischen Markt zu fegen.

Deshalb entschied sich Artus für ein kleines Ablenkungsmanöver; und da sich das gesamte Rittertum auf dem absteigenden Ast befand, hielt er es nur für recht und billig, alles mit einem großen Knall zu beenden. Aus diesem Grund versammelte er seine Ritter zur Tafelrunde an seinem Hof von Camelot, erzählte ihnen die kleine Notlüge, daß sämtliche Angelsachsen bereits auf dem Heimweg seien und sogar Geld dagelassen hätten, um damit die zerschlagenen Türen und Fenster reparieren lassen zu können, und schlug ihnen vor, sie sollten am besten allesamt losziehen, um sich auf die Suche nach dem Heiligen Gral zu machen.

Voller Begeisterung nahmen die Ritter diese Herausforderung an, zumal niemand von ihnen auch nur die leiseste Ahnung hatte, wie ein solcher Gral aussah, und kamen schließlich darin überein, sich ein Jahr und einen Tag später auf Camelot wiedereinzufinden und den Gral mitzubringen.

Die Auswirkungen seiner Idee übertrafen Artus' kühnste Träume. Als sich die Tafelrunde erneut versammelte, stellte sich heraus, daß von den hundert Rittern, die sich auf die Suche nach dem Heiligen Gral begeben hatten, fünfzig tot, vierzehn in Kerker geworfen, zweiundzwanzig zum König von Benwick übergelaufen und acht aus dem Rittertum ausgetreten waren, um sich in der freien Wirtschaft als Personalchefs zu verdingen. Die restlichen sechs stellten nach Artus' Auffassung kaum noch ein Problem dar. Deshalb sagte er ihnen zu, auf seine Kosten für sie ein Stiftshaus als Altersruhesitz errichten zu lassen, und stattete sie mit einer Pension aus, machte sie zu Ordensrittern des Heiligen Grals und verschwand über die Feuerleiter, während sie gerade alle an der Bar hockten.

Eine Weile setzten die Gralsritter ihre Suche nach

dem heiligen Etwas fort; doch allein die Tatsache, daß diese sechs die einzigen Überlebenden der ursprünglich einhundert waren, dürfte Beweis genug dafür sein, daß es sich bei ihnen um Ritter gehandelt haben mußte, die sich strikt an die Regel ›Vorsicht (oder besser: die nackte Angst) ist der bessere Teil der Tapferkeit‹ hielten – ganz nebenbei bemerkt, wußte sowieso niemand von ihnen, was ein Gral ist. Etwa drei Jahre lang zogen sie durch Albion, wobei sie auf gut Glück davon ausgingen, einen Gral entweder in einem Wirtshaus oder bei einem Windhundrennen zu finden, und beschlossen schließlich bei nur einer Gegenstimme, die Suche aufzugeben. Da Albion nicht sonderlich groß war, vertraten sie die Auffassung, daß sie während ihrer Reise aller Wahrscheinlichkeit nach längst auf den Gral gestoßen sein mußten. Zwar hatte der König Ihnen gesagt: »Sucht mir den Heiligen Gral«, doch war nicht einmal zwischen den Zeilen die Rede davon gewesen, ihn bei seiner Entdeckung auch als solchen zu erkennen. Deshalb ließen sie das Stiftshaus am Marktplatz errichten und reichten ihre Rente ein. Eigentlich wäre damit soweit alles erledigt gewesen, hätte es sich bei dem Treuhandverwalter des Rentenfonds nicht um einen hartherzigen Zauberer und reaktionären albionischen Nationalisten namens Merlin gehandelt. Er beharrte nämlich auf dem Standpunkt, der Heilige Gral müsse nach Camelot gebracht werden, da erst dann der Wunsch des Königs erfüllt sei; und bis es soweit sei, könnten die sechs Ritter auf ihre Pension warten, bis sie schwarz würden.

Die Ordensritter beschlossen, aus dieser mißlichen Lage das Beste zu machen. Deshalb faßten sie den Entschluß, anstatt aktiv nach dem Gral zu suchen, in Zukunft nur noch passiv nach ihm Ausschau zu halten; konkret hieß das, etwas ganz anderes zu tun, das möglichst interessanter und einträglicher war, während sie darauf hofften, irgendwann automatisch auf das dämliche Ding zu stoßen. Nachdem sie ihre sämtlichen Ersparnisse in den Bau eines Tunnels gesteckt hatten, der einst Albion mit Benwick verbinden sollte – was leider daran scheiterte, daß Benwick im Meer verschwand, als sie nur noch acht Kilometer davon entfernt waren –, zogen sie in das Stiftshaus und vermieteten das Erdgeschoß an einen Mann, der Billigreisen für Pilger organisierte, und arbeiteten selbst in der ortsansässigen Färberei.

Zwar gibt es diese Färberei schon längst nicht mehr, die Ritter aber sind immer noch da.

»Mit Ausnahme von Nentres«, stellte Bedevere betrübt fest.

Boamund blickte ihn entsetzt an und wischte sich heimlich eine Träne aus dem Auge. »Ist er etwa tot?« flüsterte er.

»Nicht direkt«, antwortete Bedevere. »Vor etwa sechs Monaten hat er verkündet, er habe die Schnauze voll und wolle in den Süden gehen. Wie wir gehört haben, soll er so einen komischen Kerl kennengelernt haben, der irgendwo da unten eine Videothek aufmachen will. Jedenfalls ist Nentres mit unserer Urlaubskasse durchgebrannt, dieser alte Mistkerl!« fügte er wütend hinzu. »Vierundsiebzig Pfund und fünfunddreißig Pence! Mit dem Geld wollten wir dieses Jahr eigentlich nach Weymouth fahren.«

»Wo liegt denn Weymouth?« fragte Boamund.

Bedevere erklärte es ihm. »Na ja, aus dem Urlaub wird nun nichts mehr. Wir sind völlig pleite. Jedenfalls ist der Rest von uns immer noch hier, und jetzt bist du auch noch da. Die Welt ist schon klein...« Bedevere führte sich mit zitternder Hand ein Glas Gin Tonic an die Lippen und verschüttete den Inhalt.

»Das kann man wohl sagen«, stimmte ihm Boamund zu.

Bedevere entfernte eine Zitronenscheibe vom Kragen. »Ich freue mich natürlich immer, dich zu sehen«, plapperte er drauflos, »und es wäre wirklich toll gewesen, wenn du etwas länger hättest bleiben können, aber wenn du derart viel um die Ohren hast und es so eilig damit hast, das zu erledigen, wozu du hierhergekommen bist, was offensichtlich ungeheuer wichtig sein muß, worum es sich dabei auch immer handeln mag, dann möchte ich dich wirklich nicht…«

»Das geht schon in Ordnung«, warf Boamund ein.

»… nicht aufhalten. Schließlich haben wir alle selbst genug am Hals und müssen uns um unsere Geschäfte oder Beinahegeschäfte kümmern«, faselte er in einem fort. »Turquine liefert zum Beispiel Pizzas aus, und Pertelope hat eine hübsche kleine Gebäudereinigungsfirma und putzt in Büros, Läden und manchmal auch in ganz normalen Wohnhäusern die Fenster. Galahaut ist Schauspieler, obwohl er gerade kein Engagement hat, und Lamorak kauft irgendwelche Sachen ein und verhökert sie auf Märkten, und ich bin …« Er brach ab und errötete wider Erwarten.

»Nun erzähl schon weiter«, forderte Boamund ihn auf. »Was bist du?«

»Ich … ich bin Versicherungsvertreter«, brummte Bedevere in seinen Bart hinein. »Glaub mir, das ist eine wirklich interessante Tätigkeit«, fuhr er hastig fort. »Du hast ja keine Ahnung, welch bunte Palette von Leuten man da kennenlernt.«

»Ein Versicherungsvertreter also?« hakte Boamund nach.

»Mhm«, murmelte Bedevere. »Falls du zufällig Interesse an einer Versicherung hast, dann …«

»Ich verstehe.« Boamund runzelte die Stirn. Sein breites, offenes, ehrliches und … nun ja, sicherlich auch dummes Gesicht verzog sich zu einer säuerlichen Miene, als hätte er gerade in eine Zitrone gebissen. »Weißt du eigentlich, wie wir dich damals auf der alten Schule genannt haben, Bedders?«

»Ähm, nein«, stammelte Bedevere verlegen. In Wirklichkeit hatte er natürlich von Anfang an zumindest eine ungefähre Ahnung davon gehabt, welchen Spitznamen man ihm gegeben hatte, und sich schon immer darüber geärgert. Wie er es sah, kann man nichts dafür, wenn man mit großen Ohren auf die Welt gekommen ist.

»Li chevalier li plus prest a succeder*«, antwortete Boamund mit vorwurfsvoller Miene. »Zweimal erster bei Turnierkämpfen, soweit ich mich erinnern kann. Mehrere Auszeichnungen in Falkenkunde. Im Hofmachen der Beste. Drei Jahre Ehrenspielführer.« Boamund seufzte. »Und jetzt bist du Versicherungsvertreter, ich verstehe.«

»Ach, das ist doch etwas ganz anderes«, grummelte Bedevere bedrückt. »Die Zeiten ändern sich nun mal, und man muß eben zusehen, wie man …«

»Zum Beispiel erinnere ich mich noch gut daran«, fuhr Boamund unbarmherzig fort, »als dein Vater, er ruhe in Frieden, in einem Jahr zum Sportfest kam und du beim Turnier den Deschamps-Mornay-Gedächtnispokal gewonnen hast. Ach, Bedders, er ist damals so stolz auf dich gewesen …«

Bedevere schniefte verlegen. »Paß auf, es gibt keine Turniere mehr, und irgendwelche Wettkämpfe finden nur noch im Fernsehen statt, dort kannst du alles sehen, vom Billard bis hin zum American Football.«

»Und als er später davon erfuhr, daß du in die Ehemaligenauswahl berufen worden bist … Na ja, ich habe dir nie etwas davon erzählt, Bedders, aber dein Vater hat damals …«

»Hör endlich auf damit!« unterbrach ihn Bedevere, der mittlerweile kurz vorm Heulen war. »So einfach,

---

* Da Bedeveres Vater damals der Herzog von Achaia und bereits siebenundneunzig Jahre alt gewesen war, hätte man die Floskel ›ein Ordensritter mit einer gesicherten Zukunft‹ in bezug auf Bedevere auch wörtlicher nehmen können, als Boamund sie gemeint hatte.

wie du dir das vorstellst, ist das alles nicht. Glaub mir, wir haben wirklich versucht, unser Bestes zu geben. Wir sind sogar in« – der Ritter erschauderte leicht – »Wales gewesen. Aber wir hatten nicht die leiseste Ahnung, wonach wir genau suchen sollten. Das Rittertum bereitet einen auf solche Dinge einfach nicht vor, Bo. Im Leben eines Ritters geht es doch einzig und allein darum, jemanden zu finden, der groß und stark und hinterhältig ist und auf einem riesigen schwarzen Roß sitzt, um ihm dann so lange den Schädel einzuschlagen, bis er runterfällt. Als Ritter überläßt man das ganze Planen und Denken jemand anderem. Unsereins hat Befehle zu befolgen, was meistens darauf hinausläuft, daß man irgendwelche Leute verdreschen muß. Da es aber niemanden gab, der uns gesagt hat, was wir zu tun haben, konnten wir es allein nicht schaffen, Bo. In der modernen Welt ist nun mal kein Platz für Ritter. Wir sind …« Bedevere suchte nach der passenden Formulierung. »Ich denke, man könnte fast sagen, wir sind überqualifiziert. Zu gut ausgebildet. Überspezialisiert. Verstehst du, was ich meine?«

»Du meinst, wir sind nutzlos, nicht wahr?« vermutete Boamund.

»Ja«, stimmte Bedevere ihm zu. »Heutzutage gibt es einfach keine Drachen mehr, und genausowenig gibt es irgendwelche Burgfräuleins, die man retten muß. Zum Beispiel wollte der kleine Turquine neulich einer hübschen Maid zur Seite stehen. Das war auf irgendeiner Party, er lieferte dort Pizzas aus. Er steht also in der Eingangstür, und von drinnen dröhnt diese schreckliche Musik herüber, überall ziehen diese jungen Burschen den Mädchen an den Armen und wirbeln sie in der Luft herum … Na, jedenfalls stürmt er ins Haus, wie ein echter Ritter eben, verprügelt ein paar von den Typen, und dann tritt ihm dieses Mädchen mit dem Knie in die …«

»Ich verstehe schon.«

»Und dann haben die sogar noch die Polizei gerufen«, fuhr Bedevere kopfschüttelnd fort. »Glücklicherweise sind Galahaut und ich zufälligerweise an dem Haus vorbeigekommen, so daß wir Turquine da rausholen konnten, bevor er noch jemanden ernsthafte Verletzungen zugefügt hätte, aber fast wäre ...«

»Trotz alledem«, unterbrach ihn Boamund mit steinerner Miene, als wäre sein Gesicht wegen übermäßiger Schwerkraft direkt vom Mount Rushmore abgestoßen worden. »Ich finde jedenfalls, daß es ganz bestimmt nicht das verkehrteste war, hierhergekommen zu sein, um das Kommando zu übernehmen. Oder was meinst du? Pizzas ausliefern! Versicherungen verkaufen! Der alte Sagramor würde sich im Grab umdrehen, wenn er davon wüßte.«

Bedevere, der sich an ihren gemeinsamen Jagdausbilder aus vergangenen Zeiten erinnerte, stimmte Boamund insgeheim zu und hoffte mittlerweile sogar, einen Partner für seinen eigenen Kampf gegen den grassierenden Schlendrian gefunden zu haben. Dennoch setzte er unwillkürlich zu einer Rechtfertigung an. »Aber du mußt doch verstehen, daß wir ...«

»Ich wollte damit sagen, daß ich aus einem tausendfünfhundert Jahre währenden Schlaf aufgewacht bin, um diesen Orden auf Vordermann zu bringen«, fuhr Boamund in energischem Ton fort. »Und eins kann ich dir garantieren, Bedders: Das werde ich auch tun!«

In diesem Augenblick sprang die Tür auf, und ein großer, rundlicher Mann mit einem roten Gesicht platzte herein. In der einen Hand hielt er ein Mobiltelefon und in der anderen einen Stapel quadratischer dünner Styroporschachteln.

»Bedders!« rief der Mann empört. »In der Küche rennt ein Zwerg rum! Ich geh da rein, um die Pizzas aufzuwärmen, und dieser kleine Fiesling schüttet einfach den ganzen Fußboden mit Wasser voll. Ich hab ihn erst mal in die Rumpelkammer gesperrt, aber dadurch läßt sich der bereits angerichtete Schaden natürlich auch nicht mehr beheben. Wie oft hab ich dir eigentlich schon gesagt, du sollst die Hintertür verschlossen lassen, wenn …?«

Der dicke Mann erstarrte plötzlich und riß die Augen auf. Die Pizzaschachteln rutschten ihm aus der Hand und purzelten der Reihe nach auf den Boden.

»Ach, du dickes Ei!« staunte er nicht schlecht. »Das ist doch Snotty! Die alte Rotznase Bo!«

»Grüß dich, Rotbäckchen«, antwortete Boamund abfällig.

Sir Turquines Gesicht lief noch röter an als zuvor, falls dies überhaupt möglich war. »Verdammt noch mal, Bedders! Spaß muß sein, aber alles hat seine Grenzen. Schließlich habe ich dir erst neulich gesagt, daß die Lage zur Zeit zwar ziemlich mies ist, wir aber wenigstens nicht mehr diesen scheinheiligen Stinkstiefel von Snotty am Hals haben, um uns sein fortwährendes Gelaber über Ideale anhören zu müssen. Wie du dich vielleicht erinnern kannst, bist du mit mir völlig einer Meinung gewesen. Du hast sogar gesagt, daß …«

»Ähm, Rotbäckchen«, unterbrach ihn Sir Bedevere peinlich berührt, »daß hier ist …«

»Und jetzt hast du dir jemanden von der Straße geholt, ihn in eine Verkleidung gesteckt und ihm eine Maske oder so was aufgesetzt, um mich zu Tode zu erschrecken!« protestierte Sir Turquine vehement. »Jetzt guck dir nur mal meine Pizzas an, du Vollidiot! Einige sind sogar aus den Schachteln gefallen, und der ganze Belag ist runter!«

»Ich bin's wirklich, Rotbäckchen«, zischte Boamund mit einer Stimme, die Helium hätte gefrieren lassen. »Na, wie geht's dir denn so?«

Nun ließ Turquine auch noch das Mobiltelefon fallen. »Jetzt laus mich doch der Affe! Du … du bist es ja wirklich«, stammelte er. »Was, zum Teufel, treibst du hier, Snotty?«

Bedevere schluckte schwer. Dann stand er auf und erklärte Turquine alles im Eiltempo. Boamund und Turquine tauschten derweil Blicke miteinander aus, die einen Säbelzahntiger vor Freude zum Weinen gebracht und ihm ein besonders dichtes Winterfell hätten wachsen lassen.

»Schwachsinn! Dazu hat er keinerlei Befugnis«, widersprach Turquine heftig. »Und wenn doch, dann hätte er einen offiziellen Auftrag oder so was dabei, und zwar mit Stempel und Siegel von diesem Arschloch Merlin. Der will uns doch nur vergackeiern.«

Ohne einen Ton zu sagen, griff Boamund in die Jackentasche und holte eine zusammengefaltete Pergamenturkunde hervor, an der ein Siegel hing. Bemerkenswert an dem Siegel war, daß auf merkwürdige Weise ein stahlblaues Licht von ihm ausging.

Sir Turquine, der plötzlich einen trockenen Hals bekommen hatte, nahm die Urkunde und schlug sie auf. Nachdem er sie eine Weile in Augenschein genommen hatte, krächzte er mit zitternder Stimme: »Unsinn! Nichts als dummes Geschwätz steht da drin! Das hat sich Snotty doch alles selbst ausgedacht.«

»Sag Sir Turquine doch bitte, daß er die Urkunde verkehrt herum hält«, forderte Boamund Bedevere auf.

Sir Turquine blickte die beiden ratlos an und drehte die Pergamenturkunde so herum, daß das Siegel nach unten hing. Boamund schnaufte verächtlich; Turquine erinnerte sich an dieses eklige, abfällige Schnaufen, als wäre es erst gestern gewesen, und blickte widerwillig auf das Schriftstück.

»Obwohl mir dabei einfällt, daß Sir Turquine schon immer seine Probleme mit dem Lesen hatte«, fuhr Boamund fort. »Soweit ich mich erinnern kann, hatte die ganze Klasse den *Rosenroman* schon halb durchgelesen, als Sir Turquine noch immer in der letzten Bank saß und vor sich hin murmelte: ›Das ist ein Haus. In dem Haus wohnt eine Maus. Die Maus wohnt in einem Loch. Vor dem Loch sitzt eine Katze. Die Katze …‹«

»Mir ist das sowieso alles scheißegal!« fluchte Sir Turquine. »Ob es nun einen offiziellen Auftrag gibt oder nicht, auf jeden Fall bringe ich Snotty um!«

Sir Bedevere hielt Turquine zurück, indem er ihm rasch die rechte Hand auf den Brustkorb drückte, während Boamund »Das war's dann wohl« murmelte, sich ganz bedächtig hinsetzte und genußvoll eine Olive verspeiste. Turquine prustete noch einmal abfällig, warf die Urkunde auf den Boden und sprang darauf herum. Natürlich konnte er ihr keinen Schaden zufügen, da sie aus Zauberpergament war, so daß ihm bei dieser Aktion lediglich die Schnürsenkel rissen.

Boamund machte eine fast unmerkliche Geste mit der linken Hand und grinste; es war dasselbe selbstgefällige Grinsen, das er schon als Schüler im sechsten Jahrhundert in seiner Funktion als Helmwart gehabt hatte und das einen noch immer zum Wahnsinn treiben konnte. Turquine, der mittlerweile ein puterrotes Gesicht hatte, schnaufte wie ein Pferd, kniete nieder und streckte die flach zusammengepreßten Hände vor. Boamund, der wie ein Erzbischof gönnerisch auf ihn herabblickte, trat ein Stück vor und legte seine Hände so behutsam wie nur eben möglich auf Turquines Handrücken; auf diese Weise gab er seinem Widersacher zu verstehen, dessen Lehnstreue anzunehmen. Was allerdings die Besänftigung von Turquines Gefühlen anging, so kam erschwerend hinzu, daß er feststellen mußte, in einer seiner eigenen Pizzas zu knien.

»Erhebt Euch, Sir Turquine, getreuer und ergebener Ritter«, sprach Boamund mit fester Stimme, wobei er offenbar jede Sekunde dieses Augenblicks in vollen Zügen genoß. Turquine warf ihm einen Blick zu, mit dem man ein Hähnchen sowohl hätte aufspießen als auch grillen können, gab ein äußerst merkwürdiges gurgelndes Geräusch von sich, stand auf und wischte sich mit aufreizend theatralischem Gehabe klebrige Mozarellareste von den Knien.

Boamund blickte nun Bedevere herausfordernd an und wiederholte mit der linken Hand dieselbe unmerkliche Geste wie zuvor.

Bedevere zögerte kurz, murmelte schließlich: »Na gut« und unterwarf sich dann derselben schlichten Zeremonie.

»Und jetzt, Sir Turquine, erweist Ihr mir freundlicherweise den Gefallen und holt meinen Zwerg dort heraus, wo immer Ihr ihn auch hineingesteckt haben mögt.«

»Ich hätte mir denken können, daß dieser Zwerg zu dir gehört, du Ratte«, grummelte Turquine vor sich, während er nur widerwillig in Richtung Küche davonzockelte. »Schon damals in der Schule war es immer höchst eigenartig, daß einige wenige von uns andauernd irgendwelche Zwerge zu haben schienen, während sich der Rest von uns selbst damit abplagen mußte, die Rüstung auf Hochglanz zu polieren. Natürlich lag das nur daran, daß einige von uns irgendwelche weichherzigen Mamis hatten, die befürchteten, daß sich ihre süßen Kleinen womöglich beim Putzen der Rüstungen die niedlichen kleinen Patschehändchen aufkratzen könnten und ...«

Als die Küchentür hinter ihm zuschlug, seufzte Boamund erleichtert und stellte mit Genugtuung fest: »Rotbäckchen war schon immer etwas weinerlich.«

Bedevere, der eigentlich nicht viel von Nostalgie hielt, ertappte sich dabei, wie er unwillkürlich an die unbeschwerten Tage der Kindheit zurückdenken mußte. Insbesondere erinnerte er sich daran, daß er einmal ohne viel Federlesens sein gesamtes wöchentliches Taschengeld dafür ausgegeben hatte, damit jemand dem kleinen Bo eins auswischte.

Und dann fiel ihm ein, daß Boamund zwar schon als junger Rotzbengel einer von diesen fiesen Strebern gewesen war, die von der Schulleitung mit Vorliebe zu Vertrauensschüler berufen wurden, daß es aber nichtsdestotrotz stets eine Art ausgleichender Gerechtigkeit gegeben hatte. Am Schluß pflegte Snotty immer voll in der Scheiße zu stecken, und zwar bis zum Hals – oder besser: bis zu den Armschienen der Ritterrüstung, und das, obwohl er selbst meistens gar nichts dazu beigetragen hatte.

Nachdem Bedevere sich vergewissert hatte, daß Boamund gerade woanders hinschaute, grinste er übers ganze Gesicht. Wie er es sah, mochten Gottes Mühlen zwar langsam mahlen, aber wenigstens machten sie keine halben Sachen, wenn der richtige Zeitpunkt erst einmal gekommen war.

Die Zwergengesellschaft ist straff organisiert und bis zur völligen Erstarrung in sich gefestigt. So weiß der Durchschnittszwerg bis auf den Bruchteil eines tausendstel Millimeters genau, wo sein Platz ist*. Folglich gehört eine unerwartete Beförderung zu jenen Dingen des Lebens, mit denen ein Zwerg seine Probleme hat.

Zehennagel bildete diesbezüglich keine Ausnahme. Vom niedrigen Rang eines Laufburschen für einen Eremiten war er auf einen Streich zum Cheffaktotum eines ganzen Ritterordens aufgestiegen. Bei dem einzigen anderen Zwerg, dem jemals eine solche Auszeichnung zuteil geworden war, handelte es sich laut mündlicher Überlieferung um einen gewissen Lord Whitlow, der zu Zeiten König Uthers dem Haushalt von König Lot von Orkney vorgestanden hatte. Folglich hätte Zehennagel eine solche Beförderung als Ehre begreifen müssen.

Andererseits konnte sich Zehennagel nur schwer des Gefühls erwehren, daß Lord Whitlow seinerzeit mit an

---

* Und zwar – abhängig vom jeweiligen Status – entweder in der Küche oder in der Waffenkammer; in beiden Fällen gehört jedoch ein sehr großer Eimer mit Metallpolitur zur Grundausstattung.

Sicherheit grenzender Wahrscheinlichkeit einige rangniedrigere Zwerge als Helfer gehabt hatte und wenn nicht, dann bestimmt einen Staubsauger. Und selbst wenn er sich nicht absolut sicher sein konnte – zumal mündliche Überlieferungen schnell zu Ungenauigkeiten neigen, wenn es ums Detail geht –, so vermutete er doch um so bestimmter, daß Lord Whitlow seinerzeit höchstwahrscheinlich für seine Dienste entlohnt worden war.

Nichtsdestotrotz sollte sich Boamund in der folgenden Zeit als ein sich völlig korrekt verhaltender Mensch erweisen – wie Ritter nun einmal sind –, und Zehennagel entwickelte sich für die anderen Ordensritter zusehends zu einer Art Respektsperson. Als der Gnom eines Tages zufällig die Teekanne entdeckt hatte, die dem Orden als Haushaltskasse diente, hatte ihm der neue Großmeister sogar das Spritgeld und die Reparaturkosten für den Schaden am hinteren Schutzblech des Motorrads erstattet. Darüber hinaus hatte er Sir Turquine und Sir Pertelope (der fast genauso schlimm war) gedroht, in Ungnade zu fallen, falls sie es auch nur noch einziges Mal ohne seine ausdrückliche Erlaubnis versuchen sollten, den Zwerg in den Mülleimer zu stecken. Zwar war sich Zehennagel noch immer nicht ganz sicher, was ›In Ungnade fallen‹ im Zusammenhang mit diesem Ritterorden zu bedeuten hatte, doch allmählich gelangte er immer mehr zu der Überzeugung, daß man in einem solchen Fall am Wochenende nicht den Lieferwagen benutzen durfte. Bedenkt man, in welchen Branchen Turquine und Pertelope mittlerweile tätig waren, konnte man kaum strengere Sanktionen gegen sie verhängen.

Natürlich gehörte es längst zu Zehennagels Aufgaben, den Lieferwagen allmorgendlich aufzuräumen (was beispielsweise bedeutete, festgetrocknetes Tomatenmark und Käsereste vom Rücksitz zu kratzen oder gelegentlich Kartons mit ungarischen Turnschuhen auszuladen, weil Lamorak aus einem unerfindlichen Grund wieder einmal vergessen hatte, sie selbst in die als Lager dienende Garage zu schaffen), doch verglichen mit früheren Zeiten empfand er solche Tätigkeiten immer noch als eine große Ehre, da Zwerge normalerweise einen sehr hohen Rang bekleiden müssen, um als Oberkammerdiener oder gar als Stallmeister dienen zu dürfen.

Soweit Zehennagel es beurteilen konnte, waren die ersten vierzehn Tage nach Boamunds Amtsübernahme einigermaßen friedlich verlaufen, wenngleich es die ein oder andere heikle Situation zu überstehen gab. Zum Beispiel meuterten an einem der Tage Turquine und Lamorak gemeinsam mit Galahaut – diesem ach so galanten Edelprinzen und Sohn Sir Lancelots – und versuchten, Boamund nach dessen Rückkehr von der täglichen Busfahrt zum Zeitungskiosk aus dem Hinterhalt zu überfallen, um ihn dann in Ketten zu legen und in den Geräteschuppen zu sperren. Doch (wie Zehennagel zu seiner Verwunderung feststellen mußte) verriet Bedevere die Verschwörung, woraufhin Boamund den Plan der anderen durchkreuzte, indem er einfach statt der Linie 15a die Linie 6 nahm. Aufgrund dieses Vorfalls fand nach dem Abendessen im Gemeinschaftsraum eine ernsthafte Aussprache statt, die letztendlich damit endete, daß Turquine mit schmerzverzerrtem Gesicht aus dem Raum taumelte und in der Küche ins Spülbecken kotzte. Doch mit Ausnahme dieses Zwischenfalls entwickelte sich so etwas wie ein normaler Alltag, der in erster Linie daraus bestand, daß die anderen fünf Ritter wie gewöhnlich zur Arbeit gingen und Boamund im Gemeinschaftsraum mit den Füßen auf dem Tisch auf dem Sofa hockte, um sich im Fernsehen Übertragungen von irgendwelchen Billardturnieren anzusehen. Wie Zehennagel nicht entgangen war, hatte Boamund an Billard zusehends Gefallen gefunden. Mittlerweile sprach er sogar offen darüber, einen Billardtisch in der Garage aufbauen zu lassen; was allerdings zur Folge gehabt hätte, daß sich Lamorak für die aus einem Flutschaden stammenden siebenhundert Fernost-Jeans sowie für die etwa fünfzig Radiowecker und all den anderen Ramsch ein neues Lager hätte suchen müssen.

Zehennagel seufzte und tauchte den Lappen in die Metallpolitur. Boamunds Bemühungen zur Wiederaufnahme der Suche nach dem Heiligen Gral hatten sich darauf beschränkt, Zehennagel den Auftrag zu erteilen, sämtliche Waffen und Rüstungen aus dem Keller zu holen und sie auf Hochglanz zu polieren. Den anderen fünf Rittern schien das gut in den Kram zu passen, denn wie er wußte, verspürten sie keinerlei Drang, ihr geordnetes, wenn auch nutzloses Leben aufzugeben, nur um nach diesem dämlichen Gral zu suchen. Mit einem für Zwerge durchaus üblichen Maß an Auffassungsgabe sowie der Fähigkeit, Ereignisse vorauszuahnen, hegte Zehennagel dennoch den Verdacht, daß sich nach Beendigung der Billardweltmeisterschaft einiges an diesem Zustand ändern dürfte. *So was nennt man wohl astrologische Voraussage,* sagte sich Zehennagel.

Er hauchte auf die Oberfläche eines Fehdehandschuhs, polierte ihn an der Hose spiegelblank und legte ihn dann auf den Stapel zu den anderen Gerätschaften. Alle diese Rüstungen und Waffen hätten ausgereicht, um damit ein ganzes Heer auszurüsten, dabei hatte er noch nicht einmal mit dem Geschirr für die Pferde begonnen. Allerdings sah er auch keinen allzu großen Bedarf dafür, denn wahrscheinlich brauchte man für die Gralssuche sowieso höchstens ein paar Wellbleche zur Seitenverstärkung des Lieferwagens.

Aus der Richtung des Gemeinschaftsraums hörte er plötzlich laute Stimmen, und seine Gene sagten ihm, daß die hohen Lords gerade eine Ratsversammlung abhielten.

Das Erinnerungsvermögen ist bei Zwergen stark ausgeprägt. Deshalb ließ Zehennagel den Putzlappen fallen, schlich auf Zehenspitzen zum Wäschekorb, klappte den Deckel hoch und sprang hinein.

»Nein!« widersprach Turquine heftig.

Boamund blickte ihn finster an und schlug mit dem Amtsstab auf den Couchtisch. Lamorak, der noch zweiundvierzig solcher Tische gelagert hatte, seufzte; schon beim Kauf hatte er bezweifelt, daß sie aus massivem Teakholz bestanden.

»Dieses Mal handelt es sich um offene Meuterei!« erregte sich Boamund.

Turquine grinste. »Nicht schlecht, Snotty, du lernst ja richtig dazu«, spottete er.

»Meuterei und Verrat!« schrie Boamund aufgebracht. »Wenn Sir Turquine nicht umgehend zurücknimmt, was er gesagt hat, bleibt mir keine andere Wahl, als ihn aus dem Orden zu verstoßen und ihn in Ungnade fallen zu lassen.«

»Von mir aus, du wirst schon sehen, was du davon hast«, schnaufte Turquine mit verächtlicher Miene und fuhr in selbstbewußtem Ton fort: »Ich brauche diese ausgeleierte Schrottkiste von Lieferwagen sowieso nicht mehr. Hier, guck mal!« Mit erhabener Geste warf er einen Autoschlüssel auf den Tisch. »Die sind derart zufrieden mit mir, daß ich einen Firmenwagen fahren darf, und zwar einen Renault«, fügte er mit Nachdruck hinzu. »Also nimm dir deine Ungnade, und steck sie dir von mir aus sonstwohin ...«

Boamund verzog keine Miene. Er beugte sich nur vor, nahm den Schlüssel vom Tisch und steckte ihn in die Tasche.

Turquine erstarrte vor Entsetzen fast zur Salzsäule. »Ey, das kannst du nicht machen! Schließlich ist das nicht mein Auto!«

»Richtig, denn ab sofort gehört der Wagen dem

Orden,« antwortete Boamund trocken. »Und Ihr, Sir Turquine, seid in Ungnade gefallen. Kommen wir also zum nächsten Punkt ...«

Kurz entstand eine hitzige Debatte, während der Sir Turquine zu verdeutlichen versuchte, daß er sich so etwas nicht gefallen lasse, und Sir Lamorak und Sir Pertelope gleichzeitig darum baten, das neue Auto am Wochenende benutzen zu dürfen. Mit einem heftigen Schlag auf den Tisch – woraufhin die Spitze des Amtsstabs abbrach und unters Sofa rollte – brachte Boamund die anderen zum Schweigen.

»Da Sir Turquine die Redeerlaubnis entzogen wurde, möchte vielleicht jemand anders seine Meinung zu diesem Thema kundtun?« fragte er die anderen.

Eine Weile schwiegen alle, doch dann erhob sich Galahaut zögernd und blickte leicht verlegen in die Runde.

»Hör mal, Bo, was die Suche nach dem Gral angeht, bin ich völlig deiner Meinung. Hundertprozentig sogar. Ich finde auch, daß es unsere Aufgabe ist, ihn zu finden. Also, laßt uns die Sache erledigen. Kein Problem. Allerdings« – er holte tief Luft – »sollten wir vielleicht unsere Zeitpläne ein wenig besser miteinander abstimmen. Mein Agent hat mir nämlich erst vor kurzem mitgeteilt, daß ich demnächst in einem Werbespot für Hundefutter mitwirken soll und ... na ja ... also, ich ...«

Boamunds Gesichtsausdruck ließ nichts Gutes erahnen, doch schien Galahaut nichts davon mitzubekommen, denn er fuhr ungeniert fort: »Das ist für mich die Riesenchance, voll in die Hundefutterbranche einzusteigen. Angeblich soll ich diesen gutaussehenden großen Mann ersetzen, der immer diesen dicken Pullover trägt und sagt, daß dieses Futter von Spitzenzüchtern empfohlen wird. Er ist wohl allmählich in die Jahre gekommen. Wenn ich mich jedenfalls nicht allzu dumm anstelle, könnte ich zu einer Art Kultfigur wie Käpten Iglo werden.«

»Das kannst du vergessen, denn wir fahren nächste Woche los«, winkte Boamund ungeduldig ab.

Galahaut blickte sich hilfesuchend im Raum um, doch mit Ausnahme von Turquine, der noch immer schmollte, schauten alle in die andere Richtung. »Komm schon, Bo, das könnte für mich den großen Durchbruch bedeuten, auf den ich so lange gewartet hab. Eine richtig guter Werbespot ist heutzutage wichtiger als eine Hauptrolle in einem Erfolgsstück an einem Londoner Theater. Schau dir doch nur mal Frau Antje aus Holland an.«

»Wer ist denn Frau Antje aus Holland?« wollte Boamund wissen.

Urplötzlich flammte in Galahauts Augen unbändiger Zorn auf, der sich allerdings rasch legte und durch unverhohlene Hinterlist ersetzt wurde. »Na gut, du bist der Boß«, lenkte er mit ungewohnt sanftmütiger Stimme ein. »Auf mich kannst du zählen.«

*Wie wahr,* dachte Boamund. *Ich brauche bloß in deine Visage zu sehen und eins und eins zusammenzählen, du miese Ratte! Ich weiß genau, was du denkst. Du wirst schon sehen …* »Hat sonst noch jemand was zu sagen?« fragte er in die Runde.

Als sich daraufhin Lamorak zögernd erhob, kniff Boamund die Augen bedrohlich zusammen, was ihm geradezu meisterlich gelang; schließlich hatte er sich für diesen großen Auftritt tagelang vor dem Spiegel vorbereitet.

»Und bevor Sir Lamorak das Wort ergreift, möchte ich klarstellen, daß wir den Gral meines Erachtens nicht auf irgendeinem Flohmarkt finden werden. Also kann Sir Lamorak getrost sämtliche Kisten und den ganzen anderen Krempel, den er hinter meinem Rücken eingeladen hat, wieder aus dem Lieferwagen holen.«

Lamorak stöhnte laut auf. »Ach, nun aber mal halblang, Bo. Heutzutage findet man auf solchen Märkten nun mal allen möglichen alten Schrott und ich …«

»Der Gral ist kein alter Schrott!« unterbrach ihn Boamund mit eisiger Stimme. »Der Gral ist …«

»Ja, was denn nun?« meldete sich auf einmal Pertelope zu Wort. »Wir sind schon alle ganz gespannt darauf, endlich zu erfahren, was der Gral nun eigentlich ist, und vor allem, wie er aussieht.«

»Schön, ich hatte nämlich gehofft, daß mich jemand von euch danach fragt«, erwiderte Boamund und fuhr sich mit der Zungenspitze über die Lippen, die plötzlich staubtrocken und spröde wie Schmirgelpapier waren. Zunächst zögerte er noch, doch plötzlich hatte er so etwas wie eine Eingebung.

*Warum nicht lügen?*

»Der Heilige Gral«, begann er mit überzeugend klingender Stimme, »ist der Becher oder besser: der Kelch, aus dem unser Herr Jesus beim Abendmahl getrunken hat. Bestimmt erinnerst du dich an die entscheidende Textstelle in der Bibel, nicht wahr, Pertelope? Oder hast du damals während des Religionsunterrichts wieder mal kleine Drachen an die Ränder deines Gebetbuchs gemalt?«

Die Gralsritter saßen ehrfurchtsvoll schweigend da und starrten Boamund mit vor Staunen offenen Mündern an.

*Du meine Güte, ist Lügen einfach!*

»Auf alle Fälle handelt es sich bei dem Gral um einen gerillten Kelch mit zwei Griffen, der aus purem Gold gefertigt ist. In das Gefäß sind die wertvollsten Edelsteine eingelassen – Amethyste und Chrysoprase, Diamanten und Rubine. Außerdem wurde mit Buchstaben, die wie loderndes Feuer funkeln, in den Kelch folgende Inschrift eingraviert … ähm … also …«

Fünf wie gelähmt dreinblickende Gesichter starrten ihm gebannt auf die Lippen, während er in Gedanken verzweifelt nach einer geeigneten Inschrift suchte. Er schloß feierlich die Augen und fand tatsächlich die passenden Worte. Sie kamen ihm sogar derart leicht über die Lippen, daß man fast einen falschen Eindruck von ihm hätte bekommen können …

»Mit Buchstaben, die wie Feuer funkeln«, wiederholte er rasch, »ist in den Kelchrand eingraviert …

IE SUILE VRAY SANC GREAL

… jedenfalls, soweit ich mich richtig erinnern kann«, fügte er mit selbstgefälliger Miene hinzu. »Noch irgendwelche Fragen?«

Ein ganze Weile herrschte ehrfurchtsvolles Schweigen. Schließlich stand Pertelope erneut auf. Sein Versuch, möglichst skeptisch dreinzublicken, mißlang kläglich.

»Was steht da noch mal auf dem Kelchrand?« erkundigte er sich vorsichtig.

Boamund wiederholte den Wortlaut der Inschrift. Von Mal zu Mal schienen sich die Worte wohlklingender anzuhören, was nach Boamunds Dafürhalten fast an Zauberei grenzte.

»Warum ist die Inschrift denn in Französisch?« wollte Pertelope nun wissen.

Boamund bekam ein flaues Gefühl im Magen, und er wollte gerade ›Ähm …‹ sagen, als Pertelope fortfuhr: »Ich meine, eigentlich müßte die Inschrift doch in lateinischer Schrift sein, oder? Diese ganzen religiösen Texte sind doch in Lateinisch geschrieben, und deshalb …«

Boamund lächelte nachsichtig. Er hatte genug Zeit gehabt, sich eine elegante Erklärung einfallen zu lassen.

»Du hast völlig vergessen, daß der Gral seinerzeit in der Karwoche von Joseph von Arimathia nach Albion gebracht wurde, wo man, wie wir alle wissen, Französisch spricht. Zufrieden?«

Pertelope grummelte unzufrieden und setzte sich nur widerstrebend wieder hin. Für ihn erhob sich nun Turquine. Obwohl er in Ungnade gefallen war und somit keine Redeerlaubnis hatte, gewann Boamund immer mehr das Gefühl, daß sich ein edelmütiger Großmeister seines Kalibers durchaus eine gewisse Flexibilität erlauben konnte; erst recht dann, wenn es ihm gelänge, diesen alten Töffel von Rotbäckchen vor den anderen als Vollidioten hinzustellen. Deshalb nickte er zustimmend und lächelte gönnerisch.

»Also soll es sich bei diesem wahnsinnigen Riesendingsbums von Goldbecher, mit den ganzen Juwelen und all dem anderen Firlefanz, der da sonst noch reingesteckt wurde, tatsächlich um den Abendmahlskelch handeln?« erkundigte sich Turquine mit skeptischem Blick.

Boamund verzog keine Miene; kurz und gut: er lächelte unverdrossen weiter und nickte bestimmt. *Wer hier wohl der größere Schauspieler ist? Pertelope oder ich?* fragte er sich zufrieden.

»Ich verstehe«, fuhr Turquine fort. »Zu Jesu Zeiten muß man als Zimmermann eine Menge Holz verdient haben, wenn man sich große Goldkelche mit Juwelen leisten konnte. Ich halte das Ganze für ...«

»Danke, ich nehme an, wir haben alle verstanden, was du damit sagen willst«, unterbrach ihn Boamund. »Als Jesus das Wasser in Wein verwandelte, machte der Kelch natürlich eine ähnliche Metamorphose wie das Wasser durch, und daher rührt auch sein heutiger veredelter Zustand.«

Als sich Turquine wieder setzte, leuchtete sein Gesicht knallrot wie eine Verkehrsampel, und hinter ihm kicherte jemand schadenfroh.

Als nächster war Galahaut wieder einmal an der Reihe. »Na prima, damit wäre der Punkt ja endlich für uns alle geklärt«, meinte er. »Aber hast du zufällig auch eine Ahnung, wo das Ding steckt?« fragte er mit leicht geringschätzigem Unterton. »Ich meine, gut, der Kelch wurde von Joseph von ... – ach, ist ja auch egal, woher der noch mal kam – nach Albion gebracht.

Darin sind wir uns jetzt alle einig, aber findest du nicht, daß das schon ziemlich lange her ist? Ich meine, mittlerweile kann der Kelch doch sonstwo sein, oder was meinst du?«

Boamunds Grinsen wurde sogar noch etwas breiter, denn er hatte aufrichtig gehofft, daß ihm jemand diese Frage stellen würde.

Mit dem Auftreten eines Menschen, der kurz davorsteht, mit seinen unvergleichlichen und vor Weisheit strotzenden Äußerungen ins Zitatenlexikon aufgenommen zu werden, antwortete er: »Sir Galahaut, wäre der Kelch nicht verloren, müßten wir ihn nicht suchen.«

Erneut herrschte Schweigen, gefolgt von etlichen Ja-aber-Einwänden der versammelten Gralsritter, die Boamund allerdings mit einem lauten Schlag des Amtsstabs zum Verstummen brachte.

»Freunde und Kollegen!« begann er, wobei er geflissentlich die Stimme aus dem Hintergrund überhörte, die sich danach erkundigte, wer ihn eigentlich zum Vertrauensmann gewählt habe. »Als mir der alte Eremit den Auftrag erteilte, vertraute er mir auch eine uralte Pergamenturkunde an, die uns bestimmt zum derzeitigen Aufbewahrungsort des Heiligen Grals führen wird. Dieses unersetzliche Dokument trage ich stets bei mir...« Er klopfte die Innentasche der Jacke ab, runzelte die Stirn und durchwühlte schließlich hastig sämtliche Taschen. Im selben Augenblick öffnete sich die Küchentür, und Zehennagel zockelte herein.

»Hier ist sie«, flüsterte er. »Du hast sie in der Gesäßtasche deiner braunen Kordhose stecken lassen. Gott sei Dank durchsuche ich immer sämtliche Taschen, bevor ich etwas in die Waschmaschine stecke. Sonst wäre die glatt...«

»Ja danke, du kannst jetzt gehen«, unterbrach ihn Boamund. »Diese Urkunde« – er hielt sie hoch, damit sie von allen Anwesenden gesehen werden konnte – »wird uns garantiert zu der Stelle führen.«

Pertelope hatte sich mal wieder erhoben. »Moment mal! Wenn dieser Wisch da schon so alt ist und darauf steht, wo der Gral ist, dann hat das doch heute wohl kaum noch was zu sagen, oder?« wandte er ein.

Doch die allgemeine Stimmung war längst umgeschlagen. Bedevere trat ihm gegen das Schienbein, während ihm jemand anders riet, sich lieber wieder hinzusetzen und das Maul zu halten.

Mit einer dem Anlaß angemessenen Gebärde brach Boamund das Siegel auf, dann entfaltete er das Dokument und während er es durchlas, wurden seine Augen immer größer. »Ach je«, seufzte er schließlich.

Die Ritter des Ordens des Heiligen Grals waren nicht die ersten Abenteurer, die sich auf die Suche nach diesem sagenumwobenen Gegenstand gemacht hatten – weit gefehlt sogar.

Um nur ein Beispiel zu nennen: Im siebzehnten Jahr der Regentschaft von König Ban von Benwick… An dieser Stelle sollte erwähnt werden, daß Benwick ein Königreich war, das einst zwischen Albion und Europa lag und Albions Isolation vom Rest der Menschheit und dessen Vorliebe für Magie und Rittertum weitestgehend teilte. Kurz nach Artus' Abdankung verschwand Benwick einfach im Meer, und laut Überlieferung hatten sich die Benwicker absichtlich zu diesem radikalen Schritt entschieden, um ihre Nation davor zu bewahren, nichts als ein Anhängsel der Vereinigten Staaten der Mittelmäßigkeit zu werden, die den Rest der Welt ausmachten. Da alle bekannten Benwicker mitsamt ihrem Königreich von der Bildfläche verschwanden, wäre es interessant zu erfahren, wem diese nette kleine Geschichte eigentlich ihren Ursprung zu verdanken hat:

Ein junger Benwicker Ritter namens Sir Prime de Ganys durchstreifte einst auf dem Pferd die Lande, als er eines Tages inmitten einer verlassenen Gegend auf eine Burg stieß. Da der Abend rasch hereinbrach und der junge Ritter weit vom Wege abgekommen war, klopfte er an das Burgtor und wurde vom diensthabenden Zwerg hereingelassen.

Wie sich herausstellte, handelte es sich bei der Burgherrin um eine wunderschöne Maid, die nicht verheiratet war und dort mit Ausnahme von siebenundzwanzig stattlich gebauten Edelmännern und der kleinen Zwergenschar, die geräumige und hervorragend ausgestattete Quartiere auf dem Grund eines stillgelegten Brunnenschachts bewohnte, völlig allein lebte. Sir Prime wurde zu einem wahrhaft fürstlichen Bankett geleitet und labte sich an gegrillter Ente mit Kiebitzen. Für die musikalische Untermalung sorgte ein Zwergenquartett, das sämtliche Passagen aus *Ma Beale Dame* spielte, an die es sich erinnern konnte.

Als sich in dieser entspannten Atmosphäre mit der Burgherrin ein Gespräch entwickelte, erzählte sie Sir Prime, daß die riesige und alles andere als pflegeleichte Burg allem Anschein nach als Aufbewahrungsort für den Heiligen Gral diene, da dieser etliche Jahrhunderte zuvor von Joseph von Arimathia als eine Art Sicherheit für Spielschulden hinterlegt worden sei. Das einzige Problem sei, daß sich niemand daran erinnern könne, wo das verfluchte Ding zum letzten Mal gesehen worden sei, da aufgrund der enormen Größe der Burg die meisten Räume für den Großteil des Jahres verschlossen bleiben müßten. Selbstverständlich seien regelmäßig Suchaktionen gestartet worden, da man bei derlei Unternehmungen jedoch lediglich weitere Ausbrüche von Trockenfäule und die verschiedensten Arten von Klopfkäfern entdeckt habe, seien solche und ähnliche Vorhaben normalerweise vorzeitig abgebrochen worden. Wie die Burgherrin weiterhin ausführte, bedürfe es schon eines furchtlosen jungen Helden, der sich nicht gleich vom Anblick der überall an den Wänden wuchernden Pilzkolonien einschüchtern lasse und den gesamten Gebäudekomplex gründliche durchsuchen müsse, um den Gral zu finden. Denn erst durch dessen Erlös werde sie, die schöne Burgherrin also, über das nötige Kleingeld verfügen, um ihren Traum verwirklichen zu können, das altehrwürdige Gebäude in ein Seniorenheim oder eine Sportstätte umzufunktionieren.

Durch diese bezaubernde Geschichte wurde Sir Primes Phantasie angestachelt, und er bat die Burgherrin um weitere Einzelheiten. Entgegenkommenderweise zeigte sie ihm einen ganzen Wust an Plänen und Unterlagen, zu denen auch Baukostenvoranschläge und vorläufige Baugenehmigungen gehörten sowie von ihren Anwälten erarbeitete und bis ins letzte Detail gehende Finanzierungspläne, Gewinn- und Verlustrechnungen und ein Joint-venture-Abkommen, durch das sich der Ritter bei einer Investition von lächerlichen siebzigtausend Mark das Recht auf vierzig Prozent der Stammaktien sowie Zinsen auf das eingesetzte Kapital und fünfzig Prozent des Nettogewinns gesichert hätte. Hocherfreut holte Sir Prime sein Scheckbuch hervor, stellte einen Wechsel über siebzigtausend Mark aus, unterschrieb den Vertrag und fiel gleich darauf in tiefen Schlaf.

Als er aufwachte, fand er sich auf einem kahlen Felsen wieder. Von der Burg, der Burgherrin und seiner Kopie des unterschriebenen Vertrags war keine Spur mehr zu sehen. Darüber hinaus schien er sein goldenes Kruzifix und etliche andere persönliche Schmuckgegenstände verloren zu haben.

Als er heimwärts ritt, traf er auf einen alten Eremiten, dem er von seinem aberwitzigen und furchterregenden Abenteuer erzählte. Der Eremit, der sein Lachen nur dadurch zu unterdrücken vermochte, daß er sich den Ärmel seines Umhangs in den Mund stopfte, murmelte unter Mühen, Sir Prime habe offenbar das Pech gehabt, in die sagenumwobene Burg von Lyonesse geraten zu sein. Wenn dies der Fall gewesen sei, dann habe es sich bei der schönen Maid um niemand anderen als um La Beale Dame de Lyonesse gehandelt, und der Ritter könne sich durchaus glücklich schätzen, lediglich siebzigtausend Riesen verloren zu haben. Wie der Eremit weiterhin ausführte, sei es nämlich etlichen anderen armen Tröpfen sehr viel schlimmer ergangen als ihm. Beispielsweise hätten sich einige unverbesserliche Ritter ausgerechnet zur Hauptferienzeit im Juli und August auf der Burg ein Zimmer gemietet, und das für alle Ewigkeit; doch glücklicherweise gebe es solche wahrhaft klassischen Vollidioten so selten wie Jungfrauen in einem …

Wie nicht anders zu erwarten, unterbrach Sir Turquine als erster das Schweigen.

»Und was steht da?« wollte er wissen.

»Ähm …«, antwortete Boamund etwas einsilbig.

»Aha! Also steht dort ›ähm‹, ja? Du meine Güte, wie ungeheuer hilfreich!« stellte Turquine in einem abfälligen Ton fest.

Boamund starrte noch immer auf das Dokument in seinen Händen, ohne von Turquine auch nur die geringste Notiz zu nehmen. Schließlich räusperte er sich, und er schien auch die Sprache wiedergefunden zu haben, denn er sagte (wenngleich mit einer recht hohen Fistelstimme): »Ich nehme an, daß es sich bei dem, was hier steht, um eine Art Rätsel handelt. Wißt ihr, wie beim ›Teekesselraten‹ oder so …«

»Mann! Was steht da denn?« drängte eine Stimme ungeduldig aus dem Hintergrund.

Boamund lief derart rot an, daß er selbst Aurora, die Göttin der Morgenröte, beschämt hätte. »Das ist ein … ich weiß nicht recht. Eine Art Liste vielleicht. Oder ein Rezept«, antwortete er und kratzte sich nachdenklich am Kopf.

Turquine grinste. »Gib mal her!« forderte er Boamund brüsk auf, der auch keinerlei Anstalten machte, das Schriftstück behalten zu wollen, als es ihm von Turquine aus den Händen gerissen wurde. Vielmehr schien es ihm sogar ausgesprochen zu behagen, das Dokument von jemand anders laut vorlesen zu lassen.

»Mal sehen, was da steht...«, murmelte Turquine und fügte gedankenverloren »Ach, du dickes Ei...!« hinzu.

Die anwesenden Ritter drängten ihn, endlich fortzufahren. Er biß sich auf die Unterlippe und las schließlich laut vor:

»LE SANC GREAL – GEBRAUCHSANWEISUNG:

1. Die Schürze der Unbesiegbarkeit
2. Der Terminplaner der Weisheit
3. Die Socken des Unabwendbaren

Den ersten Gegenstand findet man höchstwahrscheinlich dort, wo Kinder in Taschen getragen werden und wo dieser Gegenstand mit der Ersten Flotte hingelangte, und zwar mit der wirklich *allerersten* Ersten Flotte.

Den zweiten Gegenstand findet man höchstwahrscheinlich an einem sicheren Zufluchtsort, wo Zeit Geld ist, wo Geld hinfließt, aber niemals zurückkehrt, in dem großen Bürokomplex unter dem Meer.

Den dritten Gegenstand, Gottes Geschenk an die Gralsritter, findet man höchstwahrscheinlich dort, wo ein Abend eine Ewigkeit dauern kann, in der Domäne des meistgeliebten Psychopathen unter dem Himmelszelt, im Königreich des fliegenden Hirschs.

Mit diesen drei Dingen ausgestattet, sollte es dem Gralsritter gelingen, das zurückzuerlangen, was ihm zusteht, und Albion von seinen häßlichen Fesseln zu befreien und sorglos eine Tasse Tee genießen zu können, ohne sich vor dem Abwasch fürchten zu müssen.«

Im Hintergrund räusperte sich jemand, was niemanden weiter verwunderte, da so etwas in solchen Augenblicken offenbar grundsätzlich vorkommt.

»Ich denke, unser kleiner Snotty hat ausnahmsweise mal recht gehabt, es muß sich um eine Art Rätsel handeln«, meinte Turquine nach einer Weile.

Bedevere stand mit vor Staunen offenem Mund da, zuckte nervös mit den Augen und sagte: »Also dieser Teil mit dem sicheren Zufluchtsort kommt mir irgendwie bekannt vor. Euch nicht?«

Die anderen fünf Ritter blickten ihn fragend an, und er schluckte schwer.

»Na ja, das erinnert mich an etwas, das ich mal irgendwann gelesen habe. Vielleicht habe ich auch nur mal was davon gehört, jedenfalls liegt es mir auf der Zunge ...«

»Ganz schön knifflig das Ganze, findet ihr nicht?« meinte Lamorak. »Vielleicht gibt es ja jemanden, den wir fragen können, einen Eremiten oder so was. Kennt jemand von euch einen guten Eremiten?«

»Lies doch bitte noch mal vor«, schlug Boamund in ungewohnt freundlichem Ton vor.

Turquine gehorchte, und dieses Mal hagelte es von allen Seiten Vorschläge. Schließlich stellte Boamund die Ruhe wieder her, indem er einer seiner Lieblingsbeschäftigungen nachging und mit dem Amtsstab auf den Tisch schlug. »Gentlemen«, sagte er mit fast merkwürdig anmutendem Respekt, »offensichtlich ist niemand von uns dazu in der Lage, dieses Rätsel zu lösen. Allerdings ist das auch nicht unsere Sache, denn die Grundregel der Ritter lautet, das Denken lieber anderen zu überlassen. Früher hätte man einen Eremiten, Klausner oder sonstigen Einsiedler um Rat gebeten und sich nicht weiter darum geschert, sondern sich lieber um seinen eigenen Kram gekümmert, um zum Beispiel einen weggeflogenen Falken zu suchen oder einem am Wegesrand hockenden alten Weib behilflich zu sein, das sagt: ›Bitte, Herr, ich bin so schwach, tragt mich zu meiner Hütte auf der anderen Seite des Flusses.‹ Und man hätte geantwortet: ›Keine Sorge, Mütterchen, ich werde ...‹«

Jemand drängte ihn, endlich auf den Punkt zu kommen, und Boamund kam auf das eigentliche Thema zurück.

»Damit will ich sagen, daß wir uns zwar damals so verhalten hätten, aber gestern ist gestern, und heute ist heute, richtig?«

Fünf Köpfe nickten zustimmend, wenngleich mit gewisser Skepsis; denn entweder war das, was Boamund da eben gesagt hatte, furchtbar gescheit oder völlig bescheuert, das Problem daran ist immer, beides auseinanderzuhalten.

»Ich meine, ihr wißt ja ziemlich genau Bescheid, wie man heutzutage solche Dinge handhabt«, beendete er seine Ausführungen. »An wen wendet man sich in diesen modernen Zeiten, wenn man solch ein Dokument besitzt, das man nicht versteht und das einer Erklärung bedarf?«

»Ja, bitte, kann ich Ihnen helfen?« erkundigte sich Miß Cartwright in brüskem Ton und legte dabei ihr Zahnpastalächeln auf, das jedem erfahrenen Behördengänger von Ventcaster auf Anhieb zu verstehen gegeben hätte, ihre Nerven an diesem Morgen bloß nicht allzusehr zu strapazieren. »Also wollen Sie von mir, daß ich Ihnen ein bestimmtes Formular erkläre, ja?«

»Richtig«, antwortete Boamund, wobei er leicht errötete. Mit Ausnahme des Mädchens in der Raststätte, das – nach aristokratischem Verständnis – keinen hohen Rang bekleidete und deshalb de facto nicht zählte, war diese Frau seit fünfzehnhundert Jahren das erste weibliche Wesen, mit dem er sich unterhielt. »Bevor wir allerdings auf diesen Punkt zu sprechen kommen, möchte ich gern noch wissen, ob ...«

*Das ist bestimmt einer aus dieser komischen Männerwohngemeinschaft,* sagte Miß Cartwrights innere Stimme. *Das spüre ich bis unter die Haut.* »Ja, was denn?«

»Ähm ... na ja, es ist doch wohl so, daß man Einwohner oder Bürger dieser Stadt sein muß, um sich hier einen Rat holen zu können, oder?« stammelte Boamund, wobei er sich, offensichtlich peinlich berührt, auf die Unterlippe biß. »Wissen Sie, ich bin mir nicht ganz sicher, ob ich dann dazu berechtigt bin. Wenn ein Bürger dieser Stadt nämlich dasselbe ist, was unsereins unter einem einfachen Bürger oder unter einem *burgoys de roy* versteht, dann bin ich kein richtiger Bürger, sondern vielmehr eine Art ritterlicher ...«

Einer der Grundsätze, nach denen sich Miß Cartwright in ihrem Job stets gerichtet hatte, lautete, daß eine gute Beraterin eine Frage immer korrekt beantwortet; was allerdings nicht unbedingt bedeutete, daß sich die Antwort auf die eigentlich gestellte Frage auch wirklich beziehen mußte. Indem sie ausschließlich auf das Wort ›Einwohner‹ einging, versicherte sie Boamund deshalb, daß die Dienste dieser Behörde von jedem in Anspruch genommen werden könnten, unabhängig seiner Rasse, Religion, Nationalität oder Hautfarbe, woraus folge, daß man als Ratsuchender kein britischer Staatsbürger sein müsse.

»Aha, dann scheint ja alles soweit in Ordnung zu sein«, stellte Boamund nach einer Weile erleichtert fest. »Trotzdem muß ich Sie daran erinnern, daß ich kein ... wie haben Sie das noch mal genannt ...? Ach ja, daß ich kein britischer Staatsbürger bin, weil ich kein Brite, sondern Albioner bin, und was das andere angeht, glaube ich weniger, daß ich ein Staatsbürger bin, sondern eher eine Art ...«

»Was genau wollten Sie eigentlich von mir wissen?« unterbrach ihn Miß Cartwright. »Ging es nicht um irgendein Antragsformular oder so was?«

»Jaja, so was in der Richtung jedenfalls«, murmelte Boamund.

Miß Cartwright blickte ihn stirnrunzelnd an; manchmal muß man eben einfach raten. »Geht's um Wohngeld?« fragte sie, wobei sich ihre Annahme auf die zerschlissene Lederjacke Boamunds stützte. »Oder um Sozialhilfe?«

»Kann sein. Was ist denn Sozialhilfe?«

*Na bitte, allmählich kommen wir der Sache schon näher,* sagte sich Miß Cartwright und erklärte Boamund in kurzen und prägnanten Worten sachkundig, was Sozialhilfe ist. Als sie damit fertig war, gab es keinen Zweifel mehr, daß Boamund alles verstanden hatte; seine Reaktion fiel allerdings ... nun ja, äußerst merkwürdig aus. Er wirkte höchst verwundert, fast erschüttert.

»Gibt es so was wirklich?« hakte er ungläubig nach.

Miß Cartwright schnaufte ungeduldig durch die Nase. »Ja. Also, was ist? Wollen Sie nun Sozialhilfe beantragen?«

»Jaja, so was in der Richtung jedenfalls«, murmelte Boamund. Sein Blick verriet, daß er zwar stark versucht war, einen Antrag zu stellen, doch hatte ihn einst seine Mutter oder irgendeine andere weibliche Verwandte davor gewarnt, von fremden Frauen Geld anzunehmen, und folglich schüttelte er den Kopf. »Na ja, eigentlich geht es mehr um eine Urkunde, die man mir übergeben hat, und jetzt suche ich jemanden, der mir den Inhalt ...«

»Ach, handelt es sich womöglich um eine Vorladung? Um ein Dekret oder einen Erlaß?«

Boamund nickte. Über Aufforderungen, Verfügungen und Erlasse wußte er so gut wie alles. Ohne Dekrete und Erlasse wäre in Albion nichts gelaufen. Wenn König Artus zum Beispiel die Fenster reinigen lassen wollte, ließ er über den Wappenherold einen königlichen Erlaß herausgeben, der sämtliche Fensterputzer Albions dazu aufforderte, sich zur Zeit der Sommersonnenwende unter dem Stadtkreuz von Caernarvon zu versammeln, um einen Fürsprecher zu wählen. Oder wenn er einen Extraliter Sahne in einem Goldanstatt in einem Silberbecher wollte, pflegte er für den Milchritter ein entsprechendes Dekret zu erlassen.

»Ja, wahrscheinlich ist das so was«, antwortete er deshalb nach einer kurzen Denkpause. »Am besten sehen Sie es sich mal selbst an und sagen mir dann, was Sie davon halten.«

Aus den Innenseite der Lederjacke holte er ein dickes gefaltetes Stück Papier hervor, an dem etwas hing, das wie ein Siegel aussah.

Miß Cartwright starrte das Ding an, als wäre es lebendig. »Mhm, mal sehen ...«, murmelte sie und schlug die Urkunde behutsam auf.

Etwas später legte sie das Dokument auf den Schreibtisch zurück und musterte Boamund mit kritischem Blick. Zwar verabscheute sie es, sich das eingestehen zu müssen, aber dieser Irre war ihr nicht ganz geheuer, und er hatte etwas an sich, das ihr das schreckliche Gefühl vermittelte, er könnte es ernst meinen. So verrückt wie er und dennoch von sich selbst überzeugt zu sein, konnte man nicht einfach vortäuschen; es wäre dasselbe, als würde man versuchen, sich totzustellen.

Für eine solch vertrackte Situation gibt es ein altbewährtes Rezept: Man schnappt sich den jüngsten Mitarbeiter und überläßt ihm die ganze Angelegenheit. Folglich erhob sich Miß Cartwright mit einem Lächeln, fragte Boamund, ob es ihm etwas ausmache, kurz zu warten, und verschwand schnurstracks in den hinterwärtigen Büroräumen.

»Ach, George, wären Sie vielleicht so lieb und übernähmen für mich vorn am Kundentresen einen Mann mit einer Lederjacke?«

»Klar, vielen Dank auch«, freute sich George und strahlte dabei über beide Ohren.

Während er vom Stuhl hüpfte und zur Tür flitzte, kratzte sich Miß Cartwright nachdenklich und staunend zugleich am Kopf. Ihrer Meinung nach ging es völlig in Ordnung, körperlich oder auch geistig behinderte Menschen bevorzugt einzustellen, dennoch hatte sie sich bis zum heutigen Tag nicht daran gewöhnen können, mit jemanden zusammenzuarbeiten, der nur etwa einen Meter groß war. Andauernd hatte man Angst, ihn … nun ja, umzurennen oder gar auf ihn zu treten.

Boamund fragte sich gerade, was wohl als nächstes passieren würde, doch als er einen Zwerg aus den hinteren Büroräumen kommen sah, lächelte er erleichtert; na also, offensichtlich war er hier vollkommen richtig.

»Guten Tag. Sie sind doch bestimmt ein Ritter, nicht wahr?« begrüßte ihn der Zwerg.

Boamund war verblüfft. »Ja, aber woher …?«

»Wenn man weiß, worauf man achten muß, sieht man das auf den ersten Blick«, fuhr der Zwerg munter fort. »Ich heiße übrigens Harelip, aber Sie sollten mich hier lieber George nennen, solange Leute in unserer Nähe sind. Mit Namen stellen die sich hier nämlich ziemlich komisch an, Mister …«

»Boamund. Hören Sie, ich habe ein Dokument dabei, dessen Inhalt wir nicht ganz verstehen.«

»Mit ›wir‹ meinen Sie …«

»Mich und meinen Orden«, unterbrach ihn Boamund. »Die Ritter des Heiligen Grals.«

»Was Sie nicht sagen …!« staunte George nicht schlecht. »Mein Ururur … also mein Urgroßonkel hoch siebenunddreißig war Zwerg von Sir Pertelope, der auch zu den Gralsrittern gehörte.«

»Er ist noch immer eifrig dabei. Aber das ist schon ein verrückter Zufall, daß wir uns hier …«

»Jaja, die Welt ist wirklich klein«, stimmte ihm George zu. Dann nahm er den Höhenunterschied zwischen sich und dem Fußboden kritisch in Augenschein. »Für mich natürlich nicht ganz so klein ... aber Sie wissen ja, wie ich das meine. Kann ich mir das Dokument mal ansehen?«

Boamund nickte und reichte ihm die Urkunde.

Während George sich das Schriftstück sorgfältig durchlas, machte er sich auf einem Block die eine oder andere Notiz. Schließlich gab er Boamund die Urkunde zurück und sagte mit einem schelmischen Lächeln: »Schön, herzlichen Glückwunsch auch. Und wo liegt nun das Problem?«

Boamund zuckte nervös mit den Augen. »Zunächst einmal will ich wissen, was das alles zu bedeuten hat.«

»Ach so, na klar. Ich hatte schon völlig vergessen, daß ein Ritter damit seine Probleme haben kann*.«

»Und was ist nun damit?« drängte Boamund.

»Im Grunde werden hier drei Dinge aufgelistet, die Sie und Ihre anderen Ritter finden müssen, bevor Sie sich Hoffnungen machen können, den Gral zu finden. Dabei handelt es sich um eine Schürze, einen Terminplaner – das ist so was wie ein Notizbuch – und ein Paar Socken. Alle drei Dinge sind an entfernten und nur schwer zugänglichen Orten versteckt. Soweit alles klar?«

Boamund nickte; er hatte dieses angenehme Gefühl, daß sich zumindest die äußeren Umstände allmählich normalisierten.

»Zudem gibt es ein paar geheimnisvolle Hinweise, wo diese Sachen zu finden sind«, fuhr George fort und

---

* Selbstverständlich besitzen Zwerge eine natürlich Gabe, Wortspiele zu entschlüsseln, Codes zu knacken oder Kreuzworträtsel zu lösen. Das liegt sicherlich zum einen daran, daß sich diese leicht versponnenen und etwas unheimlichen Wesen in der Gnomologie bestens auskennen und von Natur aus mit hellseherischen Fähigkeiten ausgestattet sind; zum anderen aber auch daran, daß sie sich lieber im Glasberg aufhalten, als abends in den Kneipen herumzulungern, zumal sie zum Billardspielen zu klein und zum Dartspielen körperlich zu schwach sind.

wischte sich mit dem Handrücken nachdenklich über die Nase. »Zuviel darf ich Ihnen leider nicht helfen.«

»Und warum nicht?« wollte Boamund wissen.

»Eine Anordnung des Königs«, klärte der Zwerg ihn auf. »Allerdings kann ich Ihnen ein paar Tips geben, Mister Boamund.«

»Und welche?«

»Also ...«, begann der Zwerg, und dann gab er Boamund gleich eine ganze Menge solch nützlicher und eindeutiger Tips, daß einem die telefonische Zeitansage, verglichen mit Harelips Hinweisen, wie der Inbegriff des Unbegreiflichen vorkommen mußte.

»Gut, ich verstehe. Das war wirklich nett«, bedankte sich Boamund.

»Ach, nicht der Rede wert«, winkte der Zwerg ab. »War mir ein Vergnügen. Und grüßen Sie mir Sir Pertelope. Sagen Sie ihm bitte, daß er meinem Urgroßonkel hoch siebenunddreißig noch drei Farthings schuldet.«

»Wie geht es denn Ihrem Urgroßonkel hoch siebenunddreißig?«

»Er ist tot.«

»Tut mir leid.«

»Nichts für ungut, so was kommt in den besten Familien vor«, antwortete der Zwerg und holte aus der Jackeninnentasche ein offiziell aussehendes Dokument hervor. »Würden Sie hier bitte noch unterschreiben?«

»Was ist denn das?« fragte Boamund.

»Das ist mein Entlassungsschein«, klärte ihn der Zwerg erfreut auf. »Wissen Sie, seit Generationen ist meine Familie den Gralsrittern vertraglich verpflichtet. Wir sind gezwungen, irrsinnig viele Dienststunden zu leisten, bis der Vertrag erfüllt ist. Mein Urgroßonkel hoch siebenunddreißig hat mit Ausnahme von den zehn Minuten, in denen König Artus abdankte und sämtliche Ritterorden aufgelöst wurden, sein ganzes Leben lang nichts anderes getan.« Der Zwerg schüttelte sich angewidert. »Seither warten wir auf eine Gelegenheit, endlich aus dem Vertrag ausscheiden zu können. Und dank Ihnen, Mister Boamund, können wir endlich Schluß damit machen und uns zur Ruhe setzen. Welch ein Glück, daß Sie nach so langer Zeit vorbeigekommen sind.«

»Das kann man wohl sagen«, stimmte Boamund ihm zu und unterzeichnete das Dokument mit einem großen X.

»Oder auch Schicksal, Ihrs und meins. Tschüs und erfolgreiche Jagd.«

Er verschränkte die Arme, forderte seinen Kugelschreiber zurück (den Boamund geistesabwesend eingesteckt hatte), ließ sich vom Stuhl gleiten und verbeugte sich jeweils dreimal in die vier Himmelsrichtungen. Mitten im Raum, wo kurz zuvor noch ein riesiger Stapel Wohngeldanträge gelegen hatte, erschien blau und funkelnd der Glasberg. Eine türartige Öffnung sprang auf, und der Zwerg trat hindurch, zum Abschied freudig winkend.

»Du meine Güte, ist das alles verrückt«, seufzte Boamund lächelnd. Seiner Ansicht nach stellte die heutige Welt, in der er sich mehr oder weniger unfreiwillig befand, nichts anderes als ein heilloses Durcheinander völlig unerklärlicher Dinge dar. Für Normalität schien nur wenig Platz zu sein; wenngleich sie hin und wieder hindurchschimmerte und es ein beruhigendes Gefühl für ihn war, daß wirklich wichtige Dinge wie das Schicksal und die Geisterwelt noch existierten. Tief im Innern war er ein rational denkender Mensch, und falls man glaubte, ihn mit dem Anblick dieser merkwürdigen Mikrowellenherde oder Radiowecker beeindrucken zu können, hatte man sich in ihm gewaltig getäuscht. Es bedurfte weit mehr, um ihm Angst einzujagen.

Er faltete die ›Gebrauchsanweisungsurkunde‹ vorsichtig zusammen, lächelte die mit offenem Mund im Türrahmen dastehende Miss Cartwright an und ging hinaus.

»Alles klar, Jungs«, meinte Boamund.

Der Besitz von Führungsqualitäten ist eine launische, fast trügerische Gabe. Dieselben Wesenszüge, die einen Menschen zum natürlichen Führer unter seinesgleichen machen, lassen ihn gleichzeitig zu einer unausstehlichen Nervensäge werden. Der spanische Konquistador Cortés zum Beispiel, der das mächtige Reich der Azteken mit nur vierhundertfünfzig Mann, fünfzehn Pferden und vier Kanonen unterwarf, war ein höchst einfallsreicher General, der bei seinen ihm zutiefst ergebenen Gefolgsleuten sehr viel Respekt genoß. Dennoch zuckten sie jedesmal unwillkürlich vor Ekel zusammenzucken, wenn er sich die Hände rieb, über beide Ohren grinste und sagte: »Alles klar, Jungs! Das wird viel einfacher, als es aussieht.« In Boamunds Fall konnten sein ganzer unbestrittener Eifer und Tatendrang nicht über die Tatsache hinwegtäuschen, daß er praktisch jede seiner verbalen Äußerungen dadurch einleitete, daß er sich unentwegt mit der Handfläche der einen auf die Knöchel der anderen Hand klopfte und sagte: »Alles klar, Jungs.« In den Augen seiner Gefolgsleute sollte das offenbar dazu dienen, ihre Moral auf den absoluten Tiefpunkt zu bringen.

»Der Plan ist folgender«, fuhr Boamund unverdrossen fort, »wir teilen ins in drei Gruppen zu je zwei Leuten auf, wir stöbern diese drei Gegenstände auf, wir bringen sie zurück, wir finden den Gral. So leicht ist das. Irgendwelche Fragen?«

»Ja. Wer kriegt den Lieferwagen?« wollte Lamorak wissen.

»*Welchen* Lieferwagen denn?« mischte sich Pertelope ein. »Schließlich haben wir jetzt zwei, oder hast du das schon vergessen?«

»Haben wir nicht, du Kasper!« schrie Turquine. »Andauernd sage ich euch, daß wir ...«

»Halt's Maul, Rotbäckchen, du bist in Ungnade gefallen!«

»Ausgerechnet du armer Ritter mußt mir sagen …«

Boamund runzelte mißbilligend die Stirn. »Ruhe jetzt!« brüllte er dazwischen und schlug mit dem Amtsstab auf die Apfelsinenkiste, die mittlerweile als Ersatz für den Tisch hereingeholt worden war. »Wenn ihr mir zugehört hättet, dann hättet ihr längst begriffen, daß es eine rein theoretische Frage ist, wer den Lieferwagen kriegt, da unsere Reiseziele Tausende von Meilen jenseits der Küste von Albion liegen. Der Wagen wird also …«

»Trotzdem bin ich an der Reihe«, beharrte Lamorak. »Im Gegensatz zu jemand anders bin *ich* nämlich nicht in Ungnade gefallen. Also ist es nur gerecht, wenn ich das Auto kriege …«

Boamund seufzte. »Niemand kriegt den Wagen, klar?«

Zwar gab es noch etliche Einwände, die sich in erster Linie darum drehten, wer den Wagen zum letzten Mal gefahren hatte, doch mit einem erneuten Schlag auf die Apfelsinenkiste beendete Boamund schließlich die Debatte.

»Kommen wir zum nächsten Punkt«, sagte er, wobei er sein strahlendes Lächeln noch verstärkte, um seine innere Unruhe zu übertünchen. »Zunächst einmal müssen wir klären, wer mit wem fährt. Ruhe!« fügte er vorsorglich hinzu.

Die Ritter blickten ihn mit banger Erwartung an.

»Dabei habe ich an folgende Paare gedacht: Lamorak und Pertelope; Turquine und Bedevere; Galahaut und ich. Irgendwelche Einwände?«

Innerlich bereitete er sich auf einen Schwall der Entrüstung vor. *Gleich geht's bestimmt wie früher in der Schule zu,* sagte er sich. *›Nein, mit dem spiele ich nicht.‹ ›Den Fiesling will ich nicht in meiner Mannschaft haben.‹ Wetten, daß …?*

Doch zu seiner großen Verwunderung sagte niemand einen Ton. Er zwinkerte nervös mit den Augen und fuhr fort: »Folgende Aufteilung: Lammo und Perty die Schürze; Turkey und Bedders diesen komischen Terminplaner; Gally und ich die Socken. Irgendwelche Einwände?«

*Irgendwas haben die vor,* argwöhnte Boamund. *Die haben noch nie etwas akzeptiert, ohne einen Streit vom Zaun zu brechen. Irgendwas müssen die vorhaben …*

Seine Gedanken schweiften zu einer Tjost der Ehemaligenauswahl zurück, als er zum stellvertretenden Mannschaftsführer dieses Reiterwettstreits ernannt worden war. Der eigentliche Mannschaftskapitän, der alte Soppy Agravaine, hatte damals seinem Kosenamen ›Weichei‹ alle Ehre gemacht, als er sich bei einem freundschaftlich ausgetragenen Wettkampf mit der Streitaxt gegen die zweite Auswahl des Escole des Chevaliers angeblich das Fußgelenk verstaucht und Boamund somit zum ersten und einzigen Male zum neuen Spielführer gemacht hatte. Während er sich mit der Präzision einer Brieftaube an diesen Tag zurückerinnerte, spürte er die bitteren Tränen der Schmach und Schande von damals beinahe noch einmal. Tränen, die ihm über die Wangen geströmt waren, als die anderen seine Anweisungen mutwillig mißachtet hatten, indem sie sich sommerliche Kettenhemden angezogen und mit völlig stumpfen Zweihändern und Überjacken aus dem Second-hand-Shop die Arena betreten hatten. Wie er sich erinnerte, hatten sie erst so getan, als wären sie mit seinen Anweisungen völlig einverstanden, um dann nach eigenem Gutdünken zu entscheiden und in diesem unmöglichen Aufzug herauszukommen. Nun, dieses Mal konnte so etwas nicht noch einmal passieren. Dieses Mal war er auf alles vorbereitet.

»Wenn es keine Einwände gibt, dann ist ja alles klar, Jungs. Hier sind eure geheimen Einsatzbefehle«, verkündete er mit verschmitzter Miene und verteilte die verschlossenen Briefumschläge. »Und ihr müßt mir alle bei eurem Ehrenwort versprechen, sie auf keinen

Fall zu öffnen, bevor ihr das Stiftshaus verlassen habt. Nur, um ganz sicherzugehen«, fügte er grimmig hinzu, »verlassen die drei Gruppen das Haus im viertelstündigen Abstand.«

»Wie meinst du das mit ›Nur, um ganz sicherzugehen‹?« erkundigte sich Turquine mit Unschuldsmiene.

Boamund schürzte die Lippen und antwortete lächelnd: »So, wie ich es gesagt hab. Nur, um ganz sicherzugehen. Nicht mehr und nicht weniger. Noch irgendwelche Fragen?«

Keine Fragen.

»Prima, dann ist ja alles klar. Wegtreten!« Er setzte sich und ging ein letztes Mal die Gepäckliste durch.

Die anderen Ritter verließen einer nach dem anderen den Gemeinschaftsraum, bis Boamund allein zurückblieb. Als er die Liste halb durchgelesen hatte, kam Zehennagel herein.

»Pssst!« zischte der Zwerg und sah sich nach allen Seiten verstohlen um.

Es gibt Leute, die können verschwörerischen Lauten einfach nicht widerstehen, und Boamund gehörte ganz bestimmt dazu. »Was ist denn?« flüsterte er neugierig zurück.

Zehennagel blickte sich erneut um und vergewisserte sich noch einmal, daß wirklich keiner der anderen Ritter mehr im Raum war, und wisperte: »Du hast denen doch diese Umschläge gegeben, nicht wahr?«

Boamund nickte.

»Und die dürfen die Briefe doch erst dann öffnen, wenn sie das Haus verlassen haben, stimmt's?«

Boamund nickte erneut.

»Tja, und jetzt sind die alle da draußen und lesen die Dinger. Na ja, ich hab mir gedacht, das interessiert dich.«

»Mir war von vornherein klar, daß diese Trottel die Briefe schon vorher lesen«, antwortete Boamund mit triumphierendem Grinsen. »Deshalb hab ich ihnen die richtigen Umschläge ja auch nicht gegeben.«

Zehennagel runzelte die Stirn. »Die sahen aber wie richtige Briefumschläge aus.«

Boamund zog die Augenbrauen hoch und machte eine ungeduldig Geste. »Natürlich sind das richtige Briefumschläge, aber der Inhalt ist falsch.«

»Ach, wirklich?«

»Und ob.« Boamund gluckste vor Lachen. »Nur steht in jedem Brief dasselbe drin, nämlich ›Schande über dich! Du bist in Ungnade gefallen.‹ Das wird denen eine Lehre sein.«

*Ojemine! Und mit diesen Idioten muß ich mich auf Gralssuche begeben!* dachte Zehennagel entsetzt und fragte so freundlich wie möglich: »Und warum hast du denen die Umschläge schon jetzt gegeben?«

»Menschenskinder, weil ich wußte, daß sie die öffnen würden«, seufzte Boamund.

»Aber, wenn du gewußt hast, daß sie die ...«

»Auf diese Weise wissen sie, daß ich weiß, daß sie die Dinger geöffnet haben, und auf diese Weise wissen sie auch, daß sie allesamt der hinterletzte Abschaum sind, und vor allem wissen wir auf diese Weise alle, woran wir sind. Verstehst du?« Erneut grinste Boamund triumphierend und fügte hinzu: »Ich glaube, so was nennt man heutzutage moderne Menschenführung.«

*Wo ich herkomme, nennt man das ganz bestimmt nicht so, Freundchen,* dachte Zehennagel. »Aha, moderne Menschenführung also. Na, dann ist ja alles klar.« Er machte einen artigen Diener und zog sich wieder in die Küche zurück. Dort wurde er von den anderen Rittern bereits erwartet, die allesamt auf der langen Arbeitsplatte hockten.

»Ihr hattet recht, allmählich ist der Kerl völlig übergeschnappt«, meinte Zehennagel.

»Ich hab's doch gleich gesagt«, ergriff Turquine als erster das Wort. »So, wie ich es sehe, steht in den Ordensregeln nirgendwo etwas davon, daß man einem

Großmeister gehorchen muß, wenn er 'ne Meise hat. Deshalb schlage ich vor, wir fesseln ihn, werfen ihn in den Keller und kehren zum normalen Alltag zurück.«

Bedevere hob besänftigend die rechte Hand. »Gut, er verhält sich ein bißchen merkwürdig, aber trotzdem ist er ...«

»Ein bißchen merkwürdig?« schnaufte Turquine aufgebracht. »Ach, komm schon, Bedders, blick doch mal den Tatsachen ins Auge! Snotty hat endgültig 'ne Schraube locker, und das, obwohl sie jahrhundertelang festgerostet war. Früher oder später mußte so was ja passieren. Das Problem an Snotty ist, daß sein Kopf für sein Gehirn zu klein ist. Dadurch baut sich ein unerträglicher Druck auf, und am Schluß wird man verrückt. Ich hole jetzt jedenfalls einen Strick, damit wir ihn ...«

Doch Bedevere ließ sich nicht erweichen. »Moment noch, Turkey«, redete er mit ruhiger, fester Stimme auf ihn ein. »Nur weil sich Bo ein bißchen merkwürdig aufführt, heißt das noch lange nicht, daß wir die Suche aufgeben sollten. Oder was meint ihr, Jungs?«

Vier Augenbrauenpaare wurden synchron hochgezogen.

Nachdem sich Bedevere der Aufmerksamkeit der anderen sicher war, glitt er von der Anrichte und nahm sich aus einem Glastopf einen Keks. »Damit will ich sagen, daß wir das Scheißding früher oder später sowieso finden müssen, wenn wir hier nicht für immer und ewig bleiben wollen. Stimmt's?«

Schweigen. Gesenkte Köpfe.

Bedevere wischte sich die Krümel vom Mund und fuhr fort: »Natürlich stimmt das. Und als wir allmählich immer nachlässiger wurden und schon lange nicht mehr richtig bei der Sache waren – denkt doch nur mal an Nentres, wie der sich einfach davongestohlen hat, und das mitsamt unserer Urlaubskasse –, da taucht plötzlich Snotty mit dieser komischen Gebrauchsanweisung auf und weiß tatsächlich, was ein Gral ist. Das kann doch alles kein Zufall sein, oder was meint ihr?«

Aus dem ungewohnten Schweigen schloß Bedevere, daß seine Kollegen zumindest einräumen mußten, daß er nicht ganz unrecht hatte.

»Jungs, ich will darauf hinaus, daß Bo zwar 'ne leichte Klatsche haben mag, aber was soll's? Wir haben endlich einen heißen Tip und wissen, was ein Gral ist. Also laßt uns endlich ausströmen und nach diesem verflixten Ding suchen«, spornte Bedevere seine Mitstreiter an und fügte mit Nachdruck hinzu: »Und meiner Meinung nach ist es wirklich am besten, wenn wir es so machen, wie Bo es vorgeschlagen hat. Es ist nun mal am leichtesten, die Socken und den ganzen anderen Kram zu finden, wenn wir uns aufteilen. Im Grunde steht das ja sogar so in der Gebrauchsanweisung, also muß das auch richtig sein. Na, was meint ihr?«

Die anderen Ritter blickten ihn beschämt an.

Schließlich faßte Pertelope allen Mut zusammen und wandte mit fast flehentlicher Stimme ein: »Aber Bedders, der Kerl hat doch wirklich 'ne Schraube locker.«

»Das hatte Napoleon auch«, konterte Bedevere.

»Nein, der war ganz normal.«

»Na gut, dann eben Alexander der Große«, schlug Bedevere vor. »Viele große Führer hatten einen mehr oder weniger großen Sprung in der Schüssel, das weiß doch jeder, und letztendlich hat sie das überhaupt erst groß gemacht. Damit will ich bestimmt nicht sagen, daß Bo etwas Großes an sich hat, sondern nur, daß wir uns nicht zu Narren machen lassen sollten, nur weil er selbst ein Narr ist. Das erst wäre nämlich wirklich saublöd, oder seht ihr das anders?«

Turquine blickte mit finsterer Miene drein. »Also hat er dir den Wagen überlassen, stimmt's?« zischte er verächtlich. »Typisch!«

»Kommt schon, Jungs, laßt uns abstimmen«, schlug

Bedevere vor, ohne auf Turquines Einwand einzugehen. »Wer ist dafür?« Vier Hände, einschließlich seiner eigenen, erhoben sich. »Ist jemand dagegen?« Eine Hand. »Gut, damit wäre das geklärt. Komm schon, Turkey, stell dich nicht so an.«

»Na gut«, gab Turquine schließlich widerwillig nach. »Ich will nur nicht, daß ihr mir am Schluß die Schuld in die Schuhe schiebt, das ist alles.«

Bedevere grinste. »Ganz bestimmt nicht. Wenn was schiefgeht, ist selbstverständlich Bo an allem schuld. Dazu sind Führer schließlich da«, fügte er mit einem Hauch von Weisheit hinzu.

Es war ein Schiff.

»Na *endlich!* Nun muß ich doch nicht sterben«, seufzte Danny Bennett aus tiefstem Herzen.

Seit das Piratensenderschiff *Imelda Marcos* vor sechs Tagen mit einem Eisberg kollidiert und gesunken war, hatte sich Danny immer wieder gefragt, ob es hinsichtlich seiner beruflichen Laufbahn vernünftig gewesen war, vom staatlichen Fernsehen der BBC zu einem privat betriebenen Piratensender gewechselt zu haben. *Einerseits hatte ich nach meinem freiwilligen Wechsel von der BBC zu den Privaten auf der* Imelda Marcos *meinen eigenen Sender,* sagte er sich, während er auf dem aufblasbaren Schlauchboot lag und in die Sonne starrte, *völlige redaktionelle Unabhängigkeit, ein unbegrenztes Spesenkonto und die Riesenchance, ein total neues Sendekonzept zu entwickeln. Andererseits wird die BBC-Sendezentrale nicht gleich überschwemmt, wenn sie von irgend etwas getroffen wird, selbst nicht auf Martinmas Island.*

Während der von Panik geprägten letzten Minuten auf dem Schiff war Danny derart damit beschäftigt gewesen, seine acht Lieblingsplatten auszusortieren, daß der Rest der Besatzung irgendwann keine Lust mehr gehabt hatte, noch länger auf ihn zu warten, und mit dem Rettungsboot davongerudert war. Zu allem Unglück hatte sich nicht einmal ein tragbarer Plattenspieler an Bord befunden; offenbar wurden solche technischen Antiquitäten heutzutage längst nicht mehr gebaut.

Doch gerade als er sich die ersten Vorwürfe machte, vor lauter Vergeßlichkeit weder Wasser noch Proviant mitgenommen zu haben, tauchte ein Schiff auf, das nun direkt auf ihn zusteuerte. *Wie beruhigend,* sprach sich Danny Mut zu, während er den ausgemergelten Körper auf dem rechten Ellbogen abstütze und den linken Arm mit letzter Kraft in der Luft hin- und herschwenkte. *Anscheinend hat mich irgendwer da oben in sein Herz geschlossen.*

Das Schiff kam näher, und an der Steuerbordseite tauchte plötzlich ein Kopf auf. »Ahoi! Entschuldigung, aber bin ich hier richtig an der Datumsgrenze? Ich hab nämlich schon seit einer Ewigkeit keinen Wegweiser oder so was in der Richtung mehr gesehen.«

»Hilfe!« fiel Dannys Antwort kurz und knapp aus.

»Wie bitte?«

»Ich sagte: Hilfe!«

Der Kopf gehörte eindeutig zu einer Frau, Anfang dreißig, blond, hübsche Augen. »Dagegen ist nichts einzuwenden«, meinte die Frau. »Aber mal was anderes: Möchten Sie vielleicht Investmentfonds kaufen?«

Tief in der Kehle gab Danny einen höchst eigenartigen Laut von sich, der noch am ehesten an ein tiefes Gurgeln erinnerte; stellen Sie sich am besten eine Badewanne mit Quecksilber vor, aus der kurz zuvor der Stöpsel gezogen wurde, und Sie haben zumindest eine vage Ahnung von dem Geräusch.

»Investmentfonds«, wiederholte der Kopf. »Dahinter steckt ein ganz einfaches Konzept, wirklich. Sie zahlen dem Anlageberater einen gewissen Kapitalbetrag, und der investiert das Geld im großen Stil in hoch notierte Stammaktien, die ...«

»Vielen Dank, ich weiß, was Stammaktien sind«, krächzte Danny. »Haben Sie Wasser für mich?«

Der Blick der Frau schweifte über das unendlich weite Meer. »Ich denke, hier ist genug für alle da. Weshalb fragen Sie?«

»Frisches Wasser«, stöhnte Danny. »Trinkwasser.«

»Ach, das wollen Sie. Perrier oder so was in der Richtung?«

»Von mir aus auch das ...«

»Tut mir leid, die letzte Flasche haben wir gerade erst getrunken. Wir haben nur noch Gin an Bord. Wenn Sie an Stammaktien nicht interessiert sind, wie wäre es dann mit speziell auf Ihre finanziellen Möglichkeiten zugeschnittenen Warentermingeschäften? Zur Zeit gibt es eine Unzahl wirklich ausgezeichneter Angebote auf dem Markt, und an Ihrer Stelle würde ich ohne Zögern zuschlagen. Zum Beispiel ...«

Mit letzter Kraft atmete Danny tief durch. »Was ist mit Essen? Ich hab seit Tagen nichts mehr gegessen.«

Die Frau runzelte die Stirn. »Herrjemine, heißt das etwa, daß Sie kein Geld haben? Wenn Sie pleite sind, sehe ich nämlich keinen Grund, das Beratungsgespräch weiterzuführen. Sie etwa?«

Danny lachte hysterisch. »Ich hab sogar viel Geld. Zum Beispiel kriege ich noch zwei komplette Jahresgehälter von Radio Imelda. Was ich nicht hab, ist ...«

»... eine flexible Altersversorgung, zugeschnitten auf Ihre ganz persönlichen Bedürfnisse und Zukunftspläne. Das ist genau das richtige für Sie«, unterbrach ihn der Kopf mit zustimmendem Nicken. »Ich glaube, ich kann Ihnen da aus der Klemme helfen, denn zufällig arbeite ich auf für die Lyonesser Lebensversicherung. Dabei denke ich an ein ganz spezielles Versicherungspaket, eine dynamische Lebensversicherung kombiniert mit ...«

»Kann man die essen?«

Die Frau gab ein silbriges Lachen von sich und fuhr fort: »Alternativ dazu bietet die Lyonesse eine Kombination aus dynamischer Rentenanpassung und Prämienanleihen an, wodurch Sie sowohl über Kapitalreserven als auch über ein monatlich garantiertes Einkommen verfügen, und das bei geringstmöglicher Steuerbelastung. Sind Sie daran interessiert?«

Danny schüttelte heftig den Kopf. »Vielleicht reden Sie etwas am Thema vorbei, aber ich treibe hier in einem offenen Schlauchboot auf noch offenerer See, sterbe vor Hunger und Durst und ...«

»Ach, jetzt versteh ich!« unterbrach ihn die Frau. »Worüber Sie sich in Ihrer Situation verständlicherweise Sorgen machen, ist natürlich ein wirklich vernünftiges Konzept zur Einsparung von Erbschaftssteuern, wozu wahrscheinlich auch die Frage gehört, wie Ihre Angehörigen Zugriff auf Ihr Auslandsvermögen erlangen können. Zwar sieht das hier nicht gerade nach einem Steuerparadies aus, trotzdem dumm von mir, daß ich nicht gleich darauf gekommen bin.«

»Aber ich *will* gar nicht sterben!« kreischte Danny voller Verzweiflung. »Ich ...«

»Nun, in dem Fall sollten wir auf das Versicherungspaket der Lyonesse zurückgreifen, um durch die größtmögliche Ausnutzung der staatlichen Bezuschussung ein Maximum an Flexibilität zu erreichen. Warum haben Sie das übrigens nicht gleich gesagt? Ich meine, ich will Sie wirklich nicht drängen, aber Zeit ist Geld, und ich habe noch eine Menge ...«

Danny sackte im Schlauchboot in sich zusammen und stöhnte laut auf.

Der weibliche Kopf tauchte ein Stück höher über der Reling auf und rief: »He, was ist denn nun? Heißt das, wir sind uns einig?«

»Hauen Sie ab!«

»Wie bitte?«

»Ich hab gesagt: ›Hauen Sie ab!‹ Schiffen Sie ab, oder gehen Sie von mir aus mitsamt Ihrer Mannschaft unter.«

»Ich fürchte, ich hab Sie nicht ganz richtig verstanden. Also wollen Sie nun das Rentenversicherungspaket?«

»Nein.«

Die Frau blickte entsetzt drein. »*Wirklich* nicht?«

»Nein!«

»Im Ernst?«

»Im Ernst!«

Der Kopf zog die Augenbrauen zusammen. »Na gut, wie Sie wollen. Hören Sie, falls Sie es sich doch noch anders überlegen sollten, können Sie uns jederzeit ein Fax schicken. Die Nummer lautet null-fünf-fünf-drei ...«

Mit letzter Kraft drehte sich Danny auf den Bauch und begann herzzerreißend zu weinen. Als er neun Stunden später von einem Öltanker aufgesammelt wurde, heulte er noch immer. Nachdem er sich beruhigt hatte, erzählte er von seinem Erlebnis mit dem merkwürdigen Schiff, woraufhin der Kapitän des Tankers mit grimmiger Miene nickte und sich am ganzen Körper schüttelte.

»Ich weiß«, brummte er mit tiefer Stimme. »Wir nennen das Schiff *Die Fliegende Allianz*.«

Zwar war Danny durch die Unterkühlung und innere Austrocknung fast halbtot, doch war er immer noch Journalist, und eine Story ist eine Story. »Erzählen Sie mir mehr davon«, bat er deshalb den Kapitän.

»Das ist eine ganz unheimliche Geschichte«, begann der Kapitän und bekreuzigte sich gleich darauf. »Den meisten Leuten, die es mit der Allianz zu tun bekommen, widerfahren furchtbare Dinge.« Er hielt inne, schloß die Augen und wiederholte mit bebender Stimme: »Wirklich furchtbare Dinge ...«

»Und was genau?«

»Nun, einige von ihnen sterben, andere werden verrückt oder leben fünf, sechs Jahre ganz normal weiter und laufen dann macheteschwingend Amok. Dann gibt es welche, die verschwinden einfach auf Nimmerwiedersehen, und einige andere, die ...«

»Ja?«

Der Kapitän blickte jetzt noch grimmiger als zuvor drein und fuhr fort: »Na ja, einige wenige sind sogar derartig blöd und schließen tatsächlich eine Lebensversicherung ab.«

# 3

Zwischen den Tomkinson Ranges im Norden und der Nullarbor-Ebene im Süden liegt mitten im Outback, dem australischen Hinterland, die Große Victoriawüste. Das trocken-heiße Klima macht diesen Landstrich zu einer der gnadenlosesten Gegenden Australiens, und woran der Schöpfer auch immer gedacht haben mochte, als er diesen trostlosen Flecken Erde schuf, um Menschen konnte es sich dabei ganz gewiß nicht gehandelt haben.

Und falls es einer kaum mehr vorstellbaren Steigerung bedarf, diese gottverlassene Gegend für einen Menschen noch unerträglicher zu machen, dann sind das Zahnschmerzen.

»Im Rucksack habe ich noch etwas Nelkenöl«, schlug Sir Pertelope vor. »Das soll gegen Zahnschmerzen ganz gut sein. Ich meine, bei mir hat Nelkenöl noch nie was genützt, aber vielleicht reagiere ich ja auf Schmerzen auch nur etwas überempfindlich.«

»Mmmm«, murmelte sein Gefährte.

»Im Erste-Hilfe-Kasten ist natürlich auch etwas Aspirin«, merkte Pertelope hilfreich an. »Allerdings empfehle ich dir das nicht, weil es in Wasser aufgelöst werden muß, und da wir kein Wasser mehr haben …«

»Mmmm.«

»Ich meine, wenn wir Wasser hätten, wäre sowieso

alles viel einfacher«, fuhr er aufmunternd fort. »Aber irgendwie...« Er warf einen kurzen Blick auf den stahlblauen Himmel und wandte sich mit Schaudern wieder ab. »Meine Tante Beatrice sagte immer, bei Durst müsse man nur an einem Kieselstein lutschen und...«

»Schnauze!« fauchte Lamorak.

Mit beleidigter Miene verlagerte Pertelope das Gewicht des Rucksacks auf den Schultern und ging demonstrativ ein paar Schritte gen Osten, bis er schließlich stehenblieb.

»Wenn das Norden ist«, sagte er und zeigte nach Süden, »dann liegt England fünfundzwanzigtausend Kilometer hinter dem hervorragenden Felsstück da vorn. Komische Vorstellung, wie?« sann er laut nach und stand eine Weile da, in Gedanken versunken. Dann zuckte er die Achseln und setzte sich wieder in Bewegung; nur der Ordnung halber: in Richtung Westen.

Eigentlich wollten die beiden nach Sydney.

Für zwei normale Menschen, die etliche Monate zuvor in Brisbane das Flugzeug verlassen hatten, hätte dies eigentlich kein allzu großes Problem darstellen dürfen. Sicher, beide Männer waren zuvor noch nie in Australien gewesen, aber vorsichtshalber hatten sie schon vor ihrer Abreise aus England sämtliche Zugfahrten und Hotelübernachtungen gebucht und sich sogar zwei Exemplare der Fremdenverkehrsbroschüre *Was ist los in Sydney?* besorgt. Doch bereits im Brisborner Flughafen sollten die ersten Schwierigkeiten auftauchen, als Pertelope die kleine Tasche mit sämtlichen Papieren und Reiseunterlagen im Zubringerbus liegenließ.

»Macht doch nichts, dann müssen wir eben trampen«, hatte Pertelopes Kommentar zu jenem Zeitpunkt noch gelautet.

Die Australier sind ausgesprochen zuvorkommende

und gastfreundliche Menschen, die in Not geratenen Reisenden nur allzugern behilflich sind.

Nach sechzehnstündigem Gewaltmarsch auf der Landstraße gelang es den beiden Rittern dann tatsächlich, von einem mit frisch geschlachteten Tierkadavern beladenen Lastwagen bis St. George mitgenommen zu werden, wo sie schließlich vom Fahrer gewaltsam aus dem Führerhaus geschmissen wurden, nachdem es sich Pertelope nicht hatte nehmen lassen, mit seiner wie üblich abscheulich näselnden Stimme *Vos quid amiramini* zu singen. Nach einer kurzen Pause, um sich neu zu formieren und die letzte Tüte Pfefferminzbonbons zu essen, die Lamorak noch auf dem Flughafen Heathrow gekauft hatte, marschierten sie als nächstes bis Dirranbandi. Natürlich gerät man in Beweisnotstand, wenn man erklären will, wie die beiden mehr als zweitausend Kilometer vom Weg abkommen konnten; ohne ein neues Buch in Angriff nehmen zu müssen, läßt sich dies noch am leichtesten dadurch rechtfertigen, daß sich zwar auf der letzten Seite von Sir Pertelopes National-Trust-Kalender eine Weltkarte befand und besagter Ritter durchaus schon etwas von Kolumbus und der Erdkrümmung gehört hatte, er aber dennoch nie völlig überzeugt von dieser These gewesen war. Deshalb lautete der Hauptsatz seiner Navigationslehre, der Mittelpunkt der Erde liege in Jerusalem, und Landkarten müsse man nur entsprechend interpretieren.

Pertelope blickte auf die Uhr. »Was hältst du davon, wenn wir hier Mittagspause machen?« schlug er vor. »Wir können uns ja da vorn unter den Felsen setzen. Von dort aus hat man einen wunderschönen Ausblick auf ... ähm ... na ja, auf die Wüste eben.«

Obwohl sie während ihres Gewaltmarsches auf Schritt und Tritt vom Tod begleitet worden waren, und das mit der Penetranz einer feisten Taube, die vor einem Straßencafé auf Brosamen lauert, hatte sich dieser eigentlich erst einmal berechtigte Hoffnungen machen können, sich zwei weitere Kerben in seinen Sensenstab zu ritzen – und zwar als Pertelope etwa achtzig Kilometer westlich des Macgregor Range während seiner morgendlichen Turnübungen versehentlich über die rostige Bierdose gestolpert war, in der sich ihr letztes Wasser befunden hatte. Als sie anschließend zwei Tage lang im Kreis marschierten und schließlich völlig entkräftet zusammenbrachen, wurden sie von einer Gruppe umherziehender Aborigines gefunden. Lamorak gelang es, die Ureinwohner davon zu überzeugen, daß es sich bei seinem Bibliotheksausweis um eine American-Express-Karte handelte. Als Gegenleistung für den Ausweis erhielt er von ihnen eine Gallone Wasser und sechs getrocknete Eidechsen. Durch diese Transaktion erwarben die Aborigines übrigens das Recht, sich aus der öffentlichen Bibliothek von Ventcaster wöchentlich drei Romane und drei Sachbücher ausleihen zu dürfen. Von jenem Zeitpunkt an konnte die Devise für die beiden nur noch lauten, sich in letzter Minute von einem Wasserloch zum anderen zu hecheln und sich klammheimlich an nichtsahnende Schlangen heranzuschleichen.

Dennoch weigerte sich Pertelope standhaft, dem Rautenpython etwas anzutun, die sie nach sechsstündiger Pirsch über die Felsen von Mount Woodroffe gefangen hatten, da diese Kreatur nach seiner festen Überzeugung zu den bedrohten Tierarten zählte. Dies alles war geschehen, kurz nachdem Lamoraks oberer linker Backenzahn zu schmerzen begonnen hatte.

»Na gut, dann laß uns mal nachsehen, was wir noch so dabeihaben«, schlug Pertelope vor. Er schnallte den Rucksack ab und durchwühlte dessen Inhalt (drei saubere Hemden; dreimal frische Unterwäsche; eine Broschüre *Was ist los in Sydney?*, in der ein Zettel als Lesezeichen steckte, um die Seite mit den Informationen über das New-Orleans-Jazzfestival schneller wiederzufinden; ein Schweizer Messer mit sechs arg ramponierten Klingen; ein Elektrorasierer; eine Hose; ein Tennisschläger; eine Mundharmonika; zwei Waschlappen; ein Handtuch; eine Flasche Nelkenöl; Hautcreme; ein Päckchen Pflaster; eine Flasche Haarshampoo gegen Schuppen; eine Schachtel Verdauungstabletten; eine Nagelschere; ein gewisser Bedarf an Frauenbekleidung...).

»Hast du noch was in deinem Rucksack, Lammo? Bei mir herrscht nämlich absolute Ebbe.«

Lamorak hob kurz den Kopf hoch, sagte: »Nichts«, und stütze ihn wieder auf den Händen ab.

Pertelope runzelte die Stirn und kratzte sich nachdenklich den Kopf. »Oje, das ist schlecht. Dann müssen wir wohl oder übel nach Wurzeln und Beeren und dergleichen Ausschau halten.« Er blickte auf die ausgedorrte, unfruchtbare Erde; es mußte schon eine ganze Weile hergewesen sein, daß eine Pflanze soviel Dummheit besessen hatte, ihre kostbaren Wurzeln einer derartig lebensfeindlichen Umgebung anzuvertrauen.

»Pertelope?«

Sir Pertelope blickte auf. »Ja, was ist denn?«

»Hast du schon mal was von Kannibalismus gehört?«

Pertelope zuckte teilnahmslos mit den Achseln. »Kannibalismus?«

»Richtig«, bekräftigte sein Gefährte. »Du weißt schon, wenn irgendwelche Menschen das Fleisch von anderen Menschen essen. Früher war das gar nicht mal so ungewöhnlich.«

Pertelope dachte kurz darüber nach, dann schüttelte er entschieden den Kopf. »Nicht mal im Traum dachte ich daran, zumal du mir im wahrsten Sinn des Wortes im Hals steckenbleiben würdest.«

Lamorak erhob sich, klopfte sich Sand und Staub ab und sagte in ruhigem Ton: »Das kann ich vollkommen verstehen, ehrlich. Paß auf, wenn du absolut stillhältst, tut's auch ganz bestimmt nicht weh.«

Vor Pertelopes geistigem Auge nahm ein kleines Räderwerk Gestalt an. »Moment mal! Ich bin für jeden Scherz zu haben, aber irgendwann muß auch mal Schluß sein. Ich meine, nachher tun wir uns aus lauter Jux und Tollerei tatsächlich noch gegenseitig was an …«

Lamorak grinste nur und holte mit einem großen Stein nach ihm aus. Hunger, Durst und Zahnschmerzen hatten ihn seiner Sinne beraubt, dennoch verfehlte er Pertelope nur um wenige Zentimeter. Fluchend geriet er ins Straucheln und stürzte zu Boden. Mit schmerzverzerrtem Gesicht rappelte er sich langsam wieder hoch.

»Eidechsen«, beeilte sich Pertelope zu sagen. »Ich bin mir sicher, daß wir hier eine Menge Eidechsen fänden, wenn wir nur wüßten, wonach wir suchen müssen. Das Problem ist nämlich, daß diese kleinen Viecher wahre Meister der Tarnung sind. Du wirst es kaum glauben, aber auf den Neuen Hebriden gibt es eine Echsenart, die …«

Er wich ein Stück zur Seite, und der weit ausholende Schlag, mit dem Lamorak ihn niederstrecken wollte, landete in der staubtrockenen Luft.

»Hör endlich auf, über diese Scheißechsen zu labern, und hilf mir lieber hoch«, schnaufte Lamorak. »Ich glaube, ich hab mir den Fuß verstaucht.«

»Selbst schuld, wenn du mit solch einem riesigen Brocken auf jemanden losgehst«, rügte ihn Pertelope. »Man sollte meinen, du hast sie nicht mehr …«

Plötzlich sprang Lamorak, wie von der Tarantel gestochen, jäh in die Höhe, womit er seine vorhergehende Aussage selbst ad absurdum führte, und versuchte nun, mit voller Breitseite anzugreifen. Da seine volle Breitseite von Kopf bis Fuß nicht einmal ein Meter sechzig maß, war auch dieser Versuch zum Scheitern verurteilt.

»Lamorak, du führst dich einfach unmöglich auf!«

tadelte ihn Pertelope erneut. »Was soll ein Fremder bloß von dir denken, wenn er dich hier so sieht?«

»Das hängt ganz davon ab«, keuchte Lamorak. »Wenn er wüßte, was ich seit unserer Abreise aus Birmingham mit dir alles durchgemacht hab, dächte er wahrscheinlich: Ich wünsche dir viel Glück dabei, mein Junge!« Mit letzter Anstrengung warf er den Felsbrocken, der einen knappen Meter vor ihm auf dem Boden landete, und sackte wie ein nasser Sack zusammen.

»Also wirklich!« empörte sich Pertelope.

Lamorak holte tief Atem, musterte eine Weile seine verschrammten und blutenden Hände und seufzte schwer. »Ich schlag dir was vor. Wir beide treffen eine Vereinbarung. Du kriegst den Kompaß, die Karte, deinen Rucksack, meinen Rucksack, den ganzen Mist also, und ich bleibe hier und sterbe in Ruhe. Na, wie klingt das?«

Pertelope schüttelte entschieden den Kopf. »Das hättest du wohl gern, wie? Aber keine Sorge, ich werde dich niemals im Stich lassen, darauf kannst du Gift nehmen.«

»Im Ernst?«

»Klar.«

Lamorak nickte. »Dann besorg mir Gift«, murmelte er und griff mit zitternden Händen ein weiteres Mal nach dem kleinen Felsbrocken. Pertelope trat den Stein rasch beiseite, dann zog er sich beleidigt zurück und schmollte im spärlichen Schatten einer Düne.

Wenn Pertelope schmollte, dauerte das allerdings nie sehr lange: Als Lamorak kurz darauf eingeschlafen war und bereits voller Verzückung von einem mit eiskaltem Bier gefüllten und von allen nur denkbaren Sorten Sandwiches umgebenen Swimmingpool träumte, setzte sich Pertelope – unter Einhaltung eines geringen Sicherheitsabstands – neben ihn und stieß ihn mit dem rechten Fuß sanft in die Rippen.

»Kopf hoch, Lammo. Du wirst schon sehen, irgendwas muß ja passieren«, sprach er seinem Gefährten Mut zu.

Lamorak stöhnte leise auf und drehte sich auf die Seite.

Pertelope rutschte ein Stück näher heran. »Außer Eidechsen gibt's ja auch noch Schlangen und irgend so eine kleine Vogelart. Allerdings gibt es von diesen Vögeln nur noch sehr wenige, weil sie durch giftige Industrieabfälle ihres natürlichen Lebensraums beraubt wurden, so daß wir sie nur als allerletzte Reserve ansehen sollten. Wie ich aber schon gesagt hab, gibt's genug Eidechsen und …«

»Mmmm.«

»… Schlangen. Vielleicht werden wir ja auch von einer Gruppe umherziehender Aborigines gerettet, obwohl man sie eigentlich nicht so bezeichnen sollte. Diese Ureinwohner Australiens blicken nämlich auf eine sehr alte und hochstehende Kultur zurück, mit einer sehr anspruchsvollen, mystischen Religionsform, die sie mit der Erde und der Natur in absoluten Einklang bringt. Offenbar sind sie …«

»Pertelope, ich liege auf irgendeiner Kiste«, unterbrach ihn Lamorak.

»Dann rück einfach ein Stück weiter. Jedenfalls hab ich irgendwo mal gelesen, daß die manchmal tagelang singend durch die Gegend ziehen und immer genau dort ankommen, wo sie ursprünglich hinwollten, indem sie ihre Gehirnströme auf die geothermische Ausstrahlung ausrichten und …«

»Auf der Kiste steht übrigens *Dosenpfirsiche,* Pertelope.«

»Wie bitte?«

»Auf dem Deckel ist ein Aufkleber und darauf steht *Dosenpfirsiche*«, wiederholte Lamorak.

Einen Augenblick lang herrschte absolute Stille.

»Was hast du da eben gesagt?« hakte Pertelope schließlich ungläubig nach.

»Du meine Güte! Komm doch einfach mal rüber, und sieh selbst nach.«

Gleich darauf buddelten sie mit vereinten Kräften die halb im Sand steckende Kiste aus und brachen beim Öffnen des Deckels die Schraubenzieherklinge von Pertelopes Schweizer Messer ab.

Die Kiste war voll mit Pfirsichdosen.

»Los, gib mir sofort dieses Scheißtaschenmesser!« zischte Lamorak und riß es Pertelope bereits aus der Hand. Dann versuchte er, mit dem brüchigen Daumennagel den Dosenöffner herauszuschnippen.

»Wart mal eben«, bremste ihn Pertelope, der eine Dose in den Händen drehte. »Tut mir echt leid, Lammo, aber wir können diese Pfirsiche nicht essen. Das ist wirklich ein Jammer ...«

Lamorak erstarrte vor Schreck. »Was, zum Teufel, soll das denn schon wieder heißen, hä? Wieso sollten wir diese Pfirsiche nicht essen können? Okay, die Dosen sind etwas angerostet, aber sonst ...«

Pertelope schüttelte den Kopf. »Darum geht's nicht. Sieh doch mal, was hier auf dem Etikett steht: *Hergestellt in Südafrika.* Du weißt doch wohl, was das heißt, oder?«

Lamorak blickte ihn lange und durchdringend an und ließ das Taschenmesser aus der Hand gleiten.

»Was sollen wir tun?« fuhr Pertelope fort. »Ich weiß, daß das Pech ist, aber ich sage immer: Prinzip ist Prinzip, und es wäre falsch, sich nur in guten Zeiten daran zu halten. Sicher, in Südafrika hat sich in letzter Zeit vieles geändert, aber ...«

Er war noch immer am Reden, als ihm Lamorak eine Dose an den Kopf warf.

Die Obstmönche im Westen Australiens sind einer der wenigen übriggebliebenen Orden aus der großen Welle des kreuzfahrenden Mönchtums, die sich kurz nach dem Fall von Konstantinopel im Jahre 1205 ausbreitete. Der Templerorden, der Johanniterorden und der

Schwertbrüderorden sind fast gänzlich von der Bildfläche verschwunden oder haben sich anderen Organisationen angeschlossen und ihre Identität längst verloren; die *Monachi Fructuarii* hingegen bevorzugen noch immer ihre altertümlich anmutende Lebensweise, so daß ihr Orden im Grunde derselbe wie zu Zeiten seines Begründers Sankt Anastasius von Joppa geblieben ist.

Angeregt durch das Beispiel des Soldaten, der den am Kreuz hängenden Jesus einen essiggetränkten Schwamm gereicht hat, soll der Heilige Anastasius der Sage nach seinen ersten Obstsaftstand 1219 am Rande des Wallfahrtswegs von Antiochia nach Jerusalem aufgestellt haben. Bereits gegen Mitte des dreizehnten Jahrhunderts gehörten die mit bunten Farben bemalten Buden des Ordens landauf, landab zum Alltagsbild. Nach dem Fall von Akkos endete die Anwesenheit der Kreuzritter im Mittleren Osten, und die Mönche lenkten ihre Aufmerksamkeit auf die anderen Einöden und Wüsten dieser Erde. Durch zunehmenden Personalmangel mußten solch aufwendige Vorhaben natürlich immer weiter eingeschränkt werden, so daß man sich heutzutage notgedrungenerweise damit zufriedengibt, an völlig willkürlich ausgewählten Punkten Kisten mit Dosenfrüchten zu deponieren und auf die Vorsehung zu vertrauen, daß umherziehende Reisende zu ihnen geleitet werden.

1979 wurde der Orden von einem international operierenden australischen Lebensmittelkonzern übernommen, und seither werden die einfachen Pappkartons nach und nach durch Münzautomaten ersetzt; doch bis zum heutigen Tag ist diese Rationalisierungsmaßnahme noch längst nicht abgeschlossen.

Dies schien ein geeigneter Zeitpunkt zur Versöhnung zu sein.

»Willst du eine Dose Pfirsiche?« fragte Lamorak. »Und falls es dich irgendwie beruhigt, die schmecken überhaupt nicht südafrikanisch.«

Pertelope hob den dröhnenden Schädel ein Stück hoch und ließ ihn gleich darauf wieder nach unten fallen. »Was war das? Irgendwas hat mich am Kopf getroffen«, stöhnte er mit schmerzverzerrtem Gesicht.

Lamorak zuckte die Achseln und antwortete mit vollgestopftem Mund: »Du wirst es kaum glauben, aber das war 'ne Pfirsichdose.«

»Im Ernst?«

Lamorak nickte. »Wahrscheinlich ist sie aus irgendeinem vorbeiziehenden Flugzeug herausgefallen. Vielleicht gibt's hier aber auch nur ein Überangebot an Pfirsichen; das hat bestimmt was mit der gemeinsamen Agrarpolitik zu tun. Jedenfalls ist sie auf dich gefallen und hat bei dir das Licht ausgeknipst. Schade, daß dir Isaac Newton bei der Entdeckung der Schwerkraft zuvorgekommen ist, sonst könntest du eine Menge Geld damit machen. Mach dir nichts draus«, beendete er seine Ausführungen und rülpste zufrieden.

»Lammo, ich hab Hunger«, wimmerte Pertelope.

»Das glaub ich dir gern«, antwortete sein Gefährte. »Wie schade für dich, daß du diese Pfirsiche nicht essen kannst, weil sie aus … Na, ist ja egal.«

Die nachfolgende Stille wurde nur durch das Geräusch von Lamoraks genußvollem Schmatzen unterbrochen; für jemanden mit starken Zahnschmerzen schien er mit dem Kauvorgang hervorragend zurechtzukommen.

»Wie ich gehört habe, soll eine Menge von dem Dosenzeugs, das angeblich aus Südafrika stammt, dort nur eingedost werden«, wagte sich Pertelope ein Stück vor. »Die eigentlichen Früchte werden in Wirklichkeit in den Nachbarländern geerntet.«

Lamorak nickte zustimmend. »Das ist allgemein bekannt. Ich hab so was auch mal irgendwo in einer Zeitung gelesen. Ganz schön mieser Trick, wenn du mich fragst.«

»Da hast du vollkommen recht«, stimmte ihm Pertelope zu und fügte nach einer kurzen Denkpause hinzu: »Aber wie meinst du das eigentlich genau?«

»Na, das ist doch brutalste Wirtschaftssabotage«, meinte Lamorak, wobei er voller Unverständnis den Kopf schüttelte. »Das Regime in Pretoria steckt fremdes Obst in seine eigenen südafrikanischen Dosen, damit es von niemandem gekauft wird, und schwächt auf diese Weise die ökonomische Entwicklung der Nachbarstaaten. Und es ist wirklich allerhöchste Eisenbahn, daß etwas dagegen unternommen wird.«

»Und was?«

»Indem man zum Beispiel das Obst ißt«, schlug Lamorak vor und reichte ihm die Dose. »Das wird denen eine echte Lehre sein, oder findest du nicht?«

Ungefähr eine halbe Stunde später brachen die beiden Ritter völlig erschöpft zusammen und lagen, umgeben von einem Haufen leerer Dosen, reglos da.

»Wir sollten die Dinger lieber einbuddeln«, murmelte Pertelope.

»Was denn?«

»Na, die leeren Dosen. Wir können die Dosen hier nicht einfach rumliegen lassen. Das ist Umweltverschmutzung.«

Lamorak dachte kurz darüber nach. »Das klingt aber sehr theoretisch.«

»Ich meine, das hier ist eins der letzten gänzlich unberührten Naturreservate, und wir schulden es einfach nachfolgenden Generationen, daß wir ...«

»Du hast ja recht«, unterbrach ihn Lamorak. »Hier ist wirklich alles gänzlich unberührt, und zwar von Tier und Mensch.« Beim bloßen Gedanken daran erschauderte er. »Aber erzähl ruhig weiter, ich hau mich derweil für ein paar Minuten aufs Ohr.«

Er rollte sich auf den Rücken und schloß die Augen. Plötzlich schnellte er hoch und grapschte nach Pertelopes Arm.

»Jetzt brat mir einer 'nen Storch!« zischte er aufgeregt. »Per, guck mal, was da vorn ist!«

Pertelope kniff die Augen zusammen. »Wo denn, Lammo?«

»Mensch, da drüben!«

»Ach so. Und wonach soll ich Ausschau halten?«

Lamorak ging nicht auf ihn ein. »Wir haben tatsächlich eins entdeckt, Per. Wir haben ein Einhorn entdeckt.«

Pertelope fiel die Kinnlade herunter. »Wo denn?« flüsterte er.

»Mann, das darf doch wohl nicht wahr sein!«

Am Rande eines kleinen Steilhangs, etwa fünfhundert Meter entfernt, blieb das Einhorn stehen, warf den Kopf hoch und schnupperte in der Luft. Eine ganze Weile stand es dort mit angespannten Ohren und Nüstern starr wie eine Statue da; dann senkte es wieder den Kopf und schwang den Schweif rhythmisch hin und her, wenngleich es keine Fliegen zu vertreiben gab. Seine Lippen fuhren in derselben Höhe über den Sand, in der normalerweise Gras wachsen würde, wenn es eine Grassorte gegeben hätte, die so töricht gewesen wäre, sich in einer solch lebensfeindlichen Umgebung anzusiedeln.

»Jetzt kann ich's auch sehen«, keuchte Pertelope aufgeregt. »Lammo, das ist ja *wirklich* ein Einhorn! Das kann doch nicht wahr sein …«

»Ist ja schon gut. Jetzt beruhige dich mal«, murmelte Lamorak, der schon die ganze Zeit über versuchte, das Fernglas an dessen Umhängegurt aus dem Rucksack zu ziehen und sich dabei gleichzeitig völlig still zu verhalten, obwohl sich der Gurt irgendwo da drinnen um etwas herumgewickelt hatte. »Verhalt dich einfach ganz still, während ich …«

»Es hat ein goldenes Horn, das ihm mitten aus der Stirn wächst«, schwärmte Pertelope.

»Im Ernst? Das ist doch total ungewöhnlich«, staunte Lamorak. »Vielleicht handelt es sich ja bei dem Vieh um eine Art Versuchsmodell oder so was. Hör zu, könntest du versuchen, den Umhängegurt vom Fernglas freizubekommen? Der hat sich irgendwo im Rucksack verheddert. In der Zwischenzeit könnte ich ...«

»Das Fell ist milchweiß«, schwelgte Pertelope unverdrossen weiter. »Sieh nur, Lamorak, es hat auch goldene Hufe. Ist das nicht unglaublich? Wenn wir ...«

*»SCHNAUZE!«* Es ist verblüffend, wie laut man beim Flüstern schreien kann. Der Kopf des Einhorns schnellte wie der Stiel einer tieffliegenden Harke hoch, und eine Weile stand das Tier in angespannter Lauerstellung da – ein Paradebeispiel ängstlich-nervöser Anmut –, bis es außer Sichtweite entschwand.

Kurz herrschte nervöse Stille.

»Herrjemine!« jammerte Pertelope. »Wir haben es aufgescheucht.«

Lamorak gab einen krächzenden Laut von sich und rieb sich an der Stelle des protestierenden Backenzahns. »Meinst du, ja?« grummelte er. »Bist du dir auch wirklich sicher, daß es sich nicht viel eher an irgendeine wichtige Verabredung erinnert hat?«

»Das war deine Schuld!« beschwerte sich Pertelope. »Das arme Tier so anzubrüllen. Dein Problem ist, daß du mit der Natur einfach nicht in Einklang stehst.«

Unterdessen hatte Lamorak aus seinem Rucksack ein kurzes Seil, einen Haufen Kleidungsstücke, eine kleine Flasche und eine Packung Würfelzucker herausgekramt. »Komm schon«, ermunterte er seinen Partner. »Es dürfte ja wohl nicht schwierig sein, den Hufspuren zu folgen, die das Einhorn im Sand hinterlassen hat.«

Pertelope nickte und stand auf. Dann füllten sie die Rucksäcke mit Pfirsichdosen, schaufelten Sand über die leeren Dosen (»Trotzdem sollten wir die Dinger lieber mitnehmen, bis wir eine richtige Mülltonne finden. Diese Dosensorte ist nämlich voll recyclebar.«) und zockelten zu der Stelle hinüber, wo das Einhorn kurz zuvor seinen perfekt inszenierten Kurzauftritt gehabt hatte.

Früher waren Einhörner extrem selten.

Sie waren derart scheu, daß es nur eine Möglichkeit gab, sie einzufangen – na ja, in Wirklichkeit gab es zwei. Der einfache Weg war, ein paar übriggebliebene Essensreste zu sammeln, sie in Kirschlikör zu tränken und alles zusammen in einer ganz gewöhnlichen Mülltüte über Nacht draußen vor die Hintertür zu stellen. In diesem Fall pflegte das Einhorn die Mülltüte aufzureißen und sich bis zum Anschlag vollzufressen, um irgendwann sturzbesoffen einzuschlafen. Das funktionierte jedoch nur beim verstädterten Einhorn; und da es sich bei diesen verstädterten Einhörnern um nichts anderes als um heruntergekommene, aufgedunsene Tötungsmaschinen mit einem raubmöwenartigen Maul und einer lichten Höhe von ein Meter dreißig handelte, die weder Angst noch Erbarmen kannten, war es eher ratsam, sie, wenn irgend möglich, lieber nicht zu fangen. Ein verstädtertes Einhorn mit einem Kater konnte eine größere Gefahr für Leib und Leben darstellen und mehr Sachschaden anrichten als herkömmliche Bomben.

Wenn es um das Einfangen eines weißen Einhorns ging, dann bot allerdings nur eine einzige Methode Aussicht auf Erfolg. Dazu benötigte man ein Mädchen von makelloser Tugendhaftigkeit und ein zwei Meter langes Hanfseil, wobei letzteres gewöhnlich kein Problem darstellte.

Aus verschiedenen Gründen, die mit der Ausbreitung des Humanismus und dem damit einhergehenden Verfall der moralischen Sitten zusammenhingen, wurde es im Laufe der Zeit immer schwieriger, als krank und schwach eingestufte Einhörner im Rahmen der Populationsregulierung zu jagen, so daß sie sich ungehemmt vermehren konnten. Sie entwickelten sich sogar zu einer regelrechten Landplage. Für die riesigen Herden nomadisierender Einhörner, die jedes Frühjahr über die Grassteppen herfielen, wurde der natürliche Lebensraum zu klein, und im selben Maß, wie sich die Städte ausbreiteten, wurden immer mehr Einhörner seßhaft und mutierten allmählich zu der bereits zuvor ausführlich beschriebenen verstädterten Art. Zum Glück für die Menschheit wurde diese gefährliche Art zu Anfang des zwölften Jahrhunderts durch eine spezielle Form der Myxomatose völlig ausgerottet; doch breitete sich diese Viruskrankheit nie bis zu den im Flachland lebenden weißen Einhörnern aus, die weiterhin die Ernten vernichteten und in alarmierendem Maße die Rinde junger Bäume beschädigten. Schließlich kam der Herrscher des Heiligen Römischen Reiches Deutscher Nation mit dem Großen Khan und dem Presbyter Johann zu der Übereinkunft, die Einhörner erst quer durch Europa nach Asien und von dort aus durch China bis hinunter nach Australien zu jagen, das damals noch durch eine schmale Landenge mit dem Festland verbunden war. Als das letzte Einhorn die Landenge überquert hatte, wurde sie gleich darauf zerstört und die eigentliche Erinnerung an Australien bewußt aus dem Gedächtnis der Menschheit gestrichen

Die Einhörner brauchten nicht lange, um ihren neuen Lebensraum zu verwüsten, und heute sind sie wieder eine vergleichsweise seltene und entsprechend scheue Spezies. Um eine Vorstellung davon zu bekommen, was mit Europa geschehen wäre, wenn man damals diesen Schritt der Vertreibung nicht vollzogen hätte, muß man sich nur die Trockengebiete und Wüsten in Mittelaustralien ansehen und berücksichtigen, daß diese Landstriche vor dem Eintreffen der Einhörner die fruchtbarsten und ertragreichsten Weideländer der Erde darstellten.

Im Laufe der Zeit ändert sich jedoch auch die Zeit als solches; und obwohl Einhörner alles andere als eine alltägliche Erscheinung sind, gibt es andere Wesen, die noch seltener und scheuer sind als sie. Deshalb gibt es nur eine todsichere Möglichkeit, ein Mädchen von makelloser Tugendhaftigkeit einzufangen: Man benötigt dazu ein Einhorn und ein zwei Meter langes Hanfseil.

Als sie wieder einmal einen Steilhang hinaufgeklommen waren, der ihnen einen Ausblick auf Tausende von Hektar absoluter Leere bot, meinte Pertelope: »Ehrlich gesagt bin ich noch immer nicht ganz davon überzeugt, daß wir in die richtige Richtung gehen.«

»Ach, halt's Maul«, zischte Lamorak.

»Daß dir das egal ist, ist mir klar«, beklagte sich Pertelope. »Du hast ja auch vernünftige Absätze.« Er setzte sich, zog den linken Schuh aus und schüttelte den Sand heraus.

»Jetzt hör endlich auf zu jammern«, stöhnte Lamorak entnervt. »Vergiß nicht, daß wir eine Münze geworfen haben und du ...«

»Wie wahr, und genau darüber hab ich eben nachgedacht«, unterbrach ihn Pertelope und zog den Schuh wieder an.

Bei den Schuhen handelte es sich um marineblaue Lackpumps mit sechs Zentimeter hohen Absätzen und einer sehr eleganten Messingschnalle, und die Dinger scheuerten wie verrückt. Wie Lamorak ausdrücklich betont hatte, waren sie aber für das rückenfreie und ebenfalls marineblaue Kleid, den entzückenden Topfhut mit Schleier und die dazu passende Handtasche wie geschaffen, und nach seiner Auffassung wären andere Leute auf ein solch fesches Outfit stolz gewesen.

Pertelope schien da anderer Meinung zu sein, denn er fuhr mürrisch fort: »Du hast gesagt: ›Kopf oder Zahl?‹, und ich habe Kopf gewählt, richtig?«

Lamorak blickte gestreßt zur Seite und nickte. »Ja, kann sein.«

»Wie ich mich erinnre, hab ich mich schon damals gefragt, warum du darauf bestanden hast, eine portugiesische Münze zu nehmen«, fuhr Pertelope fort. »Und nun ist mir gerade eingefallen, daß Portugal eine Republik ist ...«

»Komm schon, Per. Wir müssen uns beeilen.«

»... und deshalb ist auf einer portugiesischen Münze

gar kein Kopf, sondern nur irgendein Wappen auf der einen und eine Zahl auf der anderen Seite. Folglich wäre es ja wohl nur recht und billig, wenn wir …« Er hielt unvermittelt inne.

In weiter Ferne war ein winziger Fleck auszumachen. Beide blieben wie angewurzelt stehen, und Lamorak setzte das Fernglas an.

»Da ist es!« zischte er aufgeregt. »Jetzt kommt's drauf an. Also gut. Verhalt dich absolut still, und tu genau das, was ich dir gesagt habe. Und zieh dir, um Himmels willen, diesen dämlichen Schleier vors Gesicht.«

»Ich finde trotzdem, daß wir …«, flüsterte Pertelope, doch Lamorak fiel ihm ins Wort.

»Das ist doch jetzt egal. Ich meine, ich sage das zwar nicht gern, aber ich fürchte, ich eigne mich sowieso nicht so gut als Frau.«

Pertelope blickte ihn grimmig an. »Ich mich auch nicht, Lammo. Schließlich bin ich genausowenig eine Frau wie du, oder?«

Lamorak biß sich verlegen auf die Unterlippe; die ganze Situation war ihm ausgesprochen peinlich. »Es ist nicht unbedingt festgelegt, daß es sich um eine Frau handeln muß. Wichtig ist nur, daß der betreffende Mensch, der als Köder dient, na ja, eben eine Jungfr … also, noch nie … Moment mal, es kommt direkt auf uns zu. Alles klar, jeder bezieht seine Stellung.«

»Trotzdem ist das gemein, und ich finde, daß wir …«, beklagte sich Pertelope, und er war noch immer am Lamentieren, als Lamorak bereits durch den Sand robbte, um sich hinter einem großen Felsbrocken zu verstecken.

Eine Dreiviertelstunde kann unendlich lang sein.

Selbstverständlich lautete ihr Auftrag nicht, ein Einhorn einzufangen. Hätte es sich lediglich um ein Einhorn gehandelt, hätten sie es gleich in der Spielzeugabteilung von Harrod's oder Bloomingdale's kaufen können.

Mit anderen Worten handelte es sich hierbei um den leichteren Teil des Auftrags.

»Jetzt laus mich doch der Affe! Das ist ja gar keine Tussi!« empörte sich das Einhorn.

Doch da war es schon zu spät; die von Lamoraks geübter Hand geführte Schlinge war bereits durch die Luft geflogen und hatte sich um den Hals des Einhorns gelegt. Es gab einen kurzen Kampf, einige extrem bildliche Ausdrücke des Einhorns, und dann war alles vorbei.

»Schnell, halt du mal das Seil, während ich das Chloroform hole«, grunzte Lamorak aufgeregt. »Und paß bloß auf das Horn auf!«

»Scheißbriten!« fauchte das Einhorn, wobei es sich mit seinem ganzen Gewicht vergeblich gegen das Seil stemmte. Pertelope bohrte die Absätze noch tiefer in den Sand und lehnte sich mit aller Kraft nach hinten, während Lamorak den Flascheninhalt über ein Taschentuch schüttete.

»Du hast mir nichts davon erzählt, daß diese Viecher reden können, Lammo«, keuchte Pertelope angestrengt. »Das muß man sich mal vorstellen ... ein sprechendes Tier!«

Als wolle es diese Feststellung bekräftigen, plapperte das Einhorn munter drauflos. Dabei erzählte es in erster Linie davon, daß sein Vater völlig recht gehabt habe, ihn schon als kleines Einhorn vor dem extrem unmännlichen Auftreten der Engländer zu warnen; und aufgrund seines stark ausgeprägten Interesses für Flora und Fauna war Pertelope mehr als erleichtert, als Lamorak es endlich geschafft hatte, dem Tier das Taschentuch auf die Nüstern zu drücken. Langsam und wüste Verwünschungen vor sich hin murmelnd, sackte das Einhorn zu Boden und kippte schließlich reglos um.

»So, das wär's dann wohl«, stellte Lamorak zufrieden fest. »Trotzdem nehmen wir das nächstemal lieber ein Narkosegewehr, auf diese traditionellen Methoden pfeife ich nämlich.« Er kniete neben dem Einhorn nieder und machte sich am Seil zu schaffen.

»Kann ich jetzt endlich diese bekloppten Klamotten ausziehen?« drängte Pertelope. Er war knallrot im Gesicht, was nur teilweise auf die vorhergehende Kraftanstrengung zurückzuführen war.

»Mann, jetzt hilf mir erst mal!« bellte ihn Lamorak an. »Schnell, bevor das verfluchte Vieh aufwacht.«

Pertelope seufzte schwer und griff nur widerstrebend nach dem Seil; er war sich nicht ganz sicher, ob die Behandlung, die sie dem Einhorn angedeihen ließen, kein Eingriff in den natürlichen Lebensraum eines solch majestätischen, wildlebenden Tieres war. Solche Dinge verabscheute er genauso aus tiefstem Herzen wie Zoos, Zirkusse oder Leute, die ihre Hunde bei hochgedrehten Fenstern in Autos zurückließen. »Feßle es nicht zu fest, Lammo, sonst wirst du das arme Ding noch verletzen«, ermahnte er seinen Gefährten in regelmäßigen Abständen.

»Puh! Das wäre erledigt«, keuchte Lamorak schließlich erschöpft und stand schweratmend auf. »Ich schlage vor, wir machen jetzt ein paar Minuten Pause und hocken uns erst mal hin.«

Pertelope klopfte sich den Sand vom Kleid. »Aber erst, nachdem ich diesen furchtbaren Fummel ausgezogen hab.«

»Ja, dann mach doch«, seufzte Lamorak. »Ich für meinen Teil hau mich jetzt jedenfalls aufs Ohr und ...«

»Du mußt mir aber noch beim Öffnen des Reißverschlusses helfen«, murmelte Pertelope verlegen.

»Na gut«, willigte Lamorak wenig begeistert ein und stand wieder auf. »Diesmal halt aber still, um Himmels willen! Denk dran, das letzte Mal hättest du mir mit deiner Haarklammer fast das Auge ausgestochen.«

Doch bevor er zur Tat schreiten konnte, zischte eine

Kugel durch die Luft, streifte nur knapp an seinen Augenbrauen vorbei und blies Pertelope den Hut vom Kopf. Die beiden Ritter erstarrten vor Schreck und standen so still wie selten da.

»Pfoten hoch!« befahl eine Stimme irgendwo hinter ihren Rücken. »Oder ich ballere euch beiden den Kopf ab.«

In der australischen Wildnis gibt es eine Unzahl ebenso merkwürdiger wie furchteinflößender Geräusche. Da gibt es zum Beispiel das unverwechselbare Kläffen des Dingos, das schallende Gelächter des Lachenden Hans, das leise Bellen des Känguruhs oder das rasselnde Gurgeln einer Mezzosopranistin, die ihre Stimme gerade mit in Bier verrührten rohen Eiern ölt – all das kann einen sehr verwirren und vor allem auch Angst einjagen. Dennoch gibt es ein Geräusch, das alle anderen übertrifft und das sogar den mutigsten Menschen mit Furcht erfüllt und selbst die braungebranntesten Knie zum Schlottern bringt; und dabei handelt es sich um eine beherzte Kontraaltstimme, die immer wieder singt:

*Daf Wandern ift def Müllerf Luft,*
*daf Wandern ift def Müllerf Luft,*
*daf Wahandern …*

Und das anscheinend durch ein Megaphon. Die permanente Wiederholung ist auf den Umstand zurückzuführen, daß die Kontraaltstimme den Rest der Textes nicht kennt, der Verstärkungseffekt hingegen rührt von dem großen Blechfaß her, das als Kopfbedeckung dient.

»Können wir bitte unsere Hände wieder runternehmen?«

»Waf ift?«

Lamorak schloß gereizt die Augen, öffnete sie wieder und wiederholte langsam und deutlich: »Ich hab gefragt, ob wir bitte unsere Hände wieder runternehmen können.«

»Ach fo. Von mir auf ja. Aber hübf langfam, klar?«

»Ficher… oh, Entschuldigung, sicher.« Lamorak senkte versuchsweise die Arme und tastete dabei rasch ein paar Körperstellen ab, um festzustellen, ob er möglicherweise nicht doch irgendwo getroffen worden war. Alles klar. »Dürfen wir uns jetzt vielleicht umdrehen?« bat er mit ungewohnter Zurückhaltung.

Eine Weile geschah nichts. »Na gut, aber langfam«, willigte die Stimme schließlich ein, die sich wie eine Kuh anhörte, die in eine mit Blech ausgeschlagene Sickergrube gefallen war.

Auf den ersten Blick sah das Wesen mit der markerschütternden Stimme wie das Endprodukt eines Zauberlehrlings aus, der sich nach Lust und Laune auf einem Autofriedhof austoben konnte. Ganz oben befand sich ein großes rundes Faß mit zwei kleinen Löchern. Darunter ein Gebilde, das früher einmal eindeutig die Vorderhaube eines VW-Käfers gewesen war, bevor sie von einem Menschen mit einem gewissen Verständnis für Design und um so gewaltigeren Bizeps mit Hilfe eines Vorschlaghammers zu einer Form geschlagen worden war, die man als zumindest ansatzweise dem menschlichen Oberkörper angepaßt betrachten konnte. Seitlich ragten im rechten Winkel zwei Ofenrohre heraus, und in einem davon steckte ein mit Rostflecken gesprenkelter Revolver. Zwei weitere Ofenrohre dienten als Beinschutz und waren mit einem Paar altmodischer Taucherschuhe verbunden.

»Fallf einer von euch beiden lacht, könnte ich ernfthaft fauer werden«, drohte der Blecheimer.

Pertelope musterte die merkwürdige Gestalt mit blinzelnden Augen. »Entschuldigung, aber warum tragen Sie diesen komischen Aufzug?«

Der Schrotthaufen zitterte leicht und antwortete: »Aufgerechnet du muft dich über meinen Auffug auflaffen, Freundchen.«

»Bitte, Sie dürfen das meinem Freund nicht übelnehmen«, mischte sich Lamorak schnell ein. »Er ist leider nicht ganz richtig im Kopf, das ist alles.«

Aus dem Blecheimer drang ein zweifelnder, etwas angerostet klingender Laut herüber. »Bift du dir auch wirklich ficher, daf daf fon allef ift?« fragte die Stimme. »Ich meine, immerhin trägt der Kerl ein Kleid.«

Pertelope zuckte entsetzt zusammen. »Es gibt einen ganz normalen Grund, weshalb ich…«, setzte er zu einer Rechtfertigung an, doch ein plötzlich auftretender Schmerz im rechten Fuß, hervorgerufen durch einen versehentlich sehr heftigen Tritt von Lamorak, brachte ihn abrupt zum Schweigen.

»Jedenfalls war es uns ein Vergnügen, Sie kennenzulernen«, ergriff Lamorak erneut das Wort. »Und wir wünschen Ihnen auch weiterhin alles Gute, doch leider müssen wir jetzt weiterziehen. Tschüs denn.« Er ging zielstrebig auf das Einhorn zu, aber die Mündung des Revolvers folgte ihm.

»Immer hübf langfam, Freundchen«, dröhnte die Blechdose. »Waf habt ihr eigentlich mit diefem Känguruh vor?«

Die beiden Ritter blickten sich fragend an. »Mit dem was?« wollte Lamorak wissen.

»Na, mit dem Känguruh«, wiederholte die Blechstimme.

»Sie müssen schon entschuldigen«, antwortete Lamorak in jener sorgfältig gewählten Ausdrucksweise, derer man sich bedient, wenn man einem schwerbewaffneten Geistesgestörten etwas völlig Offenkundiges zu erklären versucht, »aber genaugenommen ist das gar kein Känguruh.«

»Ach, wirklich nicht? Waf ift daf denn?«

Der Tonfall der Blechstimme gab Lamorak den entscheidenden Hinweis, auf den er sehnlichst gewartet hatte. »Sie sind nicht aus dieser Gegend, stimmt's?«

Der Schrotthaufen antwortete nicht, trat aber scheppernd von einem Fuß auf den anderen, als wolle er Lamoraks Vermutung bekräftigen.

»Und wo wir gerade dabei sind«, fuhr Lamorak behutsam fort, »Sie sind aus der Zukunft, nicht wahr?«

»Au Feife!« ärgerte sich die Stimme. »Woher weift du daf?«

Wäre Lamorak ehrlich gewesen, hätte er geantwortet: ›Wenn man mitten im Outback auf jemanden stößt, der zwar von Känguruhs gehört hat, jedoch nicht weiß, wie diese aussehen, und wenn die betreffende Person darüber hinaus offensichtlich die Auffassung vertritt, sich ausgerechnet in diesem Landstrich wie Ned Kelly höchstpersönlich verkleiden zu müssen, um nicht aufzufallen, ist dies eine logische Schlußfolgerung.‹ Doch statt dessen sagte er nur: »Ach, ich hab einfach auf gut Glück geraten.«

Pertelope hatte unterdessen eine unfreiwillige und um so hervorragender gelungene Parodie von jemandem abgeliefert, der gerade einen lebendigen Fisch verschluckt hat. »Wie meinst du das mit ›Sie sind aus der Zukunft‹, Lammo?« brachte er schließlich ängstlich über die Lippen.

Lamorak lächelte wissend. »Darf ich einander vorstellen? Sir Pertelope, das ist eine Zeitnehmerin. Frau... Zeitnehmerin, das ist Sir Pertelope.«

Pertelope blickte drein, als wäre ihm gerade erklärt worden, die Sonne gehe nur deshalb im Osten auf, weil dies besser für den Gartenbau sei, und runzelte entsprechend die Stirn. »Könnte mir vielleicht jemand erklären, was das alles bedeuten soll?«

Die Zeitnehmerin zuckte die Achseln – eine Geste, die sehr viel eleganter ausgefallen wäre, wenn dabei nicht derartige Mengen rostigen Altmetalls in Bewegung hätten gesetzt werden müssen – und nahm die Blechtrommel vom Kopf ab, woraufhin ein junges, sommersprossiges und eindeutig weibliches Gesicht zum Vorschein kam; das Mädchen war etwa vierzehn, vielleicht auch schon fünfzehn Jahre alt und trug eine Zahnspange.

»Fon gut, ich werde euch allef erklären, daf bin ich gewohnt«, sagte das Mädchen. »Aber dürfte ich erft mal diefe Feifrüftung auffiehen?«

Während der kurzen Pause, die entstand, als sich die Zeitnehmerin das Blech vom Körper streifte, konnten sich die beiden Ritter des Gefühls nicht erwehren, einem Panzer beim Ausziehen zuzusehen.

»Fo, daf ift fon beffer«, seufzte die Zeitnehmerin erleichtert. Sie trug jetzt einen scharlachroten Overall und silberfarbene Turnschuhe und stand nur etwa zwei Meter von den beiden entfernt. Den Revolver hielt sie zwar immer noch in der Hand, doch wahrscheinlich nur aus dem einfachen Grund, daß sie ihn nirgendwo ablegen konnte, da sie ringsum von Blechen umgeben war. »Ich komme von einem Raumfiff«, stellte sie kurz und bündig klar.

»Ich verstehe«, lautete Pertelopes nur wenig überzeugt klingender Kommentar.

»Daf ift allef ganf einfach«, fuhr die Zeitnehmerin fort, wobei sie nur auf einem Bein stand, um sich den Fuß des anderen kräftig zu massieren. »Wir find infgefamt fehn und wurden in einer Feitkapfel in die Erdumlaufbahn gefoffen, die etwaf fneller alf daf Licht fliegt.«

»Ein Projekt der Kommission zur Förderung der Relativitätstheorie«, gab Lamorak zum besten. »Sie führte das größte wissenschaftliche Experiment durch, das die Menschheit je gesehen hatte, und war ihrer Zeit schon damals weit voraus.«

»Daf kann man wohl fagen«, stimmte ihm die Zeitnehmerin verbittert zu. »Nur haben unf die Idioten in die falfe Richtung gefi… geleitet. Deshalb sind wir nicht in der Fukunft, sondern in der Vergangenheit gelandet.«

»Reine Fahrlässigkeit«, merkte Lamorak klugscheißerisch an. »Wahrscheinlich hat jemand vergessen, die Bedienungsanleitung zu lesen.«

»Vor allem hat jemand vergeffen, Effen mit an Bord fu nehmen«, fuhr die Zeitnehmerin fort. »Und daf wiederum bedeutet, daf andauernd jemand von unf mit der alf Landefähre dienenden Rettungfkapfel an irgendeinem menfenleeren Flecken auf der Erdoberfläche landen muf, um Proviant fu fammeln. Jetft ratet mal, wer diefmal dran war ...«

Pertelope blickte Lamorak entgeistert an. »Ja, aber woher weißt du das alles, Lammo?«

»Ganz einfach. Vor etwa zweihundertfünfzig Jahren, vielleicht auch etwas mehr, hab ich einen von diesen Zeitnehmern schon mal kennengelernt. Zwar nicht dich, Mädchen«, fuhr Lamorak, an die Zeitnehmerin gewandt, fort, »aber einen diener ... ähm ... Kollegen. Er war damals um die zehn Jahre alt und hatte so einen Rotschopf.«

Die Zeitnehmerin nickte zustimmend. »Daf hört fich ganf nach Fimon an. Ich muß ihn dringend davor warnen, dich verfehentlich noch mal hier unten fu treffen.«

Pertelope wollte gerade wieder zu einem ›Ja-aber‹ ansetzen, doch kam ihm Lamorak zuvor.

»Unsere Vergangenheit ist ihre Zukunft, muß du wissen«, klärte Lamorak ihn auf. »Und obwohl ich diesen ... Simon, richtig? Obwohl ich Simon schon vor langer Zeit kennengelernt habe, wird er mich die nächsten zweihundertfünfzig Jahre – oder wie lange das in seiner Zeitrechnung auch sein mag – nicht sehen dürfen. Während wir im Laufe der Zeit logischerweise immer älter werden, werden die immer jünger.«

Die Zeitnehmerin nickte erneut. »Ich war mal fechfundvierfig, und jetft feht mich an«, seufzte sie verbittert. »Und daf Tragen einer Fahnfpange macht daf Leben auch nicht gerade erträglicher.«

»Das muß wirklich schrecklich für dich sein«, stimmte Lamorak ihr zu. »Warum nimmst du die Zahnspange nicht einfach raus?«

»Weil ich mit fechfundvierfig Jahren völlig gerade und lückenlofe Fähne hatte. Und jetft muf ich diefe Feifklammer tragen und mir dreimal täglich die Fähne putfen, weil ef fonft fu einem feitlichen Paradokfon kommt. Fum Kotfen ift daf.« Sie hielt kurz inne, als ihr plötzlich ein Gedanke durch den Kopf schoß. »Moment mal! Wie kannft du eigentlich Fimon vor fweihundertfünffig Jahren kennengelernt haben? Dann müfteft du doch fon längft tot fein.«

Nun war Lamorak an der Reihe, betrübt zu seufzen.

»Na gut, ich werd's dir erklären ...«

Nicht weit entfernt hüpfte ein echtes Känguruh – keins mit goldenen Hufen oder einem Horn mitten auf der Stirn – ausgelassen durch die Gegend. Seine Gedanken kreisten wieder einmal um das eine große Rätsel, das das Bewußtsein dieser Spezies entscheidend geprägt hat; und das in einem solchen Ausmaß, das es ihre evolutionäre Entwicklung unvermittelt gestoppt und sie somit daran gehindert hat, sich zu jener hyperintelligenten Superlebensform zu entwickeln, zu der sie sich sonst unweigerlich entwickelt hätte.

Nämlich die Frage, wie es angehen kann, daß man, auch wenn man sich noch so vorsieht, was man in die Tasche steckt, am Schluß unten im Beutel immer zwei Büroklammern, ein von Fusseln verklebtes und völlig aufgeweichtes Karamelbonbon und eine wertlose Kupfermünze findet.

Das Känguruh war gerade zu dem Schluß gekommen, daß es nur der Teufel sein konnte, der sich nachts, wenn man nichtsahnend schlief, an einen heranschlich, als plötzlich eine geisterhafte Erscheinung hinter einem Felsvorsprung hervorsprang, mit den Händen in der Luft herumruderte und furchterregend grinste. Das Känguruh verharrte mitten im Sprung, landete unglücklich auf den Hinterbeinen und verstauchte sich dabei ein Fußgelenk. Durch die Wucht des Aufpralls wurden ein Hemdknopf, ein Papiertaschentuch und ein zerknülltes Kaugummipapier aus seinem Beutel geschleudert, die gleich darauf allesamt vom Wind davongetragen wurden.

Langsam und mit entsprechend wachsender Bedrohung näherte sich ihm die monsterartige Gestalt. Hinter dem Gespenst streckten ein Mann mit einer Kamera und ein anderer mit einem Tonbandgerät die Köpfe hervor. Das Gespenst sprach sogar; doch anscheinend führte es nur Selbstgespräche.

»Diese außergewöhnlichen Kreaturen, die größten echten Beuteltiere auf der Erde«, monogolisierte es in einem fort, »sind aufgrund der von Menschen abgehaltenen Treibjagden in einigen Teilen des Outbacks schon fast vom Aussterben bedroht ...«

Das Känguruh wich ängstlich auf den Hinterbeinen zurück und ruderte dabei hilflos mit den kurzen Vorderbeinen in der Luft herum; ob es auf diese Weise seine Angriffsbereitschaft signalisieren oder sich einfach nur hinter seinen Vorderläufen verstecken wollte, wurde dabei nicht deutlich. Das Monster rückte immer näher heran.

»Und jetzt versuche ich, ganz nahe an das Känguruh heranzukommen, und wenn wir ganz viel Glück haben, dann sind wir vielleicht zum allerersten Male in der Lage, Ihnen zu zeigen, wie ...«

Das Känguruh versuchte verzweifelt, sich von der Stelle zu bewegen, aber vergebens. Und es gab sich sogar redlich Mühe, dämlich zu grinsen und mit jeder Faser seines Herzens in die Kamera zu winken, doch auch hier versagte es kläglich.

»Die größte Känguruhart ... Schnitt! Barry, kannst du mal mit der Kamera näher auf den Kopf von dem kleinen Mistkerl gehen? Also noch mal: Die größte Känguruhart, das Rote Riesenkänguruh, besitzt eine Sprungweite von über zehn Metern und kann bis zu drei Meter hohe Hindernisse überwinden«, fuhr das Monster fort. »Und jetzt werde ich versuchen, so nahe heranzukommen, daß Sie ganz genau sehen können, wie ...«

Der Redefluß versiegte. Mit einem ängstlich-gellenden Bellen sprang das Känguruh plötzlich hoch in die Luft, schnellte herum und hüpfte davon, verfolgt von merkwürdigen und ausgeprägt unfreundlichen Schreien des Monsters. Erst nach einer halben Stunde Hochgeschwindigkeitshüpfen blieb es stehen, kauerte erschöpft nieder und pumpte die ausgelaugte Lunge mit Sauerstoff voll.

Dann erstarrte es vor schierem Entsetzen; denn es spürte den menschlichen Atem buchstäblich im Nakken, als diese schreckliche Stimme sagte:

»Und wenn wir jetzt ganz leise sind, könnte es uns tatsächlich gelingen – Kieron, wenn du das Scheißvieh diesmal aufscheuchst, kannst du deinen Polarisator zum Frühstück verspeisen! –, könnte es uns tatsächlich gelingen, einen Blick auf ...«

Ein einziger gewaltiger Satz hätte vielleicht gereicht, um auf den nicht allzu weit entfernten Felsvorsprung zu gelangen. Aber wozu? Das Monster wurde man ja doch nicht los.

Begleitet von einem resigniert klingenden Kläffen drehte sich das Känguruh um, blickte grinsend in die Kamera und wedelte mit den Vorderbeinen, auch wenn es sich dafür selbst zu Tode verabscheute.

»Laft unf noch einmal allef durchgehen«, bat die Zeitnehmerin nach einer sehr langen Pause. »Ihr verlangt allen Ernftef von mir, ich folle euch abnehme, daf ihr fwei Ritter von König Artuf feid, die auf der Fuche nach dem Heiligen Gral find, ja?«

»Ja.«

»Gut.« Jemand mit einem ungewöhnlichen Scharfblick hätte gesehen, wie ihr aufsteigender Zweifel einen Augenblick lang sogar direkt über ihrem Kopf frei in der Luft schwebte, bevor er von der leichten Brise davongetragen wurde. »Und dafür braucht ihr diefen gefeffelten Fimmel?«

»Gefeffelten Fimmel?«

»Ja, gefeffelten Fimmel. Mann, daf vertäute Pferd da.«

»Ach so, du meinst den gefesselten Schimmel.« Lamorak kratzte sich am Kopf. Er war verschwitzt, müde und verwirrt, bis zum Anschlag mit Dosenpfirsichen vollgestopft und starb vor Zahnschmerzen. Folglich verspürte er zur Zeit keinerlei Lust zu weiteren Erklärungen und sagte nur: »Das ist kein Pferd, jedenfalls nicht im herkömmlichen Sinne.«

Im selben Augenblick wachte das Einhorn auf, wehrte sich vergeblich gegen die Fesseln und ließ eine Schimpfkanonade sondergleichen vom Stapel.

»He, daf Pferd hat gerade gefprochen!« staunte die Zeitnehmerin.

»Ja, weil es kein Pferd ...«

»Jetzt hört mal zu, ihr Arschgeigen!« fluchte das Einhorn außer sich vor Empörung. »Sagt dieser verdammten Tussi, wenn sie mich noch einmal als stinknormales Pferd bezeichnet, dann gnade ihr ...«

Pertelope bewies mehr Intelligenz, als man ihm jemals zugemutet hätte, indem er ein Stück Würfelzucker nahm und es dem Einhorn ins Maul stopfte. Die Haßtirade brach abrupt ab und wurde durch genüßliches Schmatzen ersetzt.

»Wenn daf kein Pferd ift, waf ift ef dann?« flüsterte die Zeitnehmerin.

Lamorak seufzte schwer. »Ein Einhorn. Zufrieden?«

»Ach so.«

»Und jetzt müssen wir endlich damit weitermachen, womit wir eben beschäftigt waren. Außerdem bin ich mir sicher, daß deine Kollegen da oben im Orbit allmählich Hunger haben. Deshalb sollten wir ...«

»Wofu braucht ihr denn ein Einhorn?«

Lamorak benötigte fast fünf Sekunden, um in Gedanken langsam bis zehn zu zählen. »Wenn du's unbedingt wissen willst: Wir benötigen es als Köder, um ein Mädchen von makelloser Tugendhaftigkeit anzulokken.«

Die Zeitnehmerin blickte ihn kopfschüttelnd an. »Aber dann macht ihr das doch genau verkehrt herum.«

Lamorak zwang sich zu einem Lächeln. »Ach, wirklich? O verdammt! So ein Mist aber auch, nicht wahr, Per? Dann müssen wir wohl wieder von vorn beginnen. Aber danke für den Tip. Und jetzt müssen wir uns wirklich wieder auf den Weg machen.«

»Auferdem habt ihr gefagt, daf ihr auf der Fuche nach einer Fürfe feid und nicht nach einem Mädchen von makellofer Tugendhaft...«

»Aber die Schürze muß von einem Mädchen von makelloser Tugendhaftigkeit stammen«, unterbrach Pertelope das Mädchen.

»Ach ja?«

»Ja!«

Nach den Einhörnern kamen die Sträflinge.

Sie kamen in zwei großen Einwanderungswellen. Die zweite Welle von Einwanderern erreichte 1788, siebenhundert Jahre nach der ersten, mit der legendären Ersten Flotte die Küste.

Die Aborigines, die man nie um ihr Einverständnis gebeten hatte, fanden rasch ein geflügeltes Wort dafür. ›Eine Scheiße nach der anderen‹, lautete es.

Beim ersten Menschen, der mit der wirklich ersten Einwanderungswelle australischen Boden betreten hatte, handelte es sich um den Oberaufseher einer Galeerenflotte. Seine erste Reaktion fiel allerdings eher verhalten aus, denn beim Anblick des Festlands erschauderte er unwillkürlich. Schließlich sprang er vom Peildeck und befahl dem Trommler, das Taktschlagen einzustellen.

»Achtung! Alle verlassen die Schiffe!« schrie er.

Niemand rührte sich von der Stelle. Zweitausend Drachenköpfe wippten in dem ruhigen Wasser der Botany Bay leise auf und ab.

Der Oberaufseher zuckte nervös mit den Augen. »Habt ihr nicht gehört, was ich gesagt hab?« brüllte er. »Alle Mann von Bord, und zwar sofort!«

»Wir wollen aber nicht.«

Die Stimme stammte von jemandem aus der drittletzten Ruderreihe und erhielt von allen Seiten Unterstützung: »Richtig so!« »Zeig's ihm!« Der Oberaufseher geriet gehörig ins Schwitzen.

»Was hast du da eben gesagt?« fauchte er. Der graue Rauchfleck hinter dem Ruder in der drittletzten Reihe glänzte verschwommen im Sonnenlicht. Wäre er mit Schultern ausgestattet gewesen, hätte er höchstwahrscheinlich damit gezuckt.

»Ich hab gesagt, daß wir keinen Bock haben, von Bord zu gehen«, antwortete der Fleck mit ruhiger Stimme. »Wir können nämlich in die Zukunft blicken, und die sieht absolut beschissen aus. Also bleiben wir lieber hier.«

Im Hinterkopf des Oberaufsehers erkundigte sich eine Stimme nervös nach allen Seiten, ob irgendwer eine Idee habe, was man als nächstes tun könne. Seine Hände waren da schon entscheidungsfreudiger und griffen nach der am Gürtel hängenden Peitsche mit den verknoteten Lederriemen.

»Das werden wir noch sehen!« fauchte er und versetzte der Rauchwolke einen heftigen Schlag.

»Idiot.«

Aufreizend langsam vereinigten sich die Rauchschwaden wieder zu einer Wolke. Dann herrschte kurz erwartungsvolle Stille.

»Du hast überhaupt keine Chance, uns zum Verlassen des Schiffes zu zwingen«, fuhr die Stimme gelassen fort. »Also solltest du dich damit abfinden und die Schiffe abdrehen lassen, damit wir wieder in Ruhe nach Hause rudern können. Verstanden?«

»Nein.«

Mittlerweile badete der Oberaufseher in Schweiß.

Von vornherein hatte er keine Lust gehabt hierherzukommen. Als er vor all den Jahren bei der Gesellschaft angefangen hatte, war er fest davon ausgegangen, daß sich seine berufliche Laufbahn in eine völlig andere Richtung entwickeln werde. Nachdem er etwa fünf Jahre lang Schweinehälften auf Schiffe geladen und sie von Kopenhagen nach Dover gebracht hatte, wäre er nach seinem Dafürhalten längst für höhere Aufgaben qualifiziert gewesen. Sein Aufstieg zum Verkaufsrepräsentanten schien damals nur noch eine Frage der Zeit zu sein, und dann hätte er nicht mehr lange gebraucht, um zunächst stellvertretender Verkaufsleiter, dann Gebietsleiter und schließlich Verkaufsdirektor zu werden, bis ihm die dänische Muttergesellschaft die Gesamtverantwortung für die Tochtergesellschaft in Albion übertragen hätte. Und zehn Jahre später war er nun hier und versuchte, eine von zweitausend Schiffsladungen deportierter übernatürlicher Wesen dazu zu überreden, New South Cambria, das heutige Neusüdwales, zu kolonisieren. Irgendwo mußte beim ihm etwas schiefgelaufen sein.

»Wo waren wir noch mal stehengeblieben?« fragte er.

Mittlerweile war das ganze Schiff von umherwirbelnden Dunst- und Nebelschwaden erfüllt. Ihm wurde schwindlig, und er spürte förmlich, wie sein Gaumen von Sekunde zu Sekunde trockener wurde.

Zweitausend Langschiffe, jedes einzelne davon bis zum Rand mit niederen Gottheiten beladen. Darunter waren Flußgötter, Waldnymphen, Feuergeister, Elfen,

Irrlichter, Kobolde, Erdgottheiten, Poltergeister und sogar einige metaphysische Abarten, die in der letzten Reihe zusammengekauert hockten und schon seit geraumer Zeit auf extraweiches Toilettenpapier bestanden. Um Albions Kultur wenigstens ansatzweise von Magie und Mystik zu befreien, war die Gesamtpopulation übernatürlicher Wesen zusammengetrieben und nach Van Dämonsland deportiert worden.

Der Oberaufseher grub die Fingernägel in die Handflächen und holte tief Atem. »Kommt schon, Leute«, redete er den Geistern gut zu. »Wenn ihr erst mal da seid, wird es euch bestimmt gefallen. Versprochen.«

»Blödsinn.«

»Aber es gibt dort Flüsse«, säuselte der Oberaufseher. »Majestätische, ehrfurchteinflößende Gebirgsbäche, die sich über schwindelerregende Wasserfälle ergießen und sich durch riesige Urwälder schlängeln. Es gibt Wüsten, und es gibt Felsformationen, für die jeder Rosenquarztroll seinen rechten Arm hergäbe, um darin zu wohnen. Es gibt solch verheerende Buschfeuer, daß die Hölle dagegen wie ein Campingkocher wirkt. Worüber beklagt ihr euch also? Da draußen wartet auf euch das reinste Gespensterparadies.«

»Aber es gibt dort auch Spinnen«, wandte der Sprecher der Gespenster ein.

Es ertönte ein dumpfes Geräusch, als dem Oberaufseher der Unterkiefer auf den mit Nieten besetzten Stehkragen herunterklappte. »Was ist los?« piepste er.

»Und Schlangen.«

»Und Mücken.«

»Und vor allem sieht die Gegend alles andere als bezugsfertig aus«, fügte der Geistersprecher ein gewichtiges Argument hinzu. »Dort wimmelt es überall nur so von ...«

Mit übermenschlicher Anstrengung klappte der Oberaufseher die Kinnlade wieder nach oben und preßte ein »Ja, von was denn?« heraus.

»Na ja, du weißt schon«, antwortete die Rauchwolke fast schüchtern. »Von diesen komischen Typen eben. Jedenfalls ist es ganz schön gruselig da draußen. Hast du das nicht gewußt?«

»Ja, diese Typen ziehen überall herum und singen die ganze Zeit«, traute sich etwas, das immerhin eine Stimme besaß, auf der letzten Bank zu sagen. »Davon kann man wirklich Zustände kriegen.«

»Außerdem muß man dort nachts und sonn- und feiertags arbeiten«, fügte ein messerscharf klingendes Krächzen hinzu, das irgendwo von den mittleren Bänken herzurühren schien. »Und von Feiertagszuschlägen oder Sonderzulagen haben die da auch nie was gehört.«

»Damit keine Mißverständnisse auftreten, sollten wir die Sache noch mal klarstellen«, schlug der Oberaufseher in einem säuselnden, fast singenden Tonfall vor. »Alle ihr leichenfressenden Dämonen, Poltergeister und sonstigen Gespenster, deren Aufgabe es ist, nachts durch komische Geräusche anderen Angst einzujagen, weigert euch, von Bord zu gehen, weil ihr glaubt, daß es dort *spukt?*«

»Ja.«

»Sei doch vernünftig«, meldete sich das Krächzen erneut zu Wort; ein Sumpffiebergespenst aus den Plumstead Marshes. »Das sind Einheimische, die sind es gewohnt, dort zu leben, wir nicht. Die würden uns glatt zum Frühstück vernaschen. Wenn du uns von Bord wirfst, wäre das Massenmord; der reinste Exorzismus oder wie man das nennt.«

Der Oberaufseher senkte den Kopf, steckte die Hände in die Taschen – wo er unweigerlich ein kleines Stück Schnüre, einen angebissenen Apfel und zwei Bronzemünzen von rein nominellen Wert fand – und dachte eine Weile darüber nach. Schließlich zog er sich in den Unterstand des Steuermanns zurück und schlug mit dem Kopf einige Male gegen das Steuerrad. Merkwürdigerweise half das, denn als er wieder herauskam, wußte er ganz genau, was er zu tun hatte.

Und es funktionierte. Natürlich war es gegenüber den Ureinwohnern furchtbar ungerecht und muß als einer der größten Schandflecke Englands in der Geschichte der übernatürlichen Menschenrechte vermerkt werden. Heute ist es selbstverständlich längst zu spät, noch etwas dagegen zu unternehmen, denn nur fünf Jahre nach der Ankunft der deportierten Geister aus Albion war die einheimische Götterwelt völlig vernichtet worden, so daß den Neuankömmlingen der gesamte Erdteil allein zur Verfügung stand. Zu gegebener Zeit lebten sie sich ein, paßten sich ihrer neuen Umwelt an und entwickelten einen völlig neuen, ureigenen Lebensstil, der keinerlei Ähnlichkeit mehr mit jener Kultur aufwies, die sie hinter sich gelassen hatten, und der siebenhundert Jahre überdauerte, bevor ihm mit der Ankunft der Ersten Flotte ein jähes Ende bereitet wurde.

Was, wie die Aborigines zu sagen pflegen, diesen Arschlöchern ganz recht geschah.

»Und waf genau haben die den einheimischen Geistern angetan?« wollte die Zeitnehmerin wissen.

Lamorak druckste eine Weile herum; diesen Teil der Geschichte zu erzählen, verabscheute er am meisten, da er dann stets das Gefühl hatte, sich dafür schämen zu müssen, Albioner zu sein.

»Sie wurden denaturiert«, antwortete er rasch. »So, es war wirklich schön, dich kennenzulernen, und ich freue mich schon jetzt darauf, dich in vergangener Zukunft mal wiedergesehen zu haben, aber wenn wir uns nicht hurtigst auf die Socken machen, werden wir uns furchtbar verspäten. Tschüs.« Lamorak hob den Rucksack auf, schnallte ihn auf den Rücken und ging zielstrebig auf das Einhorn zu.

»Denaturiert? Daf ift ja furchtbar!« entsetzte sich die

Zeitnehmerin, wobei sie sich am ganzen Körper schüttelte. »Aber daf erklärt noch immer nicht, waf die Schürfe mit dem Einhorn fu tun hat.«

»Stimmt«, antwortete Lamorak über die Schulter hinweg. »Los, Per. Du hältst das Seil fest, während ich ziehe.«

»Die Schürze war ein Talisman, der einem der deportierten Geister gehört hat, und besitzt ureigene Zauberkräfte«, erzählte Pertelope der Zeitnehmerin. »Mit Hilfe von Zeitungsartikeln über unerklärliche Ereignisse, die nur durch die Schürze hervorgerufen worden sein konnten, ist es uns gelungen, sie ausfindig zu machen. Wie wir erfahren haben, gehört sie heute einem Mädchen von makelloser Tugendhaftigkeit. Deshalb das Einhorn.«

»Ich verftehe«, murmelte die Zeitnehmerin. »Fumindeft glaube ich, daf fu verftehen. Um welche unerklärlichen Ereigniffe handelt ef fich denn dabei?«

»Das ist gar nicht so einfach zu erklären«, antwortete Lamorak mit einem abfälligen Grinsen.

Die Zeitnehmerin fand das überhaupt nicht komisch. »Dann verfucht ef wenigftenf.«

»Footballergebnisse«, sagte Pertelope. »Die Schürze bringt die Ergebnisse der australischen Footballspiele völlig durcheinander. Als wir das erst einmal gewußt haben, mußten wir nur noch sämtliche Ergebnisse in eine graphische Darstellung eintragen und darauf warten, bis eine bedeutende Veränderung in der Sinuskurve auftrat.«

»Und?«

»Wenn zum Beispiel die D-Jugend von Paramatta, in der man höchstens zwölf Jahre alt sein darf, die Erstligamannschaft der Herren von Sydney mit zweiundzwanzig zu null schlägt, tritt eine solche Veränderung auf«, grummelte Lamorak. »Das ist praktisch dasselbe, als würde man ein riesiges Neonschild mit der Aufschrift ›Hierher‹ aufstellen.« Er hielt inne und warf der

Zeitnehmerin einen mürrischen Blick zu. »Wenn du willst, kann ich dir die mathematischen Zusammenhänge gern bis ins letzte Detail erläutern.«

»Nein danke«, wehrte die Zeitnehmerin ab, und Lamorak fiel auf, daß ihre Augen aussahen, als hätte jemand versehentlich drei Schichten wetterfesten Klarlack auf sie aufgetragen. »Ehrlich gefagt bin ich müde, und für mich wird ef auch allmählich Feit.«

»Natürlich, das können wir absolut verstehen. Also, Per, wenn ich sage ›hoch‹, dann ... Per? Wo, zum Teufel, guckst du eigentlich hin?«

Pertelope stand kerzengerade in der Landschaft, und sein Gesicht war zu einer hoffnungslos verlegenen Fratze verzerrt. Er schluckte ein-, zweimal, hob den linken Arm und wackelte mit den Fingern.

»Lächle, Lammo«, zischte er Lamorak aus dem Mundwinkel heraus an. »Ich glaube, wir sind im Fernsehen.«

Schneller als Lichtgeschwindigkeit ist sehr schnell und findet, selbstredend, im Dunkeln stand.

»Aua!«

»'tschuldigung.«

»Das war mein Fuß!«

»Ja, ist ja gut, ich sagte doch: ›Entschuldigung.‹«

»Das nächstemal paß gefälligst auf, wo du hintrittst.«

Geschmeidig, elegant, stromlinienförmig und dunkel wie in einem Abflußrohr schoß das gewaltige Raumschiff mit der Gewandtheit einer riesigen Katze durch die unendliche Weite des Weltraums. Weit unten – so weit, daß Entfernung zu einer trügerischen Illusion wurde – drehte sich die Erde träge um die eigene Achse, während die Zeit gegen ihren Willen auf der Rolltreppe unerbittlich nach unten gezogen wurde.

»Um Himmels willen, George! Paß doch mit dem Kessel auf!«

»'tschuldigung.«

»Man hätte meinen sollen, daß die lahme Kuh längst zurücksein müßte. Ich *verhungere* noch.«

»Glaubst du, uns geht das anders, Simon? Der Unterschied zu dir ist nur, daß wir nicht so ein Riesentheater darum machen.«

»Ach, wirklich? Und wer hat dich nach deiner Meinung gefragt, Priscilla?«

»Ich bin nicht Priscilla, sondern Annabel.«

»Und ich bin Priscilla. Du hast gerade deine Teetasse auf meinem Kopf abgestellt.«

»O Gott! Entschuldigung, Priscilla.«

»Ich bin nicht Priscilla, ich bin George.«

An Bord des Raumschiffs *Zeitnehmer* gelten drei Zeitebenen: die Erdzeit, die relative Zeit und die Zeit, die sie schon alle gemeinsam auf diesem kleinen, engen und vor allem dunklen Raumschiff verbracht haben. Die dritte Variante besaß offenbar die absurdesten Eigenschaften von allen Zeiten: sie schien ewig zu dauern.

»Menschenskinder! Das hat doch alles keinen Zweck. Ich geh jetzt jedenfalls 'ne Pizza essen. Hat jemand Lust mitzukommen?«

»Hör mal, George, du …«

»Das war Trevor. Ich bin George.«

»Hör mal, Trevor, das kannst du nicht machen. Das hier ist ein wissenschaftliches Experiment, klar? Wie es aussieht, scheren wir uns einen Teufel um das Kausalprinzip. Ich meine, Gott allein weiß, welchen Schaden wir schon dadurch angerichtet haben, daß wir jetzt hier sind. Wenn du plötzlich mitten im zwanzigsten Jahrhundert landest und dir 'ne Pizza Vierjahreszeiten reinziehst, gibt es praktisch nichts, was nicht passieren könnte. Also setz dich wieder artig hin und halt's Maul, okay?«

Kurz herrschte ratlose Stille.

»Geht das in Ordnung, Trevor?«

»Ich bin nicht Trevor, ich bin Nick.«

»Und wo steckt dann Trevor?«

»Himmel, Arsch und Zwirn! Woher soll *ich* das denn wissen, Louise? Hier drinnen gibt's kein Licht.«

»In Wirklichkeit bin ich auch nicht Louise, sondern Angela. Wer zum Teufel ist überhaupt Louise?«

Unterdessen schoß die zweite Landefähre durch die unbeschreibliche Weite des Nichts, geflogen von einem siebenundneunzig Jahre altem Knaben, direkt auf die beste Pizzeria zu, die er auf der ganzen Welt kannte. Das Problem war, daß sie noch gar nicht geöffnet hatte, sondern erst frühestens in siebzig Jahren.

Mit Ausnahme des Einhorns standen alle wie angewurzelt da. Es hob den Kopf, sah das Mädchen von makelloser Tugendhaftigkeit, errötete, sagte verlegen: »Grüß dich«, und käute grimmig seine Nahrung wieder.

Unterdessen griff Lamorak betont langsam nach Pertelopes Rucksack, nahm den Schwamm heraus und fand auch das Nelkenöl. Er trank das ganze Fläschchen in einem Zug aus, wischte sich den Mund am Ärmel ab, lächelte und sagte: »Guten Tag.«

»Lammo«, zischte Pertelope, »Nelkenöl soll man nicht trinken, sondern sich auf die schmerzende …«

»Halt's Maul, Per! Ich weiß schon, was ich tu.« Lamorak stand auf, klopfte sich den Staub von der Hose und ging auf das Mädchen von makelloser Tugendhaftigkeit zu. »Was halten Sie von einem Tausch?« kam er ohne Umschweife zur Sache. »Mein Einhorn gegen Ihre Schürze. Na, wie wär's?«

Das Mädchen von makelloser Tugendhaftigkeit blickte ihn mürrisch an. »Sind Sie noch ganz dicht?«

Lamorak runzelte verdutzt die Stirn. »Tut mir leid, aber ich fürchte, ich kann Ihnen nicht ganz folgen. Für Sie ist das doch mehr als ein fairer Tausch, und zusätzlich erhalten Sie den Fernsehpreis für die beste

Natursendung. Sie kriegen das Einhorn, ich kriege die Schürze, und alle sind glücklich. Wo liegt also das Problem?«

Auf der Erde gibt es viele kalte Gegenden, jedoch ist es nur an wenigen Stellen so kalt, wie einen halben Meter von den Augen dieses Mädchens entfernt. »Hören Sie, wer immer Sie auch sind, ich versuche ernsthaft, hier einen vernünftigen Film zu drehen. Wenn ich nach Hause komme und meinem Produzenten erzähle, ich hätte zehn Minuten Material von lebenden Einhörnern im Kasten, dann kann ich den Rest meines Lebens die Karten für die Wettervorhersage abfilmen. So, würden Sie jetzt bitte beide gehen? Sie verscheuchen nur die Känguruhs.«

Vielleicht zum erstenmal in seinem Leben fehlten Lamorak die Worte. Erst nach einem Kraftakt sondergleichen gelang es ihm zu sagen: »Aber das hier ist ein *Einhorn.*«

Das Mädchen von makelloser Tugendhaftigkeit seufzte schwer. »Hören Sie, und selbst wenn es ein abgedrehtes Mammut wäre, das vergnügt auf einem Seil tanzt, wäre mir das scheißegal. Verstanden?«

»Aber das ist ein ...«

»Ich weiß.« Das Mädchen schürzte die Lippen. »Bringen Sie es zu irgendeinem Privatsender, wahrscheinlich geben die dem Vieh sogar eine eigene Talkshow. In der Zwischenzeit hat hier aber jemand zu arbeiten, klar? Wenn es Ihnen also nichts ausmacht, dann möchte ich jetzt ...«

Lamorak hatte es nun endgültig die Sprache verschlagen. Selbst wenn ihm für diese Situation die passenden Worte eingefallen wären, hätte er Schwierigkeiten gehabt, sie hervorzubringen, da ihm die Kinnlade wie eine ausgeleierte Hängebrücke herunterhing. Deshalb schüttelte er nur ungläubig den Kopf, wandte sich ab und setzte sich schmollend unter einen Felsen.

Nun lag alles in Pertelopes Händen. »Entschuldigung, aber ich…«

»Ja, was denn?«

»Na ja, ich fürchte allmählich, daß es sich hierbei um eine kleines Mißverständnis handelt. Sie haben doch die Schürze, oder?«

»Von welcher Schürze reden Sie überhaupt?«

»Ach, dann sind Sie kein Mädchen von makelloser Tugendhaftigkeit?«

Kurz darauf rappelte sich Pertelope wieder vom Boden hoch, rieb sich das Kinn und gesellte sich beleidigt zu seinem Kollegen unter dem Felsen.

»Irgendwas muß falsch gelaufen sein«, flüsterte er Lamorak ins Ohr.

Lamorak nickte. »Vor allem ist sie die falsche Jungfer«, antwortete er. »Aber woher sollte ich auch wissen, daß es zwei…« Er brach unvermittelt ab, denn ein furchtbarer Gedanke war ihm gerade durch den Kopf geschossen. »Au Scheiße! Warum bin ich bloß nicht gleich darauf gekommen?«

Pertelope blickte ihn erwartungsvoll an. »Nun erzähl schon! Worauf denn?«

»Na, auf die Footballergebnisse. Wir müssen sie einfach falsch interpretiert haben. Los, gib mir mal schnell deinen Rucksack.«

Pertelope tat, wie ihm befohlen; und während das Mädchen von makelloser Tugendhaftigkeit mitsamt ihrem Kamerateam direkt auf den Fersen eines zum Scheitern verurteilten Känguruhs in die Ferne davoneilte, durchblätterte Lamorak den Sportteil von *Was ist los in Sydney?*

Schließlich klappte er die Broschüre zu und sagte kopfschüttelnd: »Mensch, Per! Warum hast du mir nicht gleich gesagt, daß einer der besten australischen Footballspieler, nämlich ›Lightning‹ Darren O'Shea, einen Vertrag bei der D-Jugend von Paramatta unterschrieben hat?«

Pertelope verspürte ein leichtes Unbehagen. »Verfluchter Mist. Dadurch sieht die Sache natürlich schon ganz anders aus. Und was tun wir jetzt?«

Die Zeitnehmerin beugte sich über den Felsen und räusperte sich. »Wir könnten ja waf effen«, schlug sie vor.

»Bitte, bloß keine Pfirsiche mehr«, stöhnte Lamorak. »Mir wird schon vom Anblick schlecht.«

Die Zeitnehmerin lächelte heimlichtuerisch. »Na gut, wie wär'f dann mit Mufelfuppe als Vorfpeife, mit Bafilikum und Oregano gewürfte Hühnerbruft als Hauptgericht und in Cognac eingelegte Aprikofen fum Nachtif?« Anstelle weiterer Erklärungen öffnete sie die Einkaufstüte und holte drei große Dosen heraus. »Ich muf nur noch eben den folarbetriebenen Mikrowellenherd anwerfen, und fon können wir loflegen.«

Lamorak lächelte schief. »Warum eigentlich nicht?« stimmte er zu. »Und könntest du uns danach mit deinem Raumschiff ein Stück mitnehmen? Der Weg wäre nämlich sonst zu lang.«

»Kein Problem.« Das Mädchen holte einen kleinen Blechwürfel hervor, drückte auf einen Knopf an der Rückseite und hielt ihn mit ausgestreckten Armen in beiden Händen vor sich. Allmählich wuchs der Würfel zu einem solarbetriebenen Mikrowellenherd heran.

»Erfählt blof niemandem davon, waf ihr hier gefehen habt, weil diefe Dinger noch gar nicht erfunden find«, ermahnte sie die beiden Ritter. »Schon mit einem einzigen diefer Geräte könnte man verfehentlich ein völlig neuef Feitalter einleiten.«

»Kein Sorge«, beruhigte Lamorak das Mädchen. »Du sagst keinen Ton darüber, daß du das Einhorn gesehen hast, und wir vergessen sämtliche technischen Neuentwicklungen, die du uns präsentierst.«

Die Zeitnehmerin lachte und machte sich mit einem Dosenöffner an die Arbeit. Sie hatte ihn schon eine ganze Weile nicht mehr benutzt und hätte fast ein Loch in der Größe einer geologischen Verwerfung in die Landschaft gebrannt, bevor sie den Atomisierungsstrahl fachgemäß ausgerichtet hatte, doch glücklicherweise entstand kein weiterer Flurschaden.

»Trotzdem erklärt das noch längst nicht alles, Lammo«, kam Pertelope auf das eigentliche Thema zurück, wobei seine Stimme verblüffend ähnlich wie eine Fliege klang, die unaufhörlich gegen ein Fenster fliegt.

Lamorak schüttelte entschieden den Kopf. »Jetzt nicht, Per. Später vielleicht.«

Pertelope zog eine finstere Miene. »Aber Lammo, das mit Darren O'Shea ist überhaupt nicht wichtig, denn hier steht, daß sein Bruder Warren jetzt für die Melbourne Werewolves spielt. Und das wiederum heißt, daß der x-Koeffizient nicht mehr länger in Reziprozität zur gespiegelten Tangente von Pi steht und ...«

»Später, Per.« Lamorak schloß die Augen, legte den Kopf auf den Rucksack und streckte sich der Länge nach hin. *Weißt du, Junge,* sagte er sich, *allmählich könnte ich mich richtig damit anfreunden, andauernd zu versagen. Das ist viel erholsamer als ...*

Und dann saß er plötzlich kerzengerade da und griff nach der Broschüre.

»Ich hab's ja gleich geahnt«, schwadronierte Pertelope in einem fort. »Natürlich müssen wir den Differentialquotienten in der y-Achse neu berechnen.«

Lamorak hörte ihm nicht zu, sondern starrte die ganze Zeit zur Zeitnehmerin hinüber. Sie hatte mittlerweile die Dosen geöffnet und deren Inhalt in kleine Plastikschalen gefüllt, die sie gerade in den Mikrowellenherd stellte.

»Fo, nicht mehr lange, dann können wir effen«, ließ sie verlautbaren.

»Prima«, antwortete Lamorak, wobei er so gelassen wie möglich zu klingen versuchte. »Sag mal, warum bist du eigentlich ausgerechnet genau hierher gekommen, als du mit dem Einkaufen drangewesen bist?«

»Weil hier urfprünglich meine Familie herftammt. Obwohl es wahrfeinlich keinerlei Ähnlichkeit mit dem hat, wie ef fu deren Lebfeiten hier mal auffehen wird. Trotfdem fand ich'f mal ganz intereffant zu fehen, wie ...«

»Ich verstehe. Das ist übrigens eine hübsche Schürze, die du da anhast, wenn ich das mal anmerken darf.«

Die Zeitnehmerin lächelte ihn verlegen an. »Findeft du? In Wirklichkeit wird die bei unf in der Familie fon feit Ewigkeiten getragen. An den Rändern ift fie wunderfön beftickt. Blumen und fo waf allef.«

Die beiden Ritter tauschten vielsagende Blicke miteinander aus, dann rutschte Lamorak näher an Pertelope heran.

»Alles klar, anscheinend denkst du dasselbe wie ich.«

»Das würde zumindest die Verdrehung im Basiskoeffizienten erklären«, antwortete Pertelope. »Das ist übrigens ein höchst interessanter Effekt, weil ...«

»Ist ja gut, Per. Ich glaube dir das alles auch so.« Lamorak holte tief Luft und atmete sie in einem Schub wieder aus. »Hör zu, einer von uns beiden muß sie fragen, und ich glaube, du bist an der Reihe. Alles klar?«

»Was soll ich sie denn fragen, Lammo?«

»Ach, vergiß einfach, was ich gesagt hab«, seufzte Pertelope. »Ich übernehme das schon.«

Die Zeitnehmerin schloß gerade die Mikrowellentür und drückte auf dem Bedienfeld ein paar Tasten. »Drei Minuten noch«, verkündete sie freudestrahlend. »Und daf da ift alfo wirklich ein Einhorn, wie? Ich wollte fon immer mal ein richtigef Einhorn fehen.«

»Bingo«, murmelte Lamorak vor sich hin. *Bei ihrem Alter und mit dieser Zahnspange brauche ich sie gar nicht erst zu fragen, da weiß ich es auch so.* »Dürfte ich mir diese hübsche Schürze mal näher ansehen?« fragte er.

Es gibt zwei Möglichkeiten, mit der Fähre eines Raumschiffs auf der Erdoberfläche zu landen, selbst wenn es sich dabei nur um eine bessere Rettungskapsel handelt.

Die erste: behutsam in die Erdatmosphäre eintauchen und mit Hilfe von Stabilisierungsraketen der Schwerkraft ein Schnippchen schlagen. Die alternative Methode: so lange weiterfliegen, bis man aufprallt. Diese Technik sollte man auf keinen Fall mit einer Bruchlandung verwechseln, wenngleich das Endergebnis mehr oder weniger dasselbe ist.

Glücklicherweise dient praktisch alles, was der Großen Victoriawüste gewaltsam zugefügt wird, ihrer landschaftlichen Verschönerung; und sicherlich wäre Trevor mehr als zufrieden gewesen, wenn er gewußt hätte, daß der Krater, den er gerade durch seine Bilderbuchlandung nach Methode II verursacht hatte, sich einst mit Wasser füllen würde, um sich in Australiens ersten binnenländischen Surfpark mit echten, durch eine solarbetriebene Riesenturbine hervorgerufene Gezeiten zu verwandeln.

Als er sich aus den Trümmern des Cockpits befreite, kreisten seine Gedanken allerdings ausschließlich um die niederschmetternde Erkenntnis, daß seine Landefähre in die Brüche gegangen war, was bedeutete, den Rest des Lebens auf der Erde verbringen zu müssen, wenn es ihm nicht gelingen sollte, die andere Landefähre ausfindig zu machen, die zum Essenholen unterwegs war. Ganz unabhängig von der Tatsache, daß er in einer nur wenig anheimelnden Gegend gelandet zu sein schien, sah er sich mit der schrecklichen Zukunftsaussicht konfrontiert, zu den Verhaltensmustern eines normalen Erdoberflächenbewohners zurückkehren zu müssen, und das mit all den damit notwendigerweise einhergehenden stimmungstötenden Wiederholungen; alles im Leben zweimal erleben zu müssen, kann einen schon depressiv machen.

Wenn er allerdings nicht bald etwas Nahrung zu sich nähme, dürften ihm diese nur wenig rosigen Zukunftsaussichten höchstwahrscheinlich sowieso erspart bleiben. Er brauchte etwas zu essen, und zwar sofort.

Als er etwa eine halbe Stunde lang annäherungsweise in Richtung Osten marschiert war, roch er in der vorbeiziehenden flauen Wüstenbrise etwas Eßbares. Er blieb wie angewurzelt stehen und konzentrierte sich. Eine halbe Minute intensives Einatmen überzeugte ihn schließlich davon, daß es sich um keine Fata Morgana der Geruchsnerven handeln konnte. Hätte er sich den Geruch nämlich nur eingebildet, hätte seine Einbildung längst nicht soviel Knoblauch hinzugefügt. Also marschierte er zügig in die Richtung, aus der er den Duft vermutete, und ging schon bald in den Laufschritt über.

»Natürlich ist die Schürze nicht für mich, sondern für einen Freund von mir«, stellte Lamorak sofort klar.

Die Zeitnehmerin sah ihn entgeistert an. »Aha, für einen Freund von dir«, wiederholte sie in geringschätzigem Ton. »Ein Freund von dir, der gern Frauenkleidung trägt, wie?« Sie musterte Pertelope mit kritischem Blick und fügte dann hinzu: »Wohl noch fo ein Freund von dir, der am liebften in Frauenkleidern rumläuft, hm? Ich verftehe.«

»Moment mal!« wehrte sich Pertelope. »Stell das sofort klar, Lammo.«

Aber Lamorak winkte ungeduldig ab. »Ach, das ist doch alles ganz anders. Paß auf, wir sind auf der Suche nach dem Heiligen Gral, klar? Und wir müssen dieses Ding finden, okay? Und das wiederum heißt, wir brauchen diese …«

Die Zeitnehmerin hob drohend die Schöpfkelle. »An deiner Ftelle würde ich lieber bleiben, wo du bift«, zischte – oder besser: fifte – sie ihn an.

»Jetzt hör doch mal bitte zu …«, begann Lamorak in

fast flehentlichem Ton; dann hielt er plötzlich inne, krümmte sich wie ein Fragezeichen zusammen und hielt sich die Kinnlade fest. »Aua! Was soll das? Jetzt schau dir an, was du damit erreicht hast«, grummelte er mit schmerzverzerrtem Gesicht.

»Er hat nämlich Zahnschmerzen«, klärte Pertelope die Zeitnehmerin auf, aber so war er nun einmal; genausogut konnte es passieren, daß er einem erzählte, man werde naß, weil es draußen regne, oder man habe sich das Bein gebrochen, weil man von der Leiter gefallen sei.

»Daf ift mir doch egal«, fauchte die Zeitnehmerin und schwang dabei demonstrativ die Schöpfkelle. Auf einem stockdunklen Raumschiff muß man nicht lange warten, bis ein Mädchen von makelloser Tugendhaftigkeit den Umgang mit schwerem Küchengerät erlernt hat. Ohne sich umzusehen, wich die Zeitnehmerin ein Stück zurück und stolperte über das Einhorn.

Aufgeschreckt aus seinem Narkosetraum (der sich darum gedreht hatte, daß es gemeinsam mit anderen Einhörnern hinter einem Busch lag, um einem Mädchen von makelloser Tugendlosigkeit aufzulauern, wobei ein angebundenes Känguruh als Köder diente), wehrte sich das Einhorn gegen die Fesseln, mit denen seine Beine gebändigt wurden, und konnte sich erfolgreich von ihnen befreien.

»So, ihr Scheißbriten, ihr könnt mich mal!« triumphierte es zu früh, denn bevor es sich versah, wurde es von der Zeitnehmerin angegriffen und k.o. geschlagen. Es sackte zusammen und nahm seinen Traum an der Stelle wieder auf, wo es ihn abgebrochen hatte.

»Steh nicht so dumm rum, du Schwachkopf!« schrie Lamorak. »Greif dir endlich die verdammte Schürze!«

Doch Pertelope zögerte. Einerseits war er als Ritter der Tafelrunde dazu verpflichtet, den Heiligen Gral zu finden, andererseits erinnerte er sich nur zu gut an die eiserne Regel der ritterlichen Tugendlehre, einer in Bedrängnis geratenen jungen Dame stets Beistand leisten zu müssen. Und dies erwähnte er auch.

»Und was soll das jetzt heißen?« wollte Lamorak wissen.

»Das heißt doch wohl, daß ich ihr Beistand leisten muß, oder etwa nicht?«

»Richtig«, fauchte Lamorak. »Und wenn man jungen Damen Beistand leistet, muß man vor allem darauf achten, nicht den Kopf zu verlieren, weil sie sonst den Spieß umdrehen und man selbst in Bedrängnis gerät. Also mach schon!«

»Wirklich? So hab ich das noch nie gesehen. Ich dachte immer, das heißt, man müsse …« Weiter kam Pertelope nicht, denn die Zeitnehmerin hatte ihm mit der Schöpfkelle eins über den Schädel gezogen.

Lamorak murmelte ein paar unflätige Verwünschungen vor sich hin und unternahm den halbherzigen Versuch eines Angriffs. Behindert durch den Umstand, daß er mit dem Körper den schmerzenden Unterkiefer abdeckte, gelang es ihm lediglich, sich mit den Füßen in der abgelegten Rüstung der Zeitnehmerin zu verheddern und mit lautem Getöse zu Boden zu fallen.

»Du elendef Miftftück!« fauchte die Zeitnehmerin und drohte ihm erneut mit der Kelle. Doch plötzlich erstarrte sie.

»Falls es dich tröstet: Ich komme mir dabei wirklich nicht sonderlich gut vor«, entschuldigte sich Lamorak nach einer Weile, während er mit dem Revolver der Zeitnehmerin herumfuchtelte, der ihm auf unergründliche Weise bei der vorhergehenden Landung im Schrotthaufen in die Hände geraten war. »Erstens ist es unritterlich, zweitens anachronistisch, und drittens geht mir bei solchen Dingen vor Angst immer der Arsch auf Grundeis. Andererseits …«

Die Zeitnehmerin hörte ihm nicht mehr zu, sondern blickte gebannt auf einen Punkt hinter Lamoraks linker

Schulter, während sie sich mit den Augenbrauen an einer hochentwickelten Signalsprache versuchte.

»Ach, jetzt komm mir bloß nicht mit der Masche«, seufzte Lamorak gelangweilt. »Es ist ja wohl der älteste Trick aller Zeiten, so zu tun, als sähest du jemanden, damit ich mich dann umdrehe und du mir eins überziehen kannst. Mit mir kann man so was nicht ...«

Dann verstummte er, da er von Trevor mit einem Stein am Unterkiefer getroffen worden war.

Die wahre Herkunft der Schürze der Unbesiegbarkeit wird man wahrscheinlich niemals klären können.

Eine Theorie besagt, die Schürze sei vom Chefkoch von König Belsazars Festmahl getragen worden, und die charakteristischen dunkelroten Flecken auf der Vorderseite stammten von der Rehbratensauce, weil der Koch vor Schreck den Saft aus dem Schmortopf verschüttet habe, als eine riesige Hand aus dem Nichts erschienen sei und an die Wand seiner frisch renovierten Taverne Graffiti gekritzelt habe.

Andere behaupten, die roten Flecken seien auf den besonders starken algerischen Beaujolais zurückzuführen, den man bei der Hochzeit zu Kana ausgeschenkt habe, kurz bevor der Wein ausgegangen sei. Diese Ansicht wird in gewissem Maße durch die Tatsache gestützt, daß Generationen von Besitzern zwar alles daran gesetzt haben, die Flecken herauszuwaschen, ihre Bemühungen jedoch nie von Erfolg gekrönt wurden.

Eine dritte Theorie wiederum vertritt die Auffassung, die roten Flecken seien nichts anderes als rote Flecken, und bei der Schürze handle es sich um eine byzantinische Fälschung aus dem siebten Jahrhundert; wobei allerdings niemand auch nur die leiseste Ahnung hatte, wovon die Schürze überhaupt eine Fälschung sein sollte.

Wie auch immer die Wahrheit zu diesem Thema lauten mag, so bleibt doch die unumstößliche Tatsache bestehen, daß die Schürze höchst absonderliche Eigenschaften besitzt, die sich rational nicht erklären lassen. Zum Beispiel werden durch die Berührung ihres Saums verschiedene Arten von Skrofulose geheilt (was allerdings keine besonders nützliche Eigenschaft ist, da die auslösenden Bakterien dieser Krankheit so selten sind, daß man sie zu den bedrohten Tierarten zählen muß und jedem, der ihnen etwas antut, eine empfindliche Geldstrafe aufgebrummt wird). Darüber hinaus hat sie Auswirkungen auf die Ergebnisse australischer Footballspiele, und wenn die Person, die sie trägt, einen Biskuitkuchen backt, wird dieser unweigerlich steinhart.

Nach einer Weile kam Lamorak wieder zu sich. Er schüttelte den Kopf und versuchte angestrengt, sich wenigstens bruchstückhaft daran zu erinnern, was kurz zuvor vorgefallen war.

Als erstes stellte er fest, daß es ihm sehr viel bessergging als zuvor.

Etwas Scharfkantiges bohrte sich ihm vorn in den Hals. Er machte sich mit den Fingern am Hemdkragen zu schaffen und entdeckte einen ausgeschlagenen Zahn, den er von irgendwoher zu kennen schien.

»Na, das ist ja prima!« stieß er erleichtert aus.

Dann schaute er auf und blickte zu seinem Erstaunen in die Mündung des Revolvers. Dahinter standen die Zeitnehmerin und eine andere Gestalt, die ähnlich gekleidet, männlich und ununterbrochen am Kauen war.

»Keine Bewegung!« drohte ihm die Zeitnehmerin. »Oder Trevor macht auf dir ein Fieb.«

»Fon gut, bitte nicht fiefen«, beschwichtigte Lamorak die beiden. Dann rieb er sich die geschwollene Wange und fügte hinzu: »Ift dein Freund etwa Fahnarft? Daf war ja 'ne reife Leiftung.«

»Was, zum Teufel, geht hier eigentlich vor?« fragte Trevor mit vollem Mund. »Die Rauferei, der bewußtlose Typ in dem Kleid, das Pferd mit der Fahnenstange auf der Nase. Ich meine, was hat das alles zu bedeuten?«

Lamorak grinste gequält. »Laf ef mich dir erklären«, schlug er vor.

»Ich hab da eine beffere ...« Die Zeitnehmerin grummelte ungeduldig etwas vor sich hin, öffnete den Mund und holte zwei kleine glänzende Metallstreifen heraus. »So, das geht schon besser«, fuhr sie erleichtert fort und steckte die beiden Zahnspangen in eine Tasche. »Zum Teufel mit der Zahnpflege. Also, ich hab da 'ne sehr viel bessere Idee, Trevor. Laß uns diese beiden Idioten fesseln und zum Schiff zurückkehren, ja?«

»Wenn du meinst«, willigte Trevor achselzuckend ein. »Und wie und womit sollen wir die Typen fesseln?«

Lamorak räusperte sich höflich und sagte: »Wenn ich vielleicht einen Vorflag machen dürfte?«

Die in schmale Streifen gerissene Schürze der Unbesiegbarkeit lieferte genügend Material, um die beiden Ritter fest zusammenzufesseln; nach sechs Stunden wurden sie von einer Gruppe Obstmönche befreit, die zum Ayers Rock unterwegs waren, um dort den Vorrat an Litschidosen aufzufüllen.

Auf ihrem Rückweg nach Albion vertrauten Lamorak und Pertelope die Schürze zur Restaurierung den Schwestern der Unvereinbarkeit an, einem eher kleinen und sehr zurückgezogen lebenden Nonnenorden, der sich dem Beten, der Meditation, der Handarbeit und vor allem dem Karambolagebillard (woher auch der sagenhafte Reichtum des Ordens stammt) verschrieben hat. Drei Monate unaufhörlicher Näharbeiten brachten schließlich eine Schürze hervor, die der alten fast bis aufs I-Tüpfelchen glich, aber eben nicht ganz. Sicher, einerseits hatte sie zwar keine Auswirkungen mehr auf den Ausgang von Footballspielen, doch andererseits entwickelte sie einen fast beängstigenden Drang, alles, was man über Nacht in ihren Taschen ließ, in zerbröselnde Papierkügelchen, klebrige Kaugummifolien, zerrissene U-Bahn-Fahrkarten und aus dem Umlauf genommene Fünfzig-Lire-Münzen zu verwandeln.

# 4

Komm, gib's schon zu, Turkey, wir haben uns verfahren«, murrte Bedevere.

Man weiß von den hängenden Gärten der Semiramis oder dem Koloß von Rhodos; doch wenn man auf der Suche nach einem wirklich großen Weltwunder ist, sollte man es einmal versuchen, den Angehörigen eines altertümlichen Ritterordens mit der schmerzlichen Wahrheit zu konfrontieren.

»Ich weiß, daß wir uns verfahren haben«, antwortete Turquine belustigt. Dann faltete er die Straßenkarte zusammen und schob sie unter den Beifahrersitz des Lieferwagens. »Das lag durchaus in meiner Absicht. Hätten wir das nämlich nicht getan, führen wir jetzt in die falsche Richtung.«

Bedevere guckte ihn entgeistert an.

»Schließlich suchen wir eine versunkene Stadt«, fuhr Turquine fort. »*Die* versunkene Stadt überhaupt. Und deshalb ...«

»Ja, ich habe verstanden«, unterbrach ihn Bedevere geduldig. »Aber zur Zeit suchen wir nicht Atlantis, sondern die M6.«

»Nicht unbedingt«, antwortete Turquine grinsend, und als Bedevere daraufhin mit einer für ihn untypischen abwehrenden Geste reagierte, meinte er: »Du scheinst die Sache noch nicht ganz zu durchblicken,

Bedders. Wie sprechen hier von Mystizismus und nicht von …« Er hielt unvermittelt inne und fluchte laut, weil er einem Auto mit ländlichem Kennzeichen ausweichen mußte, das im Kreisverkehr unverschämterweise auf seine Vorfahrt bestanden hatte.* »Erinnerst du dich noch, was der alte Maledisant immer über Mystizismus zu sagen pflegte?«

Bedevere gestand ein, dies vergessen zu haben.

Turquine nickte wichtigtuerisch und fuhr fort: »Das habe ich mir gleich gedacht. Soweit ich mich erinnern kann, hast du während des Weisheitsunterrichts meistens nur aus dem Fenster geschaut, um draußen die Mädchen vom …«

»Ach, das tut doch jetzt nichts zur Sache«, unterbrach ihn Bedevere ungeduldig.

Turquine wechselte geräuschvoll den Gang. »Wenn man jedenfalls nach einer im Meer versunkenen Stadt sucht oder nach einem verlorenen Priorat oder auch nur nach einer kleinen Eremitenbehausung, die verzaubert wurde, damit sie in Vergessenheit gerät, dann bringt es überhaupt nichts, das Verzeichnis im Anhang von A bis Z komplett durchzugehen. Nein, man muß sich praktisch selbst verlieren, damit es einen findet. So was nennt man logisches Denken«, fügte er stolz hinzu.

»Aha, logisches Denken, ja?« grummelte Bedevere mit skeptischer Miene.

---

* Aufgrund seiner Position als Seigneur de Montcalm und Earl-Banneret von Belfort besaß Turquine das angeborene Recht auf Vorfahrt im Kreisverkehr; und wie von Leuten seines Schlages nicht anders zu erwarten war, bestand er darauf, dieses Recht auch gegen riesige Lastwagen und selbst gegen Tanklastzüge durchzusetzen. Sein Ziel war, absichtlich einen Unfall zu verursachen und wegen rücksichtslosen Verhaltens im Straßenverkehr angeklagt zu werden, um vor Gericht den Freibrief mit dem Originalsiegel von Uther Pendragon, dem Vater von König Artus, hervorzaubern zu können. Unglücklicherweise schienen sämtliche Fahrer, denen er die Vorfahrt raubte, entweder über mörderisch gute Reflexe oder Bremsen mit Antiblockiersystem zu verfügen.

»Na ja, von mir aus auch Theologie«, antwortete Turquine achselzuckend. »›Suchet, so werdet ihr finden‹ oder wie das heißt. Himmel, Arsch und Zwirn!« fluchte er unversehens, als er ein Hinweisschild entdeckte. »Das ist die Abfahrt nach Stirchley. Wie, zum Teufel, kann es angehen, daß wir ausgerechnet hier gelandet sind?«

Bedevere lächelte matt. »Zum einen hat das bestimmt was mit Theologie zu tun und zum anderen vielleicht auch damit, daß du bereits in Brownshill die falsche Abfahrt genommen hast«, merkte er abfällig an. »Du wolltest doch auf die A37, nicht wahr?«

»Gib mir mal eben die Karte«, murmelte Turquine verlegen. »Ich kenne da nämlich eine Abkürzung ...«

Aufgrund seiner ausgiebigen Erfahrungen mit Turquines Abkürzungen wollte Bedevere bereits protestieren, als ihm einfiel, daß sich dieses ganze Gerede – mehr oder weniger absichtlich vom Weg abgekommen zu sein – im Grunde beunruhigend vernünftig anhörte. »Na gut«, stimmte er deshalb zu und fügte sogar »Prima Idee« hinzu.

Wie kaum anders zu erwarten war, gelangten sie dank Turquines Abkürzung auf einen schmalen Feldweg, der sich schließlich als Sackgasse entpuppte, die direkt vor einem verlassenen Bauernhof endete. So war und so ist es ihnen andauernd ergangen, und Bedevere hatte allmählich das sichere Gefühl, daß sie, wenn sie sich auch nur ein einziges Mal die Mühe machen würden, aus dem Auto zu steigen, um genauer nachzusehen, wahrscheinlich feststellen müßten, daß es sich dabei stets um ein und denselben Bauernhof handelte. Was allerdings durchaus einen Sinne ergeben könnte, in gewisser Hinsicht jedenfalls ...

»Gut, wir sind da«, meinte er deshalb, wobei er bereits den Sicherheitsgurt löste und die Beifahrertür öffnete.

Turquine blickte ihn verdattert an. »Um Himmels willen! Was hast du denn vor?«

»Ich ziehe aus deiner Prämisse lediglich den logischen Schluß«, antwortete Bedevere. Dann nahm er seinen Brotbeutel vom Rücksitz und setzte sich den Hut auf. »Was ist? Kommst du mit?«

»Aber ...«

Bedevere lächelte freundlich, schlug die Tür zu und marschierte auf das Bauernhaus zu. Nach einigen derben Flüchen, die therapeutisch durchaus wirksam waren, folgte ihm Turquine.

»Wenn man sich verfahren muß, um eine vom Wegesrand abgelegene oder von mir aus auch versunkene oder gar gänzlich verschwundene Stadt zu finden, folgt daraus, daß man sich dazu so gut wie möglich verirren muß. Nach meinem Dafürhalten entspricht ein Bauernhof, den man nur über einen zehn Kilometer langen und völlig mit Gras überwucherten Feldweg erreichen kann, so ziemlich der abgelegensten Gegend, in die man sich verirren kann, solange man noch Augen zum Sehen hat. Findest du nicht?«

Er lächelte und klopfte an die Tür, die gleich darauf überraschenderweise geöffnet wurde.

»Guten Tag, könnten Sie uns vielleicht freundlicherweise den richtigen Weg nach Atlantis erklären?« kam Bedevere ohne Umschweife zur Sache.

Die Frau, die die Tür geöffnet hatte, machte durchaus den Eindruck, als wäre sie zu einer solchen Auskunft in der Lage. Auf Bedevere wirkte sie wie eine jener Frauen, die einen Sohn namens Adler und zwei Töchter namens Himmelsblume und Mistel haben. Darüber hinaus trug sie diesen absonderlichen Silberschmuck, der in seriösen Kunsthandwerksbetrieben gar nicht erst hergestellt wird, und war barfüßig.

»Was haben Sie da eben gesagt?« erkundigte sich die Frau verdutzt.

»Ich habe Sie gefragt, ob Sie so freundlich wären, uns den richtigen Weg nach Atlantis zu erklären«, wiederholte Bedevere geduldig.

»Ach so, ich verstehe«, antwortete die Frau. »Ich bin nur etwas erstaunt, das ist alles. Sie beide sehen nämlich gar nicht danach aus. Na gut, dann folgen Sie mir bitte.«

Die Frau ging den beiden ins Haus voran. Turquine und Bedevere blickten sich mit freudiger Erwartung an.

»Das ist wohl das größte Kompliment, das ich je bekommen habe«, flüsterte Turquine und rümpfte angeekelt die Nase. »Du meine Güte, mieft das hier. Riecht ganz so, als würden die hier diesen abgedrehten Tabak rauchen, von dem man einen Sprung in der Schüssel bekommt.«

Die Frau öffnete eine Tür und ging hindurch.

»Hier herein«, forderte sie Turquine und Bedevere auf. »Sie wissen ja, was Sie zu tun haben.«

Der Raum war, zumal in einer solchen Umgebung, äußerst merkwürdig. Nach Bedeveres Auffassung handelte es sich eher um ein modern eingerichtetes Büro wie bei einer Versicherung oder Bank, wenngleich hinter den Computerbildschirmen keine jungen Frauen saßen. Irgendein Pentagramm oder geheimes Schriftzeichen war nicht in Sichtweite.

»Falls Sie etwas brauchen, wir sind alle in der Spülküche beim Meditieren«, verabschiedete sich die Frau und schloß die Tür hinter sich. Danach konnten die Ritter nur noch das watschelnde Auftreten ihrer bloßen Füße im Flur hören.

Eine Weile schwiegen die beiden, dann zuckte Bedevere die Achseln und murmelte: »Mhm, vielleicht hätten wir vor der Shard-End-Unterführung wirklich lieber links abbiegen sollen.«

Turquine setzte sich vor einen der Bildschirme. »Quatsch! Ich glaube, allmählich kapiere ich nämlich, was hier gespielt wird«, widersprach er. »Ist ja irre«, fügte er mit einem Hauch von Bewunderung hinzu. Dann schloß er die Augen, spreizte wie ein Konzertpianist die Finger und spielte wahllos auf der Tastatur herum.

»Schließlich ist ›verschwunden‹ und ›versunken‹ noch längst nicht das gleiche«, sagte er, während der Bildschirm erlosch und der Computer einige Male piepste. »Mal sehen, was …«

»Weißt du denn, wie man mit diesen Dingern umgeht?« staunte Bedevere nicht schlecht, als er Turquine auf die Tasten tippen sah.

»Dazu benötigt man keine Vorbildung«, antwortete Turquine. »Sag mir mal eine Zahl von eins bis zehn.«

»Sieben.«

Turquine drückte auf eine Taste. »Wann hast du zum Beispiel das letztemal mit dem Finanzamt zu tun gehabt?«

Bedevere errötete. »Ich …«

»Na, dann eben mit der Telefongesellschaft, den Strom- oder Gasversorgungsbetrieben oder mit irgendwelchen anderen von diesen Halsabschneidern? Setzen die nicht allesamt Computer ein?«

»Klar, deren Büros stehen sogar voll damit«, stimmte ihm Bedevere zu, der in diesen Dingen bewanderte Versicherungsvertreter.

»Und wie lautet die landläufigste Erklärung, wenn dort irgend jemand Scheiße baut?«

»Leider sind Ihre Daten irgendwo im Computer verschwunden«, antwortete Bedevere wie aus der Pistole geschossen und biß sich dann auf die Unterlippe. »Ah ja, ich glaube, jetzt weiß ich, worauf du hinauswillst.«

Turquine grinste verstohlen. »Das hat aber ganz schön lange bei dir gedauert, wie? Und wie läßt man am besten etwas verschwinden, während man es gleichzeitig weiterexistieren lassen will? Man füttert damit den Computer. Ganz einfach. Ich meine, es ist da drinnen und trotzdem irgendwo im Datendschungel verschwunden, das ist schon alles, zusammen mit einer halben Million Bausanierungsanträgen, bezahlten Strafzetteln für falsches Parken, Daueraufträgen, geschätzten Stromvorauszahlungsgebühren und überarbeiteten Steuerbescheiden. Und um diese Informationen zurückzuholen, muß man lediglich das richtige Zauberwort eingeben.«

Bedevere lächelte voller Bewunderung. »Und wie lautet es?«

Turquine schnellte auf dem Drehstuhl herum. »Tja, jetzt hast du mich erwischt. Trotzdem sind wir schon nahe dran.«

Bedevere sackte entmutigt in sich zusammen, doch gleich darauf wurde er wieder munter. »Du hast völlig recht. Laß mich mal da ran.«

Mit sanfter Gewalt schob er Turquine vom Bürostuhl, nahm nun selbst Platz darauf und rieb sich die Hände. »Bei uns im Versicherungsbüro machen die das auch immer so«, erklärte er seinem Gefährten. »Jedenfalls dann, wenn dieses dämliche Ding 'nen Koller kriegt und niemand mehr etwas aus ihm herauskriegt. Dich meine ich natürlich nicht damit ... Aha, da haben wir ihn ja schon.«

Er entdeckte den Knopf, den er gesucht hatte, und drückte darauf. Der Bildschirm erlosch, und aus dem Schlitz eines Diskettenlaufwerks sprang eine Floppy Disk heraus. Bedevere steckte die Diskette wieder hinein, drückte erneut auf den Knopf und schlug mit der flachen Hand gegen das Computergehäuse.

Während eines kurzen Zwischenspiels beschwerte sich der Computer bei ihm mit morsealphabetähnlichen Buchstaben und Lauten; dann war nichts mehr zu sehen. Als sich Bedevere bereits wie ein Vollidiot vorkam, erschienen plötzlich Buchstaben auf dem Monitor.

ALSO GUT, SIE HABEN GEWONNEN

»Bingo!« jubelte Bedevere. »Dann wollen wir doch mal sehen ...«

Mit einem Finger gab er einen Befehl ein, und der Bildschirm wurde wieder gelöscht.

»Was hast du da gerade...?« setzte Turquine zu einer Frage an, doch Bedevere gebot ihm zu schweigen.

BEREIT FÜR DATENÜBERTRAGUNG

»Bereite dich innerlich schon mal vor «, flüsterte Bedevere. »Das könnte haarig werden.«

»Wie meinst du das mit ›Bereite dich innerlich schon mal vor‹? Worauf soll ich mich denn vorbereiten?«

»Pst!«

DATENÜBERTRAGUNG LÄUFT

Die Welt verschwand.

Die Frage ›Wie hat die Menschheit vor der Einführung von Faxgeräten überleben können?‹ ist glücklicherweise von rein akademischem Interesse.

Faxgeräte hat es nämlich schon immer gegeben, wenngleich unter anderem Namen, und einige der Vorläufermodelle haben mit den heutigen Geräten soviel Ähnlichkeit wie – sagen wir mal – zwei mit einem Faden verbundene Coladosen mit einem Autotelefon.

Zum Beispiel funktionierte das Pyrolex IV Turbo, das zu Zeiten von Ramses dem Zweiten von Ägypten im Nahen Osten vorübergehend in Mode war, mittels primitiver Faseroptik, bei der konzentrierte Lichtstrahlen in Form von Funkwellen durch die oberen Luftschichten geleitet und von einem provisorischen Wandler eingefangen wurden – und zwar von den Blättern einer seltenen und mittlerweile längst ausgestorbenen Palmenart –, um dann durch eine von der Baumblüte gebildete organische Linse auf das empfangende Medium gerichtet zu werden.

Natürlich war das Fax auch den Römern bekannt, die es zur Kommunikation mit den Göttern nutzten. Das zu diesem Zweck bevorzugte Modell ›Lector Lucius‹ war zwar sehr zuverlässig, aber sehr langsam; die Nachricht wurde zunächst in die DNS-Körper eines heiligen Hühnerhaufens übertragen und schließlich gelesen, indem man eins der Hühner, das zuvor nach dem Zufallsprinzip ausgesucht worden war, aufschnitt und dessen Gedärme genauer untersuchte.

In Albion hingegen wandte man eine Faxtechnologie an, die der unseren bereits sehr ähnlich war; doch nach dem Fall des albionischen Königreichs begann ein Zeitalter, das die Historiker der Informationstechnik als ›die lange und finstere Eiszeit der Postkarte‹ bezeichnen, während der nur noch eine verkümmerte Form des Faxverkehrs zur Verfügung stand.

Die Ausnahme schlechthin bildete natürlich Atlantis, wo Faxgeräte seit den frühesten Anfängen verbreitet waren; und zwar in einem solchen Ausmaß, daß der zukunftsweisende Text der Apostolischen Gemeinde von Atlantis im *Evangelium nach St. Neville* lautet:

> »Im Anfang war das Wort, und das Wort war bei Gott, und Gott war das Wort, und als das Wort das andere Ende der Leitung erreichte, war das Wort Frst.«

Hieraus läßt sich entnehmen, daß die Atlantiker noch immer das Faxgerät Mark IVc benutzten, als das Evangelium niedergeschrieben wurde.

Daß die Atlantiker dennoch sämtliche andere faxkundige Nationen übertreffen, liegt an ihrer Fähigkeit, mehr als nur schlichte Faksimiles des geschriebenen Wortes übertragen zu können …

»Bedders?«

Einen Augenblick lang schwebte das Wort im luftleeren Raum, glimmte kurz wie sengende Glut auf und erlosch wieder. Dann war mit Ausnahme des leise um die Sterne wehenden Winds nichts mehr zu hören.

»Bist du es, Turkey?«

Es passierte dasselbe wie zuvor, wenngleich die Wörter diesmal Mal mit hellblauen Stichflammen aufflackerten und in der dünnen Luft wie Wunderkerzen knisterten.

»Wo bist du?«

»Hier drüben!«

»Du meine Güte! Und wo ist ›hier drüben‹?«

»Woher soll ich das denn wissen? Was geht hier eigentlich vor, Turkey?«

Und dann nahmen beide die Mitteilung wahr; wohlgemerkt, sie sahen oder hörten sie nicht, sondern nahmen sie einfach nur wahr. Die Mitteilung lautete:

*Es gibt kein Hier oder Heute. Es gibt nur Informationen.*

Zwei körperlose Stimmen begannen gleichzeitig zu sprechen, und was dabei herauskam, erinnerte ein wenig an ein Sylvesterfeuerwerk in einer Kleinstadt.

*Jetzt haltet mal das Maul und hört zu!* lautete die nächste Mitteilung. *Es gibt kein Hier oder Heute; kein Oben oder Unten; kein Ich, Du, Er, Sie, Es; kein Jetzt oder Damals; kein Richtig oder Falsch; kein Dick oder Dünn; kein Dick oder Doof, kein Weiß, Schwarz, Rot, Gelb oder Grün; kein Lebendig oder Tot. Es gibt nur Information. Übertragung läuft.*

»Schön und gut«, lenkten die blauen Flammen ein. »Aber was wird denn übertragen?«

*Ihr.*

Kurz flackerten einige orangefarbene Stichflammen auf, die gleich darauf in ein fast gänzlich unleserliches Buchstabenfeuerwerk übergingen. Da man selbst anhand der Wortfetzen noch erkennen konnte, daß die meisten Ausdrücke äußerst vulgär waren, kann man mit Recht davon ausgehen, daß Sir Turquine – oder zumindest ein Teil von ihm – anwesend gewesen sein mußte.

*Betrachtet es mal auf folgende Weise,* schlug die Mitteilung vor. *Ihr wißt doch, wie schwer Gold ist, nicht wahr?*

*Und alles Geld dieser Welt entspricht, jedenfalls sollte es so sein, einem gewissen Goldwert. Und man kann Geld telegrafisch anweisen, stimmt's? Na bitte.*

Die orangefarbenen Flammen flackerten zögernd auf, kamen aber über ein schlechtgelauntes Weißglühen nicht hinaus. Dann wurde alles schwarz.

Zwei riesige Walzen preßten eine Papierrolle heraus, wenngleich es sich nicht um normales Papier handeln konnte, denn dazu besaß es eine Dimension zuviel.

Sir Turquine und Sir Bedevere tauchten zwischen den beiden Walzen als zweidimensionale Silhouetten hervor, plumpsten heraus und nahmen wie Luftballons, die aufgeblasen werden, allmählich Gestalt an. Erst als sie völlig aufgepumpt waren, erfüllten sich ihre Körper mit Leben; und kaum war dieser Prozeß abgeschlossen, war zumindest Turquine sogar ungemein mit Leben erfüllt.

»Alles klar«, fauchte er grimmig. »Niemand stopft mich mit dem Kopf zuerst in eine kabellose Übertragungsanlage und kommt dann ungeschoren davon.« Er krempelte die Ärmel hoch und sah sich nach jemandem um, mit dem er die Angelegenheit auf seine Weise hätte bereinigen können.

»Turkey?« flüsterte ihm Bedevere aufgeregt von hinten ins Ohr.

»Was ist denn?« grummelte Turquine ungeduldig, ohne sich umzusehen. »Versuch bloß nicht, mich davon abzuhalten, Bedders. Irgendwer wird seinen Kopf dafür hinhalten müssen, das steht fest!«

»Turkey ...«

»Was denn?«

»Schau doch mal bitte nach unten, ja?«

Als Turquine nur widerwillig gehorchte, fiel ihm auf, daß sie auf einem gepflügten Acker zu stehen schienen. Die Erde hatte einen leicht rötlichen Farbton wie Lehm. Bei genauem Hinsehen handelte es sich allerdings eher um ein schwaches Rosa.

»Turkey!« meldete sich erneut Bedeveres aufgeregte Stimme. »Wir stehen auf dem Finger von irgendeinem …«

Es fällt einem nicht leicht, sich an wirklich große Maßstäbe zu gewöhnen. Das Auge kann nur eine gewisse Menge an Informationen aufnehmen und das Gehirn wiederum nur eine gewisse Menge der vom Auge weitergeleiteten Daten verarbeiten. Deshalb muß man schon sehr viel Phantasie aufwenden, wenn man beispielsweise aufgrund dieser nur begrenzt zur Verfügung stehenden Datenmenge einen zehn Meter langen Erdstreifen als Finger identifizieren will.

*Willkommen in Atlantis,* ertönte eine freundliche Mitteilung. *Wollen Sie vergrößert werden?*

»Das wäre nicht schlecht«, meinte Bedevere. »Oder was meinst du, Turkey? Ich halte das sogar für eine ausgesprochen gute Idee … Ich meine, natürlich nur, wenn es Ihnen keine Unannehmlichkeiten …«

*Aber danach halten Sie sich mit Ihren Bemerkungen bitte etwas zurück, ja? Insbesondere der andere. Verstanden?*

»Verstanden.«

Der Finger schrumpfte zusammen, bis er zu einer ganzen Hand wurde, und er schrumpfte und schrumpfte, bis die Hand Bedeveres Hand umschloß und sie herzlich schüttelte. Die Hand ging in einen Arm über, der wiederum mit einem rundlich gebauten, äußerst fidel und munter wirkenden Mann mittleren Alters verbunden war, der einen dunkelgrauen Anzug trug.

»Lassen Sie uns eine Sache von Anfang an klarstellen, meine Herren«, ermahnte der Mann die beiden. »Hier in Atlantis klären wir alles auf zivilisierte Art und Weise. Keine körperlichen Auseinandersetzungen oder gar Züchtigungen, klar? Höchstens ökonomische Sanktionen. Haben Sie das kapiert?« Er blickte Turquine durchdringend an, der daraufhin mürrisch nickte.

»Na prima«, freute sich der Mann. »In dem Fall darf ich mich Ihnen vorstellen, meine Herren. Ich bin Iophon und das hier« – und den beiden Rittern fiel sofort auf, das neben Iophon ein völlig identisch aussehender Mann stand – »ist Pallas. Wir sind von der Devisenaufsichtsbehörde.«

»Wie bitte?« stutzte Bedevere.

Iophon lächelte. »Unsere Aufgabe ist es sicherzustellen, daß nur gewisse Mengen gesetzlich anerkannter Währungen ein- oder ausgeführt werden. Heutzutage kann man mit solchen Dingen nicht vorsichtig genug sein.«

»Einen Moment mal bitte, meine Herren«, bat Bedevere und nahm gleich darauf Turquine beiseite, dem er etwas ins Ohr flüsterte. Dann wandte er sich wieder Iophon zu, der sich gerade auf einem Klemmbrett Notizen machte. »Ich fürchte, es handelt sich um ein kleines Mißverständnis.«

»Na, das will ich doch nicht hoffen«, fuhr Iophon vergnügt fort. »Wenn Sie mir nun noch kurz Ihren Gesamtbetrag, Ihren einzelnen Nennwert, Ihre Kontonummern und Ihren Sortenkurs angeben, dann kann ich Sie direkt einzahlen, zumal Sie bereits erwartet werden.«

»Sehen Sie? Wie ich schon gesagt hab, muß es sich um ein Mißverständnis handeln. Wir sind nämlich kein Geld, sondern Menschen.«

Iophon lächelte nachsichtig. »Das geht schon in Ordnung, Sir. Menschen werden galaxisweit in mehr als zwei Millionen Zweigstellen akzeptiert. Menschen – wenn Sie den Ausdruck entschuldigen würden, Sir – reichen völlig aus. Unterschreiben Sie einfach hier, und Sie werden im Nu als Scheck eingereicht.«

Als ihm Iophon das Klemmbrett entgegenhielt, wich Bedevere ein Stück zurück.

»Ich fürchte, Sie haben mich noch immer nicht ganz verstanden«, wehrte er sich verzweifelt. »Wir… wir wollen nicht als Scheck eingereicht werden. Wahrscheinlich würden wir sowieso platzen. Wir wollen hier nur jemanden treffen, der ...«

Der andere Mann, und zwar derjenige, der ihnen zuvor als Pallas vorgestellt worden war, trat einen Schritt vor. Er hatte etwas furchtbar Unangenehmes an sich. Später beschrieb ihn Bedevere als jemanden, dem er zutrauen würde, dich beim Genick zu packen und unter eine Geldscheinfeder zu klemmen, um ohne viel Federlesens die Kasse zuzuschlagen.

»Hören Sie, Sir«, sagte Pallas und machte eine höhnische Geste, »Sie können entweder ein- oder ausgezahlt werden. Was wollen Sie lieber?«

Turquine hatte mittlerweile die Schnauze gestrichen voll. Sicherlich war er, milde ausgedrückt, nicht ganz so sensibel wie Bedevere, und seiner Ansicht nach wurden sie hier von zwei Männern mittleren Alters bedroht, von denen ihm der größere der beiden gerade eben bis zur Brusttasche reichte. Konsequenterweise drängte er sich an Bedevere vorbei und packte Pallas beim Kragen.

Als er wieder zu sich kam, lag er mit dem Gesicht auf dem Boden. Was immer ihm auch zugestoßen sein mochte, viel Gefallen hatte er nicht daran gefunden. Wie er bemerkte, stand Bedevere noch immer auf den Beinen und hatte diese ›Den-Kerl-habe-ich-noch-niemeinem-Leben-gesehen‹-Miene aufgesetzt, die Turquine noch allzugut aus ihrer gemeinsamen Schulzeit kannte. Keuchend kam er wieder auf die Beine.

»Alles klar, das war's dann wohl«, meinte Pallas gerade. »Schaff die beiden fort, und zahl sie aufs Sperrkonto ein.«

Turquine stöhnte und lockerte den Gürtel.

»Ich meine, das ist doch unmenschlich. Soweit ich weiß, steht dazu auch irgendwas in den Genfer Konventionen – außergewöhnliche und erniedrigende Strafen oder so heißt der Passus.«

»Ich glaube, das steht in der amerikanischen Verfassung«, widersprach Bedevere. Aus einer hinteren Ecke der Zelle war ein tröpfelndes Geräusch zu hören. In Gefängnissen ist das immer so, denn Wasserleitungen und Installationen befinden sich dort in noch schlimmerem Zustand als in Hotels.

»Vier Steine in zwei Tagen«, jammerte Turquine und faßte sich an den Bauch, der ihm mittlerweile über dem Hosenbund hing und ihm allmählich über die Beine zu schwappen drohte. »Wenn das so weitergeht, passen mir irgendwann selbst meine Socken nicht mehr«, fuhr er verbittert fort und fügte voller Verzweiflung hinzu: »Und dabei haben wir noch nicht ein einziges Mal was zu essen bekommen!«

Bedevere nickte betrübt. Da er noch nie ausgesprochen schlank gewesen war, konnte er sich mit der Situation schon leichter abfinden – er gehörte zu jenen Leuten, die schon beim bloßen Anblick eines Schokoladenplätzchens zunehmen –, doch wie er wußte, achtete Turkey fast fanatisch darauf, sein Gewicht zu halten. Schon in der Schule war das so gewesen; wenngleich man damals bei nur einem halben Laib Brot und einem Krug Met am Tag kaum allzu feist hatte werden können. Er lächelte matt – da in der Zelle tiefste Finsternis herrschte, war dies nicht weiter von Belang – und versuchte, an etwas Erfreulicheres zu denken, was ihm aber nicht gelang.

Auf einem Sperrkonto zu liegen, ist wahrhaftig alles andere als lustig. Fragen Sie mal eine Fünfpfundnote.

Bedevere wühlte im Stroh herum und stellte zu seinem Kummer fest, daß scheinbar mehr von ihm vorhanden war, als er es gewohnt war, und es ihn sehr viel Anstrengung kostete, sich zu bewegen. »Wer weiß, vielleicht fällt uns ja doch noch irgendwas Gescheites ein. Laß uns mal kurz eine Pause einlegen und in Ruhe nachdenken. Einverstanden?«

»Gute Idee.« Turquine stierte zu Bedevere hinüber oder zumindest in die Richtung, wo er ihn zum letztenmal gesehen hatte. Es war wirklich stockdunkel in der Zelle. »Laß uns Bilanz ziehen, ja? Wir stekken in einer Zelle in den Kerkerräumen irgendeiner Burg ...«

»Wir stecken in einem Tresorraum«, korrigierte ihn Bedevere.

»Dann eben in irgendeinem Scheißtresorraum, na und? Wir sind an die Wand gekettet, und das in einem Tresorraum, und sind ...«

»... in einer Bank«, ergänzte Bedevere, wobei er mehr oder weniger mit sich selbst sprach. Im Verlauf der langen Bekanntschaft mit Sir Turquine war er nämlich dahintergekommen, daß man in dessen Gesellschaft fast zwangsläufig Selbstgespräche führen mußte, wenn man sich einigermaßen anregend unterhalten wollte. »In einer Bank«, wiederholte er geistesabwesend.

»Na schön, wenn's dich glücklicher macht, dann sind wir eben in einer Bank«, grummelte Turquine. »Sind an eine Wand gekettet, fett wie Schweine und werden im Minutentakt fetter ...«

»... und schwerer«, ergänzte Bedevere.

»Vielen Dank auch, Herr von und zu Taktvoll. Also werden wir, wie du gerade so einfühlsam bemerkt hast, auch schwerer und ...«

Bedevere riß die Augen auf. »Ja, schwerer«, wiederholte er fast andächtig. »Und wir sind in einem Banktresor, deponiert auf einem Sperrkonto. Ich glaube, wir kommen der Sache allmählich näher.«

»Verdammter Mist, meine Arterien platzen gleich!« fluchte Turquine, ohne auf Bedevere einzugehen. »Wahrscheinlich sind die schon so hart, daß man sie als Gewehrläufe benutzen kann. Jetzt habe ich seit zehn Jahre nichts anderes als ungesättigte Fettsäuren zu mir genommen, und das soll alles sinnlos gewesen sein?«

»Turquine, jetzt laß mal kurz das Jammern sein, und

hör mir lieber zu!« ermahnte ihn Bedevere in eindringlichem Ton.

Turquine gehorchte, denn wie er im Laufe der Jahre immer wieder hatte feststellen müssen, hatte dieser Knabe irgend etwas an sich, das einen regelrecht dazu zwang, ihm zuzuhören, wenn er in diesem Ton mit einem sprach. Natürlich gab er nur selten etwas Vernünftiges von sich und beließ es gewöhnlich bei einer Bemerkung wie ›Ich glaube, wir haben uns verfahren‹ oder ›Es ist schon spät, wir sollten uns lieber auf den Heimweg machen‹ oder auch ›Indem man Leute umbringt, löst man keine Probleme‹. Das Problem mit dem kleinen Bedders war nämlich, daß zwischen seinen Ohren zwar eine Menge wertvoller Lagerplatz war, der aber, um unverblümt die Wahrheit zu sagen, leider völlig ungenutzt blieb.

»Also gut, Turkey«, fuhr Bedevere fort, »dann möchte ich, daß du jetzt aufstehst.«

*Na ja, warum eigentlich nicht? Schließlich habe ich gerade sowieso nichts Besseres vor,* dachte Sir Turquine, und er stand auf.

»Stehst du, Turkey?«

»Ja.«

»Schön. Dann geh jetzt bitte so weit nach vorn, bis du das Ende der Kette erreicht hast.«

»Ist das irgendeine Art Aerobic-Übung, Bedders? Ich hab nämlich schon alle ausprobiert, und wenn das ...«

Bedevere schüttelte den Kopf. »Tu einfach das, was ich dir sage, Alter, klar? Danke. Hast du schon das Ende erreicht?«

»Ja.«

»Na prima. Und jetzt möchte ich, daß du dich nach vorn fallen läßt.«

In der Dunkelheit ertönte ein leises Rasseln. »Was hast du eben gesagt?«

»Daß du dich nach vorn fallen lassen sollst. Komm schon, stell dich nicht so an«, ermunterte ihn Bedevere.

»So, als würdest du mit dem Gesicht zuerst auf den Boden fallen. Versuch's doch wenigstens mal, ja?«

»Geht's dir einigermaßen gut, Bedders?« erkundigte sich Turquine besorgt. »Oder setzt dir allmählich der Hunger zu? Ich hab nämlich mal was davon gehört, daß Hunger einem ganz schön die Sinne verwirren kann. Hast du vielleicht schon irgendwelche Halluzinationen oder so was?«

»Nein, trotzdem vielen Dank für die Nachfrage«, antwortete Bedevere in ruhigem Ton. »Also, ich zähle bis drei. Eins. Zwei.«

Als er bis drei gezählt hatte, gab es ein lautes Knirschen und das ächzende Geräusch gepeinigten Mauerwerks.

»Ach so«, keuchte der nach Atem ringende Turquine. »Jetzt verstehe ich endlich, was du vorhast. Du denkst, daß ich durch mein ständig zunehmendes Gewicht die Kette irgendwann aus der Wand reißen kann, stimmt's? Keine schlechte Idee.«

Bedevere, rücksichtsvollerweise maskiert durch die Finsternis, zog eine abfällige Grimasse und zählte leise bis fünf. »Du sagst es, Turkey. Probier's doch einfach noch mal, ja?«

Es bedurfte sieben weiterer Versuche, ehe es schließlich einen lauten Knall gab, begleitet von einem unflätigen Ausdruck, der allerdings aufgrund von Sir Turquines massiger Gestalt, die sozusagen als Schalldämpfer diente, da er mit dem Gesicht auf dem Boden lag, nur halblaut wiedergegeben wurde. Schließlich machte sich Erleichterung breit.

»Sehr schön«, freute sich Bedevere. »Hast du dir weh getan, Turkey?«

»Nein«, grummelte Turquine. »Die Kette ist wie ein Sektkorken aus der Wand geknallt. Du meine Güte, Bedders! Um das zu schaffen, muß ich ja furchtbar zugenommen haben ...«

Bedevere seufzte. »Ist doch prima. Die Wand hat

jedenfalls ihr Fett abbekommen, wenn ich das mal so sagen darf. So, und jetzt komm hier rüber und hilf mir, meine Kette aus der Wand zu reißen.«

Gegen zwei extrem schwergewichtige Ritter hatte der in der Wand verankerte Eisenring, an der Bedeveres Kette hing, nicht den Hauch einer Chance. Obwohl Bedevere es sicherlich vorgezogen hätte, wenn sein Partner nicht direkt auf ihn gestürzt wäre, als die Wandverankerung nachgegeben hatte – aber wo gehobelt wird, fallen nun mal Späne, und daß man im Leben nicht alles haben kann, ist nur eine weitere Binsenweisheit. Nach einer kurzen Erholungspause kam er schließlich wieder auf die Beine und klopfte sich den Staub ab.

»So, das wäre auch erledigt«, stellte er erleichtert fest. Um die Gegend zu erkunden, tastete er sich behutsam vor und trat plötzlich auf einen kleinen, kalten, massiven Gegenstand. Es gab sogar einen ganzen Haufen davon. Und als er mit dem Fuß dagegen stieß, ertönte ein dumpfes Geräusch, als würde man einen Bleiziegel fallen lassen.

»Na bitte, wie ich es gesagt hab«, murmelte er vor sich hin, »ein Tresorraum. Ey, Turkey! Ist dir eigentlich klar, daß wir im Tresorraum einer Bank sind?«

»Jaja, schließlich hast du das eben schon mal gesagt.«

»Und weißt du, was wir jetzt machen, Turkey? Wir rauben einfach die Bank aus.«

Eine Weile herrschte Stille, die lediglich durch das verfluchte Rauschen irgendwelcher Wasserleitungen gestört wurde. *Sollte ich hier jemals wieder rauskommen,* schwor sich Turquine, *dann versohle ich dem ersten Klempner, der mir begegnet, den Hintern.*

»Was hast du da eben gesagt?« fragte er laut.

»Wir rauben die Bank aus, Turkey«, wiederholte Boamund fröhlich gelaunt. »Was ist denn los mit dir? Hast du Bohnen in den Ohren?«

*Allmählich ist es an der Zeit, hier mal einiges klarzustellen,* sagte sich Turquine. *Zum Beispiel, was wirklich wichtig ist und was nicht.* »Hör mal, alles immer schön zu seiner Zeit, wie meine Mutter zu sagen pflegte. Laß uns also erst mal hier raus, und dann sehen wir weiter ...«

Bedevere, der sich offenbar über etwas freute, reagierte gelassen. »Mein lieber Turkey, weißt du eigentlich, wie dämlich du bist? Paß auf, folgendes werden wir tun.«

Der stellvertretende Hauptkassierer Calliste erwachte unversehens aus seinem Halbschlaf und stülpte sich hastig den Helm über. Im ganzen Gebäude schrillten die Alarmglocken. Entweder ging die Welt gerade unter, oder jemand raubte den Tresorraum aus; was unter diesen Umständen Jacke wie Hose war.

Mit fünf weiteren Bankangestellten im Rücken und einer mit Nägeln gespickten Keule in der linken Hand schlich er auf Zehenspitzen den Korridor entlang, öffnete die Panzerstahltür zum Tresorraum und ging hinein. Die Bankangestellten, der Reihe nach genauso mutige Menschen wie er, folgten ihm.

Nachdem sie alle den Tresorraum betreten hatten, schlugen ihnen irgendwelche Leute, die offenbar keinen Sinn für Fairneß besaßen, mit Goldbarren auf den Kopf, nahmen ihnen die Schlüssel ab, schlossen sie ein und rannten davon. Zum Zeitpunkt ihrer Befreiung durch einen geheimen Einsatztrupp vereidigter Steuerfahnder hatten die Bankangestellten bereits derart viel Fett angesetzt, daß sie nur mit Hilfe hydraulischer Hebebühnen transportiert werden konnten.

Als gebürtige Atlantiker waren ihre Biorhythmen automatisch per Zentralcomputer mit ihren jeweiligen Girokonten verbunden, so daß sie aufgrund des kurzen Aufenthalts auf einem Sperrkonto nicht nur um etliche Zentner, sondern auch um viele Millionen Dollar schwerer aus dem Tresorraum herauskamen. Deshalb wurden sie direkt vom Tresorraum zum Gericht geschafft, dort angeklagt und der böswilligen Unterschlagung für schuldig befunden. Nach atlantischem Recht gibt es für ein solch schwerwiegendes Verbrechen nur eine einzige angemessene Strafe; folglich wurden sie auf einen Lastwagen geladen, zur Hauptkasse transportiert und dort eingezahlt.

»Ich hab ja gleich gewußt, daß man mit etwas Laufen das Fett schnell wieder los wird«, keuchte Turquine und lehnte sich erschöpft gegen den Türrahmen. Dann wischte er sich den Schweiß von der Stirn und zeigte stolz auf seinen Hosenbund. »Hier, schau mal.«

»Zum Glück«, antwortete Bedevere schnaufend. »Allerdings glaube ich weniger, daß das allein vom dem bißchen Laufen verschwunden ist.«

Natürlich hatte er wieder einmal recht gehabt. Da sie das Sperrkonto ohne die notwendigen Auszahlungsformulare verlassen hatten, waren die beiden Ritter hoffnungslos überzogen und derart belastet, daß sie kaum noch auf den Beinen stehen konnten. Wahrscheinlich war es ganz gut, daß sie nicht wußten, was mit ihnen geschah; wären sie nämlich nicht im Zeitraum einer Viertelstunde von einer Streife aufgesammelt worden, hätten sich derart hohe Kontoführungskosten über sie hergemacht, daß sie auf der Stelle tot umgefallen wären.

»Wo, zum Teufel, sind wir bloß?« wollte Turquine wissen.

*Das ist mal wieder typisch für diesen Kerl,* dachte Bedevere, während er sich mit den Händen am Türpfosten abstützte und seine arg in Mitleidenschaft gezogene Lunge mit Luft vollpumpte. *Ich meine, woher soll ich wissen, wo wir sind? Verdammt noch mal! Oder glaubt die Dumpfbacke allen Ernstes, daß ich hier hin und wieder meine freien Tage verbringe, weil mir nichts Besseres einfällt, als mich jagen zu lassen?*

»Ich weiß es wirklich nicht«, antwortete er schließlich resigniert. »Irgendwie kommen wir so jedenfalls nicht weiter, Turkey.«

Turquine blickte ihn ratlos an. »Wie meinst du das?«

Bedevere lehnte sich mit dem Rücken gegen die Wand und ließ sich daran hinuntergleiten, bis er auf dem Hinterteil hockte. »Dieses ewige Weglaufen bringt einfach nichts. Wir wissen ja nicht einmal, wohin wir laufen sollen. Ich halte es für am besten, wenn wir ...«

»Ja?«

Bedevere zuckte die Achseln. »Ach, vergiß es. Sei mir nicht böse, aber ich bin nicht recht in Form und überlasse lieber dir die Entscheidung.«

Als er keine Antwort erhielt, wurde Bedevere plötzlich klar, daß auch Turquine – ausgerechnet Turquine – mit den Kräften und den Nerven am Ende war; nach seiner Auffassung eine Folge von Turquines Angewohnheit, stets sämtliche Pizzareste geistesabwesend in sich hineinzuschlingen.

»Scheiß drauf!« reagierte Turquine beherzt. »Ich bin dafür, wir stellen uns der Sache entgegen und kämpfen. Na ja, und wenn wir nicht kämpfen können, sollten wir uns wenigstens der Sache entgegenstellen. Oder, noch besser, wir setzen uns hin und kämpfen.«

Er setzte sich, ließ den Kopf nach vorn fallen und schlief ein.

Etwa zehn Minuten später trafen die Männer von der Abteilung des Bürovorstehers ein. Offenbar wollten sie besonders bösartig erscheinen, was man unschwer daran erkennen konnte, daß sie in ihren Brusttaschen allesamt Bleistifte mit völlig abgewetzten Radiergummis trugen.

»Okay, guter Fang«, begrüßte Bedevere den Trupp. »Mir ist alles egal, aber ich glaube, mein Freund hier will unbedingt einen besseren Wechselkurs herausschinden.«

Die Bankangestellten blickten sich verdutzt an, und Bedevere fiel auf, daß sie alle auf absonderliche Weise hintereinander zu stehen versuchten. Dann wurde einer von den anderen – unaufdringlich, aber entschieden – nach vorn gedrängt.

Der Mann räusperte sich und murmelte verlegen: »Widerstand ist zwecklos.«

»Ich weiß«, antwortete Bedevere gelassen.

»Na, dann ist ja alles klar«, seufzte der Angestellte erleichtert. »Und machen Sie keine Geschichten, Freundchen, denn sonst sind Sie selbst Geschichte. Kapiert?«

»Alles klar.«

»Gut.«

Niemand rührte sich vom Fleck. Die ganze Situation war ziemlich peinlich, und Bedevere konnte sich des Gefühls nicht erwehren, am liebsten allen eine Tasse Tee oder etwas Ähnliches anbieten zu wollen.

Der Sprecher gab erneut ein leises Räuspern von sich und verlagerte unbehaglich das Gewicht.

»Wir können das natürlich auch auf die harte Tour erledigen«, krächzte er. »Oder wir …«

»Entschuldigung, aber könnten Sie bitte etwas lauter sprechen«, bat Bedevere.

»Ja, sicher. Also, wir können das auf die harte Tour erledigen, oder wir erledigen das Ganze auf die sanfte Tour. Wenn es Ihnen recht ist«, fügte er leise hinzu. Einer seiner Kollegen gab ihm einen leichten Schubs, und er drehte sich zu den anderen um.

»Ach, ihr könnt mich mal!« fluchte er wutschnaubend. »Ich hab jedenfalls meine Schuldigkeit getan. Und mir ist es piepegal, was man auf dem Betriebsfest über mich erzählen wird.« Er warf das Klemmbrett auf den Boden und trat ein paarmal darauf herum. Dann begab er sich langsam und fast majestätischen Schrittes ans hintere Ende dieses erbärmlichen Haufens höherer Bankangestellter und blieb dort mit trotzig verschränkten Armen stehen.

Auch Bedevere reichte es allmählich. »Ich möchte wirklich nicht aufdringlich sein, aber vielleicht bereiten Sie sich ja selbst am wenigsten Probleme, wenn Sie mich direkt zu Ihrem Chef bringen«, schlug er deshalb vor.

»In Ordnung«, quietschte irgendeine Stimme mitten aus der Schar heraus. »Und keine Tricks, verstanden?«

»Keine Tricks«, versprach Bedevere erleichtert.

Einer der Angestellten zeigte auf Turquine. »Und was ist mit dem da?« fragte er seine Kameraden.

»Ach, der sieht doch ganz friedlich aus, wie er da so rumsitzt …«

»Genau. Und es wäre wirklich schade, ihn extra wecken zu müssen.«

»Kein Gesetz verbietet es zu schlafen.«

»Auf mich wirkt er jedenfalls nicht gefährlich, oder was meinst du, George?«

*Du meine Güte, das darf doch nicht wahr sein!* seufzte Bedevere im stillen. »Entschuldigung, aber hätten Sie was dagegen, wenn wir uns allmählich auf den Weg machen?« schlug er deshalb vor.

»Immer hübsch mit der Ruhe, klar?« fauchte ihn ein Hänfling aus der zweiten Reihe an und verkroch sich gleich darauf hinter den breiten Schultern eines Kollegen.

Um die Angelegenheit zu beschleunigen, sagte Bedevere: »Wie ich annehme, sind Sie eigentlich alle sehr beschäftigt. Vielleicht wäre es sehr viel einfacher, wenn Sie mir den Weg erklären – notfalls können Sie mir ja auch eine Skizze machen –, damit Sie alle wieder an die Arbeit gehen können. Ich meine, ich sehe keinen Sinn darin, daß wir hier in Scharen herumlaufen müssen, oder?«

Die Angestellten blickten sich fragend an.

»Hört sich ganz gut an, finde ich«, meinte schließlich einer.

»Eine ausgezeichnete Idee, finde ich.«

»Sehr gut.«

»Na prima, dann wäre das ja auch geklärt«, seufzte Bedevere erleichtert und zog Turquine am Ohr.

»Laß mich in Ruhe«, grummelte Turquine. »Nur noch zehn Minuten.« Er kauerte sich noch mehr zusammen und begann zu schnarchen.

»Turkey, wach endlich auf!« brüllte Bedevere ihn an, und an die Umstehenden gewandt sagte er: »Sie müssen schon entschuldigen, aber ...«

»Macht doch nichts.«

»Nichts für ungut.«

»Geht schon in Ordnung.«

Bedevere nickte freundlich und trat Turquine mit voller Wucht gegen das linke Knie.

Etwa zehn Minuten später saßen die beiden Ritter in einem Büroraum.

Ein recht schönes Zimmer, wenn man es gern hübsch ordentlich und sauber hat, mit Ablagekörben für ein- und ausgehenden Schriftverkehr in mattem Schwarz und dazu passenden Behältern für diverse Utensilien und einer Schreibtischlampe mit frei aufliegendem Schwenkarm. Wenigstens waren die Sitzmöbel einigermaßen bequem.

»Freut mich, Sie kennenzulernen«, begrüßte Bedevere den Mann hinter dem Schreibtisch.

»Ganz meinerseits.«

Dieser Atlantiker war irgendwie anders – ein hochaufgeschossener und noch recht junger Mann mit kurzen Haaren und großen Ohren, der sich nahtlos in diese Umgebung einfügte; man hätte durchaus den Eindruck gewinnen können, daß man ihn bei seiner Einstellung passend zum Mobiliar ausgesucht hatte.

»Gestatten Sie mir, daß ich mich Ihnen vorstelle«, fuhr der Mann fort. »Diomedes, stellvertretender Leiter des technischen Stabs. Stehe zu Ihren Diensten.«

»Sehr freundlich«, antwortete Bedevere und stieß

Turquine heftig in die Rippen. Dieser nickte nur kurz und schlief gleich darauf wieder ein.

Diomedes lächelte nachsichtig. »Machen Sie sich deswegen keine Sorgen, vielen Leuten ergeht es so, wenn sie eingezahlt worden sind. Insbesondere dann, wenn sie nicht daran gewöhnt sind.«

»Was Sie nicht sagen ...«

»Genau so ist es«, bekräftigte Diomedes. »Wie ich annehme, wollen Sie bestimmt wissen, was Atlantis überhaupt ist, nicht wahr?«

»Ja, unbedingt sogar«, log Bedevere.

»Schön.« Diomedes nickte zufrieden und schob eine Schale mit Büroklammern zu sich heran, die er während des Sprechens zu einer Kette zusammenflocht. »In gewisser Weise handelt es sich bei Atlantis um eine Bank.« Er hielt inne und blickte Bedevere durchdringend an.

*Ojemine, jetzt erwartet er bestimmt von mir einen intelligenten Kommentar,* dachte Bedevere verzweifelt und versuchte es mit »Aber nur in gewisser Weise, nicht wahr?«

»Haargenau!« bestätigte Diomedes mit einem begeisterten Nicken. »Aber nur im selben Sinne, wie Mussolini etwas zum Ausbau der italienischen Eisenbahn und Jesus zur Verbreitung des Zimmerhandwerks beigetragen hat, ist Atlantis eine Bank. Gleichzeitig ist es nämlich auch etwas gänzlich anderes, etwas sehr Besonderes.« Diomedes lächelte spitzfindig, und rieb sich die Hände, als wolle er sagen: ›Was jetzt kommt, mein Junge, wird dir den Verstand rauben.‹

Zu seinem großen Unbehagen mußte Bedevere feststellen, daß ihm das rechte Bein eingeschlafen war.

»Atlantis ist ein Aufbewahrungsort für Geld«, erklärte Diomedes in feierlichem Ton.

»Aha ...«

»Ganz genau.« Diomedes' Lächeln wurde immer breiter, bis es hinter seinen Ohren zu verschwinden drohte. »Allmählich kommen Sie dahinter, stimmt's?«

An dieser Stelle wachte Turquine auf.

Er zwinkerte mit den Augen und rieb sie sich ungläubig. Dann beugte er sich ein Stück vor und sagte: »Grüß dich, Trev, was treibst du denn hier?«

*So muß es Politikern ergehen,* dachte Bedevere. *Man sitzt stundenlang im Flugzeug, verbringt eine Ewigkeit in Hotelzimmern und furchtbar ungemütlichen Konferenzräumen mit harten Sitzen, und nirgendwo kann man seine eingeschlafenen Beine ausstrecken; und kaum glaubt man, etwas auf die Reihe gekriegt zu haben, was einigermaßen funktionieren könnte, schießt irgend so ein Volltrottel quer, und man hätte genausogut im Bett bleiben können.*

*Aber was soll's? Laß die beiden einfach reden,* sagte er sich.

»Du bist das wirklich, Trev, stimmt's?« staunte Turquine nicht schlecht. »Trev Hastings, hast du nicht im ›Global Equitable‹ hinter dem Tresen der Saftbar gestanden? Du erinnerst dich bestimmt an mich, ich hab die Pizzas geliefert. Du hast immer... Moment mal eben, ich vergesse nie, was jemand bestellt hat... Pizza Primavera mit einer doppelten Portion Peperoni und...«

»Ach, das ist schon lange her«, unterbrach ihn Diomedes in kühlem Ton.

Im nachhinein konnte sich Bedevere zwar nicht mehr daran erinnern, sich bewegt zu haben, doch hätte er hoch und heilig beteuern können, etwa einen Kilometer in die Luft gesprungen zu sein, als er Turquine mit dem Fuß anstieß.

»Du hast wirklich hinter der Saftbar gestanden, richtig?« hakte Turquine nach.

»Wir sind auf vielen Gebieten aktiv«, stellte Diomedes in energischem Ton klar, »schließlich handelt es sich um eine große Organisation.« Die gekräuselte freie Fläche zwischen seinen Augenbrauen und dem Nasenrücken sendete unmißverständliche Signale an Turquines nur träge arbeitenden Verstand.

»Jedenfalls haben wir uns schon lange nicht mehr gesehen. Ich wollte dich aber nicht unterbrechen«, entschuldigte sich Turquine. »Wo warst du eben stehengeblieben?«

Diomedes' Stirn entspannte sich. »Wir sprachen von Geld. Was genau ist nun Geld?«

Bevor Turquine antworten konnte, stieß ihn Bedevere mit dem Zeh gegen das linke Schienbein und kommentierte mit interessierter Miene: »Tja, was genau ist nun Geld?«

Was offenbar richtig war, denn Diomedes fuhr fort: »Ich meine, wir alle wissen, was es kann. So weit, so gut. Doch genauso war Jesus imstande, einen perfekten Küchenschrank zusammenzuzimmern, wenngleich er noch andere Aufgaben zu erledigen hatte, stimmt's?«

Zu Bedeveres großer Erleichterung schien sich Turquine der Situation erstaunlich rasch angepaßt zu haben, weil er sich nur am Ohr kratzte, nickte und als einzigen Kommentar »Ganz genau« abgab. Obwohl dieser gute Gesamteindruck darunter litt, daß er Bedevere gleich darauf zuzwinkerte; doch glücklicherweise bekam Diomedes nichts davon mit.

»Gold drei-drei-sieben«, sagte Diomedes. Dann langte er über den Schreibtisch hinweg und nahm eins dieser Newtonschen Schaukelteile in die Hand. »Der atlantische Kontinent steht auf diesem Gold. Dieses Edelmetall ist antimagnetisch, und dieser Antimagnetismus bringt die Erde dazu, sich zu drehen. Soweit alles klar?«

Bedevere nickte und zuckte gleichgültig mit den Schultern. »Sicher, das weiß doch jeder. Erzählen Sie mir lieber etwas, was ich nicht auch in jeder x-beliebigen Sonntagsbeilage nachlesen kann.«

»Na gut«, sagte Diomedes und zog beleidigt eine Schippe, wobei Bedevere gewahr wurde, daß man diesen Diomedes getrost Trevor nennen konnte, wahrscheinlich war er es sogar. »Gold ist Geld, okay?«

»Okay.«

»Und Geld ist Magie.«

In einem anderen Abschnitt des Gebäudes läutete die Schulglocke gerade die nachmittägliche Geschichtsstunde ein.

Zwei junge Atlantiker nahmen auf einer der hinteren Bänke ihre Plätze ein. Einer von ihnen hatte eine Maus in der Tasche stecken. So, wie es einigen Blumen gelang, zwischen den Schützengräben in Flandern zu wachsen, haben auch Mäuse in den Händen von atlantischen Schulkindern durchaus Überlebenschancen.

Die Kinder fangen die Mäuse und fertigen aus Schuhkartons kleine Käfige für sie an. Dann füttern sie die Tiere mit Brotkrumen und Apfelkernen, bis sie schließlich verkauft werden.

Noch während sie in der zwölften, dreizehnten Klasse sind, haben einige junge Atlantiker bereits allein durch den Verkauf von Mäusen ihre erste Million gemacht.

Die Lehrerin, eine hochgeschossene Frau mit trügerisch dürren Armen, klopfte energisch auf das Pult.

»Guten Morgen, Kinder«, begrüßte sie die Klasse.

»Guten Morgen!« schallte es zurück.

»Schlagt eure Geschichtsbücher bitte auf Seite achtundfünfzig auf.«

Die Lehrerin holte tief Atem und hielt einen Augenblick lang inne. Zwar unterrichtete sie bereits seit über zwanzig Jahren Geschichte, doch wurde ihr bei dem heute zu behandelnden Thema immer noch ganz anders.

»Also, wer von euch kann mir sagen, was Gold ist?« fragte sie schließlich.

Das übliche verwirrte Schweigen. Das übliche Rascheln hinten im Klassenzimmer, als eine Maus unter dem Tisch den Besitzer wechselte. Die üblichen ahnungslosen Gesichter.

»Nun?«

»Hier, Miß.«

Wie der Lehrerin nicht entging, hatte sich Isokrates gemeldet. Gerade mal zehneinhalb Jahre alt, und schon hatte er am Lenker seines Fahrrads ein Mobiltelefon hängen. Die Lehrerin nickte anerkennend und versuchte, nicht zu vergessen, ihn nach der Stunde zu fragen, ob es sich lohne, im großen Stil in kurzfristige Goldanleihen zu investieren.

»Gold ist Geld, und Geld ist Magie, Miß.«

»Sehr gut, Isokrates. Schön, kommen wir zum...«

»Miss?«

Die Lehrerin runzelte mißbilligend die Stirn; Aufschneider konnte sie nicht leiden. »Schon gut, weitere Fragen klären wir später.«

»Ja, aber Miß...«

»Später! Nun, Geld ist also Magie. Kann mir jemand sagen, was Magie macht?«

»Hier, Miß!«

»Nein, diesmal kommt jemand anders dran. Diogenes, sag du uns doch mal zur Abwechslung was dazu.«

Auf einer der hinteren Bänke zog ein Schüler ein verknautschtes Gesicht, als sein angenehmer Tagtraum von einem landesweiten Mäusevertrieb schierer Panik weichen mußte.

»Ich weiß es nicht, Miß.«

»Jemand anders vielleicht? Was ist mit dir, Laodikea?«

Ein kleines Mädchen stand auf und lächelte selbstgefällig. »Gewöhnlich bezeichnet man mit Magie jene Technologie, die auf der Ausbeutung der gewaltigen Vorkommen des Goldisotops Gold drei-drei-sieben beruht. Gold drei-drei-sieben wurde von Simon Magus entdeckt, und zwar...«

»Ja, danke, Laodikea.«

»... im Jahr viertausend vor Christi Geburt, als er gerade auf dem Feld Rüben hackte«, fuhr das Mädchen beflissen fort. »Er begriff sofort, welche gewaltigen Möglichkeiten sich ihm dadurch boten und ...«

»Danke, meine Liebe«, unterbrach die Lehrerin das Mädchen. »Als unsere atlantischen Vorfahren die außergewöhnliche Besonderheit von Gold begriffen, gruben sie es aus und fertigten daraus magische Dinge. Kann mir jemand von euch ein Beispiel nennen, welche Dinge ich damit meine? Ja, Lykophron.«

Der kleine Junge errötete unter seinen Sommersprossen. »Vielleicht Knöpfe?« schlug er vor.

Die Lehrerin seufzte. »Nein, keine Knöpfe.«

»Papierkörbe.«

»Schleudern.«

»Raumschiffe.«

»Mein Onkel hat an seiner Jacke goldene Knöpfe, Miß. Er hat gesagt ...«

»Die alten Atlantiker haben aus dem Gold, das sie in der Erde gefunden haben, *Münzen* gemacht«, fuhr die Lehrerin mit energischer Stimme dazwischen. »Und wenn sie sehr viele davon hatten, brachten sie die Münzen auf die Bank ...«

Ein Zeigefinger schnellte hoch. »Hier, Miß!«

»Ja bitte, Nikomedes.«

»Und warum haben die das gemacht?«

Die Lehrerin mußte sich zusammenreißen, um nicht die Beherrschung zu verlieren. »Natürlich um die Münzen sicher aufzubewahren, Nikomedes. Und jetzt kommen wir ...«

»Und warum haben sie die nicht einfach unterm Bett versteckt, Miß?«

»Weil das kein besonders sicheres Versteck ist, mein Junge.«

»Mein Papa versteckt sein ganzes Geld aber immer unterm Bett, Miß.«

Die Lehrerin spürte, wie sie unwillkürlich ihre Finger spreizte. »Das mag ja sein, doch halte ich das nicht gerade für vernünftig, mein Junge. Und nun …«

»Mein Papa sagt, er vertraut den Banken nicht. Er meint, wenn er das Geld auf die Bank bringt, dann sieht meine Mama die Kontoauszüge und weiß, wieviel Geld er verdient. Was ist eigentlich ein Kontoauszug?«

»Jedenfalls brachten die alten Atlantiker die Goldmünzen zur Bank«, fuhr die Lehrerin mit fester Stimme fort. »Und dann pflegte die Bank das Geld an Leute zu verleihen, damit sie sich selbständig machen konnten. Auf diese Weise arbeitete das Geld, und die Wirtschaft florierte. Doch dann geschah etwas höchst Eigenartiges. Und? Weiß jemand von euch, was genau damals passierte?«

Erneut herrschte Schweigen. *Dieses Mal verrate ich es ihnen lieber gleich,* sagte sich die Lehrerin. *Dann kommen wir wenigstens noch alle rechtzeitig zum Abendessen nach Hause.*

»Was passierte, war folgendes: Die ganze Magie floß aus den in der Bank deponierten Münzen regelrecht *heraus …*« Offenbar trug sie das in einem sehr überzeugenden Ton vor, denn selbst die meisten der eher unruhigen und phantasievolleren Kinder bekamen blasse Gesichter. »Sie ergoß sich über das gesamte Gebäude, und es wurde so schlimm, daß sämtliche Räume, in denen die Münzen aufbewahrt wurden, nicht mehr viereckig waren, sondern rund wurden.«

Obwohl sich etliche Schüler meldeten, nahm sie niemanden dran. Weitere Erklärungen wollte sie zu diesem Thema nicht geben; der bloße Gedanke daran ließ erschaudern. Als Studentin hatte sie den Augenzeugenbericht eines Bankangestellten lesen müssen, der über Nacht in den Tresorraum eingesperrt gewesen war. Wenn sie an die Stelle dachte, an der er beschrieb, was die Goldbarren damals miteinander getrieben hatten, als sie sich unbeobachtet fühlten, wurde ihr noch heute schlecht.

»Ziemlich rund jedenfalls«, fuhr sie fort. »Aber das war bei weitem noch nicht alles. Deshalb beschlossen die älteren und weiseren Atlantiker, etwas dagegen zu unternehmen. Na, hat vielleicht jemand von euch eine Ahnung, was?«

Das war ein Fehler, doch nun war es zu spät …

»Hier, Miß!«

»Ja, Hippolyta.«

Hippolyta räusperte sich. »Die Atlantiker gründeten im Jahre vierhundertsiebenundsiebzig nach Christus das Zentrale Forschungsinstitut, dessen Hauptaufgabe darin bestand, die Beziehungen zwischen dem starken antimagnetischen Feld des Goldes und dem Rest der Welt zu untersuchen, der sich bekanntermaßen auf den positiven Magnetismus eingestellt hat. Diese Untersuchungen förderten zutage, daß eine überhöhte Freigabe antimagnetischer Stoffe in die Außenwelt verheerende Auswirkungen auf die Stabilität des Planeten gehabt hätte. Deshalb …«

*Du meine Güte! Dieses Mädchen wird eines Tages bestimmt Hauptkassiererin,* dachte die Lehrerin und erschauderte.

»Sehr gut, Hippolyta. Mit anderen Worten: Wäre noch mehr Gold aus Atlantis geflossen, hätte das schlimme Folgen gehabt. Deshalb mußte das Gold bleiben, wo es war. Es mußte vergraben werden, und alles Gold, das ausgegraben und zu Münzen gemacht worden war, mußte zurückgebracht werden. *Alkibiades! Was machst du da mit der Maus? Bring Sie sofort hierher!*«

Nachdem die Lehrerin die Maus sicher in die Schreibtischschublade gesperrt hatte, spulte sie den restlichen Stoff im Eiltempo herunter:

Wie den Atlantikern klar wurde, daß die einzigartige Beziehung zwischen den eigenen Goldreserven und ähnlichen Goldvorkommen auf dem Mond durch weitere Goldexporte gefährdet gewesen wäre …

Wie daraus ein Problem erwuchs, weil die gesamte Zivilisation von Atlantis mittlerweile auf der Nutzung von Gold basierte. Wie die Atlantiker darüber nachdachten und schließlich eine Lösung fanden, nach wie vor mit Gold, sprich Geld, zu handeln, ohne daß das Gold die Erdkruste verlassen mußte; was dazu führte, daß zwar stets viel Geld eingenommen, aber nie welches ausgezahlt wurde …

Wie man das Gold in ›Kapital‹ umbenannte und Geldinstitute und Finanzierungsgesellschaften erfand …

»So, das war's für heute«, beendete die Lehrerin schließlich ihre Ausführungen. In genau fünf Sekunden mußte es klingeln. Die Kinder würden dann auf den Schulhof rennen, um Fußball zu spielen oder sich auf dem Spielplatz um die Schaukeln zu streiten. Sie selbst freute sich schon darauf, sich ins Lehrerzimmer zurückziehen zu können, wo sie sich eine Zigarette und einen großen Sherry gönnen wollte.

»Noch irgendwelche Fragen?«

Keine.

Etwa eine halbe Minute lang, was eine Ewigkeit sein kann, sagte niemand einen Ton. Schließlich schloß Turquine die Augen, schüttelte ungläubig den Kopf und lachte.

»Ach, komm schon, Trev«, winkte er ab. »Du erzählst doch Tinnef. Soweit ich mich erinnern kann, bist du schon immer so ein Komiker gewesen. Wie damals, als du dich bei dem Mädchen, das die telefonischen Bestellungen aufnimmt, beschwert hast, du könntest deine Hand dafür ins Feuer legen, keine Pizza, sondern eine Käsepfanne mit einer doppelten Portion Peperoni bestellt zu haben. Und als du …«

Jetzt war Diomedes an der Reihe, mißtrauisch dreinzublicken. Er runzelte die Stirn, als hätte ihm gerade jemand einzureden versucht, die Sonne sei nichts anderes als ein gewaltiger Ulk.

»Wie? Glaubst du etwa, ich hätte mir das alles nur ausgedacht?« fragte er skeptisch.

»Na, hör mal, Trev, das ist doch wohl klar wie Kloßbrühe«, antwortete der noch immer freundlich schmunzelnde Turquine. »Dieses ganze Vergackeiern, daß der Mond aus Gold ist und ...«

»Ich hab euch nicht vergackeiert«, unterbrach ihn Diomedes mit eisiger Miene.

»Ich meine, wenn du gesagt hättest: aus *Silber*, okay«, lenkte Turquine ein, der die optischen Warnsignale seines Gegenübers offenbar richtig zu deuten wußte. »Oder wenn du gesagt hättest, daß die *Sonne* aus Gold besteht, dann hätte ich dir das vielleicht noch im ersten Augenblick abgenommen, aber so kann ich ...«

Mit Turquines Stimme geschah ungefähr dasselbe wie mit einer Flasche Wasser, wenn man sie mitten in der Kalaharisteppe ausschütten würde. »Trev ...?«

»Außerdem möchte ich dich bitten, mich nicht andauernd Trev zu nennen«, beschwerte sich Diomedes.

Turquine schwankte zwischen Ratlosigkeit und Unverständnis hin und her. »Und warum nicht?« wollte er wissen. »Schließlich ist das doch dein Name.«

»War.«

»Ich finde, Trev klingt auch richtig treffend für dich«, fuhr Turquine fort. »Wenn ich jemals einen geborenen Trev gesehen hab, dann dich. Alle jungen Männer mit großen Nasen und Krawatten wie Naturkatastrophen, die in Banken oder Sparkassen arbeiten, heißen Trev; das ist doch allgemein bekannt. So, wie alle Hunde Hasso heißen«, fügte er überflüssigerweise hinzu.

»Jetzt hör bitte auf, hier herumzualbern«, ermahnte ihn Diomedes. Auf seinem Gesicht bildeten sich bereits winzige hektische Flecken, und Bedevere hielt dies für einen geeigneten Augenblick, wieder ins Gespräch einzugreifen; Idioten können ja hin und wieder ganz nützlich sein, aber deswegen darf mich sich von ihnen noch lange nicht das Heft aus der Hand nehmen lassen.

»Wir sind nur ein wenig – na ja, eben ein wenig erstaunt«, mischte er sich deshalb ein. »Ich meine, das ist schon ein ziemlicher Schock, wenn man mir nichts, dir nichts erfährt, daß sich die Erde nur deshalb dreht, weil auf dem Mond Gold oder, wie ihr sagt, Geld ist…« Ihm fiel etwas ein. »Das erklärt zwar, warum sich alles ums Geld dreht, wirft aber auch etliche Fragen auf. Hängt das Auf und Ab des Zinssatzes etwa mit den Gezeiten zusammen? Und was ist mit der Inflation?«

Diomedes seufzte. »Ach, das hat doch…«

Weiter kam er nicht, denn Bedevere, der ihn mit seinen Fragen abgelenkt hatte, hielt dies für den richtigen Zeitpunkt, ihm mit der Schreibtischlampe eins über den Kopf zu ziehen. Diomedes gab noch einen gurgelnden Laut von sich und knickte dann kopfüber auf dem Schreibtisch zusammen.

»Das Ganze ist immer nur eine Frage des Geschicks und des richtigen Zeitpunkts«, stellte Bedevere zufrieden fest. Dann stand er auf und schnappte sich ein Schlüsselbund vom Schreibtisch, das er dort kurz zuvor erspäht hatte. »Natürlich ist das die einzige Sprache, die solche Mistkerle verstehen, doch hin und wieder muß man auch den Kopf einsetzen.«

Turquine grunzte abfällig. »Das ist aber nur deine Meinung«, widersprach er. »Ich hab das nämlich auch mal probiert und danach wochenlang Kopfschmerzen gehabt, weil ich mir dabei den Schädel eingeschlagen hab. Guck mal, man sieht heute noch die Narbe. Einer von diesen kleinen Mistkerlen trug damals nämlichen einen Helm«, gestand er seine Niederlage aus vergangenen Zeiten ein. Dann zog er den Oberkörper des bewußtlosen Atlantikers von der Schreibtischplatte hoch, rollte Diomedes auf dem Drehstuhl beiseite und durchwühlte die Schubladen.

»Hier ist ein Taschenrechner«, murmelte er geschäftig vor sich hin. »Noch ein Taschenrechner und *noch* ein Taschenrechner … He, was hast du denn da in der Hand?«

»Wieso?« Bedevere durchsuchte gerade Diomedes' Brieftasche. »Ach, das ist nur so ein solarbetriebener Taschenrechner, der wie 'ne Kreditkarte aussieht.« Er runzelte die Stirn. »Sag mal, weißt du überhaupt, wonach wir suchen?«

»Klar, wir suchen nach dem Terminplaner von …«

»Ja und? Hier finden wir das Ding bestimmt nicht«, unterbrach ihn Bedevere ungeduldig.

»Und warum nicht? Snotty hat gesagt, das Ding ist in Atlantis, und das hier ist Atlantis. Ergo …«

Bedevere blickte Turquine verdutzt an. »Wo hast du denn Ausdrücke wie ›ergo‹ gelernt, Turkey?«

»Im Lieferwagen ist doch ein Autoradio. So, und jetzt laß uns lieber weiter suchen.«

»Einverstanden. Aber erst mal suchen wir was Eßbares, ich verhungere nämlich allmählich.«

Als sie den Flur betraten, dröhnte die Lautsprecheranlage los, was selbst gemeingefährlichen Rittern, die auf der Flucht zu allen Schandtaten bereit sind, gehörig auf den leeren Magen schlagen kann. »ACHTUNG! ACHTUNG! Unbefugte Eindringlinge! Keine Schecks ohne Scheckkarte annehmen!« Der Lärm ging ihnen gehörig auf die Nerven, bis sie dahinterkamen, daß man ihn unterbinden konnte, wenn man die Lautsprecher aus der Wand riß und darauf herumsprang.

Die Idee dazu hatte Turquine gehabt; ganz so unnütz war er also doch nicht.

»Offenbar haben wir uns hier nicht gerade sonderlich beliebt gemacht, wie?« keuchte Bedevere, während sie wieder einmal durch einen der völlig gleich aussehenden Gänge liefen.

»Die reagieren hier aber auch ganz schön empfindlich«, stimmte ihm Turquine zu. »Du hattest völlig recht mit deinem Vorschlag, es lieber auf die sanfte Tour zu versuchen.« Er hielt kurz inne, um zwei vorbeikommenden Registratoren die Köpfe zusammenzuknallen, und fügte dann hinzu: »Trotzdem funktioniert es irgendwie nicht.«

»Stimmt«, pflichtete ihm Bedevere bei und trat einem dritten Registrator in den Unterleib. »Ich fürchte, wir gehen mal wieder in die falsche Richtung«, merkte er beiläufig an.

Turquine nickte. »Ich schlage vor, wir ...«

Doch mitten im Satz wurde er unterbrochen. In der Wand öffnete sich eine Tür, in der ein Gesicht materialisierte, das die beiden Ritter angrinste.

»Hier entlang«, forderte es die beiden auf. »Schnell.«

Für den Bruchteil einer Sekunde zögerte Turquine, bevor er fragte: »Und warum?«

»Warum nicht?« antwortete das Gesicht. »Kommt schon.«

Die beiden Ritter blickten sich fragend an.

»Seit wir hier sind, ist mir keine bessere Begründung für irgendwas mehr zu Ohren gekommen«, meinte Bedevere. »Nach dir, Turkey.«

Es war dunkel und kalt. Die Wände waren unverputzt. Im Halbschatten tröpfelte Wasser, und eine Ratte huschte vorbei.

»So gefällt's mir schon besser«, seufzte Turquine erleichtert. »Weiß du, diese Bank ging mir allmählich auf den Geist. Überall dieser Teppichboden ...«

Der Besitzer des Gesichts gab den beiden durch ein Handzeichen zu verstehen, ihm zu folgen.

»Mir ist dieser ganze Teppichboden jedenfalls ganz schön auf die Nerven gegangen«, fuhr Turquine fort. »Man kommt doch echt ins Grübeln und denkt: ›Du meine Güte! Würde man all die Schafe, die geschoren werden mußten, um so viel Wolle zusammenzubekommen, in einer Reihe hintereinander aufstellen, dann würde die sich von« – er machte mit den Armen eine weitausladende Geste – »Paddington bis Euston erstrecken.‹ Aber hier ist es irgendwie viel … na ja, heimischer eben.« Dann blieb er stehen, um ein an Ketten hängendes Skelett an der Wand zu bewundern. »Mein Vater hatte auch so ein Ding. Er sagte immer, dadurch käme er sich erst wie ein richtiger Baron vor.«

Bedevere beschleunigte seinen Gang und schloß zu ihrem Führer auf. »Entschuldigung, aber wo sind wir hier eigentlich?« erkundigte er sich vorsichtig.

Das nachfolgende fette Lachen des Führers verhallte in der Dunkelheit, wo es wahrscheinlich von irgendwas aufgefressen wurde. »Wir gehen gerade unter der Hauptbörse hindurch, direkt zwischen dem Finanzzentrum und der alten Börse. Wir sind jetzt etwa hundertfünfzig Meter unter dem Bargeldspiegel. Hast du Schwierigkeiten, Luft zu kriegen?«

»Nein«, antwortete Bedevere.

Der Führer zuckte die Achseln. »Das geht jedem anders, es gibt eben solche und solche. Hier entlang.«

Er verschwand durch einen niedrigen Torbogen; eine jener Maueröffnungen, die von der Comic-Maus Jerry hätte stammen können, wenn sie an Explosivstoffe herangekommen wäre. Turquine, der viel zu sehr damit beschäftigt war, sich nach hinten umzublicken und immer wieder erleichtert und erfreut aufzuseufzen, als daß er hätte sehen können, wohin er ging, stieß sich am Torbogen den Kopf und fluchte laut.

»Hier entlang!« rief der Führer erneut. »Wir gehen jetzt direkt unter der Registratur hindurch. Paßt also auf, wo ihr hintretet. Die Wirklichkeit ist manchmal nur schwer zu begreifen.«

Während er redete, verschwanden Boden und

Decke. Als beides wenige Sekunden später wieder auftauchte, hatte Bedevere das eindeutige Gefühl, daß sich alles einen Meter nach rechts verlagert hatte.

»Das ist hier immer so«, erklärte der Führer. »Das liegt an der Hauptverlagerungsmasse der Registratur.«

»Aha, dann ist ja alles klar«, murmelte Bedevere.

Der Führer grinste ihn an. »Das funktioniert, weil man Atlantis als eine Art Steueroase bezeichnen könnte; eigentlich als *die* Steueroase schlechthin sogar.«

»Mann, im Ernst?«

»Und ob. Ich nehme an, du hast dich bestimmt schon häufig gefragt, was eigentlich passiert, wenn eines Tages alles Geld auf der Erde nach und nach in Steueroasen geschafft wird, bis nichts mehr zum Ausgeben da ist, richtig? Wußte ich's doch. Nun, im Grunde ist das schon passiert, vor langer Zeit sogar.«

»Aha.«

»In Atlantis dreht sich alles darum. Weißt du, Atlantis ist dort, wo das Geld ...«

»Jaja, schon gut«, unterbrach ihn Bedevere ungeduldig. »Das hat uns kürzlich schon jemand erzählt.«

»Das wundert mich nicht. Die sind völlig heiß darauf, einem alles zu erzählen, stimmt's? Zieht die Köpfe ein, gleich ist wieder nichts da.«

In den zwei, drei Sekunden, in denen sämtliche Dimensionen verschwunden waren und man sich nirgendwo festhalten konnte, gab Turquine eine Auswahl seiner erfolgreichsten Flüche zum besten. Der Grund war, daß er sich im Gegensatz zur Umgebung nicht geduckt hatte, und sie befanden sich jetzt viereinhalb Meter tiefer als zuvor.

»Die Registratur ist nicht nur eine Steueroase, sie verlagert auch ständig ihren Standort. Eine wirklich tolle Idee. Wie soll man jemals zur Steuer veranlagt werden, wenn man niemals länger als dreißig Sekunden an einem Ort verharrt?«

»Ja, wirklich toll«, pflichtete Bedevere ihm entnervt

bei. »Hör mal, haben wir dieses Stück gleich hinter uns? Langsam reicht's mir nämlich.«

Der Führer lachte. »Kommt ganz drauf an. Das kann man nie so genau wissen. Ich kann mich an Tage erinnern, da hat einen die Registratur regelrecht verfolgt und ... Aha, das sieht schon besser aus – das Gröbste haben wir jetzt hinter uns.«

Sie waren unter einem riesigen Gewölbe herausgekommen; eine Kuppel, wie sie von Justinian dem Großen auf die Hagia Sophia gesetzt worden wäre, wenn er größenwahnsinnige Träume und viel Geld gehabt hätte. Weit über ihnen befand sich ein winziger Lichtpunkt.

»Das ist das Abzugsloch«, klärte sie der Führer auf. »Bei dem ganzen magischen Geld direkt unter uns und einer Registratur, die wie eine Maus in einem Labyrinth hin und her flitzt, muß es eine Möglichkeit zum Entweichen des Überdrucks geben. Das hier ist die einzige Stelle, wo Atlantis eine Öffnung zum Himmel hat. Hier drinnen halten wir uns am liebsten auf.«

»Du mußt schon entschuldigen, aber wer ist ›wir‹?« wollte Bedevere wissen.

Der Führer lächelte ihn erleichtert an. »Ich hatte schon befürchte, ihr würdet mich das gar nicht mehr fragen. Wir sind die Hacker, sozusagen der atlantische Untergrund.«

»Also gehen euch Hackern diese ganzen Deppen da oben auch gehörig auf die Nerven, wie?« erkundigte sich Turquine.

»Das kann man laut sagen«, stimmte ihm der Hacker zu. »Deshalb helfen wir euch ja.«

Turquine streckte ihm die gewaltige Pranke entgegen. »Komm, laß mich dir die Hand schütteln, Kumpel. So, und jetzt werden wir es denen zeigen ...«

Der Hacker lächelte betrübt. »Guter Vorschlag, aber leider nicht machbar, glaub mir. Statt dessen versuchen wir lieber, denen so gut wie möglich auf den Wecker zu gehen.«

Turquine zuckte die Achseln. »Wenn du meinst. Warum nennt ihr euch eigentlich Hacker?«

»Weil wir zum einen davon leben, die natürliche Entladungsenergie der Geldvorkommen anzuzapfen und in Essen zu verwandeln, und weil wir zum anderen jeden, der sich von denen da oben hierher verirrt, in Stücke hacken und …«

»Schön, das haben wir soweit verstanden«, unterbrach ihn Bedevere. »Aber du wolltest uns gerade etwas anderes erklären.«

»So?«

Bedevere warf rasch einen Blick zu Turquine hinüber, auf den sich all dieses Gerede über das Hacken wahrscheinlich längst negativ ausgewirkt hatte. »Ja«, sagte er bestimmt. »Wie funktioniert das alles? Wie kann es angehen, daß Atlantis von der Außenwelt so abgeschottet ist, daß man es nicht findet?«

Bevor der Hacker auf die Frage einging, gab er den beiden erneut ein Zeichen, ihm zu folgen. »Hier entlang. Im Grunde ist das alles ganz einfach. Atlantis ist eine Gesellschaft, klar? Und die postalische Adresse einer Gesellschaft ist immer die der Registratur. Dort werden alle offiziellen Briefe und Faxe hingeschickt und sämtliche Akten aufbewahrt. Und der Standort der Registratur entscheidet letztendlich darüber, zu welchem steuerlichen Zuständigkeitsbereich die Gesellschaft gehört. Kannst du mir folgen?«

»Ich denke, schon.«

»Gut. Die Registratur von Atlantis verlagert alle dreißig Sekunden ihren Standort, woraus folgt, daß Atlantis nicht einfach irgendwo ist, jedenfalls nicht an einer bestimmten Stelle. Es ist mobil, schnellt von einem Ort zum anderen und besitzt deshalb keine geographische Realität – nur eine Faxnummer. Auf diesem Weg seid ihr doch auch bestimmt hierhergekommen, oder?«

Sie standen nun vor einer gewaltiger Stahlsäule, die

vom Boden bis zum Dach reichte. Von ihr ging ein leises Surren aus, und als Turquine sie berühren wollte, zog er sofort die Hand wieder zurück, jaulte laut auf und lutschte sich mit schmerzverzerrtem Gesicht die Finger.

»Das hier ist die Spule für die Hauptverlagerungsmasse. Damit wird die Bewegung der Registratur kontrolliert. Die Spule erzeugt eine Art Spannungsfeld, das die Registratur in Schwung hält. Wenn wir dieses Mistding lahmlegen könnten, dann ...«

»Was dann?« hakte Turquine interessiert nach.

»Vergiß es, das ist sowieso nicht möglich. Niemand kann das. Das Ding ist in eine fünf Kilometer dicke Schicht aus geschmolzenem Gold drei-drei-sieben eingelassen, wodurch das Netzwerk aus Elektronenleitern, mit denen die ganzen Konstruktion durchzogen ist, gewissermaßen mit Magie gespeist wird. Wir haben es mit Dynamit versucht, mit Diamantbohrern, mit riesigen Vorschlaghämmern, doch dabei kam nichts anderes heraus, als daß wir immer nur einen Mordsspaß und danach etliche kaputte Werkzeuge hatten. Das ist eben Magie, und ohne eigene Magie kann man diesem Monstrum nichts anhaben.«

»Ich verstehe«, sagte Bedevere nachdenklich. »Und was würde passieren, wenn man es doch schaffen könnte?«

Der Hacker schmunzelte. »Das weiß niemand so genau. Wahrscheinlich ginge die Welt unter. Aber wen interessiert das? Kommt, laßt uns erst mal 'ne Tasse Kaffee trinken.«

Er führte die beiden zu einem kleinen Zeltvorbau neben der Säule, unter dem ein paar Leute – höchstwahrscheinlich weitere Hacker – auf einem offenen Feuer Wasser kochten. Wie Bedevere sofort erkannte, dienten als Brennstoff Tausenddollarscheine. Als die Hacker die drei kommen sahen, winkten sie ihnen grinsend zu.

»Seid gegrüßt«, sagte einer von ihnen. »Nehmt euch einen Becher, hockt euch hin und helft uns, die Welt aus den Angeln zu heben.«

Bei einem Becher Kaffee, der wirklich entsetzlich schmeckte – wie Bedevere später erfuhr, handelte es sich überhaupt nicht um echten Kaffee, sondern um eine Art Muckefuck aus in Heizöl getauchten deutschen Banknoten –, versuchte er, etwas mehr über seine neuen Gastgeber herauszufinden.

Wie sich herausstellte, hielten sich die Hacker hier unten schon seit einer Ewigkeit auf. Im Grunde handelte es sich um abtrünnige Aktionäre, die sich vor etlichen Jahren geweigert hatten, ein Verkaufsangebot zu akzeptieren, als die damalige Atlanticorp von der heutigen ›Holdinggesellschaft Lyonesse (Atlantis) mbH‹ übernommen werden sollte.

»Von der Lyonesse?« staunte Bedevere.

»Von wem denn sonst?« mischte sich eine freundlich wirkende Hackerin mit Pausbacken ein. »Seit dem großen Übernahmeangebot hat die Lyonesse seit – du meine Güte! – seit achtzehnhundert Jahren das Sagen. Wir sind damals natürlich alle auf der falschen Seite gewesen und haben auf das Sanierungsangebot vom Weißen Ritter gehofft ...«

»Wir dachten schon, alles sei klar«, wurde sie von einem großen Hacker mit langen Haaren und etlichen Narben am Hals unterbrochen. »Dabei haben wir uns auf verbotene Monopolbildung berufen und mit einer Untersuchungskommission und dem ganzen Kram gedroht. Dann initiierten unsere Gegner einen Aufstand in Form aggressiver Unternehmensaufkäufe.« Der Mann schüttelte sich angeekelt.

»Wir sind die einzigen, die davongekommen sind«, fuhr die Hackerin fort. »Doch die meisten von uns sind auf der Strecke geblieben.«

Bedevere gab sich alle Mühe, mitleidig dreinzublicken. »Sind die etwa alle tot?«

Die Hacker lachten.

»Gott bewahre! Atlantiker sterben nie«, klärte ihn der Führer auf. »Wir sind alle Firmen, und eine Firma kann man nicht töten, sondern nur auflösen.« Er machte mit den Händen eine furchterregende Geste. »Die sind alle irgendwo da oben in der Konkursverwaltung. Völlig aufgelöst.«

Der langhaarige Hacker nickte betrübt. »Aber bestimmt nicht in Wohlgefallen, sondern in Tränen.«

»Und was genau hofft ihr nun hier unten zu erreichen?« fragte Bedevere.

Die Hacker blickten ihn befremdet an.

»Wir wollen gar nichts erreichen«, antwortete schließlich der Führer nach einer unangenehm langen Pause. »Scheiß drauf. Wir wollen uns nur an diesen Arschlöchern rächen.«

»Im Grunde empfinden wir nichts als ohnmächtige Wut«, meinte eine schlanke Hackerin. »Sicherlich hegen wir auch Mißgunst, aber in erster Linie sind wir einfach stinksauer und entsprechend aufgebracht.«

Bedevere dachte nach. »Handelte es sich beim Weißen Ritter womöglich um jemanden, von dem ich schon mal was gehört haben müßte?«

Die Hacker blickten sich ratlos an.

»Eine wirklich gute Frage«, antwortete schließlich der Führer. »Hat von euch jemand eine Ahnung, wer oder was dieser Weiße Ritter eigentlich war?«

»Das war ein Konsortium«, stellte die pausbäckige Hackerin unmißverständlich klar. »Ein international operierendes Konsortium, das damals eine Ablösung des Managements ausgehandelt hat.«

»Nein, das stimmt nicht«, widersprach der langhaarige Hacker. »Es handelte sich um ein Übernahmeangebot der Originalaktionäre. Sie haben dazu damals eine rechtliche Erklärung abgegeben, ich hab sogar noch 'ne Kopie davon.« Er klopfte seine Taschen ab. »Irgendwo muß das Ding doch stecken ...«

»Ihr irrt euch beide«, mischte sich ein hagerer, sommersprossiger Hacker ein. »Es handelte sich um ein börsenorientiertes Refinanzierungsprogrammm, abgesichert durch die Saturnbank.«

»Quatsch, das waren die Marsianer. Die haben versucht, auf dem Markt sauerstoffatmender Lebensformen Fuß zu fassen, und wollten auf diese Weise die Zollschranken umgehen.«

»Ich dachte immer, wir sind es selbst gewesen«, gab ein kleiner, etwas pummeliger Hacker zum besten. Doch als ihn die anderen entsetzt anblickten, wurde er puterrot und zog es vor zu schweigen.

»Auf alle Fälle waren es die da oben«, beendete der Anführer schließlich die Debatte. »Möchtest du noch etwas Kaffee?«

»Nein danke«, winkte Bedevere ab. »Jedenfalls gab es diese Übernahme, und diese Leute – die ihr einfach als ›die da oben‹ bezeichnet –, haben Atlantis übernommen, richtig?«

»Ganz genau«, gab ihm der Führer recht. »Die wandten plötzlich völlig neue Formen der Magie an. Neue Möglichkeiten, mit denen sie sich das Gold nach Lust und Laune nutzbar machen konnten. Wir sind dezimalisiert worden.«

»Du meinst dezimiert.«

»Nein. Ich meine genau das, was ich gesagt hab«, widersprach der Führer mit grimmiger Miene. »Aber was soll's? Ich denke, wir haben genug über uns erzählt. Was können wir für euch tun?«

Bedevere trat Turquine schnell gegen das Schienbein und antwortete lächelnd: »Na ja, um die Wahrheit zu sagen ...«

# 5

Mitternacht.

Der letzte Tourist hatte sich längst auf den Heimweg gemacht, der Bücherstand war geschlossen, und der Direktor hatte bereits sämtliche Türen verriegelt. Das Gebäude war leer.

Nun ja, fast leer jedenfalls.

Im Hinterzimmer – seinerzeit hatte es als so etwas wie eine zusätzliche Spülküche gedient – spitzten die unsterblichen Überreste von William Shakespeare einen Bleistift an, benetzten sich die Lippen und drehten einen Handzettel über ›Führungen in Warwickshire‹ um.

»Schon merkwürdig, wie schlampig die Menschen heutzutage mit Papier umgehen«, murmelte er vor sich hin. »Diese Deppen! Sie benutzen nur eine Seite, und dann knüllen sie den Zettel womöglich noch zusammen und werfen ihn achtlos auf den Fußboden.« Während er mit seinen gegenstandslosen Fingern den Zettel glattstrich, seufzte er schwer. »Dabei kann sich dieses Pack wahrhaftig nicht beklagen. Wenn man etwas zu meiner Zeit schreiben wollte, mußte man sich erst einmal ein Schaf besorgen, ihm den Schädel einschlagen und das Fell abziehen. Dann mußte man die Haut mit einem riesigen Messer abkratzen... Auf diese Weise war man wenigstens gezwungen, sich die Worte genau zu überlegen, die man niederschrieb. Aber heutzutage ...«

Entgegen seinen sonstigen Gepflogenheiten zögerte er noch ein wenig, bevor er sich an die Arbeit machte, und blickte sich im Raum um. Wie er sich erinnerte, hatte sich dieses Zimmer schon immer besonders gut fürs Schreiben geeignet; zum Glück, in Anbetracht der Tatsache, daß es sich um das einzige Zimmer handelte, in dem man in diesem Haus die notwendige Ruhe finden konnte. Andererseits war es hier drinnen so eng, daß man kaum sitzen konnte und selbst das Schließen der Tür zum Problem wurde. Jetzt war das allerdings ziemlich gleichgültig.

Er schüttelte den Kopf. »Von wegen Jugend, o holde Jugend«, murmelte er. »Scheiß drauf ...«

Ein rascher Blick auf die Uhr erinnerte ihn daran, daß die Zeit unerbittlich voranschritt. Dabei hatte er nie Schwierigkeiten mit Abgabeterminen gehabt; weit gefehlt sogar. Dennoch hatte man nachdrücklich auf die pünktliche Einhaltung des Termins bestanden, und er war schon viel zu lange im Geschäft, als daß er nicht gewußt hätte, wie wichtig es gerade in dieser Branche war, sein Wort zu halten. Er neigte den Kopf, bewegte rhythmisch die Lippen und begann zu dichten.

*Szene vier*, schrieb er gerade nieder. *Die Rückkehr der Vagabunden. Bet überprüft die Mixgeräte, während Alec das Wechselgeld in die Kasse legt.*

Sehr schön. Vom Ablauf her verlangte die Situation danach, und heutzutage brauchte man sich natürlich auch keine Gedanken mehr über das rasche Wechseln der Kulissen zu machen. Jedes x-beliebige Bühnenbild konnte in Sekundenschnelle realisiert werden. Wenn man die Lust danach verspürte, hätte man den nächsten Akt am Nordpol spielen lassen können. Kein Problem. Lang lebe der Fortschritt!

*Bet: Jacko ist wieder mal ganz schön spät dran, wie?*

*Alec: ...*

Shakespeare kratzte sich am Kopf und dachte angestrengt nach. Irgendwas an diesem Alec war falsch; vielleicht hatte er noch keine klare Vorstellung von dessen Stimme. Der echte Alec war einfach noch nicht lebendig genug. Shakespeare kratzte sich nachdenklich am Kinn und versuchte, sich mehr Klarheit über die Wesenszüge der Person zu verschaffen.

»Da ist also ein Mann«, dachte er laut nach. »Scheinbar erfolgreich, in der Blüte seine Lebens stehend, glücklich verheiratet, bei allen beliebt. Aber irgend etwas fehlt; und alle die Dinge, die eigentlich angenehme Begleiterscheinungen des Alters sein sollten (Ehre, Liebe, Anerkennung, massenhaft Freunde), sind für ihn nicht mehr erstrebenswert…

Aha! Ich hab's…«

*Alec: (schnauft verächtlich) Typisch! Wenn Jacko weniger Zeit damit verbrächte, sich die Birne mit Ale vollzudröhnen, dann…*

Just in diesem Augenblick drang ein schwaches, aber deutlich hörbares Geräusch aus der alten Stube herüber, als schliche jemand durch die Dunkelheit und würde sich die Schienbeine am gußeisernen Kaminholzständer aufschürfen.

Einbrecher!

Das mußten Einbrecher sein. Wer sonst sollte sich hier mitten in der Nacht herumtreiben? Shakespeare biß sich auf die Unterlippe, sammelte allen Mut zusammen und griff nach dem Schüreisen.

Wenn man in einem dunklen und verlassenen Haus auf Einbrecherjagd geht, ist es äußerst hilfreich, dort geboren worden zu sein und die letzten vierhundert Jahre darin als Gespenst verbracht zu haben. Auf diese Weise lernt man die wichtigeren Einzelheiten eines Gebäudes genauer kennen; beispielsweise weiß man genau, wo die Stühle und Sessel stehen, und läuft folglich nicht so schnell Gefahr, schnurstracks in etwas hineinzurennen und sich…

»Aua! Verdammte Scheiße!« Shakespeare hüpfte auf dem rechten Bein und rieb sich den linken großen Zeh. »Welcher Vollidiot hat denn das Ding da hingestellt?«

Aus der alten Wohnstube drangen hastige Bewegungsgeräusche herüber, und unter dem Türspalt fiel Licht hindurch. Gedämpfte, gehetzte Stimmen. Also handelte es sich um mehrere Personen.

In solchen Situationen steht man vor der Wahl, entweder durch heldenmutiges Handeln hohes Ansehen bei seinen Feinden zu gewinnen, um gleich darauf sein Leben zu verlieren, oder sich hurtigst in der Standuhr zu verstecken.

Ein leiser Fluch erklang, als ein unstoffliches und dennoch schmerzempfindliches Wesen mit dem nicht vorhandenen Kopf gegen das Pendel stieß. Im selben Augenblick, als die Glastür der Uhr wie durch Geisterhand zugeklappt wurde, öffnete sich die Tür der Wohnstube; sozusagen ein hervorragend inszenierter Auf- und Abgang.

Die Silhouette einer Frau zeichnete sich gegen das Licht ab. Die Frau war groß und schlank, und ihr goldblondes Haar funkelte im Licht. Hinter ihr hoben sich bedrohlich die Umrisse eines Mannes ab. Eine Maus, die im Uhrenkasten auf der Suche nach einer kleinen Zwischenmahlzeit war, rannte in etwas hinein, das sie nicht erkannte. Sie quietschte erschrocken auf und krabbelte in panischer Angst die Innenwand hoch, bis sie mit dem Kopf gegen die Unruh stieß, zurücktaumelte und wieder nach unten huschte.

Nur zur Information: die Uhr schlug eins – das Leben ist voll von solch kleinen Zufällen.

»Scheißuhr!« zischte die Frau gereizt. »Ist es denn wirklich schon so spät? Komm schon, wir sollten es erst mal dabei belassen. Es wird Zeit, daß wir uns dünne machen.«

Aus dem Innern der Uhr heraus war es nicht einfach

festzustellen, was dort draußen vorging; es ertönten ein paar Piepser, gefolgt von einem merkwürdigen Surren und Klingeln. Danach hörte es sich so an, als würde etwas zwischen zwei Walzen gepreßt, und schließlich ertönte erneut ein Piepser. Dann war alles mucksmäuschenstill.

Nach etwa fünfminütiger absoluter Geräuschlosigkeit schwang die Tür der Standuhr auf, und aus dem Nichts tauchte ein Nichts auf. Diesesmal war Shakespeare trotz seines total aufgelösten Zustands völlig konzentriert; denn schon Falstaff sagte ganz richtig, daß der bessere Teil der Tapferkeit Vorsicht sei.

Eine kurze Untersuchung bestätigte, daß diese absonderlichen Geräusche tatsächlich aus der Wohnstube gekommen waren, die tagsüber vom Fremdenverkehrsverein als Büro genutzt wurde. Der Raum war leer, aber dieses komische weiße Gerät, das direkt neben dem Telefon stand, zwinkerte ihn mit der roten Kontrolleuchte an. Er setzte sich auf den Schreibtisch und nahm das Gerät genauer in Augenschein. Diesen Apparat hatte er schon immer als die Papierverschwendungsmaschine schlechthin angesehen, denn jedesmal, wenn das Gerät benutzt wurde, beklagten sich die Mitarbeiter des Büros, daß irgendwelche Zettel nicht richtig hineinpassen oder sich darin verheddern würden. Eine himmelschreiende Papierverschwendung!

Im diesem Augenblick piepste das Gerät erneut und würgte einen Fetzen Papier hervor, auf dem ein paar Zahlen standen. Er wartete, bis die Walzen ihre Arbeit erledigt hatten, schüttelte betrübt den Kopf und riß den Zettel heraus. Hätte man die Buchstaben kleiner geschrieben, wäre noch Platz für zehn, zwölf weitere Zeilen gewesen. Kopfschüttelnd faltete den Zettel ordentlich zusammen, machte das Licht aus und zog sich in die ehemalige Spülküche zurück.

Übertragung …

Die Königin von Atlantis, Aufsichtsratsvorsitzende des Lyonesser Firmenkonsortiums, verließ das Faxgerät und eilte hurtigen Schrittes in ihr Büro. Sieben persönliche Berater, die das Gepäck trugen, hechelten hinter ihr her.

Die Königin setzte sich an den Schreibtisch, schleuderte die Schuhe von sich und sah den riesigen Stapel mit den Mitteilungzetteln durch, die sich dort im Laufe ihrer Abwesenheit wie Blätter im Herbst angesammelt hatten. Einige davon behielt sie, den Rest verteilte sie wie bei einer Almosenverleihung unter ihren Mitarbeitern.

»Was ist denn das hier?« wollte sie wissen. »Unidentifizierte Übertragung aus … woher? Ich könnte schwören, daß die Handschrift dieser Frau immer schlimmer wird.«

»Aus Stirchley, Eure Majestät.«

»Stirchley …?« Die Königin kräuselte die Lippen und dachte kurze nach. »Was ist denn los mit Stirchley? Irgend jemand, bitte …«

Die Berater blickten sich eine Weile hilflos an, bis das rhythmische Klopfen der langen Fingernägel auf der ledernen Schreibtischunterlage einen von ihnen dazu antrieb, aktiv zu werden.

»Nichts, Eure Majestät. Oder jedenfalls nicht viel. Wir haben dort zur Unterstützung des Netzwerks eine kleine Übertragungsstation eingerichtet, die jedoch nie benutzt wird.«

Die Königin drehte sich auf dem Stuhl um und lächelte den bedauernswerten Wortführer an. »Mag sein, aber vor kurzem ist sie von jemandem benutzt worden. Vielleicht sind Sie ja so furchtbar lieb und finden heraus, was sich dort abgespielt hat, ja?«

Der persönliche Berater der Königin erbleichte, machte artig einen Diener und beeilte sich, rückwärtsgehend aus dem Büro zu kommen. Kurz darauf hörten seine Kollegen, wie jemand hastigen Schrittes die Treppe hinaufstürmte. Die Königin durchblätterte derweil mit skeptischem Blick einen Sicherheitsbericht.

»Jetzt hören Sie sich das mal an!« erzürnte sie sich. »Offenbar hat jemand während unserer Abwesenheit die Kassierer zusammengeschlagen. Sehr lustig. Und darüber hinaus sind zwei Eindringlinge geflohen, obwohl sie aufs Sperrkonto gelegt worden sind. Ich wußte gar nicht, daß man vom Sperrkonto fliehen kann. Einer von ihnen ist bitte mal so lieb« – mit einem Lächeln wie ein Suchscheinwerfer in einem Gefangenenlager glitt ihr Blick über die Reihe der restlichen sechs Berater – »und kümmert sich für mich darum, ja? Irgend jemand, bitte ...«

Beim zweiten Berater von links gefror das Lächeln. Dem Mann fiel die Kinnlade herunter, dann schluckte er schwer und verschwand auf dieselbe Weise wie sein Vorgänger, so daß nur noch fünf übrigblieben.

»Also wirklich!« echauffierte sich die Königin erneut. »Kaum verläßt man mal für fünf Minuten das Büro, und schon geht hier alles drunter und drüber! Wer war an dem Tag Offizier vom Dienst? Irgend jemand, bitte ...«

Ein Berater zog den Dienstplan zu Rate und erwähnte einen Namen, woraufhin ihm aufgetragen wurde, er möge sich doch als Engel erweisen und mit dem betreffenden Offizier ein ernstes Wort reden. Am ganzen Körper zitternd verließ auch dieser Berater das Büro. *Ein echter Scheißjob,* sagte er sich, *aber irgendwer muß ihn ja erledigen.*

»Ansonsten scheint alles soweit in Ordnung zu sein und einigermaßen gut zu laufen«, stellte die Königin abschließend fest. »Schön. Vielleicht können wir uns ja jetzt an die Arbeit machen. Meine Aktentasche. Irgend jemand, bitte ...«

Die Königin hatte gerade damit begonnen, eine längere Mitteilung zu diktieren, als die Tür aufsprang und die drei persönlichen Berater zurückkehrten. Aller grundlegenden physikalischen Gesetze zum Trotz schien jeder von ihnen zu versuchen, hinter dem anderen zu stehen.

Die Königin blickte auf. »Nun, Jungs, Glück gehabt?« erkundigte sie sich über den Rand ihrer Lesebrille hinweg.

»Ähm …« Die drei Berater hielten in zwangloser Form eine inoffizielle Abstimmung ab, an deren Ende der Verlierer zum Sprecher gewählt wurde. »Na ja, also nicht direkt«, druckste er herum. »Zumindest scheinen wir herausgefunden zu haben, um wen es sich bei den Eindringlingen handelt, aber nicht, wo sie sich zur Zeit aufhalten. Das heißt, wir wissen nicht genau, wo sie sich aufhalten«, fuhr er mit einer Stimme fort, die wie eine Narzisse in einem Hochofen verdorrte. »Es könnte nämlich die Möglichkeit bestehen, daß sie …« Er würgte und deutete nach unten.

Die Königin nahm die Brille ab und knabberte gedankenverloren an einem der Bügel. »Erzählen Sie schon weiter«, forderte sie den Berater auf. »Sie haben gerade etwas davon gesagt, um wen es sich bei den Eindringlingen handeln könnte. Also …«

»Ähm …« Ein kugelrunder Schweißtropfen perlte dem Berater auf der Nase. »Wir … ähm … wir haben über die zwei Eindringlinge eine Kreditauskunft eingeholt, während sie auf dem Sperrkonto lagen, und es scheint sich bei den beiden um … na ja, um Ritter zu handeln.«

»Um Ritter?«

»Mhm.«

»Um arme Ritter oder richtige Ritter in glänzenden Rüstungen?«

»Richtige Ritter in glänzenden Rüstungen, Eure Majestät. Bedevere und Turquine …«

Es ertönte ein sprödes Klicken, hervorgerufen durch das Zusammenklappen der beiden Bügel einer Lesebrille mit dünnem Goldrahmen. »Du meine Güte, wie langweilig ...«

»Ja, Eure Ma ...«

»Schweinebande!«

»Ja, Eure Ma ...«

»Und die sind wirklich da unten im ... im Dingsbums, sagten Sie?«

»Ja, Eure Ma ...«

Das Lächeln der Königin, so hell und freundlich wie die sich einem verängstigten Kaninchen nähernden Autoscheinwerfer, glitt von einem blassen und zur Maske erstarrten Gesicht zum anderen und versiegte schließlich.

»Dann seien Sie doch bitte ein Schatz, und holen Sie die Kerle«, sagte die Königin. »Irgend jemand, bitte ...«

»Das ist nicht gerecht.«

Als wollte sie seinen Worten Nachdruck verleihen, schwankte die Laterne hin und her und brachte eine steinerne Wendeltreppe zum Vorschein. Ein häßliche rostige Kette, die an der Hauptsäule entlanglief, bot den einzigen Halt. Es war gespenstisch.

»Halt's Maul!«

»Ja«, antwortete Iphicrates, der persönlich beratende Chefberater der Königin von Atlantis, »aber warum trifft es immer nur uns, verdammt noch mal? Als stünden ihr nicht fünfzigtausend andere Laufburschen zur Verfügung, die ...«

»Halt's Maul!«

Die Laterne wackelte heftig. »Ob und wann ich das Maul halte, mußt du schon mir überlassen, du alter Arschkriecher!« fauchte Iphicrates. Über seinem Kopf surrte und plätscherte etwas, und hätte es sich nicht um die Unterwelt von Atlantis City, sondern um ein Hotel gehandelt, hätte man schwören können, daß jemand gerade das Badewasser abließ. »Aua ...! Verdammter Mist! Rührt euch bloß nicht vom Fleck!«

Die Wendeltreppe verschwand, um sich kurz darauf etwa einen Meter weiter rechts zu rematerialisieren. Die Laterne, die kurz erloschen war, flackerte erst wieder auf, nachdem sich etliche Millionen in tiefe Verwirrung gestürzte Photonen durch das Mauerwerk vorgetastet hatten.

»Und dieser Scheiß hier ist auch nicht gerade hilfreich«, fluchte Iphicrates. »Ich meine, wie soll man in diesem Loch die Richtung beibehalten, wenn sich der ganze Laden hier andauernd im Kreis bewegt? Woher sollen wir zum Beispiel wissen, ob die Wendeltreppe überhaupt noch irgendwo hinführt? Nachher sind wir hier noch bis an unser Lebensende und ...«

»Hör mal.« Eine Hand zog Iphicrates am Ohr. »Zum letztenmal: Halt's Maul!«

Iphicrates riß sich los. »Das werde ich nicht, Androcles!« widersprach er aufgebracht. »Von mir aus fahr doch zur Hölle. Das hier ist ein mieser und gefährlicher Job, und ich will verdammt sein, wenn ich hier unten in den Kellergewölben zwischen all diesen verrückten Hackern auf Verbrecherjagd gehe, nur weil sich Madame mal wieder einen Pup ins Hemd macht. Ich wünsche denen jedenfalls, daß ihnen die Flucht gelingt.«

»Halt's ...«

»NEIN!« brüllte Iphicrates, und es ertönte ein kratzendes Geräusch, als er die Laterne absetzte. »Na los! Dann verrat mir doch bitte mal, weshalb ich das Maul halten sollte, hä?«

»Weil Ihre Majestät direkt hinter uns auf der Treppe steht«, zischte ihm eine Stimme ins Ohr. »Kapiert?«

»Kümmern Sie sich nicht um mich«, erklang die sprichwörtlich goldene Stimme von Atlantis in der Dunkelheit. »Machen Sie ruhig weiter, und tun Sie einfach so, als wäre ich nicht da.«

Es herrschte betretenes Schweigen; dann wurde von jemandem die Laterne aufgehoben, und irgendwer summte verlegen die Nationalhymne, was von den anderen offenbar als Startzeichen betrachtet wurde, sich wieder in Bewegung zu setzen.

Die Treppe schien unendlich lang zu sein.

»Ähm, Jungs ...«

Die Laterne blieb stehen. »Was ist denn?«

»Ist euch nichts aufgefallen?«

»Und was zum Beispiel?«

Pause.

»Korrigiert mich bitte, falls ich mich irren sollte«, sagte die Stimme von hinten – und wäre es hell genug gewesen, hätte man sehen können, daß der Sprechende äußerst verlegen war –, »aber gehen wir nicht die ganze Zeit die Treppe hinunter?«

»Ja. Und?«

»Und warum führt die Treppe dann nach oben?«

Pause.

»Nicht, daß ich mir deswegen auch nur im geringsten Sorgen mache«, fuhr die Stimme fort. »Mir ist das ganz egal, wirklich. Ich hab mir nur gedacht, wenn ...«

Erneut wurde die Laterne mit einem entsetzlich knirschenden Geräusch abgesetzt, als würde sie sich allmählich selbst am Kopf kratzen.

»Also irgendwie hat er da nicht ganz unrecht, findet ihr nicht?« fragte Iphicrates.

Füßescharren und das ratlose Schweigen von sieben Menschen, die verlegen darauf warten, daß jemand etwas zuerst sagt. Doch dann ...

»Entschuldigung ...«

»Ja, Eure Majestät?«

»Würde bitte einer von Ihnen so furchtbar nett sein und mir die Laterne geben? Ah ja, ich hab sie. Herzlichen Dank auch. Dann wollen wir doch einfach mal nachsehen, oder was meinen Sie?«

Die Laterne flackerte auf und loderte kurz darauf wie ein Leuchtfeuer. Sieben reichlich nervöse Männer kamen zum Vorschein sowie eine äußerlich gelassen wirkende, wenngleich stirnrunzelnde Frau mit goldblondem Haar und eine Wendeltreppe, die nach oben führte.

»Vielleicht wäre es hilfreich, wenn wir uns einfach umdrehen«, schlug Iphicrates vor. »Dann ...«

Dann verschwand die Welt. Während die wahrnehmbaren Parameter der Realität allmählich verblaßten, war ein Seufzer der Erleichterung zu hören. Die Laterne erlosch.

»Hat mal jemand ein Streichholz?«

Das Herumwühlen in Taschen. Das Kratzen der Laterne. Das Zischen auflodernden Schwefels.

»Anscheinend sind wir in irgendeinem Gang oder Tunnel gelandet. Wie konnte das passieren, meine Herren?« wollte die Königin wissen. »Oder war das so vorgesehen? Irgend jemand, bitte ...«

Bevor das Streichholz erlosch, konnte es eine kleine Fläche erleuchten, die ganz so aussah, als würde sie zu einem gerade verlaufenden, niedrigen Gang mit gekachelten Wänden gehören.

Für einen Verbindungsgang in einer U-Bahn mochte das durchaus normal erscheinen, für eine Treppe allerdings ein wenig ungewöhnlich, es sei denn, man hatte eine Vorliebe für etwas aus dem Rahmen fallende Weltbilder.

Pause.

»Na prima. Sieht ganz so aus, als wären wir da. Hat jemand was dagegen, wenn ich vorangehe?«

Von allen Seiten hagelte es Zustimmung. »Prima.« »Nur zu.« Und in angemessenerem Ton: »Bitte nach Ihnen, Eure Majestät.« Kurz darauf schoß eine gelbglitzernde Flamme hoch, als die Königin von Atlantis das Ende ihres Zepters anzündete und entschlossen voranging.

Übertragung ...

Es gab ein knirschendes Geräusch, als würde eine Kiste mit Milchflaschen von einer Straßenwalze überrollt, und dann einen Piepton. Turquine, Bedevere und zehn Hacker purzelten aus dem Faxgerät und landeten auf einem rauhen Bretterboden.

Das Faxgerät surrte einen Moment lang weiter, bekam wie üblich einen kurzen Schluckauf und würgte den abschließenden Sendebericht heraus. Dann erst realisierte es, was es angerichtet hatte, und winselte.

»Na bitte!« freute sich Bedevere, während er wieder auf die Beine kam und sich eine ganze Menge Staub von den Knien klopfte. »Es funktioniert doch.«

Niemand schien ihm zuzuhören. Die Hacker standen mit offenem Mund und glänzenden Augen wie CD-Scheiben da und bestaunten den kleinen, unmöblierten, verwahrlosten und von kahlen Wänden umgebenen Raum.

Turquine suchte nach etwas in seiner Tasche. »Da ist es ja«, murmelte er vor sich und kramte ein eklig aussehendes Pfefferminzbonbon hervor. »Ich wußte doch, daß ich dort vor einiger Zeit eins verloren hatte.« Er steckte es sich in den Mund und kaute genüßlich darauf herum.

»So, da wären wir«, stellte Bedevere unnötigerweise fest. Er wußte, daß er im Grunde mit sich selbst redete; aber was blieb ihm anderes übrig, wenn er sich einigermaßen intelligent unterhalten wollte? »Das hast du dir ganz schön raffiniert ausgedacht«, stimmte er sich zu. »Ein detektivisches Meisterstück, wenn ich mal so sagen darf. Sehr schön ...«

Er sah sich um. Außer dem Telefax, ihm selbst, elf Männern, einem leeren Plastikbecher und einem kleinen Pappkarton war das Zimmer leer.

»Meiner Meinung nach war das Ganze nur eine Geschichte der Relativität«, fuhr Bedevere fort. »Relativität? Ja, Relativität. Denn obwohl man sagen könnte, daß die Welt stillsteht und sich die Registratur bewegt, könnte man ebensogut behaupten, daß es die

Registratur ist, die stillsteht, und daß sich die Welt bewegt…«

Turquine hatte den Plastikbecher aufgehoben, in dem sich einst offensichtlich ein Milchshake befunden hatte. Er untersuchte ihn, wurde grün im Gesicht und ließ ihn angeekelt fallen.

»Und dann hast du gesagt«, fuhr Bedevere fort, wobei er sich an einen der Hacker wandte, der ihm selbstverständlich nicht zuhörte, »daß der Eingang zur Registratur noch nie gefunden wurde, obwohl viele Leute es immer wieder versucht haben. Fast hast du ja damit gerechnet, daß sie praktisch nur nach außen hin existiert. Weißt du, und genau das hat mich eben stutzig gemacht.«

Turquine fuhr mit dem Finger über eine Wand, bis die Staubschicht zu fest wurde, daß er die Furche weiterziehen konnte. »Diese Hütte könnte mal einen anständigen Frühjahrsputz vertragen«, meinte er nicht ganz zu Unrecht. »Also ehrlich, so ein Büro hab ich wirklich noch nie gesehen… Zum Beispiel gibt's hier nicht mal Telefone.«

»Und dann fiel mir ein«, fuhr Bedevere unbeirrt fort, wobei er mittlerweile innig den Pappkarton anstarrte, »daß es vielleicht gar keine Tür gibt, wenn noch nie jemand die Tür gesehen hat. Und weißt du was?« schloß er triumphierend. »Es gibt wirklich keine Tür!«

Zwar hörte ihm niemand zu, doch hieß das noch lange nicht, daß er nicht recht hatte. Es gab keine Tür. Kein Fenster, keinen Belüftungsschacht, keine Katzenklappe, gar nichts. Lediglich vier Wände von makelloser Unbescholtenheit, wenn man von ihrem optischen Zustand absah.

Bedevere kniete sich hin und durchwühlte seine Taschen nach einem Messer, um damit die Schnur durchzuschneiden, mit dem der Karton zugeschnürt war. »Wie schon Sherlock Holmes gesagt hat«, murmelte er geschäftig vor sich hin, »›um die Wahrheit herauszubekommen, muß man das Unmögliche ausschließen.‹ Deshalb frage ich mich nun, woher das Licht kommt.«

Plötzlich wurde es dunkel im Zimmer.

»Den Lageplan. Irgend jemand, bitte ...«

Im Tunnel herrschte Totenstille.

»Irgendwer von Ihnen hat doch bestimmt einen Lageplan oder etwas in der Richtung eingesteckt, nicht wahr?« säuselte die Königin mit süßlicher Stimme.

»Hast du nicht eben was gesagt, Bedders?«

Bedevere, der sein Taschenmesser nicht finden konnte, grunzte sauer; an dieser festen Nylonschnur verbrannte man sich nur die Hände, wenn man sie mit Gewalt aufzureißen versuchte.

»Irgendwas über das Licht und woher es kommen könnte oder so?« fuhr Turquine fort.

Um sich herum nahm Turquine merkwürdige und leise Geräusche wahr, die von den Hackern herrührten. Unterbewußt verstand er auch, warum; schließlich befanden sie sich in der Registratur, dem Allerheiligsten aller Atlantiker. Und ihnen war gerade bewußt geworden, daß es tatsächlich nirgendwo eine Tür gab und es zudem stockfinster war.

»Merkwürdig, daß es hier weder einen Eingang noch einen Ausgang gibt, sondern nur Mauern ...«, dachte Turquine laut nach. »Da gerät man wirklich ins Grübeln.« Auf der Suche nach einem Restgeschmack Pfefferminze fuhr er mit der Zunge ein paarmal durch den Mund. Nichts. »Kein Wunder, daß hier seit einer Ewigkeit nicht mehr Staub gewischt wurde. Ich meine, wie soll man hier reinkommen und dann womöglich noch mit einem Staubsauger? Da fragt man sich doch, wie es angehen kann, daß hier überhaupt Sauerstoff drin ist, denn die Wände sehen meiner Meinung nach ziemlich luftdicht aus, und ich möchte wetten, daß ...«

In der Dunkelheit rang bereits der erste Hacker verzweifelt nach Luft.

»Na, dann eben nicht, aber einen Kompaß vielleicht. Hat irgendwer von euch Jungs etwas Ähnliches wie einen Kompaß dabei?«

Keine Antwort.

Die Königin schnalzte mißbilligend mit der Zunge. »Nun gut … Ich will wirklich niemanden beleidigen, aber hat da nicht irgend jemand von Ihnen kläglich versagt?«

In einem schnurgeraden, völlig ebenen, gekachelten Tunnelgang, der sich nach beiden Seiten ins Endlose erstreckt, gibt es nur eine Stelle, wo man sich verstecken kann; nämlich hinter jemand anderem. Ohne sichtbare Bewegung bildeten deshalb die übrigen persönlichen Berater der Königin hinter Iphicrates in Windeseile eine ordentliche Schlange.

»Tut mir leid«, sagte er.

Die Königin blickte ihn lächelnd an, bis er das Gefühl hatte, daß sich die Haut von seinen Wangen zu schälen drohte.

»Alles nur halb so schlimm«, beruhigte sie ihn schließlich. »Wir machen alle mal einen Fehler. So, und was tun wir jetzt, meine Herren? Hat jemand eine gescheite Idee? Irgend jemand, bitte …«

Die Königin wartete einen Moment lang und klopfte mit den Fingernägeln rhythmisch gegen die Fliesenwand des Tunnelgangs, bis man hätte meinen können, die ganze Umgebung würde wie ein Schlagzeugfell vibrieren.

»Niemand? Schade …« Sie benetzte sich die Lippen. »Nur gut, daß Sie mich mitgenommen haben, nicht wahr, meine Herren?«

Die Berater entspannten sich spürbar. Zweifellos jagte einem die Königin eine gehörige Portion Angst ein, und niemand konnte sich recht mit dem Gedanken anfreunden, daß sie sich nun hier unten bei ihnen befand – warum war sie überhaupt hier? –, doch stand fast außer Frage, daß es, wenn überhaupt jemandem, dann dieser Frau gelingen würde, sie irgendwie aus dem Tunnel hinauszuführen. Das Dumme daran war, was danach geschehen würde.

Wenn man sich erst einmal daran gewöhnt hat, kann man sich in solch einem Tunnel allerdings auch einigermaßen wohl, ja sogar richtig heimisch fühlen.

»Was würden Sie davon halten, wenn wir erst mal eine Tasse Tee trinken?« schlug die Königin vor.

Im Grunde waren Bedeveres Zähne, eingedenk ihres Alters, in einem erstaunlich guten Zustand.

Damals auf der Schule hatte man natürlich die üblichen Scherze mit ihm getrieben – das Verstecken der Zahnbürste hatte genauso zum Programm gehört wie das Auffüllen der Zahnpasta mit Kreide –, und dennoch putzte er sich bis zum heutigen Tag regelmäßig die Zähne. Dies hatte er seiner Mutter versprechen müssen, und nun verstand er auch, warum sie damals so sehr darauf bestanden hatte.

»Hab ich dich endlich«, grummelte er zufrieden und spuckte ein paar zerfetzte Nylonfäden aus. Dann riß er den Deckel auf.

Das nun Folgende wird nicht einfach zu beschreiben sein. Der wirkliche Grund für dieses Problem beruht auf den nachhaltigen Auswirkungen des katastrophalen Ausbruchs der Adjektivfäule, von der die albionische Sprache kurz nach König Artus' Abdankung befallen wurde. Bemerkenswerterweise weiß kaum jemand, daß diese Seuche (die, wie sich später herausstellte, durch Flöhe auf dem Rücken billiger und vor allem journalistischer Klischees übertragen wurde) der beschreibenden Prosa ungefähr dasselbe zufügte, was die Reblaus mit den französischen Weinbergen anrichtete. Ganze Klassen rhetorischer Vergleiche wurden ausgelöscht, so daß Generationen von Autoren nichts anderes übrig blieb, als in den offenen Wunden des kollektiven Unterbewußtseins herumzustochern, wo längst verwelkte Metaphern einst in voller Blüte standen.

Hier nun jedenfalls ein Versuch, das zu schildern, was passierte:

Als der Deckel aufsprang, war etwas darin, das sich in dem Sinn wie Licht verhielt, als daß es hell und unstofflich war und das Sichtfeld erweiterte, sich aber insofern gänzlich anders als Licht verhielt, als daß es aus dem Karton hüpfte und durch den Raum schoß, wobei es zufällig auf Leute traf, wieder von ihnen abprallte und wie ein losgelassener Luftballon durch die Luft schwirrte. Wo immer es mit irgend etwas in Kontakt kam, hinterließ es einen in einem phosphoreszierenden Orange glühenden Fleck. Es roch schrecklich.

Luft schwoll aus dem Karton wie die größte Kaugummiblase, die man sich vorstellen kann, versetzte den Hackern einen heftigen Schlag und preßte Turquine sogar gegen die Wand. Nur Bedevere schien merkwürdigerweise nicht betroffen zu sein, was möglicherweise darauf zurückzuführen war, daß er noch immer den Karton festhielt.

Zeit … Wollen Sie wissen, wie Zeit aussieht?

Zeit, die seit der Vorgeschichte in einem ehemaligen Verpackungskarton für gebackene Bohnen eingefangen war und dann urplötzlich in eine kohlendioxydreiche Atmosphäre freigegeben wird, sieht wie ein sehr teurer Goldregen aus. Nachdem sie ausgebrannt ist, hinterläßt sie eine gelbrot funkelnde Asche, ähnlich pulverisiert wie Goldstaub.

Zeit ist Geld.

Natürlich ist Zeit auch von entscheidender Bedeutung. Sie ist das erste und das einzig reine Element. Alles andere besteht in der ein oder anderen Form aus Zeit. Wenn Zeit in Kohlendioxyd verbrennt, zerfällt sie jedoch zu jenem äußerst seltenen und hoch flüchtigen

Element, das wir als Gold drei-drei-sieben kennen. Deshalb begann das Faxgerät plötzlich zu glühen, bis es dampfte. Dann zerschmolz es, veränderte die Form und wurde schließlich zu einem Topf.

Bedevere, der neben dem Karton kniete, fragte sich, was sich hier eigentlich abspielte, und verstand allmählich. *Donnerwetter! So einfach ist das also …?* staunte er im stillen.

Dann untersuchte er den Karton genauer, der einen eisernen Siegelstempel, ein Bündel Aktienurkunden und einige uralte Hauptbücher enthielt. Eins der Hauptbücher griff er sich wahllos heraus, öffnete es und begann darin zu lesen, wobei er dann und wann verschmitzt lächeln mußte.

»Entschuldige, aber wenn du einigermaßen damit fertig bist, könntest du uns ja vielleicht mal helfen. Einige von uns werden hier nämlich zu Tode gequetscht«, keuchte Turquine.

Bedevere blickte zu ihm auf. »Tut mir leid«, entschuldigte er sich, »aber ich war mit meinen Gedanken ganz woanders. Hier ist es jedenfalls nicht.«

»Was ist nicht hier?«

»Na, dieser Terminplaner«, antwortete Bedevere. »Alles, was hier drinnen ist, sind irgendwelche Geschäftsberichte der Lyonesse. Zugegeben, ungeheuer interessantes Zeugs, aber leider ist nichts dabei, wonach wir suchen. Sollen wir uns wieder auf den Weg machen?« Er hörte auf zu reden, und als er den Kopf hob, blickte er wie Archimedes drein, der den Aufbau des Universums in einer feuchten Badematte entdeckte. »Oh, ich glaube, jetzt verstehe ich allmählich …«, murmelte er vor sich hin.

Turquine versuchte, das rechte Bein auszustrecken und Bedevere einen Tritt in den Hintern zu versetzen, doch der zu überbrückende Zwischenraum war einfach zu groß. »Hör mal, Bedders, wir …«, keuchte er mit letzter Anstrengung.

»Schon gut«, unterbrach ihn Bedevere, der sich erneut in die Hauptbücher vertieft hatte. »Geht einfach schon mal los. Ich komm dann nach.«

Während er mehr Selbstbeherrschung an den Tag legte, als er sich jemals zugetraut hätte, fragte Turquine in ruhigem Ton: »Und wie stellst du dir das vor?«

»Wieso?« Bedevere blickte auf. »Ach so … Geht doch einfach durch die Tür nach draußen, und haltet euch dann links. Wenn meine Berechnungen stimmen, müßten wir auf diese Weise hier rauskommen …«

»Welche Tür?«

Bedevere zeigte auf die Stelle, wo zuvor das Faxgerät gestanden hatte.

»Entschuldige mal, aber das da ist keine Tür.«

Bedevere grinste. »Ach, Turkey, du alter Opa. Du bist heute ein wenig schwer von Begriff, wie? Richtig, das ist keine Tür. Und wann ist eine Tür keine Tür?«

»Ach so, ich verstehe …«

Wie durch Zauberei – oder nur durch Zauberei – ging der Luftdruck auf normal zurück, und Turquine rutschte von der Wand hinunter, straffte die Schultern, nahm einen kurzen Anlauf und versetzte dem Topf einen gewaltigen Tritt.

»Zufrieden?« erkundigte sich Bedevere.

»Ja«, antwortete Turquine aus dem Flur heraus. »Kommst du?«

Bedevere lächelte. »Bin gleich soweit. Eine Minute noch.«

Falls Ihnen jemals von der Königin von Atlantis eine Tasse Tee angeboten werden sollte, dann denken sie unbedingt daran, diese ohne Wenn und Aber anzunehmen. Selbst wenn man kein Teein verträgt oder lieber eine Tasse Kaffee hätte; wenn man von der Königin von Atlantis Tee angeboten bekommt, trinkt man Tee.

Sechs der sieben persönlichen Berater der Königin wußten dies. Der siebte hatte nichts gegen Tee; verstand aber nicht recht, woher man welchen bekommen wollte, eingedenk der Tatsache, daß sie sich in einem verlassenen Tunnel befanden, der sich nach beiden Seiten endlos erstreckte. Beherrscht von einem Drang, den er rückblickend als einen unterbewußten Hang zur Selbstvernichtung bezeichnete, wies er Ihre Majestät auf dieses Problem hin.

Die Königin lächelte.

»Ach, herrjemine!« seufzte sie. »Gut, daß wir Sie dabeihaben. Sie haben völlig recht. Dann müssen wir uns eben was einfallen lassen...« Sie schloß die Augen, ballte ihre eleganten Hände zu Fäusten und sagte:

»Es werde Tee!«

Und es ward Tee, und zwar in Bechern mit Snoopy-Figuren samt passendem Milchkännchen und Zuckerdose sowie einem Topf mit Plätzchen.

»Bedienen Sie sich«, forderte die Königin ihre Mitarbeiter auf. »Übrigens ist das gar nicht so schwer, solange man nicht übcrambitioniert ist.«

Näheres Hinsehen offenbarte, daß es nur sieben Becher für acht Leute gab. Dies war, wie selbst die sieben persönlichen Berater begriffen, ein Wink mit dem Zaunpfahl.

Als sie den Tee ausgetrunken hatten, strahlte die Königin ihre sieben Mitarbeiter an, ließ die Becher verschwinden (dies erspare den Abwasch, wie sie meinte) und klopfte mit dem Zepter gegen den Topf mit den Plätzchen. Die notwendige Menge des blauen Lichts und des brennenden Schwefels wurde freigelassen, und der Topf verwandelte sich zu einer Tür in der Wand.

»Wünscht jemand eine Erklärung?« fragte sie freundlich lächelnd in die Runde. Schweigen. »Na schön.« Sie nickte zustimmend, und nachdem sie den anscheinend noch immer Zweifel hegenden Berater Nummer sieben genauer ins Visier genommen hatte, sagte sie: »Nach Ihnen...«

Manche werden als Helden geboren, andere werden erst im Laufe ihres Lebens dazu, und einige werden durch die unvorstellbare Angst vor dem, was mit ihnen geschehen könnte, wenn sie ablehnen würden, zur Heldenhaftigkeit gezwungen. Berater Nummer sieben schloß die Augen, griff nach dem Türknopf, drehte ihn herum und drückte gegen die Tür.

Nichts tat sich.

»Wahrscheinlich läßt sich die Tür besser öffnen, wenn Sie dran ziehen«, schlug die Königin vor.

Zwar sind nur sehr wenige gebürtige Atlantiker schon einmal in der Registratur gewesen, doch eine noch geringere Anzahl hat bis heute den Wunsch verspürt, sich dort freiwillig hineinzuwagen. Über die Menge derjenigen, die dort jemals wieder herausgekommen sind, gibt es keine zuverlässigen Statistiken. Der Mitarbeiter lächelte die Königin verlegen an, murmelte in seinen Bart, er könne sich wahrhaftig etwas Besseres vorstellen und wäre jetzt lieber in Philadelphia, und stolperte hinein.

»Name?«

»John Wilkinson.«

»Beruf?«

»Steuerinspektor.«

»Danke. Bitte nehmen Sie dort drüben einstweilen Platz, wir kommen dann gleich auf Sie zurück. Gut, der nächste, bitte! Name?«

»Stanislaw Sobieski.«

»Beruf?«

»Finanzbeamter.«

»Danke. Bitte nehmen Sie dort drüben einstweilen Platz, wir kommen dann gleich auf Sie zurück. Gut, der nächste, bitte! Name?«

»Li Chang-Tseng.«

»Beruf?«

»Zollbeamter.«

»Danke. Bitte nehmen Sie dort drüben einstweilen Platz, wir kommen dann gleich auf Sie zurück. Gut, der nächste, bitte! Name?«

»François Dubois.«

»Beruf?«

»Finanzbeamter.«

»Danke. Bitte nehmen Sie dort drüben einstweilen Platz, wir kommen dann gleich auf Sie zurück. Gut, der nächste, bitte! Name?«

Der fünfte Mann grinste selbstgefällig. »Na, dann raten Sie doch mal«, schlug er feixend vor.

Die Sachbearbeiterin blickte nicht auf. Sie hatte noch zwölftausendfünfhundertundsiebzehn weitere Anträge für die Managerausbildung zu bearbeiten und merkte schon jetzt, daß sie allmählich Kopfschmerzen bekam. »Ich rate nie«, antwortete sie. »Die Leute verraten ihn mir auch so. Also, Name?«

»Von Weihnachten«, gehorchte der fünfte Mann. »Mein Name ist Nikolaus von Weihnachten.«

»Beruf?«

Von Weihnachten lachte. Er lachte so laut, daß man ihn im gesamten Empfangsbereich hören konnte, und zwölftausendneunhundertundneunundneunzig Finanzbeamte starrten verblüfft zu ihm hinüber. Was sie dort sahen, weckte bei ihnen Erinnerungen, die durchschnittlich dreißig Jahre zurücklagen...

...an ein Kind, das unter der Bettdecke hervorlugt und halb erfreut, halb verängstigt den Lichtspalt unter der Tür beobachtet. Gebannt vom hörbaren Klang der Stille, von der sichtbaren Dunkelheit und der fühlbaren Stille, bildet es sich in der von unbeschreiblichen Rätseln heimgesuchten Nacht das Klappern von Hufen und das Bimmeln heller Glocken ein.

»Na gut«, antwortete von Weihnachten, wobei er die Kapuze nach hinten warf. »Wie wär's mit Lieferant?«

Die Königin stand im Türrahmen und blickte ungläubig drein. »He! Was tun Sie da?« verlangte sie zu wissen.

Bedevere blickte auf und antwortete mit einem verlegenen Lächeln: »Lange nicht mehr gesehen.«

Einen Moment lang zögerte die Königin; dann drehte sie sich um und rief nach der Wache.

Bedevere schüttelte den Kopf. »Tut mir leid, aber das wird nichts bringen. Wissen Sie eigentlich, welches Problem Sie haben? Unglaublich miese Mitarbeiter – oder Defizite im Management, wie Sie es nennen würden.« Er deutete auf Berater Nummer sieben, der bewußtlos neben der Tür lag. »Alle anderen haben sich schon aus dem Staub gemacht, und ich fürchte, daß der da nicht in der körperlichen Verfassung ist, Ihnen behilflich zu sein. Ich hab ihn nämlich mit der Tür k.o. geschlagen«, fügte er grinsend hinzu.

Die Königin blickte auf den Boden, entdeckte Berater Nummer sieben, zerbrochenes Holz sowie etliche Porzellanscherben und antwortete lächelnd: »Machen Sie sich nichts draus. Wir haben noch eine ganze Menge davon.«

»Wie? Türen oder solche Mitarbeiter?«

»Von beidem«, antwortete die Königin. »Obwohl ich mehr an den Porzellantopf gedacht habe. Ehrlich gesagt, hat mir dieser hier allerdings besonders am Herzen gelegen. Er befindet sich schon seit Jahrhunderten in Familienbesitz …«

Bedevere war beeindruckt. »Ehrlich? So alt schon?« staunte er. »Na ja, machen Sie sich nichts draus. Wo gehobelt wird, fallen nun mal Späne, nicht wahr?«

Die Königin lächelte nachsichtig. »Da haben Sie wohl recht«, stimmte sie Bedevere zu und setzte sich auf den Karton. »Nun gut, was kann ich für Sie tun?« erkundigte sie sich in freundlichem Ton.

Bedevere sah sie an, und sein Gesicht schien eine Verwandlung vollzogen zu haben. Gewichen war dieser leicht verlegene Blick, von dem Turquine fast ständig selbst noch im Schlaf verfolgt wurde; an seine Stelle war ein Ausdruck von sanfter und dennoch unnachgiebiger Entschlossenheit getreten, wie man ihn auf dem Gesicht von jemandem entdecken könnte, der einem, falls nötig, beide Arme brechen würde, wenngleich er mit einem angemessenem Sinn für Schwerkraft und Anstand ausgestattet ist.

»Ich will mein Geld zurück«, antwortete Bedevere kurz und bündig.

Der Königin klappte die Kinnlade herunter, und zum erstenmal seit der Groat, ihre geliebte alte Silbermünze, aus dem Umlauf genommen worden war, war sie sprachlos. Mehr als ein klägliches »Tut mir leid« wollte ihr nicht einfallen.

»Das sollte es auch«, brummte Bedevere mit ernster Miene. Er schwieg einen Augenblick lang und fügte dann hinzu: »Sie erinnern sich nicht mehr daran, nicht wahr?«

Die Königin schüttelte den Kopf. »Offen gesagt, nein.«

Bedevere runzelte die Stirn. »Eine Burg in einer trostlosen Einöde, irgendwo inmitten von Benwick. Eine dunkle und stürmische Nacht, der Regen prasselt in Strömen nieder, und Blitze tauchen die Zinnen in gespenstisches Licht. Ein junger und unschuldiger Ritter, der die Monatseinnahme aus der familieneigenen Färberei in die Bank von Rhydychen einzahlen will, hat sich hoffnungslos verlaufen. Der Ritter entdeckt die Burg, seufzt erleichtert ›Gott sei Dank‹ und bittet um die Gewährung von Gastfreundschaft. Die Burgherrin heißt ihn willkommen. In der Burg gibt es Licht, Wärme und Essen. Und dann ...«

Kurz verkrampfte sich Bedeveres Gesicht vor Schmerz, und er preßte die Zähne fester zusammen, als es ein Sekundenkleber in einem Werbespot geschafft hätte. Dann fing er sich wieder und fuhr mit entschlossener Miene fort: »Am nächsten Morgen war die Burg verschwunden. Ebenso das Geld. Der Ritter erwacht auf einem kahlen Felsen, allein mit seiner Rüstung und einer Aktienurkunde der Lyonesser Goldminengesellschaft mbH über zwanzigtausend Stammaktien mit einem Nennwert von drei Mark. Er kehrt nach Hause zurück und erklärt alles so gut, wie er kann. Betroffenes Schweigen; dann die Vorwürfe und Beschuldigungen. ›Wie konntest du so etwas nur tun?‹ und so weiter ...«

Bedevere schüttelte den Kopf und seufzte betrübt. Zwar standen ihm bereits die Tränen in den Augen, doch sein Gesichtsausdruck blieb unverändert grimmig.

»Dieser junge Ritter bin natürlich ich gewesen, und selbstverständlich erinnern Sie sich nicht mehr an mich. Wie sollten Sie auch? Ein anderer Tag, ein anderer Trottel. Aber mit mir und meiner Familie war das etwas anderes. Wir konnten uns das nämlich nicht leisten. Glauben Sie mir, wir hatten, verdammt noch mal, genug damit zu tun, unsere Färberei über Wasser zu halten. Du meine Güte, wenn ich daran denke, wie bei uns geknapst und geknausert wurde, nur damit ich die Ritterschule besuchen konnte! Dieser Vorfall hat uns in den Ruin getrieben, ist Ihnen das eigentlich klar? Mein Vater mußte eine Stelle als Fechtmeister annehmen, und meine Mutter verdingte sich als Modell für mit Buchmalereien versehene Handschriften. *Und seien Sie bitte so nett, und pudern Sie sich nicht die Nase, wenn ich mit Ihnen rede!*«

Mit einem energischen Klicken klappte die Königin die Puderdose zu und sagte mit treuherzigem Blick zu Bedevere: »Sie müssen schon entschuldigen, aber ich bin eben in Gedanken ganz woanders gewesen. Sagten Sie nicht etwas davon, daß Sie irgendwelches Geld zurückhaben wollen?«

Bedevere sah sich außerstande zu sprechen und

langte nur in seine Jacke, zog ein gefaltetes Papier heraus und warf es mit einer verächtlichen Geste auf den Boden.

Die Königin beugte sich vor und hob es auf. »Du lieber Himmel ...! Von diesen Dingern hab ich schon seit Jahren keins mehr gesehen«, gab sie sich erstaunt. »Zwanzigtausend Aktien!« Sie kicherte abfällig, riß sich aber wieder rasch zusammen. »Damals eine ganz hervorragende Investitionsmöglichkeit, doch irgendwann fielen die Aktien in den Keller, und der Betrieb mußte aufgelöst werden. Soweit ich mich erinnern kann, wurde sogar eine Wiederinbesitznahmeaktion gestartet, doch leider ...«

»Wie dem auch sei«, unterbrach Bedevere sie mit finstrer Miene, »ich will mein Geld zurück, und zwar sofort.«

Die Königin zog die Augenbrauen hoch. »Tut mir aufrichtig leid, aber leider läßt sich da nichts machen«, antwortete sie. »Es gibt da diese gesetzliche Regelung – furchtbar langweilig, dennoch eine unumstößliche Tatsache –, die man beschränkte Haftung nennt. Und das heißt, daß ...«

»Vielen Dank. Ich weiß sehr genau, was das heißt«, winkte Bedevere mit bedrohlich sanft klingender Stimme ab. »Das heißt, daß man tun und lassen kann, was man will, und dennoch immer ungeschoren davonkommt.«

Die Königin nickte strahlend. »Ganz genau. Im Grunde ist das sogar der Grundpfeiler der freien Marktwirtschaft.«

»Meine Aktien sind also nichts mehr wert, weil die Firma aufgelöst wurde, richtig?«

»So ist es.«

»Na schön.« Bedevere erhob sich und ging im Zimmer auf und ab. »Wie wäre es dann, wenn man nun nach demselben Prinzip Ihre Firma hier auflösen würde? Rein theoretisch ist das zwar unwahrscheinlich, doch praktisch durchaus möglich«, fügte er hinzu und hob die Hauptbücher hoch, auf denen er noch kurz zuvor gesessen hatte. »Was wäre, wenn zum Beispiel sämtliche gesetzmäßig vorgeschriebenen Geschäftsunterlagen verschwänden? Nein, das funktioniert nicht. Oder wie wäre es, wenn es sich die Aufsichtsratsvorsitzende und Mehrheitsaktionärin in den Kopf gesetzt hätte, den ganzen Betrieb aus lauter Lust und Tollerei einfach aufzulösen?«

Die Königin lachte schrill auf. »Unsinn. Warum, um Himmels willen, sollte ich so was vorhaben?«

»Und wenn die besagte Person dies täte«, fuhr Bedevere fort, »dann frage ich mich natürlich, was mit dem hier geschähe würde.« Mit der freien Hand machte er eine ausholende Geste. »Mit diesem ... diesem *bemerkenswerten* ... na, nennen wir es mal Firmenaufbau. Was also geschähe mit dieser Registratur, die von niemandem gefunden werden kann und unaufhörlich in Bewegung ist, damit sie nie lange genug in den Zuständigkeitsbereich eines Gerichtes fällt, das die Firma auflösen könnte? Oder mit diesem starken Magnetfeld, durch das der ganze Laden verborgen bleibt, so daß man nur per Fax hineingelangen kann? Dazu bräuchte man lediglich eine außerordentliche Aktionärsversammlung einzuberufen, um auf dieser einen fünfundsiebzigprozentigen Mehrheitsbeschluß herbeizuführen.« Mittlerweile hatte er den Ordner mit dem Aktionärsverzeichnis aufgeschlagen. »Wie ich sehe, halten Sie neunundneunzig Prozent der Aktien, so daß Sie nur noch mit Ja stimmen müssen, und die ganze Geschichte ist erledigt.«

»Wohl wahr«, räumte die Königin in auffallend ruhigem Ton ein, »zumal ich tatsächlich neunundneunzig Prozent der Aktien halte.«

Bedevere langte erneut in seine Jacke. »Und ich halte dieses extrem scharfe Messer«, sagte er grinsend. »Also, was ist?«

Die Königin erhob sich und wich in Richtung des Topfs mit eingelegten Zwiebeln zurück, der in einer Ecke des Raums materialisiert war, doch Bedevere lachte nur und warf den Ordner danach. Der Topf zersprang in tausend Stücke, und es kam auch keine Tür zum Vorschein.

»Also, was ist?« wiederholte er. »In der Firmensatzung, die ich gerade gelesen habe, steht, daß nur ein Aufsichtsratsmitglied eine außerordentliche Versammlung einberufen kann.« Das Messer fest in der rechten Hand, näherte er sich langsam der Königin. »Ich glaube, mit Ausnahme von Ihnen sind alle anderen zur Zeit in Urlaub.«

Der Blick der Königin haftete gebannt am Messer, als sie antwortete: »Bestimmt nicht, das wüßte ich ja wohl als erste.«

»Nicht unbedingt«, antwortete Bedevere. »Ihr Freund dort drüben« – er nickte zu dem friedlich daliegenden Berater hinüber – »ist zum Beispiel von seinen ganzen Ämtern zurücktreten, bevor er in Ohnmacht fiel. Ich habe alles genau gehört. Sie glauben mir doch, oder?«

Die Königin nickte stumm. Das Messer funkelte bedrohlich im Licht.

»In dem Fall haben Sie mich gerade für den Posten des« – er gluckste vor Lachen – »verantwortlichen Direktors für Firmenübernahmen und -fusionen vorgeschlagen. Für miese und völlig abartige Fusionen. Alle, die dafür sind, sagen bitte ja.«

»Jjj …«

»Na prima. So, und nun schlage ich vor, daß die Holdinggesellschaft Lyonesse (Atlantis) mbH mit sofortiger Wirkung aufgelöst wird. Alle, die dafür sind …«

Die Königin begann laut zu schreien, doch Bedevere kräuselte nur verächtlich die Lippen. Es war schon eine Ewigkeit her, seit er das letztemal eine Gelegenheit zu einem solch melodramatischen Auftritt gehabt hatte – genaugenommen nicht mehr seit seinem Auftritt als zweiter römischer Soldat im Mysterienspiel der Abschlußklasse –, und Folge seiner gekonnten Mimik war, daß ihm ein Stück seines Schnurrbarts in die Nase geriet, woraufhin er gehörig niesen mußte.

»Sparen Sie sich Ihre Worte, hier hört sie sowieso niemand«, ermahnte er die Königin. »Und selbst wenn man Sie hören könnte, was brächte das? Hier kommt sowieso niemand rein, oder haben Sie das schon vergessen? Die Registratur kann noch nicht einmal gefunden werden, schließlich ist sie ständig in Bewegung, es sei denn, man kennt den Trick mit dem Topf und weiß, daß man nur per Fax hineingelangt. Aber keine Sorge, das Kabel von dem Scheißding hab ich vorsorglich durchgeschnitten. Und wenn man erst einmal hier drinnen ist, funktioniert aufgrund Ihrer ausgetüftelten Isolierungseinrichtungen auch keine Magie mehr – selbst nicht Gold drei-drei-sieben. Tut mir leid«, fügte er messerschwingend hinzu, »aber Sie sind mir sozusagen ins offene Messer gelaufen. Alle, die dafür sind ...«

Die Königin fuhr mit der Zunge über die staubtrockenen Lippen, wenngleich es ihr kaum gelang, sie anzufeuchten. Sie gab sich redlich Mühe, etwas zu sagen, doch mehr als ein paar zerknitterte Winsellaute kamen dabei nicht heraus.

»Also, was ist?« drängte Bedevere.

»Nein!« Die Königin spürte bereits, wie sich ihre Schulterblätter gegen die Wand drückten. »Das dürfen Sie nicht. Sie sind ein Ritter, vergessen Sie das nicht. Ritter müssen einer in Bedrängnis geratenen holden Maid stets Beistand leisten. Das ist ...«

»Unmoralisch?« ergänzte Bedevere mit hämischer Miene. »Drei Punkte noch: Erstens sind Sie keine holde Maid, sondern eine Zauberin, und die sind das ganze Jahr über zum Abschuß freigegeben, ob mit oder ohne Jagderlaubnis. Zweitens befinden wir uns in der Registratur des Lyonesser Firmenkonsortiums, das außerhalb jeder anerkannten Gerichtsbarkeit liegt, also wird sowieso niemals jemand etwas davon erfahren. Drittens sind Regeln dazu da, daß man sie bricht.« Er grinste brutal, und die Königin hielt instinktiv die Arme vors Gesicht.

»Es gibt natürlich eine Alternative ...«

»Entschuldigen Sie, aber Sie dürfen dort nicht hinein«, sagte der stellvertretende Kassierer.

Von Weihnachten drehte sich zu dem Mann um und blickte ihn ungläubig an. »Wie bitte?«

Kurz trafen sich die Blicke der beiden; und der Kassierer erinnerte sich daran, daß er einen Sohn hatte und sich dieser Sohn nichts mehr auf der Welt wünschte als ein Mountainbike und das Spiel ›Der kleine Steuerberater‹. Und wenn sein Sohn dies nicht bekommen würde, dann ...

»Kein Problem«, murmelte der Kassierer mit heiserer Stimme. »Wohin möchten Sie denn?«

»Meines Wissens bezeichnet man das als die verbotene Stadt.«

»Dritte Tür links«, antwortete der Kassierer. »Immer der Nase lang, die können Sie gar nicht verfehlen.«

»Im Ernst?«

Bedevere nickte. »Sicher gibt es eine Alternative«, bekräftigte er. »Geben Sie mir einfach mein Geld zurück.« So beiläufig wie möglich fügte er hinzu: »Und den Terminplaner der Weisheit, und wir verlieren kein Wort mehr darüber. In Ordnung?«

Wissen Sie nicht auch immer instinktiv, wann Sie etwas Falsches gesagt haben? Wenn Sie zum Beispiel einen Freund fragen, wie es seiner Freundin geht, obwohl Sie gerade aus den Augenwinkeln heraus bemerkt haben, daß die Hälfte der Möbel fehlt und sogar das Bild eines Hundes, der einen Knochen vergräbt – das Ihr Freund, wie er Ihnen gegenüber immer wieder beteuert hat, abgrundtief haßt – nicht mehr an der Wand hängt? Es ist Ihnen herausgerutscht, und die peinliche Situation läßt sich durch keinen noch so großen Zauberspruch rückgängig machen oder wenigstens lindern.

»Ach, darum dreht sich also alles, ja? Sie wollen den Terminplaner, nicht wahr?« hakte die Königin nach.

»Ähm ...« Bedevere biß sich auf die Lippe. »Sie liegen mal wieder scharf daneben.« Er fuchtelte mit dem Messer vor ihrer Nase herum. »Sehr scharf sogar ...«

»Wenn das so ist, dann töten Sie mich doch einfach«, meinte die Königin, wobei sie trotzig die Arme verschränkte und keck das Kinn vorstreckte. »Sie werden ja sehen, ob es mir etwas ausmacht.«

Bedeveres gerunzelte Stirn verwandelte sich rasch zu einer finsteren Miene. »Werden Sie nicht übermütig«, knurrte er, doch das Knurren klang allenfalls so bedrohlich wie das Miauen eines Kätzchens.

»Nun machen Sie schon.«

»Hören Sie, ich ...«

»Mach doch, du Memme!«

»Zügeln Sie Ihre Worte!«

»Angsthase, Angsthase ...«

»Verdammter Mist!«

Mit einem wütenden Schnauben schwang Bedevere das Messer in die Luft und warf es in den Boden, wo es, wie eine Geigensaite schwingend, steckenblieb. Dann sackte er wie ein Skelett aus Eiscreme in einem Mikrowellenherd in sich zusammen.

»Hab ich's mir doch gedacht«, triumphierte die Königin. »In Wirklichkeit haben Sie nicht einmal im Traum daran gedacht, mir etwas anzutun, nicht wahr?«

Bedevere sah sie mürrisch an. »Das klingt ganz so, als wären Sie enttäuscht«, seufzte er und lehnte sich erschöpft gegen die Wand. »Trotzdem, einen kurzen Augenblick lang hätte ich Sie fast soweit gehabt, stimmt's?«

Die Königin hatte die Puderdose wieder hervorgeholt. »Unsinn. Niemals«, sagte sie zum Spiegel. »Ihr Ritter seid doch alle nur Maulhelden und ohne eure Rüstungen nichts als ein Haufen Elend. Übrigens werden Sie diesbezüglich noch von meinen Anwälten hören.«

Doch Bedevere hatte einen Entschluß gefaßt. Eben hockte er noch niedergeschlagen in der Ecke und strahlte ungefähr die Einsatzbereitschaft und Selbstsicherheit einer ausgelatschten Sandale aus, um im nächsten Augenblick, fit wie ein Turnschuh, auf den Beinen zu sein und mit beiden Händen nach der Aktentasche der Königin zu greifen.

»He, was soll das?« kreischte Königin entsetzt. »Lassen Sie gefälligst die Tasche los!«

Der Griff riß – es war eine jener höllisch teuren Aktentaschen mit diesen nicht sehr haltbaren Kettengriffen aus purem Gold, und da Bedevere auch ohne Rüstung immerhin neunzig Kilo auf die Waage brachte, sprang die Tasche rasch auf. Eins der Dinge, die auf den Boden fielen, war ein Gegenstand, der wie ein kleines, in Leder gebundenes Buch aussah. Bevor die Königin reagieren konnte, stand Bedevere bereits mit einem Fuß auf dem Ledereinband und legte dabei ein solch breites Grinsen an den Tag, daß man ein komplettes Gewerbegebiet darauf hätten ansiedeln können.

»Dumm gelaufen, wie?« fragte er schmunzelnd.

»Sie haben nicht das Recht, mir einfach ...«

Bedevere streckte der Königin triumphierend die Zunge heraus. »Ätsch!«

Die Königin schrie und zog am Griff des Messers, das aber zu fest im Boden steckte. Folglich mußte sie es notgedrungen dabei belassen, Bedevere als Rüpel zu bezeichnen.

»Papperlapapp«, winkte der Ritter ab und bückte sich schnell, um den Terminplaner aufzuheben und ihn sorgfältig einzustecken.

»So, und was ist nun mit meinem Geld …?«

Im selben Augenblick erschien in der Ecke des Zimmers ein Kamin und in der Kaminöffnung ein Paar Stiefel …

»Was, zum Teufel, hält ihn bloß so lange auf?« fragte Turquine gereizt.

Die Hacker tauschten vielsagende Blicke aus.

»Zehn zu eins, daß er sich verlaufen hat«, fuhr Turquine fort und zupfte verlegen am Ärmel seines Mantels, wo sich ein loser Faden abzuwickeln begann. »Der Kerl hat einen Orientierungssinn wie eine Eiche. Er hat einfach den Anschluß an uns verpaßt, typisch Bedders …«

Der langhaarige Hacker räusperte sich gewichtig und sagte mit ernster Miene: »Hör zu, ich weiß, daß es dir nicht leichtfallen wird zu akzeptieren, was ich dir jetzt sage, aber Leute, die …«

»Was denn?«

Unter seinem Überfluß an Gesichtshaar errötete der Hacker. »Na ja, Leute, die … Also, wenn da jemand reingeht, dann … Jedenfalls ist es eher die Ausnahme als die Regel, daß dort wieder jemand rauskommt. Wenn du verstehst, was ich meine. Wahrscheinlich ist dein Freund …«

»Unsinn!« widersprach Turquine heftig. »Er hat sich einfach irgendwo verlaufen, das ist alles. Kommt schon, ihr Penner! Am besten machen wir uns sofort auf die Suche nach ihm.«

Der Hacker zuckte die Achseln; ein In-diesem-Haufen-ist-niemand-ein-Waschlappen-damit-das-klar-ist-Achselzucken. »Ganz, wie du meinst«, willigte er ein.

»Keine Bewegung!« dröhnte eine Stimme aus dem Kaminschacht heraus.

Bedevere und die Königin drehten sich verwundert um. Die Stiefel zappelten wie die Füße eines Gehängten in der Luft, und in der Höhe, wo eigentlich der Kaminsims hätte sein sollen, tat jemand mit vulgären Ausdrücken sein Mißbehagen kund. Dann stürzten ganze Schwaden von Ruß und etwas, das wie das Gefieder eines toten Vogels aussah, in den Kamin hinab, gefolgt von einem Mann, der einen schmuddeligen roten Umhang trug.

»Bleiben Sie, wo Sie sind, und rühren Sie sich nicht von der Stelle!« drohte er den beiden vorsorglich. Dann erst zog er sich aus dem Kamin heraus, klopfte sich Unmengen von Ruß ab und streckte den Rücken gerade. Der Mann war sehr groß, hatte breite Schultern und Augen, die wie auf Rot stehende Verkehrsampeln leuchteten.

»Dein Irrtum, wahrzunehmen, daß es keinen anderen Weg in dieses Zimmer gibt«, sagte er an Bedevere gewandt, wobei er nach hinten langte und an etwas zerrte, das noch immer im Kamin hing. »Ich komme nämlich *überall* rein.«

»Entschuldigen Sie, aber kennen Sie diesen Herrn vielleicht?« fragte Bedevere die Königin.

Die Königin murmelte etwas vor sich hin und nickte. *Du lieber Himmel, die hat ja richtig Angst vor dem Kerl!* wunderte sich Bedevere. Dann fiel ihm eine seltene Zahlenfolge für das Kombinationsschloß seines Verstandes ein, und es machte bei ihm *Klick.* »Moment mal, sind Sie nicht der …?«

»Reden Sie bloß nicht weiter!« fauchte ihn von Weihnachten an. »Machen Sie nicht alles noch schlimmer, als es sowieso schon ist.« Er zog erneut an dem Stoffetzen, und mit einem harten Knirschen rutschte ein Sack in den Kamin, aus dem von Weihnachten eine durchsichtige Zellophantüte hervorkramte, an deren oberen Ende ein schrillbunter Pappkarton baumelte. Bedevere identifizierte den Inhalt als eins von diesen billigen Plastikschwertern, die Eltern, die etwas gegen die Narzissen in Nachbars Garten haben, gern ihren Kindern schenken. Die Königin stieß einen spitzen Schrei aus.

»Kommen wir zur Sache«, sagte von Weihnachten. Er riß den Pappkarton von der Verpackung ab und zog das Plastikschwert heraus. »Zwei Fliegen mit einer Klappe. Du« – und er nickte mit seinem langen weißen Bart zu Bedevere hinüber – »suchst nach dem Heiligen Gral, wirst ihn aber niemals finden. Und du« – er warf der Königin einen abfälligen Blick zu – »und ich kehren nach Hause zurück, aber das klären wir später. Und wenn du auch nur …«

»Entschuldige mal«, unterbrach ihn Bedevere, »aber woher hast du gewußt, daß wir hier …?«

Von Weihnachten lachte. »Ich weiß alles«, antwortete er mit überzeugend klingender Stimme. »Ich kenne die Grundrisse von jedem Haus in dieser Welt. Ich kann die Gedanken sämtlicher Eltern und Kinder lesen, die jemals geboren wurden. Natürlich weiß ich auch, was du vorhast, aber es wird dir nicht gelingen. So, und jetzt gib mir das Notizbuch da lieber freiwillig, bevor ich es mir holen muß.«

Er zog die Plastikscheide vom Schwert, warf sie auf den Boden und enthüllte eine in einem scheußlichen Stahlblau glänzende Klinge.

*Wenn das Plastik ist, dann bin Sir Georg Solti,* dachte Bedevere und antwortete: »Tut mir leid, aber das ist leider nicht möglich.«

Von Weihnachten grinste widerwärtig, brüllte wie ein Bulle und schwang das Schwert. Dort, wo Bedeveres Kopf gewesen wäre, wenn er sich nicht bewegt hätte, gab es eine Turbulenz in der Luft; und im selben Moment erschien ein Honigflecken an der Wand, gefolgt von einer Tür, die gleich darauf aufsprang, um den Blick auf einen gewissen Sir Turquine freizugeben. Er war noch etwas außer Atem und hielt einen sechzig Zentimeter langen verstellbaren Schraubenschlüssel in der Hand.

»Sehr schön!« keuchte er erfreut. »Endlich gibt's Zoff. Das gefällt mir schon besser.«

Von Weihnachten schnellte herum und blickte ihn finster an.

Turquine stutzte. »Momentchen mal, dich kenne ich doch! Genau! Du bist dieser Einbrecher …«

Einen Augenblick lang herrschte absolute Stille, während der die beiden ihre Gedanken um viele Jahrhunderte zurückspulten …

… bis hin zum Weihnachtsabend vor Turquines siebzehnten Geburtstag, als er friedlich in der großen Halle des Kastells Maldisen schlief und dieser Einbrecher durch den Rauchabzug im Dach einzudringen versuchte. Ein häßlicher Geselle, der aus irgendeinem Grund ganz in Rot gekleidet war und eine riesige Beutetasche auf der Schulter trug. Glücklicherweise hatte Turquines Vater seinem Sohn zu Weihnachten eine Armbrust gekauft und sie nicht sehr sorgfältig versteckt …

… bis hin zu diesem entsetzlichen Alptraum im Kastell Maldisen, als er zehn sehr lange Minuten in der Dachöffnung verbringen mußte, weil irgendeine dämliche Göre mit Pfeilen auf ihn schoß, während er, an einem Sparren hängend, wie wild nach den Rentieren schrie …

Turquine kam als erster in die Gegenwart zurück. »Noch heute könnte ich mich darüber totärgern«, zischte er von Weihnachten an. »Das erste und einzige Mal, daß mir ein Einbrecher vors Visier kommt, und ich schieße daneben. Aber keine Sorge«, fügte er hinzu, »das dämliche Ding war nur nicht richtig eingeschossen, hatte eine Rechtsdrall …«

»So schlecht hast du deine Sache gar nicht mal gemacht«, grummelte von Weihnachten und krempelte den linken Ärmel hoch, bis eine lange weiße Narbe zum Vorschein kam. »Dann also drei Fliegen mit einer Klappe«, fügte er hinzu, und plötzlich funkelte das Schwert wie eine blaues Feuerwerk in der Luft.

Turquine parierte mit dem Schraubenschlüssel, und es ertönte ein schallendes Geräusch wie bei einem Kampf in einem Glockenturm. Der Kopf des Schraubenschlüssels brach ab und fiel zu Boden.

Während von Weihnachten seinen Triumph mit einem fürchterlichen Schrei hämisch feierte und das Schwert über den Kopf schwang, um zum letzten verheerenden Schlag auszuholen, trat ihm Turquine sehr geschickt in die Eier, schlug ihm mit dem Rest des Schraubenschlüssels eins auf den Schädel und sah zu, daß er Land gewann.

Von Weihnachten erholte sich erstaunlich schnell, brüllte wie ein verwundeter Elefant und folgte ihm.

Bedevere zuckte die Achseln und wandte sich der Königin zu. »Allmählich wird es Zeit, daß ich gehe. Vielen Dank noch mal für alles.«

Die Königin versuchte, mit dem Aktenordner nach ihm zu werfen, verpaßte ihn aber haarscharf, und er flitzte gerade noch rechtzeitig durch die Türöffnung hindurch, bevor sich diese schloß und endgültig verschwand. Draußen im Flur rang er nach Atem. In weiter Ferne hörte er hastige Schritte und laute Flüche. *Hier entlang,* entschied er.

Das Buch fest umschlossen in der Hand, die Ellbogen rhythmisch auf- und abbewegend und die Augen geschlossen, rannte er, so schnell er konnte, als der Flur unverhofft eine Kehre machte und in eine Wendeltreppe überging.

Natürlich fiel er der Länge nach hin. Zuerst knallte er mit dem Kopf gegen die Decke, dann prallte er mehrmals von den Wänden ab, bis ihn schließlich die Treppe zu fassen bekam. Als ob dies für den Anfang nicht gereicht hätte – er hatte es gerade geschafft, seinen freien Fall durch das Ausstrecken der Beine zu bremsen –, mußte zu allem Überfluß ein bewußtloser Berater der Königin von oben auf ihn fallen und ihm mit seinem kantigen Ellbogen einen heftigen Stoß in die Rippen versetzen, bevor er in die Dunkelheit entschwand.

*Komm schon, Bedders, reiß dich zusammen! Du hast es nichts anders gewollt, also nützt Jammern jetzt auch nichts mehr.*

Er zog sich an einer Stufe hoch, rieb sich den Kopf, um sich zu vergewissern, daß dieser nicht blutete, und atmete tief durch; soweit er darüber hinaus feststellen konnte, hatte er sich auch nichts gebrochen. Na, das war doch wenigstens etwas.

Von unten drang ein entsetzlicher Lärm bis zu ihm herauf; als würden etliche Leute der Reihe nach übereinanderpurzeln und diesen Vorgang mit entsprechenden Flüchen kommentieren. Reumütig grinsend raffte sich Sir Bedevere auf und stieg vorsichtig die Treppe hinab.

Die Königin hatte ihre Handtasche auf den Fußboden ausgeleert. Irgendwo mußte das Ding ja sein. Für solche Notfälle hatte sie immer einen dabei.

Lippenstift. Nein. Nagellack. Nein. Portemonnaie, Kreditkarten, Taschentücher, Notizblock, Taschenrechner, Tagebuch. Nein.

*Ah!*

Sie nahm den kleinen Topf mit der kühlenden Hautcreme in die Hand, holte weit aus und schmiß ihn gegen die Wand …

Von Weihnachten hatte sich anscheinend selbst außer Gefecht gesetzt, indem er gegen die Steinsäule neben dem Treppenabsatz gestoßen war. Unter ihm befand sich, plattgedrückt und leise jammernd, ein königlicher Berater. Überall verstreut lagen halb bewußtlose Hakker herum.

Bedevere stieg lächelnd über sie hinweg – schon lange hatte er sich nicht mehr derart erhaben gefühlt – und rief: »Turkey, wo bist du? Turkey!«

»Hier drüben!« schallte es zurück. Bedevere folgte dem Klang der Stimme und drängte sich unter einer niedrigen Öffnung hindurch, die in eine Nische führte. Dort war auch Sir Turquine, der rittlings auf einer große Eichentruhe saß und versuchte, mit von Weihnachtens Schwert den Deckel aufzuhebeln.

»Ach, laß das doch, Turkey«, drängte Bedevere. »Wir sollten langsam los, findest du nicht?«

Turquine schüttelte den Kopf. »Noch haben wir diesen Terminplaner nicht gefunden, oder?« Die Klinge brach.

»Und wie kommst du darauf, daß er ausgerechnet in dieser Truhe ist?«

»Und wie kommst du darauf, daß er nicht da drin ist?« fragte Turquine zurück und hämmerte dabei unverdrossen mit dem Schwerheft auf das Vorhängeschloß ein. »Ich bin nur gründlich, das ist alles.« Das Vorhängeschloß brach.

»Suchst du vielleicht hier nach?« Bedevere holte den Terminplaner hervor und hielt ihn hoch. Falls Michelangelo jemals vorgehabt hätte, eine Statue als Versinnbildlichung von Selbstgefälligkeit anzufertigen, hätte er kein besseres Modell finden können.

Turquine sah grinsend zu ihm auf. »Das ist das Ding, wie?«

»Das wollen wir doch hoffen.«

»Gut gemacht, alter Knabe.« Turquine stieg von der Truhe herunter und warf den Deckel zurück. »Da wir schon einmal hier sind, können wir ruhig mal einen Blick hineinwerfen, oder was meinst …? Du meine Güte! Das Ding ist ja voll mit Diamanten und solchen Dingen. Was für eine Riesenüberraschung …!«

Bedevere schüttelte verständnisvoll den Kopf. »Gut, aber beeil dich bitte. Wir müssen uns nämlich wirklich bald auf die Socken machen. Und steck bloß kein Gold ein.«

Turquine nickte. »Weil es sonst Probleme mit der

Erdachse gibt, ich weiß«, gab er sich ungewöhnlich einsichtig. »Ein ganzer Haufen alter Klunker. Wenn du mich fragst, hätte ich von Bankleuten auch nichts anderes erwartet. Willst du welche?«

Bedevere dachte an die zwanzigtausend Goldminenaktien und nickte. »Warum eigentlich nicht? Und wenn ich damit nur meinen guten Willen zeige.«

»Genau«, stimmte ihm Turquine zu. Er schaufelte zwei Handvoll Smaragde aus der Kiste und übergab sie seinem Freund, der sie in den Taschen verstaute.

»Fertig?«

»Fast«, antwortete Turquine und scharrte mit den Händen in der Truhe herum. »Den hier finde ich ganz besonders hübsch. Was meinst du?« Er hielt einen riesigen Rubin hoch, warf ihn Bedevere zu und schlug dann den Deckel zu. »Das ist kein Stehlen«, fügte er hinzu, »denn für die ganzen Klunker können sie *das* hier gern zurückhaben.« Mit grimmigem Blick warf er ein Stück Papier auf den Boden und stampfte darauf herum.

Bedevere grinste hämisch. »Sind das Aktien der Lyonesser Goldminengesellschaft?«

»Schlimmer noch – von der Lyonesser Kapitalanlagegesellschaft. Als ich meinem Vater damals verraten habe, was ich angerichtet hatte, hätte er mir beinahe bei lebendigem Leib die Haut abgezogen.«

Die Ritter grinsten sich zufrieden an.

»So, von mir aus können wir jetzt los«, schlug Turquine vor. »Komm, hier entlang.«

Bedevere schüttelte den Kopf. »Nein, es sei denn, du willst unbedingt den Heizungskeller besichtigen. Komm schon, mir nach.«

»Soweit ich weiß, ist das aber eine Abkürzung ...«

»Mir nach, Turkey«, beharrte Bedevere.

Während des Weges wollte Bedevere von Turquine wissen, was ihn so lange aufgehalten habe.

»Also, das gefällt mir!« protestierte Turquine. »Ehrlich, Bedders, du hast vielleicht Nerven. Wenn ich nicht gewesen wäre, dann ...«

Bedevere zuckte die Achseln. »Ich weiß doch, daß ich mich auf dich verlassen kann, Turkey. Du hast dich nur etwas mit der Zeit verkalkuliert, das ist schon alles.«

Turquine nickte. »Ich weiß«, räumte er ein. »Als du uns nicht mehr gefolgt bist, nahm ich an, daß etwas faul sein mußte. Na ja, den Schraubenschlüssel zu finden, war nicht schwer, das eigentliche Problem war, einen Topf aufzutreiben ...«

»Hast du's in einer der Küchen versucht?«

»Ja, und dann ...«

»... dann hast du erst mal eine Essenspause eingelegt, stimmt's?«

Turquine errötete. »Mann, ich wäre fast verhungert, Bedders. Das war nicht so wie früher, Alter. Damals gab es immer irgendwelche Knappen oder Diener, die man zum Bäcker schicken konnte, während man vor der Höhle in aller Ruhe darauf wartete, daß der Drache rauskam. Wenn du mich fragst, ich persönlich halte nicht viel von diesem sogenannten Fortschritt.«

»Gewiß wird er ein bißchen überbewertet«, stimmte ihm Bedevere zu. »So, hier links, dann müßten wir eigentlich ...«

Sie blieben stehen. Die Königin versperrte den Eingang, und hinter ihr hatten sich etwa siebzig schwerbewaffnete Angestellte aufgebaut.

»Hallo, Jungs«, begrüßte sie die beiden lächelnd.

Bedevere blinzelte ungläubig mit den Augen. »Wie, zum Teufel, sind Sie hierhergekommen?«

»Ganz einfach, ich hab den Aufzug genommen. Ergreift sie! Ähm ... irgend jemand, bitte.«

»Na, das ist doch endlich mal ein Wort!« freute sich Turquine. »Oder was meinst du, Bedders? Gut, wer möchte als erster an die Reihe kommen?«

Irgendeine Nuance an Turquines Vortragsweise schienen die Bankangestellten ungeheuer eloquent zu finden, denn sie standen einfach nur da und lauschten seiner Stimme, als wäre er Maria Callas.

Die Königin gab einen Schnalzlaut von sich, der sich anhörte, als lüde jemand ein Gewehr. »Ach, nun macht schon, Jungs«, schnurrte sie mit süßlicher Stimme. »Jetzt seid doch nicht so ängstlich und schnappt sie euch endlich. Irgend jemand, bitte ...«

Offenbar hörte sich das noch eloquenter an; als wäre Maria Callas von Elisabeth Schwarzkopf und Joan Sutherland mit dem Ellbogen beiseite geschubst worden. Die Angestellten schlurften in einer gemächlichen, jedoch entschlossenen Phalanx vorwärts, während Turquine nach hinten langte und sich seine Hand wie durch Zauberei* um eine achtzig Zentimeter lange Gerüststange legte. Als er sich damit auf die linke Handfläche klopfte, ertönte ein dumpfes Geräusch.

»Entschuldigung bitte mal«, meldete sich Bedevere zu Wort.

Niemand schenkte ihm auch nur die geringste Beachtung. Da tut man nun alles, um dieser aufgeheizten Atmosphäre die Schärfe zu nehmen, und man hätte ebensogut im Bett bleiben können. Er schüttelte mißbilligend den Kopf und zog dann etwas aus der Jackentasche.

»Entschuldigung bitte mal!« wiederholte er, allerdings sehr viel lauter als zuvor. Diesmal sahen ihn alle an, und schlagartig wurde es sogar derart still, daß man eine Stecknadel hätte fallen hören können.

---

* Wie durch Zauberei? Wen wollen wir hier eigentlich zum Narren halten?

Durch eine Laune der Magie und Genetik besaßen sämtliche erstgeborenen Männer in Turquines Familie die Gabe, bei Bedarf ihre Hände auf schwere stumpfe Gegenstände zu legen, die für den Gebrauch als Waffen geeignet sind. Was wahrscheinlich auch erklärt, weshalb so viele von ihnen Krieger wurden und nur so wenige in die Gastronomie, an die Börse oder in die Modebranche gingen.

»Na also, es geht doch«, fuhr Bedevere fort und zeigte auf seine linke Hand, an der eigentlich nichts Außergewöhnliches war, sah man davon ab, daß er eine Handgranate darin hielt. Zugegebenermaßen ein echtes Prachtexemplar; hätte Fabergé jemals Handgranaten gefertigt, hätten sie wie diese ausgesehen. »Solange ich diesen Hebel hier nicht loslasse«, sagte er in einem der Situation angemessenen Ton, »wird sie auch nicht losgehen. Kommen wir also zum Thema ...«

Turquine stieß ihn so heftig in die Rippen, daß er beinahe die Bombe fallen gelassen hätte, und flüsterte ihm ins Ohr: »Woher hast du denn die Handgranate, Bedders?«

Bedevere wandte sich ihm zu und lächelte nachsichtig. »Du selbst hast sie mir gegeben, Turkey. Aus dieser großen Eichentruhe, die du aufgebrochen hast. Erinnerst du dich etwa schon nicht mehr? Kommen wir also ...«

Turquine klopfte seine Taschen ab, in denen es leise klirrte. »Ich hab doch nur Diamanten, Saphire und solche Sachen eingesteckt und keine ...«

»Wirklich?« Bedevere schnalzte mit der Zunge. »Ich wäre mir da nicht so sicher. Na ja, aber du hast ja schon immer eine etwas beschränkte Phantasie gehabt.« Gerade noch rechtzeitig, um sie davon abzuhalten, sich zu verdrücken, wandte er sich wieder an die Angestellten: »Kommen wir also nun zur Sache, und lassen wir endlich diese kindischen Spielereien sein. Wenn Sie mir jetzt alle Ihre Aufmerksamkeit schenken, dann können wir zu einer Lösung kommen und uns wieder mit dem beschäftigen, was uns wirklich am Herzen liegt, anstatt hier Räuber und Gendarm zu spielen. Zufrieden?«

Das Wort ›zufrieden‹ wäre von Flaubert in solch einer Situation höchstwahrscheinlich nicht unbedingt angewandt worden, aber wenigstens galt ihm nun die ungeteilte Aufmerksamkeit des Publikums. Er hielt besänftigend die Hand hoch – die rechte Hand – und räusperte sich.

»Bitte stellen Sie sich nun alle im Halbkreis auf«, forderte er die Anwesenden auf, die ihm gehorchten, wenn auch nur zögernd. »Danke. Also gut, und nun eins nach dem anderen. Erstens ist dies hier wirklich eine Handgranate, die ich vor etwa zehn Minuten aus einem Diamanten gezaubert habe, und zwar mit Hilfe« – er langte mit der rechten Hand in die Innentasche seines Jacketts und holte das in Leder gebundenen Notizbuch hervor – »des Terminplaners der Weisheit. Beachten Sie diesen kleinen goldenen Schnappverschluß; er ist natürlich aus Gold drei-drei-sieben gefertigt. Deshalb konnte ich diese zwar dekorative, aber nutzlose Form des Kohlenstoffs dazu nutzen, diesen Edelstein« – nun hielt er die linke Hand hoch – »in ein äußerst praktisches Feuerwerk zu verwandeln. Ganz schön geschickt, wie?«

Die Angestellten scharrten ungeduldig mit den Füßen. Wenn es möglich ist, daß man sich gleichzeitig zu Tode fürchten und langweilen kann, dann taten sie dies.

»Zweitens«, fuhr Bedevere fort. »Wir wollen niemandem von Ihnen etwas zuleide tun, ehrlich. Wir wollen lediglich dieses kleine Notizbuch hier haben. Es ist noch nicht einmal für uns, sondern für einen Freund. Mir ist klar, daß ich auf diese Weise eine winzige Menge Gold drei-drei-sieben aus Atlantis entferne, was, das räume ich gern ein, ein leichtes Trudeln der Erdachse zur Folge haben wird. Aber was heißt das schon? Nach meinen Berechnungen resultiert daraus lediglich eine minimale Veränderung der Umlaufbahn, und Schaltjahre gehören dann endlich der Vergangenheit an. Wenn wir …«

»Moment mal, Bedders!« unterbrach ihn Turquine. »Zufälligerweise bin ich nämlich am neunundzwanzigsten Februar geboren worden.«

Bedevere blickte ihn gereizt an. »Ja und?«

»Ich meine, es ist so schon komisch genug, nur alle vier Jahr ein Jahr älter zu werden, aber dann werde ich ja überhaupt nicht mehr älter«, antwortete Turquine. »Ich dachte nur, daß dich das vielleicht interessieren könnte, das ist alles …«

Bedevere nickte verständnisvoll und wandte sich wieder den Bankangestellten zu. »Wie dem auch sei. Wenn wir gehen, braucht das niemanden von Ihnen zu jucken. Sie können wieder ohne Rücksicht auf Verluste Geld scheffeln, und wir können unsere Suche nach dem Heiligen Gral fortsetzen, und niemandem wird dabei ein Haar gekrümmt. Dies mag für den einen oder anderen unter Ihnen keine befriedigende Lösung sein, doch unter diesen Umständen ist es sicherlich das Vernünftigste, was wir tun können. Falls Sie uns aufzuhalten versuchen, werfen wir diese Handgranate. Gibt es jemanden unter Ihnen, der Lust danach verspürt?«

Offenbar gab es niemanden. Bedevere nickte zufrieden und deutete auf die Königin. »Alles klar. Um die Sache zu vereinfachen, gehen Sie bitte voran und zeigen uns den Weg«, forderte er sie auf.

Die Königin warf ihm einen Blick zu, mit dem man Löwenzahn hätte gar kochen können, und setzte sich in Bewegung. Weit kam sie allerdings nicht.

Mit einem Brüllen wie der Klang eines Dinosauriers, dem ohne örtliche Betäubung Karies entfernt wird, tauchte plötzlich Nikolaus von Weihnachten hinter ihnen im Gang auf.

»Au Scheiße«, zischte Bedevere. Er ließ den Griff der Handgranate los, zählte bis drei, rief: »Fang!« und warf sie dem Grafen zu, der sie reflexartig mit der rechten Hand auffing und in den Sack steckte. Gleich darauf gab es einen dumpfen Knall.

Gefolgt von einem lauteren Knall, als Turquine mit dem Gerüstrohr Nikolaus von Weihnachten das Lächeln aus dem Gesicht prügelte und Reißaus nahm, dicht gefolgt von Bedevere, der Königin und der Angestelltenhorde.

Nur der Ordnung halber sei an dieser Stelle erwähnt, daß Nikolaus von Weihnachten etwa zehn Minuten später aus der Ohnmacht wieder aufwachte, und als er seinen von Fußabdrücken übersäten Umhang und das Brandloch im Sack entdeckte, beschloß er, es für heute gut sein zu lassen. Deshalb zauberte er einen Kamin herbei, stieg hinein und verschwand. Als die Königin viele Stunden später schlafen ging, fand sie auf dem Stuhl neben dem Bett einen mit Skorpionen gefüllten Strumpf, in dem eine Karte steckte, auf der das ›Frohe ...‹ gestrichen und durch ›Aufrichtig beschissene ...‹ ersetzt worden war; Strumpf samt Karte wanderten in die Mülltonne.

»Irgendwie ist mir der Kerl sympathisch«, keuchte Turquine, während sie rannten. »Kein Jammern, kein Zetern. Redet nicht lange um den heißen Brei und kommt immer direkt zur Sache. Wenn er bessere Reflexe hätte, wäre er eigentlich ganz brauchbar.«

Bedevere war viel zu sehr außer Atem, als daß er hätte antworten können, und das war ihm auch ganz recht so. Sie befanden sich nun in einem anderen Flur; aber dieser war mit Teppichboden ausgelegt und in regelmäßigen Abständen gingen von ihm Türen mit Milchglasfenstern ab. Mit anderen Worten: sie waren wieder bei ›denen da oben‹.

»Laß uns diese Tür mal versuchen«, schlug Turquine vor.

Bedevere, der sowieso nicht mehr hätte weiterlaufen können, nickte. Mit vereinten Kräften stemmten sie sich gegen die verschlossene Tür und purzelten schließlich in ein kleines Büro.

Wenn sie Zeit gehabt hätten, wäre ihnen die Schrift auf dem Fenster nicht entgangen. Dort stand:

BESCHWERDEN

Das atlantische Dienstleistungsgewerbe für das Bankwesen rühmt sich der Tatsache, daß es bis zum heutigen Tag noch nie mit einer Kundenbeschwerde konfrontiert wurde. Dafür gibt es drei Gründe:

1. Sämtliche Finanzpakete der Lyonesser Firmengruppe werden von einem hingebungsvollen Expertenteam, das auf mehr als zweitausend Jahre Erfahrung in allen Formen finanzieller Planungen zurückblicken kann, auf Ihre ganz persönlichen Bedürfnisse zugeschnitten.
2. Das Investmentmanagement der Lyonesser Firmengruppe überwacht im Interesse der Kunden ständig sämtliche Investitions- und Versicherungsbereiche und informiert jeden Kunden sofort, wenn eine Änderung in der Anlagestrategie empfehlenswert ist.
3. Unter dem Fußabtreter in der Beschwerdeabteilung gibt es diese falltürähnliche Einrichtung, die in ein schalldichtes Verlies führt.

»Turkey?«

»Ja?«

»Sag mal, *du* hast doch vorgeschlagen, diese Tür zu nehmen, nicht wahr?«

»Ja.«

»Dann bin ich ja beruhigt. Ich hatte nämlich schon befürchtet, ich verliere allmählich den Bezug zur Realität.«

»Keine Sorge, das war ich.«

»Na, dann ist ja alles klar.«

Eine Ratte verharrte im Eingang zu ihrem Bau, stellte sich auf die Hinterpfoten und schnüffelte. Irgend etwas roch hier nicht richtig.

Mit einem kurzen Schwanzschlag zog sie sich zurück und demonstrierte auf diese Weise, daß Tiere in bezug auf atmosphärische Störungen empfindlicher reagieren als Menschen. Wäre sie nämlich so töricht gewesen weiterzugehen, hätte Turquine sie mit an Sicherheit grenzender Wahrscheinlichkeit gefangen und gegessen.

»Ich bin völlig ausgehungert, Bedders«, beklagte er sich zum siebenhundertstenmal. »Ich meine, in so einem Gefängnis darf man sich nicht wundern, wenn man in einem Verlies endet, das gehört nun mal dazu. Man wird gefangengenommen, der alte Herr kommt mit dem Lösegeld, man geht nach Hause, fertig. Aber während man im Verlies steckt, müßte man ja wohl wenigstens davon ausgehen können, daß die einem was zu essen geben. In irgendeinem Abkommen ist darüber sogar schriftlich etwas festgehalten.«

Bedevere rührte sich unbehaglich. Aus Furcht, es könne Turquine zu sehr aus der Fassung bringen, hatte er vergebens versucht, seinen Freund davon abzubringen, über dieses Thema zu sprechen.

»Turkey, ich fürchte, daß dir nicht ganz klar ist, was hier eigentlich gespielt wird. Ich glaube nämlich nicht, daß dies eins von den Verliesen ist, aus denen man jemals wieder rauskommen soll.«

Turquine lachte. »Sei doch kein Esel, Bedders. Verliese, aus den man rauskommen soll, gibt's doch sowieso nicht, schließlich sind sie dazu gebaut worden. Sie sind sozusagen die Aufbewahrungsbehälter für das, was in ihnen drin ist, ähnlich wie ein Schuhkarton.«

»Bis zu einem gewissen Grad hast du wohl recht«, stimmte ihm Bedevere vorbehaltlich zu und starrte dort hinauf, wo eigentlich das Dach sein sollte, aber nichts als Dunkelheit zu sehen war. »In Verliesen, die unter dieses Abkommen fallen, das du eben erwähnt hast, darf man trotzdem nur für beschränkte Zeit festgehalten werden – du weißt schon, bis das Lösegeld gezahlt worden ist oder bis du deine Zeit abgesessen hast oder warum auch immer. Aber irgendwie hab ich das Gefühl, daß dieses Verlies nicht dazugehört.«

»Und wieso nicht?«

»Weil es keine Tür gibt«, antwortete Bedevere. »Der einzige Weg hier hinein führt über diese Falltür, durch die wir auch reingekommen sind. Dieses Verlies ist wohl eher für … na ja, für langfristige Aufenthalte gedacht.«

Turquine schlurfte raschelnd über das Stroh. »Bestimmt nicht«, widersprach er. »Ich meine, daß es hier keine Tür gibt, darf einen nicht weiter kratzen. Von Türen halten die hier anscheinend sowieso nicht viel. Übrigens erinnert mich das an ein Bürogebäude, an das ich hin und wieder Pizzas ausgeliefert hab. Dort gab es zwischen den Abteilungen lediglich so eine Art Trennwand, und man wußte nicht …«

»Nein, nun warte doch mal«, unterbrach ihn Bedevere ungeduldig. »Meine Theorie basiert nämlich auf der Tatsache, daß hier überall Skelette herumliegen.«

»Skelette?«

Anstatt zu antworten, rasselte Bedevere mit einem Paar Schienbeine. »Ich nehme mal stark an, daß die nicht nur auf Diät gesetzt worden sind, Turkey, sondern vielmehr seit Jahr und Tag nichts mehr zu essen bekommen haben.«

»Oh …«

»Genauer gesagt«, fuhr Bedevere fort (und während er sprach, gewann er immer mehr das Gefühl, wohl ein wenig über das Ziel hinausgeschossen zu sein, wenn er wirklich vorgehabt hätte, seinen Freund nicht übermäßig zu beunruhigen), »haben die nie was zu essen bekommen. Kannst du mir folgen?«

»So einigermaßen jedenfalls«, antwortete Turquine. »Ganz schön unfair, findest du nicht?«

»Doch, absolut sogar.«

»Unfaßbar.«

»Das kannst du laut sagen.«

Turquine entdeckte eins der Skelette und beschäftigte sich fortan damit, so zu tun, als wäre er ein Bauchredner. Zwar fand Bedevere das überhaupt nicht komisch, doch wie er sich sagte, könne er nichts dagegen haben, solange Turquine dadurch auf andere Gedanken käme. Wie er aus langer Erfahrung wußte, funktionierte Turquines Verstand ein wenig wie ein Atomkrieg; wenn er sich erst einmal etwas in den Kopf gesetzt hatte, strahlte er viel Lärm und Hektik aus, aber dann war auch alles genauso schnell wieder vorbei, und Totenstille kehrte ein. Er lag auf dem Rücken und versuchte, sich etwas Gescheites einfallen zu lassen.

Eine menschliche Pyramide, um die Falltür zu erreichen? Nein, zu wenige Artisten.

Magie vielleicht? Er griff in die Tasche mit dem Terminplaner, doch der goldene Schnappverschluß war nicht einmal warm. Hier unten konnte er keine Magie wahrnehmen, und wenn es doch welche gab, war sie nicht kompatibel. Wahrscheinlich war das Verlies genauso isoliert wie die Registratur.

Er wägte gerade die Möglichkeit ab, einige der Knochen für den Bau einer behelfsmäßigen Leiter zu verwenden, als Turquines Bauchrednerattrappe hysterisch zu lachen begann. *Lieber unterbinde ich diesen Unsinn auf der Stelle,* sagte er sich, *oder der arme Kerl schnappt noch völlig durch, was alles nur noch schlimmer machen würde.*

»Alles klar, Turkey«, sagte er deshalb so ruhig wie möglich. »Hör bitte auf damit, ja? Allmählich geht mir das auf die Nerven ...«

»Mhm.«

»Turkey?«

»Ja, Bedders?« Da schwang ein Unterton in Turquines Stimme mit, den Bedevere in all den Jahren, die sie sich kannten, nie zuvor wahrgenommen hatte. Angst. Man mochte über den alten Turkey sagen, was man wollte, doch Angst schien für ihn ein Fremdwort zu sein. Wenn man ihn fragte, was für ihn das Wort Angst bedeute, pflegte er eine Weile nachzudenken, um dann die Gegenfrage zu stellen, ob das Wort aus dem Deutschen stamme.

»Turkey?«

»Ja. Könntest du mal zu mir rüberkommen und diese … ähm … diese Dame hier bitten, mit dem Reden aufzuhören? Sie hört einfach nicht auf mich …«

*Jetzt haben wir den Salat!* dachte Bedevere. *Der arme Tropf hat endgültig den Verstand verloren. Meine Schuld, ich hätte ihn erst gar nicht mit diesem Ding spielen lassen dürfen.*

»Ach, jetzt sei nicht so albern, Turkey«, rügte er ihn und krabbelte vorsorglich auf Händen und Knien über das Stroh zu ihm hinüber. »Du weißt ganz genau, daß *du* die Stimme machst und *nicht* der Schädel. Also hör endlich auf damit.«

Erneut ertönte schallendes Gelächter, und Bedevere zuckte unwillkürlich zusammen. Solch hysterisches Lachen konnte nur eins bedeuten.

Doch dann fiel ihm etwas ein …

Turquine wandte beim Sprechen mit dem Schädel seine eigene Stimme an und bat ihn – ja flehte ihn sogar an –, endlich Ruhe zu geben. Und der Schädel lachte immer noch. Entweder war Turkey erheblich besser im Bauchreden, als er es ihm jemals zugetraut hätte (und darüber hinaus erstaunlich einsichtig, wenn er sich selbst als dummen Jungen bezeichnete), oder der Schädel sprach tatsächlich selbst …

»Turkey, hör endlich auf damit!« schrie Bedevere ihn an. »Hast du verstanden?«

»Laß ihn in Ruhe.«

Schweigen. Das einzige Geräusch in dem widerhallenden Verlies stammte von der Ratte, die beleidigt den Eingang zu ihrem Bau zuknallte und von innen mit einem Stück Kohle sicherte.

»Wie bitte?«

»Ich hab gesagt, laß den armen Junge in Ruhe, du alter Rabauke.«

»Ich …«

»Such dir doch jemanden, der dir gewachsen ist.«

*Na prima!* dachte Bedevere. *Wirklich umwerfend! Jetzt hab ich auch schon nicht mehr alle Tassen im Schrank. Wenn ich hier jemals wieder rauskomme, werde ich Snotty einen Arschtritt von hier bis Benwick verpassen.*

Er sammelte sich. »Entschuldigung bitte mal …«

»Ja?«

»… aber mit wem spreche ich eigentlich?«

Es erschallte noch mehr von diesem abartigen Gelächter, das Bedevere allmählich auf die Nerven ging, und er räusperte sich gewichtig.

»Jetzt kommen Sie mal von Ihrem hohen Roß runter, junger Mann. Ich könnte Ihre Großmutter sein.«

»Offen gesagt, bezweifle ich das ein wenig«, rutschte es Bedevere unwillkürlich heraus.

»Ich dulde keine Widerworte!«

»Sie müssen schon entschuldigen, doch zufälligerweise bin ich weit über fünfzehnhundert Jahre alt.«

Es gab ein Klicken, als würfe man einen Würfeln oder aber – jedoch sollte man nicht allzu viele Gedanken daran verschwenden – als wäre gerade die Kinnlade eines Schädels heruntergeklappt.

»Versuchen Sie bitte nicht, mich auf den Arm zu nehmen, junger Mann. Sonst …«

»Im Ernst. Ich war einer von König Artus' Rittern, und bin nun auf der Suche nach …«

»König Artus?«

»Ja.«

»Aha. Mh, jetzt verstehe ich …«

»Na bitte.«

»Ich wollte Ihnen gegenüber nicht respektlos sein. Sie sind mir hoffentlich nicht böse?«

»Keineswegs.«

»Mein Name ist übrigens Mahaud.«

»Sir Bedevere de Haut Gales.«

»Ach, ich habe schon von Ihnen gehört. Sind Sie nicht der Ritter, der …«

Der Name war Bedevere vertraut, und diese Stimme –

du meine Güte! Wie hätte er diese Stimme jemals vergessen können? Aber nein, das konnte einfach nicht möglich sein.

»Haben Sie eben wirklich Mahaud gesagt?« hakte er deshalb ungläubig nach.

»Richtig«, antwortete Mahaud. »Mahaud de Villehardouin.«

Bedeveres Stimme zitterte beim Sprechen. »Die Hausmutter Mahaud de Villehardouin?«

Der Schädel lachte erneut, und dieses Mal lachte auch Bedevere.

»Na, dann erinnerst du dich bestimmt an mich, Mahaud«, meinte Bedevere vergnügt. »Ich bin im selben Jahrgang von Aguisant und Bors und Gaheris gewesen.«

»Natürlich erinnere ich mich an dich, Junge. Du hast doch in dem Schlafsaal für die Kleinen immer in einem Schuhkarton diese ganzen Käfer aufbewahrt, stimmt's?«

»Hör mal, Bedders ...« Das war Turquine, und seine Stimme klang ein wenig gereizt. »Ich will euch beide wirklich nicht unterbrechen, aber willst du mich der Dame gar nicht vorstellen?«

Kurz herrschte ratlose Stille, dann sagte Bedevere: »Tut mir leid, Turkey, das hab ich völlig vergessen. Mahaud hat damals das Internat verlassen, bevor du zu uns gekommen bist. Mahaud, das hier ist Sir Turquine le Sable. Er ist auch auf dem Internat gewesen, aber erst nach deiner Zeit.«

»Schön, dich kennenzulernen, meine Junge.«

»Ähm, ganz meinerseits, Mahaud. Hör mal, Bedders, weißt du eigentlich, was hier vorgeht? Weil allmählich ...«

»Ach, jetzt halt eine Weile den Mund, Turkey, und sei ein braver Junge, ja? Entschuldige, Mahaud. Wie geht's dir überhaupt?«

Eine ganze Weile herrschte Grabesstille, dann antwortete Mahaud: »Ich bin tot.«

»Ach, du bist doch nicht tot …«

»Ganz bestimmt sogar.«

»Ich verstehe. Tut mir wirklich leid, das zu hören, Mahaud. Ich wollte …« Bedevere hörte mitten im Satz zu sprechen auf. Lag es nur an ihm, oder entwickelte sich das Gespräch tatsächlich rein gefühlsmäßig in eine falsche Richtung? »Du bist tot?«

»Tot wie ein Sargnagel«, bekräftigte Mahaud. »Und das gefällt mir überhaupt nicht, das kannst du mir glauben.«

»Das wundert mich, ehrlich gesagt, nicht.«

»Als ich damals als Hausmutter aufgehört habe«, fuhr Mahaud fort, »hat sich das Internat mir gegenüber äußerst großzügig verhalten – viel großzügiger, als ich es jemals erwartet hätte, wirklich sehr rührend –, und das Geld wollte ich natürlich als Notgroschen für meine alten Tage investieren. Und dann habe ich diese charmante junge Dame kennengelernt. Sie sagte, sie sei die ältere Schwester von einem der Internatjungs …«

Bedevere bekam einen Klumpen im Hals. »Von der Lyonesser Kapitalanlagegesellschaft etwa?«

»Nein, von der Lyonesser Prämienanleihengesellschaft«, antwortete Mahaud. »Und keine sechs Monate nach Abschluß des Vertrags erhielt ich einen Brief, in dem stand, die Firma sei bedauerlicherweise liquidiert worden und wie leid es ihnen tue. Ich war natürlich stinksauer, kann ich dir sagen. Deshalb bin ich schnurstracks hierhergekommen, um mich zu beschweren, und … tja, und dann hier unten gelandet. Und sollte ich jemals dieses niederträchtige Miststück von einer Vertreterin in die Finger bekommen, dann gnade ihr … Na ja, jedenfalls sollte sie sich dann vorsehen, das ist alles.«

»Das ist ja furchtbar, Mahaud«, bekundete Bedevere sein Mitleid. »Dich erst so zu betrügen und dann noch zu ermorden. Das ist … also, das ist wirklich furchtbar.

So einfach dürfen die uns nicht davonkommen. Irgendwie müssen wir es denen heimzahlen.«

»Hört, hört«, murmelte Turquine, und fügte noch etwas in der Richtung hinzu, daß Mahauds Geist wohl willig, doch ihr Fleisch ein wenig schwach dazu sei.

Dies empfand Bedevere als ausgesprochen geschmacklos, und er brachte ihn mit passenden Worten zum Schweigen. Dann kratzte er sich nachdenklich am Kopf und sagte nach einer kurzen Pause: »Du mußt schon entschuldigen, wenn ich dich das frage, Mahaud, aber wie kann es angehen, daß du noch immer sprechen kannst? Ich dachte, man müsse leben, um ...«

Der Schädel klapperte mit den Zähnen. »Einige Leute lassen sich ziemlich gehen, wenn sie in Rente gehen, doch bei mir war das anders«, antwortete Mahaud. »Wie ich schon euch Jungen im Internat gesagt habe, gibt es nichts Wichtigeres im Leben, als Willenskraft und noch mal Willenskraft und darüber hinaus Entschlossenheit an den Tag zu legen. Ich war wild entschlossen, nicht außer Form zu geraten, und das hat funktioniert.«

»Das sieht man«, merkte Turquine überflüssigerweise an.

»Das ist wirklich toll für dich«, ergriff Bedevere wieder rasch das Wort; trotzdem hatte er das undeutliche Gefühl, daß etwas fehlte – eine Erklärung zum Beispiel. Allerdings hätte es von schlechten Manieren gezeugt, weitere Erkundigungen einzuholen, und Mahaud hatte auf die Achtung der Privatsphäre stets großen Wert gelegt. Deshalb wechselte er das Thema, und eine Weile plauderten sie über die andern Jungen aus Bedeveres Jahrgang. Dies ging auch eine ganze Zeit gut. Da aber alle anderen längst tot waren, lief das Gespräch Gefahr, immer morbidere Züge zu bekommen oder zumindest etwas eintönig zu werden. Aus diesem Grund kehrte er sehr behutsam zum Ausgangsthema zurück.

»Mahaud, entschuldige bitte, wenn ich ein wenig persönlich werde, aber ich habe immer noch nicht so recht verstanden ...« *Inspiration, wo bleibst du?* »Weißt du, als ich noch auf dem Internat war, da hat uns Sir Giraut beigebracht, daß ein Mensch, der tot ist, dann auch wirklich ... na ja, eben tot ist.« *Uff ...!*

»Giraut?« fauchte der Schädel abfällig. *Sie besitzt keine Lippen zum Schürzen,* sann Bedevere nach, *sonst würde sie jetzt ...* »Der Mann war ein Scharlatan. Außerdem hat er immer die abgebissenen Äpfel hinter die Heizung geworfen.«

»Ich hab den Kerl auch nie ausstehen können«, pflichtete Bedevere ihr bei.

»Brav, mein Junge«, lobte ihn Mahaud. »Was wußte der denn schon darüber, was es heißt, tot zu sein? Nur weil man irgendwo einen komischen Universitätsabschluß gemacht hat, heißt das noch lange nicht, daß man die Weisheit mit Löffeln gefressen hat.«

Bedevere nickte zustimmend, wenngleich ihn niemand sehen konnte. »Und wie ist es dann wirklich?« drängte er. »Tot zu sein, meine ich. Ich wollte das schon immer mal wissen.«

»Na ja, ich kann natürlich nur für mich sprechen«, antwortete Mahaud, nachdem sie eine Weile darüber nachgedacht hatte. »*Mich* wirst du nicht dabei ertappen, über Dinge zu dozieren, von denen ich nichts verstehe, wie es offenbar einige Leute, die wir beim Namen nennen könnten, nur allzugern tun. Ich persönlich empfinde diesen Zustand jedenfalls so, als wäre ich lebendig. Natürlich unterscheidet sich das Ganze schon durch die Magie.«

»Ich verstehe«, log Bedevere. »Durch die Magie also?«

Mahaud lachte. »Der kleine Bedevere hat wohl damals in der Schule nicht richtig aufgepaßt, wie? Ich möchte wetten, daß du mal wieder zu sehr damit beschäftigt warst, mit diesem Ector de Maris ›Henker und Opfer‹ zu spielen, stimmt's?«

Bedevere errötete; niemand läßt sich gern bloßstellen. Doch hielt sich seine Entrüstung in Grenzen. »Was ist denn nun mit der Magie, Mahaud? Was genau macht sie?«

»Magie«, erklärte Mahaud in diesem für sie so typischen, immer etwas behäbig klingenden Tonfall, »ist ein Nebenprodukt, das beim Zerfall des Goldisotops drei-drei-sieben entsteht. Dabei handelt es sich um eine Art Strahlung. Zwar kann jede Form von Strahlung bei Lebewesen zu Mutationen führen, da sie die molekularen Strukturen beeinflußt, doch ist magische Strahlung ganz besonders wirkungsvoll. Sie kann Lebewesen sehr schnell mutieren lassen – dich zum Beispiel in einen Frosch verwandeln –, aber auch unbelebte Objekte wie Blumenvasen oder alle möglichen Nationalfahnen beeinflussen und sie zum Beispiel aus Zylindern springen lassen und derlei Dinge mehr. Sie kann aber auch die Toten auferstehen lassen.« Mahaud hielt kurz inne. »Nein, das ist nicht ganz richtig. Man könnte eher sagen, daß sie die Toten ein wenig lebendiger machen kann. Nein, das stimmt auch noch nicht so ganz. Eher das Gegenteil.«

»Du meinst, daß die Lebenden eher wie tot erscheinen?« vermutete Bedevere. Er kam sich vor wie beim Philosophieunterricht mit Dr. Magus; und dann erinnerte er sich schwach daran, daß Mahaud und Dr. Magus in der Nähe des Bogenschießstands gern ausgedehnte Spaziergänge unternahmen. Im Schutz der Dunkelheit erlaubte er es sich, belustigt zu schmunzeln.

»Ganz genau«, pflichtete ihm Mahaud bei. »Wenn viel Magie vorhanden ist – und ich kann dir sagen, hier unten gibt es reichlich davon; falls du mir nicht glaubst, brauchst du nur die Ratte darum bitten, dir ihre Zauberkunststücke vorzuführen –, dann kann eine Person zu ein und derselben Zeit tot und lebendig sein. Das soll heißen, daß ihr Geist lebendig, ihr Körper aber tot ist. Zugegebenermaßen klingt das zwar alles ein bißchen gespenstisch«, fügte sie hinzu, »doch mit der Zeit gewöhnt man sich daran.«

»Ich verstehe.«

»Ich selbst habe allerdings nicht den geringsten Nutzen davon, lebendig zu sein, solange der Rest von mir nichts als ein Haufen alter Knochen ist«, fuhr Mahaud fort. »Der einzige Vorteil daran ist, daß ich keine Zahnschmerzen mehr bekommen kann. Man muß auch für kleine Dinge dankbar sein können, sage ich immer.«

Bedevere saß eine Weile schweigend da. Turquine versuchte unterdessen, insgeheim ein paar Einzelteile eines Skeletts zusammenzupassen, das er sich wahllos herausgegriffen hatte, um daraus Krickettore und ein Schlagholz oder – besser – einen Schlagknochen zu basteln.

»Was wäre denn, wenn wir hier alle rauskommen würden?« erkundigte sich Bedevere schließlich. »Ich meine, was würde deiner Meinung nach dann geschehen? Wärst du dann – na ja, nicht mehr halb lebendig, sondern völlig tot? Oder wärst du nicht mehr halb tot, sondern …?«

»Das kann ich wirklich nicht sagen«, entgegnete Mahaud. »Aber glaub mir, beides wäre eine Verbesserung, und ich würde bestimmt keine Sekunde zaudern. Wie du weißt, ist das nie meine Art gewesen.«

»Na prima. Wenn wir hier also rauskommen könnten, dann …«

»Wenn, junger Mann«, unterbrach ihn Mahaud. »Als ich noch ein Mädchen war, haben wir immer gesagt, wenn alle Wenns und Abers Pferde wären, ritte jeder Bettler.«

»Das ist allerdings was dran«, räumte Bedevere ein. »Aber du bist schon eine Ewigkeit hier unten. Ist dir denn in all den Jahren wirklich gar nichts aufgefallen, was uns irgendwie dienlich sein könnte?«

Der Schädel sann eine Weile darüber nach. »Offen

gesagt, nicht sehr viel«, sagte er schließlich. »Hin und wieder fallen hier irgendwelche Leute rein, sie sterben, und wir sprechen eine Weile miteinander. Gewöhnlich streiten wir uns irgendwann, und sie schmollen und hören auf zu sprechen. Einige Leute sind wirklich furchtbar empfindlich.«

»Also hast du keinerlei Vorschläge, wie wir hier rauskommen könnten ...?«

»Nun ja ...« Langes Schweigen. »Eine Möglichkeit gäbe es vielleicht, die ich schon mal mit einem jungen Mann ausprobiert habe, der vor etwa fünfzig Jahren hier reingefallen ist. Er hat die Sache allerdings ziemlich verpatzt. Weißt du, der hatte einfach kein Rückgrat.«

»Aha.«

»Vor allem hatte er keins mehr, als er abstürzte ...«

»Oje, ich verstehe.« Bedevere kratzte sich nachdenklich am Ohr. »Ich bin jedenfalls dabei, und was ist mir dir, Turkey?«

Turquine blickte von seiner Bastelarbeit auf, die ihm gerade etliche Schwierigkeiten bereitete. Zum einen machte ihm zu schaffen, daß das Schienbein irgendwie mit dem Oberschenkelknochen verbunden war, zum an deren war er kein Anatom.

»Du weißt doch, Bedders, ich bin stets zu jeder Schandtat bereit«, stimmte er ohne Vorbehalte zu. »Ähm, Bedders? Hast du eigentlich 'ne Ahnung, wie Kniegelenke funktionieren?«

»Das klappt doch niemals!« protestierte Turquine. »Frag mich nicht, warum oder weshalb, ich weiß es einfach.«

»Ach, halt die Klappe, Turkey!« raunzte Bedevere ihn an.

»Ist ja gut. Ich wollte das nur mal klarstellen, das ist schon alles. Und komm mir später bloß nicht an und ...«

»Jungs, ich will keinen Streit!« ermahnte sie der Schädel in scharfem Ton.

»'tschuldigung«, murmelte Turquine verlegen. »Es ist nur so, daß Bedders immer alles besser …«

»Schluß jetzt, Turquine! Ich will nichts mehr davon hören«, wies ihn der Schädel zurecht. »Sag mal, hast du eigentlich einen Cousin namens Breunis gehabt?«

Turquine zog erstaunt die Augenbrauen hoch. »Allerdings. Breunis Saunce Pitie. Er war übrigens auch auf dem Internat.«

»Ach, ich wußte doch, daß du mich an jemanden erinnerst«, seufzte der Schädel. »Ein furchtbarer Kerl war das.«

Vor vielen Jahren entdeckte das Lyonesser Marktforschungsinstitut, daß der Marktanteil der Lyonesser Kapitalanlagegesellschaften unter den Riesen von Südpermia weniger als 18,5 Prozent betrug, weshalb eine aggressivere Marketingstrategie eingeschlagen wurde. Diese erwies sich als äußerst erfolgreich, und die Folge war, daß die Riesen (bei denen es sich in erster Linie um die Verkörperungen von Eisbergen handelte, deren Ahnenreihe bis in die zweite Eiszeit zurückreichte) bald ausgestorben waren.* Einer dieser Riesen, ein gewisser Germadoc der Starke, hatte festverzinsliche Auslandsschuldverschreibungen gekauft, und nur zehn Minuten, nachdem die Tinte auf dem Wertpapier getrocknet war, vergilbte das Dokument und löste sich in Wohlgefallen auf. Er machte sich umgehend auf den Weg nach Atlantis City, um sich dort zu beschweren. Der Kundenservice mußte mit Katapulten gegen ihn vorgehen, um ihn daran zu hindern, sich weiter vorwärts zu bewegen. Dann wurde er vertäut und ins Verlies geworfen. In kleinen Stücken.

---

* Sobald sich Riesen erst einmal etwas in den Kopf gesetzt haben, verfolgen sie unbeirrbar ihr Ziel. Wenn man einem Riesen erzählt, er erhalte nach seinem Tod dreißigtausend Mark, zögert er nicht lange.

Da es sich bei ihm um einen Riesen gehandelt hatte, besaßen allein seine Oberschenkelknochen eine Länge von mehr als vier Metern. Die Falltür befand sich in gut sechs Meter Höhe.

»Ich hab mal jemanden im Zirkus mit so einer ähnlichen Nummer gesehen«, erzählte Turquine. »›Der große Garcio‹ wurde er genannt. Der Typ war echt gut. Allerdings hatte der auch richtige Stelzen«, fügte er hinzu. »Mit so Vorsprüngen, auf denen er die Füße stellen konnte, und mit Handgriffen und allem.«

Bedevere, der, als ginge es um sein Leben, einen gewaltigen Knochen umklammerte, nickte ungeduldig. »Bist du noch da oben?« wollte er wissen.

»Ich bin mir nicht sicher«, antwortete Turquine. »Es ist so dunkel hier… Aha, was haben wir denn da?«

Der Knochen schwankte furchterregend hin und her, und Bedevere wurden fast die Beine weggerissen. Er stützte sich mit dem Rücken gegen die Wand und stabilisierte das Ende des Knochens auf seinem Brustkasten. *Hauptsache, das Scheißding rutscht nicht ab, sonst…*

»Hab ich dich!«

Und dann folgten ein lauter Schrei und ein Fluch, und plötzlich lastete auf dem oberen Ende der Stelze kein Gewicht mehr.

»Turkey!« brüllte Bedevere und versuchte, nach oben zu spähen, was er sich bei der Dunkelheit hätte sparen können. Es folgten ein paar Grunzlaute.

»Turkey!«

»Alles in Ordnung«, keuchte ein Stimme in zirka sechs Meter Höhe. »Hier ist ein Griff oder so was, und ich hänge daran. Wenn ich bloß irgendwie diesen dämlichen Haken hier lösen könnte, dann…«

Und dann strömte Licht herein.

Und ins Verlies kehrte ein wenig Hektik ein.

Den Umständen entsprechend, war Germadoc der Starke eigentlich noch recht gut beisammen. Nachdem Bedevere und Mahaud ihm alles erklärt hatten und er auch begriffen hatte, daß er wieder lebendig war und sie keinerlei Schuld an seinem unfreiwilligen Verliesaufenthalt trugen, hatte er allen anderen aus dem Keller geholfen – Bedevere hatte kaum glauben wollen, wie viele Personen über all die Jahre in dieses Verlies gefallen waren. Danach hatte er sich mit seinen Mitbeschwerdeführern auf den Weg gemacht, um jemanden aufzutreiben, bei dem man sich hätte beschweren können. Kurz darauf hörten Bedevere, Turquine und Mahaud aus weiter Ferne, daß die Beschwerden offenbar gerade aufgenommen wurden.

»So, das wäre damit auch erledigt«, stellte Turquine mit schadenfrohem Grinsen fest. »Trotzdem, ganz schön mies die Geschichte.«

Mahaud lächelte. Nachdem sie erst einmal wieder Fleisch auf den Knochen hatte, stellte Bedevere fest, daß sie sich seit der Internatszeit kein bißchen verändert hatte.

»Jedenfalls danke ich euch beiden von ganzem Herzen«, sagte sie erleichtert. »Ich bin euch wirklich sehr verbunden. Außerdem war es sehr scharfsinnig von dir, Bedevere, gemerkt zu haben, daß wir alle gar nicht richtig tot, sondern nur Opfer der Magie waren.«

Unter normalen Umständen hätte Bedevere ihr erklärt, Sir Giraut habe ihm damals am guten alten Internat erzählt, daß der Tod zwar endgültig sei, doch alles andere, was den Leidtragenden am Reden halte, etwas anderes sein müsse. Dann erinnerte er sich an die abgebissenen Äpfel hinter den Heizungen und gab sich mit einem schüchternen Lächeln zufrieden. »Ach, das war doch alles nur halb so wild«, murmelte er etwas verlegen.

»Und was dich angeht, Turquine«, fuhr Mahaud fort,

»so bist du in der Tat sehr mutig gewesen, mein Junge, und hast deine Sache wirklich gut gemacht.«

Turquine, der Komplimente nicht gewohnt war, errötete. Unter normalen Umständen pflegten die einzigen Zeugen seines Muts genau die Leute zu sein, gegenüber denen er sich mutig verhalten mußte, und diese neigten dazu, überkritisch mit ihm umzugehen.

In der Ferne gab es einen furchtbaren Knall, der das ganze Gebäude erschütterte, gefolgt von lautem Jubel. Wahrscheinlich hatte Germadoc einen neuen Anlaß zur Beschwerde gefunden, und nach dem Geräusch zu urteilen, hatte er sich dazu entschlossen, diese nicht schriftlich einzureichen.

»Jedenfalls haben wir jetzt den Terminplaner, und die Atlantiker scheinen auch nicht in der Nähe zu sein. Also sollten wir zusehen, daß wir hier wegkommen«, drängte Bedevere. »Können wir dich irgendwo absetzen, Mahaud?«

Mahaud de Villehardouin lächelte. »Danke, das wäre wirklich furchtbar nett. Liegt Glastonbury zufällig auf eurem Weg?«

Glastonbury ... Bedevere kannte den Namen irgendwoher, doch obwohl die Glocke an der Tür seines Verstandes läutete, kam niemand, um sie zu öffnen. Dennoch versicherte er Mahaud, daß es kein Problem sei, sie dort abzusetzen, und gemeinsam machten sie sich auf die Suche nach einem Faxgerät.

Wie sich herausstellen sollte, war es gar nicht so einfach, eins aufzutreiben. Obwohl es unter normalen Umständen in Atlantis City von einsatzbereiten Faxgeräten nur so wimmelt, schien zur Zeit keins davon zu funktionieren. In den meisten Räumen war sogar die komplette Büroeinrichtung zu Kleinholz gemacht worden – was nur beweist, daß eine mit vereinten Kräften vorgetragenen Beschwerde am meisten Durchschlagskraft besitzt.

In einem behaglichen kleinen Zimmer mit bequemen

Sesseln und einem Katzenkalender an der Wand spürten die drei schließlich doch noch ein Gerät auf. Gewisse Merkmale an diesem Raum sagten Bedevere, daß dies wahrscheinlich das Büro der Königin war.

»So, gleich haben wir's«, murmelte er geschäftig, während er das Faxverzeichnis durchblätterte. »Hier sind auch schon sämtliche Nummern aus Glastonbury. Hast du irgendwelche speziellen Wünsche?«

Mahaud schüttelte den Kopf. »Ich nehme an, daß sich dort seit meiner Zeit vieles geändert hat. Außerdem möchte ich keine großen Umstände machen.«

Bedevere ging ein Licht auf. *Glastonbury. Die Stadt des Glasbergs!* Er wollte sich nichts anmerken zu lassen, und ihm gelang es, beiläufig die Nummer zu wählen, indem er aus den Augenwinkeln heraus auf die Tasten drückte. Wenn sie wirklich in den Glasberg wollte, bedeutete das, daß sie …

Mahaud lächelte erneut. »Du bist wirklich ein aufgeweckter Junge, Bedevere«, stellte sie erfreut fest, als sie sah, welche Nummer er wählte. »Du hast völlig recht. Allerdings habe ich dort sozusagen nur eingeheiratet.«

Jetzt erst war das Puzzle in Bedeveres Gedächtnis vollständig. Dr. Magus und Mahaud hatten das Internat damals gemeinsam verlassen, und dann diese langen Spaziergänge …

»Wie geht es Dr. Magus eigentlich?« erkundigte er sich so beiläufig wie möglich.

»Simon?« Mahaud strahlte übers ganze Gesicht. »Danke, sehr gut. Zumindest war das so, als ich ihn das letztemal gesehen hab. Das ist natürlich schon eine ganze Weile her, und dennoch ich kann mir nicht vorstellen, daß er von meiner Abwesenheit überhaupt etwas bemerkt hat. Ein sehr gescheiter Mann, wirklich, aber irgendwie auch ein unverbesserlicher Träumer. Ich gehe davon aus, daß auf mich fünfzehnhundert Jahre Abwasch in der Spüle warten, wenn ich nach Hause komme. Ich werde ihm erzählen, daß du dich nach ihm erkundigt hast; er behauptete immer, du seist sehr viel klüger gewesen, als du ausgesehen hättest.«

Bedevere wollte etwas dazu sagen, doch dann fiel ihm ein, daß nach dem, was er gehört hatte, die Zeit im Glasberg irgendwie anders ging.* Wie er sich erinnerte, hatte ihm jemand einmal erzählt, sie sei ähnlich dem wahren Leben; man bekäme nur das heraus, was man auch bereit sei hineinzustecken. Na ja, oder irgendwas in dieser Richtung jedenfalls.

»Die Verbindung steht«, sagte er. »Haltet euch fest ...«

Übertragung ...

---

* Am besten läßt sich Glasbergzeit noch dadurch beschreiben, indem man zwischen bevorzugt beförderter und normal beförderter Post eine Parallele zieht. Beide Versendungsformen erreichen irgendwann den Zielort; doch während der bevorzugt beförderte Brief normalerweise innerhalb von vierundzwanzig Stunden ankommt, kann der andere viel länger dauern. Darüber hinaus hat er den fatalen Hang, auf dem Weg verlorenzugehen oder aber, auf unergründliche Weise völlig zerknittert und von oben bis unten abgestempelt, stets über Preston am Zielort anzukommen.

# 6

In den Ställen von Schloß Weihnachten verhielten sich die Rentiere ungewohnt unruhig. Da man den Transportmittelbedarf des Grafen als extrem eigenwillig bezeichnen kann, sind die Ställe zweimal so groß wie der Rest des Schlosses; und allein dieser Rest ist noch um einiges größer als, sagen wir mal, die Toskana.

Es gibt Sportrene, Langstreckenrene, Rene mit Vierbeinantrieb, Turborene mit sechs Mägen und einem höchst umweltschädlichen Schadstoffausstoß, Rennrene mit rot-weißen Rallyestreifen an den Flanken und hochgesetzten Bremsleuchten, und einige wenige tragen sogar den Aufkleber ›Mein Zweitren ist ein Karibu‹ auf dem Hinterteil. Und dann gibt es natürlich noch Radulf.

Die Geschichte von Radulf und dem Grafen reicht lange zurück; bis in jene Zeit, als der Graf als eine finnisch-ugrische Sturmgottheit begann und es seine Aufgabe war, Meineidige zu bestrafen und die Seelen der Toten zu sammeln. Gemeinsam haben sie viel Spaß gehabt, wenn sie zur Wintersonnenwende mit wehendem Haar durch den Himmel heulten und sich die Erde unter ihnen wie ein verschüttetes Frühstück ausbreitete. Damals hießen sie natürlich noch nicht Nikolaus und Radulf, sondern Odin und Sleipnir – und danach trugen sie noch viele andere Namen, die die

Menschheit nur allzugern aus ihrem Gedächtnis gestrichen hat. Dieser ganze Firlefanz mit den roten Bademänteln und dem Gebimmel der Schlittenglocken ist relativ neu und Folge einer der größten Irrtümer in der Geschichte der Theologie.

Radulf hat sich heute praktisch aufs Altenteil zurückgezogen und reitet nur noch einmal im Jahr durch die Winde. Er verabscheut die amerikanisierte Form seines Namen, und bei den schmalzigen Liedern und kitschigen Grußkarten kriegt er das Kotzen. Die leichte Verfärbung seiner Nase (er zieht es vor, daß man sie für seine Schnauze hält) rührt von einer ehrenhaften Verwundung her und beweist, daß eine rote Nase auch von Mut zeugen kann; ein bleibendes Andenken an zehn schreckliche Minuten mit dem großen Frostbären, als die Welt noch jung, gewalttätig und nicht ansatzweise so verweichlicht und rührselig war wie heute.

Wenngleich er sich vom Fliegen zurückgezogen hat, gibt es dennoch reichlich Arbeit auf dem Boden, da mit dem über sie verhängten Bannfluch die Erledigung verschiedenster Aufgaben verbunden ist. Spielzeugkataloge müssen gesichtet, Bestellformulare ausgefertigt, Lieferungen kontrolliert und riesige Berge von Anforderungsformularen sortiert werden, wenn die Ersuchen sämtlicher Familien dieses Planeten hereingeflattert kommen. Und nicht zuletzt müssen die Vorbereitungen für den alljährlichen Flug getroffen werden; als da wären die Routenplanung, das Studieren von Bauplänen und vor allem die Entwicklung raffinierter Einbruchsmethoden in Häuser ohne Schornstein oder umgewandelte Windmühlen sowie in die besonders problematischen Wohnblöcke.

»Radulf!«

Die Stimme gehörte zu einem Mädchen und hallte in den weitläufigen Stallungen auf melodramatische Weise wider. Das alte Ren hob die Schnauze, setzte die

Lesebrille ab und röhrte leise. Es wußte, daß der Graf nichts davon hielt, wenn die Gräfin in die Ställe kam. Seiner Meinung nach waren sie für ein junges Mädchen zu gefährlich, womit er nicht ganz unrecht hatte. Einige der Rentiere entstammten reinrassigen Züchtungen und besaßen ein ungezügeltes Temperament mit dazu passenden Geweihstangen wie Preßluftbohrer. Der Jugend und Unerfahrenheit der Gräfin war es wohl zuzuschreiben, daß sie in der Tasche ihres Kleides stets Zuckerwürfel mit sich führte, was man, gelinde gesagt, nur als äußerst töricht bezeichnen konnte.

»Radulf, Telefon für dich!« rief die Gräfin, und es hörte sich ganz so an, als halte sie sich in den Stallungen der Rene für Beschleunigungsrennen auf. Radulf zuckte besorgt mit dem linken Lauscher. Die Verabreichung von Zuckerwürfeln an eins dieser hochoktanigen Ungetüme konnte eine Explosion sondergleichen zur Folge haben.

Radulf röhrte ihr laut zu, sie solle bleiben, wo sie sei, und auf keinen Fall Zucker verfüttern. Dann sprang er auf die Hufe und trabte geschwind an den endlosen Reihen von Boxen vorbei. Den Lageplan der Ställe kannte er genausogut wie ein Taxifahrer Bayswater, was nach all den Jahren nicht verwunderlich war.

»Hier, für dich, Radulf«, sagte die Gräfin und reichte ihm das Funktelefon. »Vater ist dran. Er sagt, es sei dringend.«

Radulf nickte, und das trübe Licht der Kronleuchter hoch unter den Sparren blinkte schwach auf den üppig um sein Geweih gewickelten Lamettastreifen. Er setzte den Hörer ans Ohr und röhrte in die Sprechmuschel.

»Röhr. Röhr. Röhr. Röhr? *Röhr?* Rö …« Die Geweihstangen nickten einige Male, und Radulf klappte die Sprechmuschel zu. »Röhr«, informierte er die Gräfin.

»Ach, du meine Güte!« seufzte sie entsetzt. »In dem Fall sollten wir lieber wieder ins Haus gehen.«

»Rrr …«

»Ich fürchte, er braucht eine Menge heißes Wasser und Verbandszeug.«

»Rrr …«

Beim Verlassen der Stallungen schalteten sie das Licht aus, und für eine Weile herrschte in dem gewaltigen Gebäudekomplex Ruhe, sah man von dem Scharren unzähliger Hufe und dem Fiepen der Renkälber ab.

Doch plötzlich ertönte auf dem Heuboden Nummer zwei eine Stimme.

»Bist du dir auch wirklich sicher, daß wir hier richtig sind?« erkundigte sie sich.

Neben der Stimme stöhnte jemand laut vernehmlich auf, und mit einem dumpfen Klicken wurde eine Taschenlampe eingeschaltet.

»Sei bitte mal ruhig, Gally. Ich versuche gerade, nachzudenken.«

»Tu dir keinen Zwang an.«

In Gedanken beleuchtete Boamund die Situation noch einmal von allen Seiten; oder zumindest versuchte er es, denn irgendwas – er hatte nicht die leiseste Ahnung, was – schien ihn andauernd davon abzuhalten. Sein Begleiter, Galahaut der Edelprinz, hatte schon zu einem recht frühen Zeitpunkt auf jede Beteiligung an einem Entscheidungsfindungsprozeß verzichtet und feilte sich genüßlich die Fingernägel. Zehennagel für seinen Teil putzte die Stiefel.

»Wer war das da eben?« wollte Boamund wissen. Galahaut zuckte teilnahmslos die Achseln, so daß Zehennagel mit einer Antwort an der Reihe war.

»Sah wie ein verdammt großer Hirsch aus, Chef«, meinte er nicht ganz zu Unrecht. »Und dem Eindruck nach zu urteilen, war das Tier domestiziert.«

»Vielen Dank auch, Zehennagel, da wäre ich nie drauf gekommen«, seufzte Boamund, in der stillen Hoffnung, ironisch zu klingen. »Eigentlich wollte ich wissen, wer …«

»Es ist wirklich erstaunlich, was man Tieren alles beibringen kann«, fuhr Zehennagel fort. »Ein Vetter von mir war mal beim Zirkus, und er hat mir mal erzählt, wie man dort die Löwen bändigt und …«

»Zehennagel!«

»'tschuldigung.«

Boamund stützte das Kinn in die Hände. »Ich wollte wissen, wer dieses Mädchen ist. Ich kann mich nämlich nicht daran erinnern, daß es hier jemals ein Mädchen gegeben hat …«

Zehennagel wies darauf hin, daß das Mädchen, wie sie ja schließlich alle gehört hätten, mit jemandem gesprochen habe, und zwar vermutlich mit dem Grafen, den es als Vater bezeichnet habe, und er gehe davon aus, daß es sich in dem Fall um seine Tochter handeln müsse.

»Sei nicht albern, Zehennagel«, winkte Boamund ungeduldig ab. »Hast du schon mal was davon gehört, daß Graf von Weihnachten eine Tochter hat?«

»Wie sollte ich schon mal was davon gehört haben, wenn ich noch nie etwas von einem Grafen von Weihnachten gehört habe?« fragte Zehennagel zurück.

Boamund schnalzte mit der Zunge. »Vielleicht nicht unter diesem Namen … aber – na, bestimmt bist du längst dahintergekommen, wer er wirklich ist. Du weißt schon …« Boamund rieb sich den Bauch und brummelte mit beinahe manisch anmutender Ausgelassenheit: »Ho, ho, ho, ho … Na, eben genau der.«

Zehennagel lächelte taktvoll. »Ja, soweit bin auch schon gekommen. Ich will damit sagen, daß dies alles hier« – er machte eine ausladende Geste – »einfach nicht mit seinem Image in der Öffentlichkeit zusammenpaßt. Zum Beispiel der Stacheldraht«, fuhr er mürrisch fort. »Die Hunde. Die Suchscheinwerfer. Die Tretminen. Der Wassergraben mit den ganzen Piranhas …« Er blickte auf seine Stiefel, die dort, wo sich einst die Schuhkappen befunden hatten, von Bissen völlig zernagt waren.

Boamund nickte verständig. »Ich glaube, ich weiß, worauf du hinauswillst. Du meinst, er ist nicht wirklich so, wie er sich in der Öffentlichkeit gibt, nicht wahr?«

»Ganz genau«, seufzte Zehennagel erleichtert. »Image und Wirklichkeit. Schein und Sein. Wie sich zeigt, scheinen wir über den wirklichen Weihnachtsmann nicht viel zu wissen und ... umpf!«

Boamund hielt dem Zwerg den Mund zu und zischte: »Halt die Klappe, du Trottel! Ich denke, wir sollten seinen Namen hier lieber nicht erwähnen.«

»Und warum nicht?« nuschelte Zehennagel durch den Fingerknebel hindurch.

»Das weiß ich selbst nicht so genau«, räumte Boamund ein. »Rein gefühlsmäßig halte ich das jedenfalls für angebracht, klar?«

»Gut, dann laß uns aber trotzdem über den Grafen von Weihnachten in seiner ihm zugedachten Rolle reden«, schlug Zehennagel vor. »Meiner Ansicht nach hat diese Person mit dem Sack auf dem Rücken und dem Rentierschlitten vielleicht wirklich keine Tochter, andererseits habe ich auch noch nie eine Weihnachtskarte gesehen, auf der Tretminen und Kampfhunde abgebildet sind – du etwa?«

Galahaut gähnte. »Du meinst, wir sollten unsere vorgefaßten Meinungen revidieren, wie?« gab er unverhofft zum besten.

Die anderen beiden blickten sich verdutzt an.

»Löst euch doch mal von diesen Klischeevorstellungen«, fuhr er fort, »und achtet lieber darauf, welche Person sich wirklich hinter diesem Image verbirgt. Soviel kann man ja wohl noch erwarten, oder?«

Zum dreiundsiebzigstenmal seit sie sich auf den Weg gemacht hatten, warf Zehennagel seinem Herren diesen ›Warum-mußten-wir-diesen-Klugscheißer-bloß-mitnehmen?‹-Blick zu. Boamund zuckte mit den Achseln und kommentierte Zehennagels Blick mit entsprechend säuerlicher Miene. Galahaut widmete sich seinerseits wieder höheren Aufgaben und ging völlig in der Behandlung einer potentiellen Nagelbettentzündung auf.

»Also nimmst du wirklich an, daß dieses Mädchen tatsächlich seine Tochter ist, richtig?« hakte Boamund nach.

»Wäre doch möglich, oder?«

»Ich weiß nicht recht.«

Boamund stützte erneut das Kinn ab und saß eine Weile völlig regungslos da. *Wenn dies hier ein Cartoon wäre,* sagte sich Zehennagel, *hätte er jetzt bestimmt eine große Sprechblase mit ›Grübel, grübel ...‹ über dem Kopf.*

»Nun gut«, meldete sich Boamund schließlich zurück. »Ich denke, es ist an der Zeit, daß wir uns ganz auf die vor uns liegende Aufgabe konzentrieren. Genau.« Er nickte entschieden mit dem Kopf und schlug sich mit der rechten Faust in die linke Handfläche, um seiner wilden Entschlossenheit noch mehr Nachdruck zu verleihen.

Nach Zehennagels Dafürhalten wäre Boamund ein großer Stummfilmstar geworden, und er wartete geduldig ab, was seinem Herrn als nächstes einfallen würde.

»So, dann wollen wir mal«, verkündete Boamund energisch. »Immer hübsch der Reihe nach ... Ähm ... Laßt uns einfach ...« Er biß sich gedankenverloren auf die Unterlippe. »Wie wäre es, wenn wir ...?«

Der Zwerg blickte ihn erwartungsvoll an. Nach seiner Auffassung wäre auf einer Röntgenaufnahme von Boamunds Gehirn in diesem Augenblick nichts zu sehen gewesen.

»Ich möchte dich wirklich nicht unterbrechen, Chef«, traute er sich schließlich zu sagen, »aber dürfte ich an dieser Stelle vielleicht kurz etwas anmerken ...?«

Durch eine erhabene Geste brachte Boamund zum Ausdruck, selbst Untergebenen gegenüber eine demokratische Grundhaltung zu haben, und nickte zustimmend.

Der Zwerg dankte ihm und sagte: »Woran ich dabei denke, ist... Na ja, wir wollen doch irgendwie ins Schloß reinkommen, oder?«

»Richtig.«

»Nur mal so ganz spontan gesagt«, fuhr er fort, »aber bist du nicht auch der Meinung, daß es unser größtes Problem ist, an den Toren vorbeizukommen?«

Die Tore. Natürlich hatten sie diese Ungetüme längst gesehen, und selbst aus einem Kilometer Entfernung wurde einem von deren Anblick noch schwindlig. Die beiden flankierenden Türme ragten wie schwarze Nadeln aus Mauerwerk in den Himmel empor, und die Tore selbst sahen von weitem wie unüberwindliche Felswände aus schwarzer Eiche aus.

»Klar, das wird gewiß nicht einfach«, räumte Boamund ein. »Meine Idee war, daß wir uns die Tore einfach schenken und es statt dessen an der Mauer versuchen.«

Zehennagel schüttelte sich unwillkürlich; das Monstrum war wenigstens achtzig Meter hoch und bestand von oben bis unten aus poliertem schwarzen Marmor. Aus diesem Grund gelangte er rasch zu der Überzeugung, daß es am besten wäre, seinen Chef auf Umwegen von diesem Gedanken abzubringen.

»Gute Idee, darauf wäre ich nie gekommen«, sagte er deshalb. »Das ist wirklich viel besser als das, woran ich gedacht habe.«

Boamund zog interessiert die Augenbrauen hoch und signalisierte auf diese Weise seine Bereitschaft, sich jeden noch so infantilen Vorschlag anzuhören. »Woran hast du denn gedacht?« erkundigte er sich beiläufig.

»Ach, das war nur so eine Idee... Quatsch, das geht gar nicht. Wirklich dumm von mir...«

»Nun rück schon raus damit.«

»Na ja, meine Idee war, daß wir so tun könnten, als wären wir Postboten.«

Boamunds Miene verfinsterte sich. »Postboten?«

»Richtig.« Zehennagel wartete eine Weile ab, und erst als er den Zeitpunkt in psychologischer Hinsicht für gekommen hielt, fügte er hinzu: »Ist dir denn gar nicht der Briefkasten aufgefallen?«

»Der Briefkasten?«

»Ja, in dem Tor. Natürlich nicht im Haupttor. Ich meine dieses kleinen Nebentor, an dem wir vorbeigekommen sind, als wir eine Stelle zum Überqueren des Wassergrabens gesucht haben.«

»Ach so, na klar, *das* Nebentor meinst du …«

»Genau, ich wußte doch, daß du dich daran erinnern würdest«, fuhr Zehennagel fort. »Ich hab die ganze Zeit versucht, dich darauf aufmerksam zu machen, und du hast mir immer nur gesagt, ich solle endlich den Mund halten, deshalb war mir völlig klar, daß es dir schon längst selbst aufgefallen sein mußte. Wie dir sicherlich nicht entgangen ist, befindet sich in diesem Nebentor ein Briefkasten, und von daher steht außer Frage, daß …«

»Jaja, na klar«, unterbrach ihn Boamund. »Ich hab mich schon die ganze Zeit gefragt, warum du nichts davon erwähnt hast. Aber jetzt komm endlich mal auf den Punkt …«

»Selbstverständlich, Chef«, willigte Zehennagel artig ein. »Nun, zunächst einmal hab ich mich natürlich gefragt, wie ein Postbote bei dem Wassergraben und all den Piranhas und dem ganzen anderen Kram überhaupt an den Briefkasten gelangen soll. Ich kann dir sagen, das hat mich ganz schön ins Grübeln gebracht.«

»Das glaub ich dir sofort.«

»Na ja, aber dann hab ich das gesehen, was dir bestimmt schon längst aufgefallen war.«

»Sehr schön.«

»Ich meine natürlich dieses kleine Boot, das unter der Trauerweide festgemacht war«, weihte Zehennagel Boamund freundlicherweise ein. »Dir ist das bei deinem erfahrenen Blick bestimmt sofort ins Auge gesprungen.«

Boamund gelang es, Selbstzufriedenheit an den Tag zu legen.

»Und dann hab ich mich natürlich gefragt: Warum läßt uns der Chef bloß auf einem treibenden Baumstamm über den Wassergraben paddeln, obwohl dort ein völlig intaktes Boot am Ufer liegt? Ich war ganz schön schwer von Begriff, wie?«

»Ach, ich weiß nicht recht«, reagierte Boamund etwas zögernd. »Dazu bedarf es nämlich einer ganz speziellen Art von Verstand, sage ich immer.«

»Jedenfalls hab ich das alles erst begriffen, nachdem wir längst den Wassergraben überquert hatten und in dem Gewächshaus gelandet sind und ich mir an den Stellen, wo mich die Piranhas angeknabbert hatten, Desinfektionsmittel aufgetragen habe …«

»Mhm …«

»… also, da ging mir erst ein Licht auf. Natürlich hätten wir niemals das Boot nehmen dürfen, weil es dort für den Milchmann liegt und er sofort Alarm geschlagen hätte, wenn er …«

»Jaja, sicher«, unterbrach ihn Boamund. »Aber mal rein interessehalber: Wie bist du darauf gekommen, daß es hier einen Milchmann gibt?«

»Ich nehme mal an, aus demselben Grund wie du, Chef«, antwortete Zehennagel böswillig.

»Gut, der Mann«, lobte ihn Boamund.

»Ich meine natürlich wegen der leeren Milchflaschen, die vor dem kleinen Tor standen.«

»Ausgezeichnet«, freute sich Boamund und lachte. »Ich mache aus dir noch mal einen General, du wirst schon sehen.«

»Danke, Chef. Das muß schon toll sein, wenn man so schlüssig über logische Zusammenhänge nachdenken kann wie du.«

»Tja, entweder man hat's, oder man hat's nicht.«

»Auf alle Fälle war meine Idee, daß wir warten, bis morgens der Postbote vorbeischaut – bis dahin wird der Milchmann natürlich schon längst gekommen und wieder verschwunden sein –, und dann klopft einer von uns ans Tor und tut so, als müsse er ein Päckchen abgeben …«

»Oder ein Einschreiben«, schlug Boamund begeistert vor.

»Klar, Chef, das ist ja noch viel besser«, stimmte ihm Zehennagel schicksalsergeben zu. »Und sobald jemand das Tor öffnet, ziehen wir ihm eins über und gehen hinein.« Er hielt kurz inne und fügte dann hinzu: »Ganz schön bekloppte Idee, wie?«

»Ach, ich weiß nicht recht«, murmelte Boamund nachdenklich. »Ganz so abwegig wie du finde ich das gar nicht mal …«

»Aber hast du nicht eben irgendwas von der Mauer gesagt?« wandte Zehennagel ein.

»Ach, da hab ich nur laut nachgedacht«, antwortete Boamund. »Weißt du, man muß immer sämtliche Möglichkeiten nach allen Seiten abwägen. Auf das Szenario mit dem Briefträger bin ich natürlich auch gleich gekommen. Ganz ordentliche Idee, fand ich.«

»Und? Eine von deinen besseren?«

Boamund schützte Bescheidenheit vor. »Na ja, oft sind die einfachsten Ideen die besten. Was hältst du denn eigentlich davon?«

Zehennagel lächelte. »Ich weiß wirklich nicht, wo du deine ganzen Ideen immer herholst, Chef.«

Der Schlitten heulte durch den nächtlichen Himmel, das helle Klingeln der Glocken ging im Kreischen des Windes unter.

Den Kopf knapp über der Konsole haltend, um den Strömungswiderstand zu verringern, spähte Nikolaus von Weihnachten durch das Schneetreiben hindurch, in der Hoffnung, einen ersten Blick auf die Zinnen seines Schlosses zu erhaschen. Auf der Instrumententafel hörte der Kompaß auf, wie verrückt hin- und herzuschwingen, bis er schließlich ganz stehenblieb.

Fast zu Hause. Endlich!

In Gedanken ging er noch einmal die zeitlichen Abläufe durch. Selbst wenn sie die Gralsburg alle zur selben Zeit verlassen und sogar das Packeis an der Nares Strait und den Gegenwind über Permia berücksichtigt hatten, würden ihm immer noch wenigstens zwei oder drei Tage bis zu ihrer Ankunft bleiben. Eine Menge Zeit also. Er lachte fürchterlich.

Die Rentiere stampften mit den Hufen über die Wolken.

»Seid ihr bereit?«

Zehennagel, der sich hinter einem Busch versteckt hatte, nickte, während Galahaut neben ihm gelangweilt gähnend an der Rinde eines Astes zupfte, der als Knüppel dienen sollte. Boamund holte tief Luft und klopfte ans Tor.

»Laßt uns noch einmal schnell alles durchgehen«, zischte er aufgeregt in Richtung des Busches. »Der Pförtner öffnet das Tor, ich lenke ihn ab. Galahaut, du ziehst ihm eins mit dem Knüppel über. Und du, Zehennagel …«

Man hörte, wie mehrere schwere Riegel zurückgezogen wurden, und dann öffnete sich das Tor.

»Guten Tag.«

Galahaut umfaßte den Knüppel und setzte sich in Bewegung, dann blieb er wie angewurzelt stehen.

»Ähm … guten Tag auch«, stammelte Boamund verlegen, wobei sein Gesicht eine erstaunlich gesunde Hautfarbe annahm.

»Worum geht's denn?« erkundigte sich das Mädchen freundlich.

Eine Weile stand Boamund einfach nur da und tauchte seine nähere Umgebung in rosarotes Licht.

»Der Po-Po-Postbote …«

»Ach ja, sehr schön. Ich hoffe, es ist auch mal etwas Angenehmes dabei und nicht nur diese furchtbaren Rechnungen. Mein Vater kriegt dann immer so schlechte Laune.«

Zehennagel hielt sich die Hände vors Gesicht. Es gibt nichts Schlimmeres, als zur Untätigkeit verurteilt zu sein.

»Ein Brief«, gluckste Boamund. »Ein Einschreiben. Sie müssen nur noch unterschreiben …«

»Wie aufregend!« jauchzte das Mädchen vergnügt. »Von wem das wohl sein mag …?«

Einen Augenblick lang schien alles im Lot zu sein, doch dann dämmerte es Boamund, daß er absolut nichts dabeihatte, was auch nur ansatzweise einem Einschreibebrief ähnelte.

Zehennagel mußte zugeben, daß sich Boamund trotz dieser widrigen Umständen recht achtbar aus der Affäre zog. Nach der gekonnten Darbietung einer Pantomime, in deren Mittelpunkt das aufgeregte Abklopfen sämtlicher Taschen und das hektische Durchwühlen des Rucksacks standen, murmelte er: »Mist, offenbar hab ich den Brief versehentlich im Auto liegenlassen.«

*Uff! Es hätte schlimmer kommen können,* seufzte der Zwerg im stillen.

»Ach, das macht doch nichts«, sagte Mädchen. »Ich warte hier solange auf Sie.«

Im nachhinein fiel Zehennagel auf, daß auch das Mädchen einen etwas befremdlichen, um nicht zu sagen entrückten Gesichtsausdruck hatte; was er zu jenem Zeitpunkt noch auf das absolute Nichtvorhandensein von Intelligenz zurückführte.

»Gut«, grummelte Boamund verlegen, der noch immer wie angewurzelt dastand. »Ich gehe dann mal am besten zum Wagen zurück und hole den Brief.«

»Prima.«

Eine Weile standen die beiden nur da und blickten

sich schweigend an. Dann begann Boamund, langsam rückwärtszugehen. In den Busch.

»Vorsicht!« rief das Mädchen. Zu spät. »Ach, herrjemine! Ich hoffe nur, Sie haben sich nicht weh getan …«

Zehennagel, der Boamunds Fall um einiges gebremst hatte, hätte schriftlich bescheinigen können, daß seinem Chef garantiert nichts zugestoßen war, doch anstatt sofort wieder aufzustehen, streckte dieser Narr erst einmal alle viere von sich.

So lag es nur in der Natur der Sache, daß das Mädchen kam, um nach ihm zu sehen … »Oh! Wer ist denn das?« staunte die junge Gräfin.

Boamund grinste mit säuerlicher Miene, während Galahaut verzweifelt versuchte, den Knüppel hinterm Rücken zu verstecken, und verlegen winkte.

»In Wirklichkeit sind wir gar keine Postboten«, durchbrach Boamund schließlich das entstandene Schweigen, das bereits zu einer Art Dauerzustand zu werden drohte.

»Sie sind … *keine* Postboten?«

Du meine Güte! Und ich hatte allen Ernstes schon geglaubt, Boamund sei hier der größte Schwachkopf, dachte der Zwerg und wand sich mit dem Rücken hin und her, damit ihm wenigstens nicht mehr die spitzen Buschwurzeln ins Kreuz stachen.

»Nein, das war nur eine List«, gab Boamund offen zu.

»Ach, wirklich?«

»In Wirklichkeit sind wir …«

»Ritter«, ergänzte Galahaut rasch. »Ritter des Heiligen Grals, stets zu Euren Diensten«, fügte er hinzu.

Boamund warf ihm einen abfälligen Blick zu.

»Echte Ritter?« kreischte das Mädchen begeistert auf. »Oh, wie aufregend!«

*Ihr könnt mich alle mal,* sagte sich der Zwerg. *Schlimmer kann's sowieso nicht mehr kommen.* Mit einer gewaltigen Kraftanstrengung zog er sich unter Boamunds

Rücken hervor, klopfte sich Blätter und abgebrochene Zweige ab und zupfte seinen Meister am Ärmel.

»Chef?«

Boamund blickte nach unten. »Was ist denn?«

»Der Plan, Chef. Du hast ihn doch nicht vergessen, oder?«

»Ach, laß mich in Ruhe, Zehennagel!«

Natürlich können Zwerge Befehle von direkten Vorgesetzten nicht verweigern. Folglich zuckte er nur mit den Achseln und zog sich unter einen windgepeitschten Dornenstrauch zurück, schlug die Beine über und schmollte.

Die Augen des Mädchens glänzten. »Ach, das ist ja so furchtbar aufregend!« jauchzte sie. »Was machen Sie hier? Oder ist das ein Geheimnis?«

»Wir wollen ...« Ein Restfunke Verstand flackerte in Boamunds Gehirn auf. »Na ja, es handelt sich um einen Geheimauftrag, genauer gesagt: um eine Suche«, fügte er hinzu.

»Wahnsinn!«

»Aber Sie dürfen keiner Seele etwas davon verraten.«

»Ganz bestimmt nicht.«

»Versprochen?«

»Versprochen.«

Es folgte eine ausgedehnte Schweigeperiode, während der das Mädchen Boamund gebannt in die Augen sah, Boamund und Galahaut ihrerseits das Mädchen anstarrten und Zehennagel eine Socke stopfte. Dieser Zustand hätte ewig so weitergehen können, wäre er nicht durch das Zuknallen einer Tür jäh unterbrochen worden.

Das Mädchen quietschte erschrocken auf und blickte sich nach hinten um. Durch einen Windstoß war das Tor zugefallen.

»Ach, du lieber Himmel!« jammerte die Gräfin. »Und ich Dummerchen hab mal wieder vergessen, den Schlüssel einzustecken.«

Zehennagel schloß die Augen und zählte in Gedanken bis zehn. *Eins, zwei, drei …*

»Keine Angst, holde Maid«, sagte Boamund. »Wir werden Sie im Nu wieder ins Schloß bringen, nicht wahr, Gally?«

(… *zehn.* Zehennagel öffnete die Augen und machte sich wieder ans Stopfen.)

»Klar, überhaupt kein Problem«, stimmte ihm Galahaut zu.

Zehennagel erhob sich träge, steckte die Socke sorgfältig ein und ging zu den anderen hinüber. Er nahm sich Zeit. Wozu beeilen? Dazu gab es wirklich keinen Grund.

»Dann willst du jetzt bestimmt das Seil haben, Chef, nicht wahr?« erkundigte er sich zuvorkommend.

Boamunds Blick blieb ganz an dem Mädchen haften, als er den Zwerg fragte, von welchem Seil er überhaupt spreche.

»Von dem Seil, das ich zufällig in dieser Reisetasche bei mir habe«, fuhr Zehennagel resigniert fort. »Ach, jetzt laus mich doch der Affe! Was ist das denn? Du meine Güte, da sind ja auch noch ein paar Steigeisen und sogar ein Wurfanker. Also wenn das kein Zufall ist, wie?«

Boamund nickte mit der Lebhaftigkeit einer Jagdtrophäe. »Gut, gib das Ding her, dann sind wir mit dem Thema in einer Minute durch. Wir, ähm … wir nehmen den Wurfanker *so.* Wir führen das Seil *hinter* den Anker herum, damit es sich nirgends verheddern kann, und *jetzt* erst schwingen wir den Anker. Eins, zwei, drei und …«

Der Anker schoß in die Luft hinauf, blieb kurz wie ein stählerner Falke am Himmel stehen und kam genau dort wieder herunter, wo das Mädchen gestanden hätte, wenn es von Galahaut nicht beiseite geschubst worden wäre.

»Du Idiot!« fluchte Galahaut. »Gib mir das Ding mal her.«

»Nichts da.«

Es gab ein Gerangel. Beide Ritter fielen hin und zogen sich an den Haaren. Zehennagel stopfte die Socke zu Ende und begann mit einer zweiten.

Schließlich gewann Galahaut die Kontrolle über den Anker, stand auf und klopfte sich den Staub von der Hose ab. »So, jetzt sieh dir mal an, wie man das macht, Bo.«

Er warf den Anker in die Luft, und kurz darauf erklang weit über ihren Köpfen ein stählernes Klirren, als der Anker auf Stein traf.

»Das war's!« staunte Zehennagel nicht schlecht.

Etwas später öffnete sich das Tor, und die vier gingen hindurch. Allerdings blieben sie nicht unbemerkt. Auf dem Hauptüberwachungsmonitor in Radulfs Stall begann ein grünes Licht bedrohlich zu blinken. Das alte Ren runzelte die Stirn, nahm den Bildschirm genauer in Augenschein und schüttelte den Kopf, bis die Lamettastreifen in seinem Geweih hin und her wippten.

Dann löste Radulf den Alarm aus.

»Gib mir bitte mal das Salz rüber.«

»Wie bitte?«

»Ich sagte: Gib mir bitte mal das Salz rüber. Sei doch mal so lieb, ja?«

»Hier. Du mußt schon entschuldigen, aber ich bin eben mit meinen Gedanken ganz woanders gewesen.«

Aristoteles zuckte die Achseln, salzte den Räucherhering und widmete sich den Sportseiten. Nach seinem Dafürhalten war es durchaus ein Unterschied, ob man morgens nur etwas muffelig (was er in jeder Hinsicht respektieren konnte) oder schlichtweg verpennt war. Allerdings wurde auch seine Laune nicht gerade gehoben, als er lesen mußte, daß die australische Rugbynationalmannschaft mit siebenunddreißig zu drei gegen Neuseeland sang- und klanglos untergegangen war.

»Typisch!« grummelte er wütend.

Zu Aristoteles' Linken blickte Simon Magus von dem Brief auf, den er gerade las. »Was denn?«

»Häh?«

»Du hast eben gesagt, irgendwas sei typisch.«

»Ach so ...« Aristoteles legte die Zeitung beiseite. »Diese verdammten Kiwis haben uns mal wieder plattgemacht, das ist alles. Unsere Truppe taugt doch nicht mehr die Bohne, seit diese Dumpfbacke von Westermann in die Nationalmannschaft berufen wurde.«

Simon Magus blickte seinen Sitznachbarn über den Brillenrand hinweg kritisch an. »Mit ›uns‹ meinst du die Australier, nehme ich an. Ich wußte gar nicht, daß du aus der Gegend stammst, und erst recht nicht, daß du für ein Land Partei ergreifst, Ari.«

»Red doch keinen Unsinn!« wehrte sich Aristoteles in scharfem Ton. »Als Philosoph bin ich natürlich über jede Form von Nationalismus erhaben. Anderseits denke ich streng logisch. Es bringt überhaupt nichts, Rugbyfan zu sein, wenn man kein spezielles Team unterstützt, und ich hab mir aus rein rationalen Gründen Australien ausgesucht.«

Simon Magus schmunzelte. »Früher bin ich auch mal so dumm gewesen. Jede Wette, daß mir das heute nicht mehr passieren könnte.«

Aristoteles rümpfte kommentarlos die Nase und nahm sich eine weitere Toastscheibe.

»Es ist mir ein Rätsel, wie man sich überhaupt für Sport begeistern kann«, ließ Simon Magus nicht locker. »Völlige Zeitverschwendung, wenn du mich fragst. Ein Haufen Vollidioten rennt auf dem Platz herum und jagt hinter irgendwas her. Als ich noch Lehrer war, mußten wir abwechselnd als Schiedsrichter fungieren. Furchtbar fand ich das immer.«

»Du bist eben kein Philosoph«, klärte Aristoteles seinen Sitznachbarn auf. »Wenn man philosophische Ansprüche hat, muß man nicht nur seinen Verstand, sondern auch das Verständnis für seine Mitmenschen pflegen. Ich beschäftige mich mit den Menschen. Die Menschen sind sportbesessen. Deshalb muß ich mich, wenn ich die Menschen verstehen will, mit dem Sport beschäftigen. Wie du siehst, ist mein Interesse also rein wissenschaftlicher Natur.«

Simon Magus grinste vergnügt. »Ich fand es nicht sonderlich wissenschaftlich, als du uns vor ein paar Monaten mehr oder weniger dazu gezwungen hast, den ganzen Tag im Gemeinschaftsraum vorm Fernseher zu hocken und Wimbledon zu sehen. Ich kann mich noch deutlich daran erinnern, wie du auf dem Tisch gestanden hast und wie wild diese entsetzlich große Fahne geschwungen hast. Und jedesmal, wenn der andere gestürzt ist, hast du lauthals gegrölt *Es gibt nur einen Boris Becker*. Das war absolut peinlich, Ari.«

»Wissenschaftliche Forschung«, nuschelte Aristoteles mit vollem Mund. »Nichts als wissenschaftliche Forschung.«

»Ach, wirklich? Und was war damals nach der Weltmeisterschaft, als du diese riesige Wachsstatue angefertigt hast und sie dann Maradona getauft hast, um sie mit Teetassen zu bewerfen, hä? Man kann heute noch überall die Spuren an der Wand sehen.«

»Man muß eben versuchen, die Begeisterung für den Sport in sich aufzusaugen ...«

»Begeisterung mag ja richtig sein«, pflichtete ihm Simon Magus vorbehaltlich bei. »Deswegen hattest du aber noch lange keinen Grund, durchs Fenster von Dantes Arbeitszimmer einen Ziegelstein zu werfen, nur weil er auf der Seite der Italiener steht.«

Aristoteles errötete vor Zorn. »Das war *Abseits!*« verteidigte er sich vehement. »Wenn du willst, kannst du's dir ja gern ansehen, ich hab das ganze Spiel auf Video aufgenommen. Und ich hatte noch längst nicht alle Hoffnung fahren lassen, als dieser göttliche Komödiant von Dante allen Ernstes meinte, heute würde ich mein Inferno erleben ...«

Simon Magus gluckste vor Lachen. »Jedenfalls läßt sich nicht bestreiten, daß es dir recht gut gelungen ist, dich für den Sport zu begeistern. Möchtest du noch etwas Kaffee?«

Mit gekränkter Miene winkte Aristoteles ab und widmete sich wieder dem Zeitunglesen. Immer noch leise glucksend, lehnte sich Simon Magus weit auf dem Stuhl zurück und tippte der verhutzelten kleinen Gestalt, die rechts neben Aristoteles saß, auf die Schulter.

»Noch etwas Kaffee, Merlin?«

»Wie bitte?«

»Möchtest du noch etwas Kaffee?«

»Du mußt schon entschuldigen, aber ich bin eben mit meinen Gedanken ganz woanders gewesen. Nein, nein, vielen Dank, für mich keinen Kaffee mehr. Zwei Tassen reichen völlig.«

Simon Magus nickte verständig und widmete seine Aufmerksamkeit wieder dem Brief. Zwar hatte er ihn bereits siebenmal durchgelesen, doch fand er ihn noch immer nicht langweilig.

*…ein wirklich sehr charmanter junger Mann, wenngleich er mir hin und wieder ein klein wenig zu hitzköpfig ist. Außerdem wünscht Sir Bedevere, daß ich Dich herzlich von ihm grüße. Du hast ja immer eine sehr hohe Meinung von ihm gehabt.*

*Leider muß ich jetzt aufhören, mein Schatz, und ich vertraue darauf, daß wir in nicht allzu langer Zeit wieder beisammen sind. Alles Liebe und Gute, und vergiß nicht, Dich warm anzuziehen!*

*Deine Dich liebende* *Mahaud*

*PS: Fast hätte ich es vergessen: Als ich mich mit Bedevere unterhielt, erwähnte er zufällig, während seines Aufenthalts in Atlantis auch Graf von Weihnachten getroffen zu haben! Ein unglaublicher Zufall, wie? Ich frage mich, wie es dem lieben, armen, alten Graf zur*

*Zeit wohl geht. Es heißt, man könne heutzutage mit Medikamenten, Blutegeln und solchen Dingen wahre Wunder vollbringen, aber vielleicht ist er schon jenseits von Gut und Böse.*

Während er den letzten Abschnitt las, runzelte Simon Magus nachdenklich die Stirn. Vielleicht war wirklich alles nur Zufall, vielleicht aber auch nicht.

Er hob seufzend den Kopf und blickte zum Fenster hinaus – was nicht allzu schwierig war, da sämtliche Wände, Böden und Decken des Glasbergs mehr oder weniger Fenster sind. In weiter Ferne sah er die Erde, die sich anmutig wie eine verzauberte und etwas dickleibige Primaballerina scheinbar ziellos um die eigene Achse drehte. Er blickte auf die Uhr. Nur noch zwei Stunden …

Um nicht allzu ungeduldig zu werden, richtete Simon Magus seine Gedanken auf den Grafen von Weihnachten. Sicher, ein trauriger Fall; verständlich, sehr verständlich sogar. Wahrscheinlich hätte jeder andere an seiner Stelle genauso reagiert. Und dazu ein blitzgescheiter Mann, bevor das alles geschah, obwohl schon damals einige Leute merkwürdige Geschichten über ihn erzählt hatten.

Der Hausdiener räumte gerade die Teller ab, und Simon Magus entspannte sich ein wenig. Schön zu wissen, daß aus dem kleinen Bedevere doch noch was geworden war. Er hatte schon immer die Auffassung vertreten, daß in dem Jungen ungeahnte Fähigkeiten steckten und man nur auf eine passende Gelegenheit warten müsse, um diese in ihm zu wecken. Nein, das war nicht ganz richtig; es bedurfte einer Gelegenheit, die ihn zur Übernahme von Verantwortung zwingen und alles von ihm abverlangen würde. Ohne diesen zusätzlichen Druck könnte er niemals etwas erreichen. Nun, man durfte gespannt sein …

Er schob den Stuhl zurück, nickte Nostradamus und

Dio Chysostom freundlich zu und ging zur Bibliothek hinüber, um sich auf die Suche nach der neuesten Ausgabe von ›Der Philatelist‹ zu machen. Doch blieb er vorerst in der Abteilung für astrotheologische Fachliteratur stecken und nahm ein sehr großes und stark verstaubtes Buch aus dem Regel, das offenbar seit einer Ewigkeit von niemandem mehr gelesen worden war.

Simon Magus holte sich einen Stuhl heran, setzte sich, schlug die Beine über und begann zu lesen.

Nikolaus von Weihnachten kniete im Schnee und schrie den Himmel an.

Achthundert Kilometer nördlich der Insel Nordaustlandet, inmitten der tristesten, wildesten und ungastlichsten Einöde der Erde, sollte man möglichst keine Panne haben. Die nächste Telefonzelle befindet sich in Hammerfest, achthundert Kilometer südlich von Nordaustland, und zumeist ist sie außer Betrieb. Außerdem sind die Chancen, daß sich ein Pannendienst an einem Sonntag bis hierherbemüht, praktisch gleich Null.

Nachdem er seine Wut am heulenden Wind abreagiert hatte, öffnete von Weihnachten den Werkzeugkasten, nahm einen eiskalten Meißel, einen Schraubenschlüssel und einen sehr großen Hammer heraus und machte sich an der gebrochenen Kufe zu schaffen.

»Die-se – ver-damm-ten – fern-öst-li-chen – Bil-lig-schlit-ten«, knurrte er im Rhythmus der Hammerschläge und fügte, sozusagen als synkopische Dreingabe, »Aua!« hinzu. Er hielt inne, lutschte sich am pochenden Daumen und versuchte, sich zu beruhigen. ›Nikolaus‹, hörte er seine Mutter sagen, ›du machst alles nur noch schlimmer, wenn du andauernd die Beherrschung verlierst.‹

Er hob den Schraubenschlüssel auf und machte sich wieder ans Werk. Es war das letztemal, daß er sich von jemandem dazu hatte überreden lassen, einen japanischen Stinkschlitten zu kaufen. Keine Ahnung von Wertarbeit, einfach alles mit besoffenem Kopf an einem

Montagmorgen zusammengeschustert. Mit ständig aufwallendem Zorn löste er ein Gewinde.

»Verdammte Scheiße!« brüllte er den flachen Horizont an. Dann warf er den Schraubenschlüssel ins ewige Eis und trampelte darauf herum.

Dauerfrostboden kann dick sein, aber alles hat seine Grenzen. Es gab ein knarrendes Geräusch, als würde die Erdkruste herzhaft schnarchen, und der Graf konnte gerade noch rechtzeitig zurückspringen, um nicht in die den Spalt zu stürzen. Der Schraubenschlüssel hatte sich jedoch auf Nimmerwiedersehen verabschiedet.

»Also gut«, brummte der Graf. »Jetzt immer hübsch die Ruhe bewahren und eiskalt handeln.« Er durchwühlte noch einmal den Werkzeugkasten, entdeckte einen zweiten Schraubenschlüssel und machte sich erneut am Schlitten zu schaffen.

Der ganze Körper tat ihm weh, und er geriet noch mehr in Rage. »Sollte mir diese Mißgeburt von Ritter jemals wieder über den Weg laufen, dann … Wie war überhaupt noch mal der Name von diesem Dreckskerl? Irgendwas wie Türkis oder so. Türkis! Klingt wie 'ne Rittertunte mit Blechschaden. Daß ich nicht lache! Die sind doch alle gleich, diese Ritter. Der letzte Abschaum …« Ohne nachzudenken, hob er den Hammer auf und schlug wie wahnsinnig auf die Ölkanne ein.

Etwa eine Stunde später hatte er es auf diese Weise bewerkstelligt, ein vollständiges Werkzeugset zu zerstören, den Schlitten bis zur Reparaturunfähigkeit zu demolieren und fünfzehn strapazierfähige Langstrekkenrene in einen tranceartigen, ja fast lethargischen Zustand zu versetzen. Er warf den Hammer hin, schmiß sich auf den Boden und trommelte mit beiden Fäusten aufs Eis.

Dann raffte er sich hoch und zog das Walkie-talkie aus der Satteltasche.

»Radulf!« brüllte er ins Mikrofon. »Schick mir sofort Hilfe!«

»Donnerwetter!«

»Das kann man wohl sagen, Miß«, platzte es Zehennagel unwillkürlich heraus, während er sich nach allen Seiten nach einem sicheren Unterschlupf umschaute. Optimismus ist ein weiterer Wesenszug der Zwerge.

»Was hat eigentlich dieser komische Klingellärm zu bedeuten?« wollte Galahaut wissen.

»Das sind die Alarmglocken«, antworte das Mädchen. »Glauben Sie etwa, daß jemand eingebrochen sein könnte?« Sie erschauderte leicht.

*Na klasse!* dachte Zehennagel entsetzt. *Zwei Idioten hab ich schon am Hals, und jetzt sieht es ganz so aus, als müßte ich mich auch noch um diese dämliche Schnepfe kümmern. Sonst noch jemand ohne Fahrschein, da ich grade dabei bin? Bringt mir eure Idioten!*

Nachdem er sich einigermaßen beruhigt hatte, stieß er Boamund in die Seite. »Findest du nicht, daß wir uns allmählich lieber … na ja, zurückziehen sollten, Chef? Du weißt schon …«

Boamund sah ihn einen Moment lang verdutzt an. »Was ist? Ach so, jetzt verstehe ich, was du meinst. Jaja, gute Idee.« Er rührte sich keinen Fingerbreit von der Stelle.

Wie dem Zwerg auffiel, wiesen die drei zusammen mittlerweile eine bemerkenswerte Ähnlichkeit mit Tischbeinen auf.

Erst das Mädchen brach den Bann. »Ach, du meine Güte! Sie müssen entschuldigen, aber manchmal vergesse ich völlig meine Manieren. Möchte jemand von Ihnen eine Tasse Tee?«

Um die Frühgeschichte des Grals ranken sich die verschiedensten Sagen, die zumeist im zehnten Jahrhundert von der PR-Abteilung des Lyonesser Firmenkonsortiums in die Welt gesetzt wurden, um so eine künstliche Nachfrage nach byzantinischen langfristigen Staatsanleihen zu schaffen.

Als der Kaiser von Byzanz in finanzielle Schwierigkeiten geriet, wurden erst einmal heilige Reliquien versetzt – die Dornenkrone, das Kreuz Christi, die Schienbeinknochen des heiligen Athanasios und so weiter –, was natürlich immer wieder zu juristischen Streitigkeiten führte. Deshalb gibt es aus jenen Tagen des Kaiserreichs mehr Gerichts- als Geschichtsaufzeichnungen.

Der Wert dieser Reliquien wurde vom Markt bestimmt, der wiederum durch das Prinzip von Angebot und Nachfrage beeinflußt wurde. Es gab derart viel von diesem heiligen Plunder, daß die Sammlung des Kaiserreichs praktisch vollständig war, wenn nicht eine entscheidende Reliquie, nämlich das wertvollste Stück überhaupt, gefehlt hätte. Solange diese Reliquie als unauffindbar galt, florierte der Markt, doch bei ihrem Wiederauftauchen wären die Preise in den Keller gestürzt, weil alle anderen Stücke gegen sie völlig verblaßt wären.

Was die Vermarktungsstrategen betraf, mußten sie diesen Zustand natürlich künstlich aufrechterhalten, wenn sie sich Hoffnungen machen wollten, den Markt auf lange Sicht zu kontrollieren. Und damit der Gral weiterhin als unauffindbar galt, war es nur logisch, daß sie ihn selbst finden mußten, und das so schnell wie möglich. Danach wollten sie es dann so bewerkstelligen, daß er für immer und ewig als verschollen galt.

Die Folge war der gewaltige Ausbruch ritterlicher Energie, von der die ganze Christenheit ergriffen wurde und die auch eine entscheidende Rolle beim Niedergang von Albion spielte. Zu gegebener Zeit fanden die Atlantiker den Gral tatsächlich und ließen ihn derart ordentlich wieder verschwinden, daß er seither als endgültig verloren gilt. Für den Fall der Fälle machte der damalige Bürovorsteher jedoch einen heimlichen Vermerk über dessen Verbleib, den er anschließend an einer sicheren Stelle deponierte; genauer gesagt: in der Bibliothek der Abteikirche von Glastonbury.

Nach der Auflösung der Klöster wurde die Bibliothek jedoch veräußert; und ein bestimmtes Manuskript landete in den Händen eines gewissen Gabriel Townsend, seines Zeichens Buchhändler in Stratford-upon-Avon. Als Townsend pleiteging, kam sein Buchladen samt Inventar unter den Hammer. Ein ortsansässiger Bürger namens John Shakespeare ersteigerte schließlich das Manuskript, da er sich vom Anblick des mit nackten Engeln verzierten Deckblatts stark angezogen fühlte. Um sicherzugehen, daß seine Frau das ersteigert Manuskript nicht finden konnte, wickelte er es um das Pendel der Standuhr in seinem Arbeitszimmer.

Wo es natürlich bis zum heutigen Tag ein tristes, wenngleich schwungvolles Dasein fristet.

*Für die ist natürlich mal wieder alles in bester Ordnung,* murmelte Zehennagel grantig in sich hinein. *Sitzen einfach nur dumm rum und stopfen sich mit Marmeladentörtchen und Vollkornkeksen voll, weil sie keinen Funken Phantasie haben. Denen ist überhaupt nicht klar, was mit uns passiert, wenn man uns schnappt.*

Er knirschte mit den Zähnen und widmete sich wieder seiner Handarbeit, die in diesem Fall darin bestand, einen Knopf an Galahauts Pyjamajacke anzunähen.

»Sind Sie auch wirklich sicher, daß Sie keinen Keks mehr möchten?« erkundigte sich das Mädchen fürsorglich. »Nun nehmen Sie schon, es sind noch so viele da.«

Boamund, der bereits sieben große Kekse, drei Stücke Obstkuchen und einen ganzen Napfkuchen zusammen mit vier Tassen Tee vertilgt hatte, schüttelte höflich den Kopf und sehnte sich insgeheim nach einer hübschen Roastbeefplatte. Galahaut, der eine Verdauung wie eine Betonmischmaschine zu haben schien, hielt sich gerade an einer Pyramide aus Kokosnußscheiben schadlos.

Das Mädchen dachte angestrengt darüber nach, was es sagen könnte. In den Träumen der jungen Gräfin hatte sich natürlich immer alles sehr viel einfacher dargestellt. Ihr ganzes Leben lang hatte sie gewußt, daß eines Tages ein schöner junger Ritter auf seinem Weg in dieses finstere alte Schloß einkehren und Vater zufällig außer Haus sein würde. Und nachdem sie dem Ritter Tee angeboten hätte, würden sie miteinander plaudern ... Sie hatte schon früh darauf bestanden, diesen ehemaligen Abstellraum für Ölkanister in ein nettes kleines Wohnzimmer mit geblümten rosafarbenen Vorhängen und Rüschenkissen zu verwandeln. Stunden – Abertausende von Stunden – hatte sie mit Kuchenbacken und dem Glasieren von Gebäck verbracht, um auf den entscheidenden Augenblick vorbereitet zu sein und zum Tee all die frischen und selbstgemachtem Kostbarkeiten servieren zu können. Sie hatte wirklich an alles gedacht; nur nicht daran, was sie sagen sollte, denn sie war davon ausgegangen, dies ergäbe sich von selbst.

»Es muß unheimlich aufregend sein, wenn man auf der Suche nach irgend etwas ist«, sagte sie schließlich etwas unbeholfen.

»Ach, so aufregend ist das gar nicht«, antwortete Galahaut, wobei er sich auf dem Stuhl zurücklehnte, in der Hoffnung, daß das durch einen schmalen Spalt hereinfallende Licht sein Profil besser zur Geltung brächte. »Zumeist ist das nichts anderes als schlichte Plackerei. Bei Wind und Wetter im Sattel sitzen, nachts unter einer Zeltplane liegen oder sich auch nur unter eine Decke kuscheln, um sich gegen den Regen zu schützen ...«

Zehennagel schnaufte abfällig, doch niemand nahm von ihm Notiz. Wäre er von dem Mädchen darum gebeten worden, hätte er ihr verraten können, daß sich der Edelprinz stets weigerte, auch nur eine einzige Nacht dort zu verbringen, wo es nicht wenigstens zwei

Sterne und ein Zimmer mit Südlage und eigenem Bad gab. Und dann dieser Aufstand, den er jedesmal veranstaltete, wenn das Bett nicht richtig gelüftet war …

Das Mädchen nickte eifrig. Es war wirklich nicht einfach zu entscheiden, welcher von den beiden Rittern der romantischere war; der hagere und etwas lebensüberdrüssig wirkende Typ mit dem Pickel oder der starke, stille mit dem rosaroten Gesicht? Alles in allem wahrscheinlich der mit der gesünderen Gesichtsfarbe; allerdings wäre es völlig verfrüht gewesen, sich jetzt schon zu entscheiden.

»Solch eine Suche ist doch bestimmt furchtbar gefährlich, nicht wahr?« Das Mädchen ließ nicht locker.

»Mhm, das wollen wir doch nicht hoffen«, grummelte Boamund.

Das Mädchen lachte entzückend. »Ach, Sie sind so bescheiden. Ich bin mir sicher, Sie sind kein bißchen ängstlich, stimmt's?«

Boamund nestelte an der Tischdecke herum, während sich Galahaut wieder mal einmischte und behauptete, ohne Angst könne man gar keinen Mut haben. Dies wirkte sich auf das Gespräch ungefähr so aus wie ein feuchtes Handtuch auf eine brennende Friteuse, und das Mädchen bot den beiden zur Abwechslung Kuchen an.

»Die Alarmglocken läuten ja immer noch«, stellte das Mädchen spitzfindig fest. »Allmählich frage ich mich, was das sein könnte.«

Die beiden Ritter sahen sich kurz an. »Wahrscheinlich irgendein Wackelkontakt in der Elektrik«, meinte Galahaut. »Diese Dinger lösen andauernd falschen Alarm aus. In unserer Burg hatten wir auch mal so eine Anlage, da sie aber ständig von der Nachbarkatze ausgelöst wurde, haben wir sie wieder abgebaut. Außerdem schreckt das heutzutage sowieso niemanden mehr ab.«

Das Mädchen blickte überrascht drein. »Ach, was Sie nicht sagen!«

Galahaut nickte bekräftigend. »Unter normalen Umständen jedenfalls nicht. Dieser Biskuitkuchen schmeckt übrigens ganz köstlich. Haben Sie ihn selbst gebacken?«

Als würde man langsam und unerbittlich eine Feder zusammendrücken, staute sich in Boamunds Herzen immer mehr Wut auf, bis er das Gefühl hatte, dem schmerzhaften Druck kaum mehr standhalten zu können. *Dieser verdammte Gally! Ich konnte den Kerl noch nie leiden. Warum hab ich nicht Lamorak oder Turquine oder irgendeinen anderen mitgenommen, sondern ausgerechnet diesen Schleimscheißer? Der alte Turkey hätte sich längst verdrückt, um sich neue Socken anzuziehen, und ich könnte dann …* Er räusperte sich – nach seinem Empfinden hatte er sich schon seit einer Ewigkeit nicht mehr am Gespräch beteiligt – und sagte: »Ich denke, es ist an der Zeit, daß wir gehen. Komm schon, Gally.«

Galahaut zog verdutzt die Augenbrauen hoch. »Warum plötzlich diese Eile?«

»Das weißt du ja wohl selbst am besten.«

»Nein, woher denn?« widersprach Galahaut. »Sie müssen meinen Freund entschuldigen«, sagte er ans Mädchen gewandt, »aber manchmal ist er etwas ungeduldig.«

Boamund lief puterrot an. »Danke, Sir Galahaut«, stieß er steif wie ein frischgewaschenes Hemd hervor. »Ich habe es wahrhaftig nicht nötig, daß du dich für mich entschuldigst.«

»Na ja, aber irgend jemand muß es ja tun, Bo«, feixte Galahaut. »Glaub mir, manchmal hältst du mich damit den ganzen Tag lang auf Trab.«

»Was soll das denn schon wieder heißen?«

»Ich denke, ich habe mich klar genug ausgedrückt. Oder verstehst du kein Albionisch mehr?«

Der jungen Gräfin wollte vor Entzücken das Herz zerspringen. Die beiden hatten wirklich vor zu kämpfen! Und das ihretwegen – ja, natürlich! Ritter kämpfen nur dann gegeneinander, wenn es um das Herz einer holden Maid geht. Wie märchenhaft! Wie unbeschreiblich berauschend!

Zehennagel trippelte unauffällig zum Kohleneimer hinüber, sprang hinein und klappte den Deckel fest hinter sich zu.

»Bei Gott, Gally! Wenn keine Dame zugegen wäre, wäre ich nicht abgeneigt …«

»Nun rück schon raus mit der Sprache. Wozu wärst du nicht abgeneigt?«

»Dann wäre ich nicht abgeneigt, dich zu fragen, was du damit gemeint hast!«

»Na gut, dann erspare ich dir die Mühe, mich fragen zu müssen. Ich habe damit gemeint, daß du eine Belastung bist, Boamund. Man kann dich einfach nirgendwo mit hinnehmen, und das war schon immer so. Sie müssen ihn schon entschuldigen«, sagte Galahaut ans Mädchen gewandt, »aber er reagiert immer leicht überreizt, wenn er zuviel Schokolade ißt. Ich kann mich noch gut daran erinnern, als er früher einmal auf dem Internat …«

»Sir Galahaut!«

»Ja, Sir Boamund? Wenn Ihr nur sehen könntet, wie lächerlich Ihr ausseht.«

Boamund griff langsam in die Hosentasche und zog einen Handschuh heraus. In Wirklichkeit handelte es sich nur um einen fingerlosen Fausthandschuh, der aber völlig reichen dürfte.

»Mein Fehdehandschuh«, erklärte Boamund. »Gebt mir also die Ehre …«

»Was soll ich denn mit deinem Pulswärmer, Bo? Hast du den anderen etwa schon wieder verloren?«

»Sir Galahaut …!«

»Im Verlieren von Handschuhen bist du schon immer unschlagbar gewesen. Kein Wunder, daß die Hausmutter damals auf dem Internat von dir verlangte, die Dinger an einem Bindfaden um den Hals zu tragen.«

»Na gut, du hast es nicht anders gewollt.« Boamund hob den verstümmelten Handschuh auf und schlug dem Edelprinzen damit auf die Wange. »Und jetzt, Sir ...«

»Laß das, Bo, das kitzelt.«

*Ojemine!* seufzte Zehennagel, der mittlerweile auch seelisch völlig im Eimer war. *Ich sollte lieber etwas unternehmen, bevor die beiden gegenseitig Hackfleisch aus sich machen.* Vorsichtig klappte er den Deckel hoch und zog sich aus dem Kohleneimer. Dann schlich er an der Wand entlang bis zur Tür, öffnete sie und ging hinaus.

»Jetzt tu nicht so, als wüßtest du nicht genau, was ich meine«, fauchte Boamund Galahaut an. »Das ist deiner nicht würdig.«

»Ehrlich gesagt, hab ich nicht die leiseste Ahnung, wovon du gerade selbst zu sprechen glaubst, Bo. Also hör endlich auf, dummes Zeug zu faseln. Damit regst du nur die junge Dame unnötig auf.«

»Ich ...« Boamund verschlug es die Sprache. Ihm fiel nichts anderes ein, als den anderen Fausthandschuh aus der Tasche zu ziehen und ihn dem Schweinehund ins Gesicht zu schleudern.

»Na, da ist er ja«, freute sich Galahaut. »Also hat er die ganze Zeit in der Tasche gesteckt, wie?«

»Jetzt reicht's. Ich verlange Genugtuung.«

Der Edelprinz lachte. »Du verlangst – was?«

»Du hast mich genau verstanden. Du bist ein Schuft, ein Schurke, ein Lump, und« – Boamund forschte in den Archiven seines Verstandes nach – »und du hast bei der Falknerei betrogen.«

Ein roter Vorhang des Zorns fiel vor Galahauts bewußter Wahrnehmung und verhüllte alles andere. »Was hast du da eben gesagt?« keuchte er.

»Das weißt du ganz genau«, zischte Boamund. »Gegen Ende des Sommersemesters in der achten Klasse. Du hast in der Zoohandlung einen Käfig mit einer weißen Maus gekauft und hast sie ...«

»Das ist eine Lüge!«

»Das ist keine Lüge!« gab Boamund zurück. »Ich hab die Quittung in deiner Süßigkeitenkiste gefunden!«

»Und was hast du in meiner Süßigkeitenkiste zu suchen, hä?«

»Das hat doch gar nichts damit zu tun! Du hast diese Maus dazu benutzt ...«

»Aha! Da ist also der Obstkuchen von meiner Tante Ysoud gelandet!«

»Du hast diese Maus dazu benutzt, um ...«

»Du stinkender Vielfraß!«

»Betrüger!«

Das Mädchen sah die beiden etwas verdutzt an. Na ja, aber bestimmt würden sie irgendwann miteinander kämpfen ...

Von Weihnachten sprang vom Schlitten und verlangte nach der Axt.

Es hatte zwei Stunden – *volle zwei Stunden!* – gedauert, eher der von Radulf gesandte Abschleppschlitten eingetroffen war. Dann war zu allem Überfluß das Abschleppseil gerissen, eins des Rene hatte sich aus dem Staub gemacht, und zu guter Letzt waren sie den falschen Weg über die Harris-Ridge geflogen. Endlich zu Hause angelangt, nahm der Graf die Axt von einem zitternden Diener entgegen und näherte sich dem arg ramponierten Japan-Schlitten. Er wollte ihm den Rest geben.

Dann bemerkte er den Alarm und schnippte gebieterisch mit den Fingern.

»Alles klar, Radulf!« brüllte er. »Ich bin wieder zu Hause. Du kannst diesen schreckliche Lärm jetzt ausschalten!«

Radulf, der dem Grafen zur Begrüßung entgegengekommen war, versuchte ihm etwas zu erklären, doch von Weihnachten wollte in diesem Augenblick nichts davon wissen. Ihn interessierte es lediglich, diesem wertlosen japanischen Schrotthaufen einen Kundendienst zu bieten, den dieser niemals vergessen würde.

»Entschuldigung bitte mal.«

Irgend etwas zerrte an seinem Ärmel.

Das Graf blickte nach unten und entdeckte einen Zwerg. Von Weihnachten runzelte nachdenklich die Stirn; es mußte schon eine Ewigkeit her gewesen sein, seit er hier das letztemal einen Zwerg gesehen hatte. Soweit er sich erinnern konnte, hatte der Gnom damals in seiner Kündigung geschrieben, er wolle in den Süden gehen und auf den Diamantfeldern arbeiten. Komischer Kauz.

»Entschuldigung mal bitte«, wiederholte der Zwerg, »aber haben Sie vielleicht kurz Zeit für mich? Wissen Sie, da sind nämlich zwei gefährliche Ritter in Ihr Schloß eingebrochen, und ...«

»Ritter?« Von Weihnachten schaufelte den Zwerg mit einer riesigen Pranke von der Erde auf und hielt ihn sich direkt vor die Nase. »Ritter.«

»Ja, Sir. Zwei Ritter. Boamund und Galahaut, Sir. Die beiden sitzen gerade im Wohnzimmer Ihrer Tochter und trinken Tee.«

»Tee?« Von Weihnachten brüllte wie am Spieß, ließ den Zwerg fallen und rannte los. Zehennagel kam wieder auf die Beine, rieb sich kräftig die schmerzenden Ellbogen und lief ihm hinterher.

Er hoffte nur, rechtzeitig dabeizusein, das war alles.

# 7

Können Sie damit was anfangen?« erkundigte sich die junge Gräfin besorgt.

*Komisch, ich hatte immer gedacht, daß Ritter stets ihre eigenen Schwerter bei sich haben.* In sämtlichen Büchern, die sie in all den Jahren gelesen hatte, war immer die Rede davon gewesen, daß ein Ritter mindestens eins, manchmal sogar zwei Schwerter trugen. Und nun das… Manchmal hatte sie das Gefühl, vom wahren Leben noch nicht sehr viel mitbekommen zu haben.

»Danke, die sind genau richtig«, stieß Boamund zwischen zusammengepreßten Zähnen hervor.

»Ich hab sie in Vaters Arbeitszimmer gefunden. Er bewahrt dort eine ganze Menge Schwerter und ähnliche Sachen auf. Ich glaube, er sammelt das Zeug sogar. Ich hab jetzt zwar Schwerter mitgebracht, doch könnte ich Ihnen auch noch mit Streitäxten, Morgensternen, Dolchen oder Streitkolben dienlich sein, wenn Sie wollen.«

»Sehr zuvorkommend von Ihnen, doch Schwerter reichen völlig«, bedankte sich Galahaut. »Es sei denn, Sir Boamund möchte noch gern ein Schild haben. Auf dem Internat hat er zumindest stets darauf bestanden.«

»Das hab ich *nicht!*«

»Und wenn er mal keins bekam, hat er immer wie

ein Schloßhund geheult. Im Gegensatz zu ihm hab ich mir jedenfalls nie ein Schulbuch vor den Bauch gehalten, wenn ich angegriffen wurde.«

»Was soll das denn schon wieder heißen, hä?«

»Das hast du doch gehört.«

»In der Bibliothek gibt es übrigens eine ganze Menge Bücher«, warf das Mädchen hilfreich ein. »Wenn jemand von Ihnen eins haben möchte, dann kann ich ...«

Boamund zog das Schwert aus der Scheide, das sich sehr kalt anfühlte. »Laß uns endlich beginnen. Das heißt, nur wenn Sir Galahaut endlich bereit ist.«

»Keine Sorge, ich bin längst bereit.«

»Also gut, dann nach Ihnen, holde Maid.«

Von Weihnachten stand vor der kleinen Wohnstube seiner Tochter und rang nach Atem.

»Da drinnen?«

Zehennagel nickte beflissentlich.

»Alles klar ...«

Ein kräftiger Tritt vom gewaltigen Stiefel des Grafen reichte, um die Tür aufspringen zu lassen, doch das Zimmer war leer.

*Ach, du grüne Neune! Ich bin zu spät dran!* dachte Zehennagel entsetzt. *Die beiden sind bestimmt nach draußen gegangen und tragen es jetzt auf ihre Weise aus. Da wird nichts als zerfetzte Kleidung und ein Zentner Rittergehacktes übrigbleiben. Der reinste Ritterwahnsinn! Mist, verdammter!*

»Hast du nicht gesagt, die beiden sind ...«

»Die müssen wohl schon gegangen sein, Sir«, antwortete Zehennagel. »Ich meine, die sind jetzt bestimmt irgendwo anders.«

»Das sehe ich selbst, du Trottel!« Zur Stimme des Grafen hatte sich eine zusätzliche Nuance gesellt, die dem Zwerg zu verstehen gab, zwei Ritter im Schloß zu haben sei bereits schlimm genug, aber daß sie jetzt auch noch wie Zugvögel überall umherschwirrten gehe entschieden zu weit. »Und wo sind die jetzt?«

»Irgendwo, wo es viel Platz gibt, nehme ich an«, antwortet Zehennagel. »Wissen Sie, die beiden wollen dort bestimmt einen Kampf austragen …«

Das Graf brüllte vor Lachen. »Einen Kampf? Na, dann sind die beiden hier ja goldrichtig, wie?«

»Ja, Sir, nur wir beide sind noch am falschen Ort …«

»Ach, was du nicht sagst!« Der Graf wandte sich an sein Gefolge und schrie: »Los, ihr faules Pack! Durchsucht sofort das Schloß nach zwei gefährlichen Ritter. Beeilt euch!«

Ein Gedanke, der seit geraumer Zeit in von Weihnachtens Hinterkopf kreiste, geriet arg ins Trudeln und schlug schließlich dumpf auf. Gleich darauf langte der Graf nach unten, und packte den Zwerg am Kragen. »Sag mal, Freundchen, wer bist du überhaupt?«

»Zehennagel, Sir. Ich bin ein Zwerg.«

»Das sehe ich selbst.«

»Ich diene den beiden Rittern und habe sie von Albion bis hierher begleitet, Sir.«

»Ich verstehe.« Von Weihnachten schnaufte verächtlich. »Und warum verrätst du deine Herren an mich?« wollte er wissen.

Zehennagel wand sich unbehaglich. »Ach, eigentlich gibt's dafür keinen besonderen Grund. Ich dachte eben nur, zum Teufel mit diesen ewigen Flick- und Reinigungsarbeiten. Schließlich hab ich nichts zu verlieren als meine Ketten, und deshalb …«

»Welche Ketten denn?«

»Rein bildlich gesprochen, Sir.«

»Na gut, mit dir beschäftige ich mich noch später, und jetzt folge mir.«

Der Graf ließ den Zwerg los, zerschlug schon mal sicherheitshalber einen Kaffeetisch und schritt durch die Tür hinaus.

Zehennagel folgte von Weihnachten nicht sofort,

sondern flitzte zuvor zu seinem Rucksack zurück, holte etwas heraus und rannte ihm dann so schnell, wie ihn seine Beine trugen, hinterher.

»Eignet sich das hier?« erkundigte sich die junge Gräfin leicht verunsichert.

Sie befanden sich im Haupthof. Da sich das gesamte Schloßpersonal auf die Suche nach Eindringlingen begeben hatte, war der Hof völlig verwaist, wenn man von einem Schlitten mit arg ramponierten Kufen absah.

»Ja, das hier eignet sich sogar ganz hervorragend«, antwortete Boamund und fügte, an Galahaut gewandt, hinzu: »Ich finde, wir sollten die Sache endlich hinter uns bringen.«

Obwohl er noch immer vor aufgestauter Wut innerlich kochte, tat er dies nun auf weitaus schwächerer Flamme als noch wenige Minuten zuvor. Sicher hatte ihn Sir Galahaut auf unverzeihliche Weise beleidigt, und diese Schande mußte mit dessen Blut besiegelt werden; doch wenn man einmal genauer darüber nachdachte, war es schon eine verflixt dämliche Art, einen Streit beizulegen, indem man seinem Widersacher den Kopf abschlug – oder womöglich den eigenen abgeschlagen bekam. Wenn man darüber hinaus mit dem Betreffenden gemeinsam auf dem guten alten Internat gewesen war, dann kam ihm diese Art der Konfliktlösung um so dümmer so. Tief im Innern konnte er sich nicht des Gefühls erwehren, daß es noch eine bessere Möglichkeit geben mußte, mit solch einer vertrackten Situation fertig zu werden. Beispielsweise mit einer wirklich aggressiv geführten Partie Squash, bei der man den Gegner immerhin bis aufs Blut quälen könnte.

Galahaut hatte bereits seine Jacke abgelegt und vollzog gerade einige imposante Trockenübungen mit dem Schwert. Die junge Gräfin hatte es sich auf dem Schlitten gemütlich gemacht. Sie hatte von irgendwoher eine Tafel Schokolade hervorgezaubert, die sie genußvoll Stück für Stück in sich hineinstopfte.

»Bist du bereit?« wollte Boamund wissen.

»Momentchen noch«, antwortete Galahaut. »Mhm – ich glaube, ich hab einen leichten Krampf im Unterarm. Du hast doch hoffentlich nichts dagegen, wenn ich mich noch ein bißchen auflockere, oder?«

»Nein, nein, mach nur.«

»Das ist wirklich sehr anständig von dir, alter Kumpel.«

»Ach, nicht der Rede wert, Gally. Laß dir ruhig Zeit.«

Der Edelprinz nahm die Trockenübungen mit dem Schwert wieder auf und ruderte noch ein wenig mit den Armen. Wie er sich immer wieder vor Augen hielt, war es ganz bestimmt nicht so, daß er etwa keine Lust gehabt hätte, dem kleinen Snotty endlich genau jene Abreibung zu verpassen, nach der sich dieser offenbar seit seiner Schulzeit sehnte; doch gab es keinen Grund zu Eile, oder? Schließlich hatten sie alle Zeit dieser Welt.

»Entschuldigen Sie mal, aber warum haben Sie eigentlich noch nicht angefangen?« erkundigte sich das Mädchen in gespannter Erwartung.

Die beiden Ritter blickten die junge Gräfin ein wenig verständnislos an.

»Wir sind noch nicht soweit, das ist alles.«

»Man sollte nie etwas überstürzen.«

»Das wäre auch unsportlich.«

»Ach so, ich verstehe. Tut mir leid.«

Die beiden Ritter gingen vorsichtig im Kreis. Einoder zweimal setzten sie zu sehr zaghaften Ausfällen an, aber nie, ohne den anderen vorher gefragt zu haben, ob dieser auch bereit dazu sei. Die Gräfin vertilgte unterdessen die Schokolade und begann, wenn auch nur zaghaft, zu klatschen.

Verzweifelt versuchte Boamund, eine verdeckte doppelte Mandiritta von links durchzuführen; ein höllisch kompliziertes und entsprechend schwieriges Manöver, das er, wie er sich leider erst jetzt erinnerte, noch nie richtig beherrscht hatte. Es beginnt mit einer Doppelfinte rechts vom Kopf des Gegners, gefolgt von einem verzögert vorgetragenen Stoß links vom Körper, und schließlich beendet durch einen Ausfallschritt, der vom Fechter, auf einem Knie hockend, vollzogen wird, wobei er den Arm hinter den Rücken führt, bis er mit der linken Hand das Innere seines rechten Knies berühren kann.

»Aua! Ich stecke fest!« schrie Boamund mit schmerzverzerrtem Gesicht.

»Ach, so ein Pech aber auch, Bo ...«, tröstete ihn Sir Galahaut teilnahmsvoll. Dann steckte er das Schwert in die Scheide und half Boamund wieder auf die Beine. »Geht's besser so?«

»Ja danke, Gally, aber ich fürchte, ich hab mir das Handgelenk verstaucht.«

»Tja, da kann man nichts machen, aber das war's dann leider wohl«, stellte Galahaut mit betrübter Miene fest. »Wenn du dich nicht hundertprozentig fit fühlst, bringt das nämlich überhaupt nichts mehr, Bo. Außerdem wäre das einfach nicht richtig.«

»Da hast du leider völlig recht, Gally.«

»Ja, wirklich schade drum, aber das läßt sich nun mal nicht ändern. Ich denke, wir sollten den Kampf als unentschieden werten.«

»Das ist ein sehr fairer Vorschlag, Gally.« Boamund streckte mit schmerzverzerrtem Gesicht den Rücken gerade, zuckte zusammen und steckte das Schwert in die Scheide zurück. »Und ausgerechnet jetzt mußte das passieren, wo wir gerade so richtig in Fahrt gekommen sind.«

»Kopf hoch, Bo, nimm dir das nicht zu sehr zu Herzen«, tröstete ihn Galahaut mitfühlend. »Hey! Wieso ist denn dieses verflixte Mädchen plötzlich verschwunden?«

Die beiden sahen sich nach allen Seiten um, doch offenbar war außer Ihnen niemand mehr im Hof.

»Ich nehme mal an, daß sich die junge Gräfin gelangweilt hat«, höhnte Boamund. »Du kannst sie übrigens gern haben, Gally. Ich fürchte, mir wird es nie gelingen, eine Frau kennenzulernen, die sich für Kampfsport interessiert.«

Als der Graf die Haupttreppe in die große Halle hinuntergestürmt kam und sah, wie seine Tochter auf der obersten Stufe zum Podium saß und in ein kleines Spitzentaschentuch weinte, ließ er sofort die Axt fallen und lief zu ihr hinüber.

»Was hast du denn, mein Schatz?« fragte er besorgt. »Komm, du mußt deinem Papa alles erzählen.«

»Ach, es ist wegen dieser blöden Ritter«, schniefte die Gräfin. »Die wollen nicht miteinander kämpfen und stehen einfach nur dumm rum und reden dummes Zeug.«

»Ist ja gut, jetzt reg dich doch nicht wegen zwei so blöden Rittern auf, Schatz. Solche Kerle sind es wirklich nicht wert.«

»Und ich hab gedacht, die beiden wären so mutig«, schluchzte die Gräfin. Wie kleine Perlen kullerten ihr ein paar zarte Tränen über die noch zarteren Wangen, und sie putzte sich laut die Nase.

»Ritter! Wenn ich das schon höre!« Der Graf prustete verächtlich. »Diese Idioten wissen doch nicht mal, wie man Ritter schreibt.«

»Und sie haben mich hier einfach sitzenlassen«, beklagte sich die Gräfin, »und das, obwohl ich ihnen Tee und Kuchen und das alles serviert habe.«

»Diese halbstarke Lumpenpack!« zischte von Weihnachten. »Keine Angst, ich werde den Kerlen schon beibringen, was Manieren sind.«

Die Augen des Mädchens leuchteten auf, und es lächelte. »Ach, Papi, ich liebe dich.«

»Jaja, ich dich auch, mein Schatz«, murmelte von Weihnachten etwas unbeholfen. »So, und wo sind jetzt diese Ritter? Zwerg!«

Zehennagel, der auf einem Stuhl gestanden hatte, um auf den Hof hinausschauen zu können, sprang herunter und rannte zum Grafen hinüber.

»Ja, Sir?«

»Hast du eine Ahnung, wo sich diese Ritter jetzt aufhalten?«

»Draußen auf dem Hof, Sir. Ganz friedlich«, fügte er nachdenklich hinzu.

»Wo steckt eigentlich dieser verflixte Zwerg?« wollte Boamund wissen. »Andauernd treibt der sich irgendwo anders herum.«

»Das ist typisch für diese komischen Vögel«, stimmte ihm Galahaut zu, während er die Jacke wieder anzog. »Besonders dann, wenn es Arbeit zu erledigen gibt.«

»Außerdem hat er das Gepäck bei sich.«

Die beiden Ritter schauten sich auf dem riesigen Hof um.

»Der kann überall stecken«, meinte Galahaut schließlich. »Ganz schön groß dieser ganze Komplex hier.«

»Und finster.«

Sie spazierten in Richtung der Haupthalle.

»Ich bin dafür, daß wir uns als nächstes diesen Grafen von Weihnachten vorknöpfen«, schlug Galahaut vor. »Er soll uns verraten, wo diese Socken sind, und dann schwirren wir ab. Na, wie findest du das?«

»Ganz schön clever«, lobte ihn Boamund. »Und wo sollen wir am besten anfangen.«

»Wie wär's mit da drüben?«

»Prima Idee.«

Sie stießen die Doppeltür zur Haupthalle auf, stolzierten hinein und bekamen vor Staunen den Mund nicht mehr zu.

»Zehennagel!« riefen sie gleichzeitig.

Vor ihnen, ausgebreitet auf dem Kaminvorleger wie ein Haufen roter Bettwäsche, streckte Graf von Weihnachten alle viere von sich. Neben seiner rechten Hand lag eine riesige Axt. Zu seiner Linken stand, grinsend und eine chemische Keule in der Hand haltend, der Zwerg.

»Dann fange ich am besten ganz von vorne an«, entschied der Graf.

Er hatte einen schweren Tag hinter sich: Kaum hatte man ihn am Morgen entsprechend informiert, war er nach Atlantis geeilt, um sich die Gralsritter zu schnappen. Dort hatte er gleich zweimal eine gehörige Tracht Prügel erhalten und war zusätzlich eine Wendeltreppe hinuntergerollt, um anschließend mitten im Niemandsland mit dem Schlitten eine Bruchlandung hinzulegen, und kaum war er wieder in sein von Rittern wimmelndes Schloß heimgekehrt, hatte ihn ein Zwerg mit der chemischen Keule außer Gefecht gesetzt und dann mit dem Gürtel seines eigenen Bademantels verschnürt. Das reichte, um einen in Rage zu bringen.

»Ganz von vorn? Ist das denn unbedingt notwendig?« fragte Galahaut, wobei er sein maßloses Interesse durch herzhaftes Gähnen unterstrich. »Wir wollen nämlich …«

»Ja, das ist notwendig«, stellte der Graf in barschem Ton klar. »Unbedingt sogar. Verstanden?«

»Dann schießen Sie endlich los«, drängte der Edelprinz. Er lehnte sich zurück, legte die Füße auf einen ausgestopften Bären und hielt sich an einer Schale Weintrauben schadlos.

Simon Magus blätterte die Seite um und rückte seine Lesebrille bequemer zurecht.

*Die traurige Geschichte des Grafen von Weihnachten* stand dort zu lesen, und er griff nach dem Notizblock.

Es war eine unglaubliche Geschichte. Und wenn es nicht die längste Geschichte war, die jemals erzählt wurde, dann war dies allein auf den Umstand zurückzuführen, daß der Graf nicht in der richtigen Stimmung war, sie bis ins letzte Details wiederzugeben.

... doch auch aus der Kurzfassung ließ sich entnehmen, daß er vor zweitausend Jahren eine vielversprechende Karriere als Wettergott aufgegeben hatte, um an der Universität von Damaskus Astrologie zu studieren. Als er eines Tages mit drei Kommilitonen durch das Elektronenastrolabium der Universität blickte, stellten sie fest, daß sich das, was sie zunächst für ein wenig Schmutz auf der Linse hielten, als ein völlig neuer Stern entpuppte.

Nach dieser Entdeckung begaben sie sich zu weiteren Forschungszwecken in das High-Tech-Observatorium der technischen Universität von Jerusalem. Natürlich blieb ihnen das unvermeidliche Chaos mit den Hotelbuchungen nicht erspart, was zur Folge hatte, daß ihnen nach ihrer Ankunft in Galiläa, es war ein naßkalter Abend, offenbart wurde, ihre Zimmer seien bereits an ein Gruppe Versicherungsvertreter aus Tarsus vergeben worden und sie müßten leider mit dem Stall vorliebnehmen.

Als sie kurz darauf völlig durchnäßt über den Hof watschelten und sich wutschnaubend einig waren, jemanden für diese Schande zu verklagen, blickte der junge Melchior zufällig zum Himmel empor und stellte fest, daß sich der von ihnen entdeckte Stern direkt über ihren Köpfen befand. Im selben Augenblick kamen ihnen mit besorgter Miene ein paar Hirten aus dem Stall entgegen ...

»He, ihr da!« rief ihnen einer der Hirten mit einem fast irrsinnigen Grinsen im Gesicht zu. »Ich weiß zwar nicht, ob ihr abergläubisch oder so was seid, falls aber doch, würde ich an eurer Stelle dort nicht reingehen. Es wimmelt da drinnen nämlich nur so von Engeln.«

»Von Engeln?«

»Ja, aber mehr will ich nicht darüber reden.«

Gleich darauf eilten die Hirten davon und ließen Kaspar, Melchior, Balthasar und Nikolaus buchstäblich im Regen stehen.

»Hat der Typ da eben gesagt, daß da drinnen Engel sind?« hakte Balthasar vorsichtshalber nach.

»Ich glaube, ja.«

Es erklangen allgemeine Mißfallensäußerungen, da es den vieren bereits völlig reichte, das Nachtquartier mit einer Bande schmieriger und in speckigem Leder gekleideter Kameltreiber teilen zu müssen, und nun auch noch mit Engeln!

Bis auf eine kleine Öllampe, die stimmungsvoll im leichten Windzug flackerte, war es dunkel im Stall. Urplötzlich verspürten alle einen starken Drang, sich niederzuknien, konnten ihm aber vorerst widerstehen.

»Hallo, ist da jemand?« rief Balthasar. »He, Jungs, mir gefällt das nicht. Mir ist das hier zu gespenstisch ...«

Es wurde heller, da von der in einiger Entfernung stehenden Krippe ein sanft goldenes Glühen ausging.

»Pst! Er schläft«, zischte eine weibliche Stimme.

Melchior war der erste, der die Sprache wiederfinden sollte. Auf leisen Sohlen schlich er zur Krippe hinüber, guckte ängstlich hinein und taumelte gleich darauf zurück, als ob er betäubt worden wäre. Dann kniete er sich nieder und bedeckte den Kopf mit dem Saum seines Umhangs.

»Gnädigste«, sagte er untertänig.

Das Gesicht der Frau wurde vom Halbschatten verdeckt. »Willkommen«, erwiderte sie. »Du sollst für immer gesegnet sein, denn du bist der erste, der das Antlitz von Gottes Sohn erblickt hat.«

Melchior wippte nervös vor und zurück. »Gnädigste, gestattet Ihr, daß wir Eurem Sohn Geschenke darreichen?«

Die Frau nickte lächelnd, woraufhin Melchior seinen Ranzen durchsuchte und eine kleine Schatulle hervorholte. Dieses Mal lächelte die Frau so, als hätte sie nichts anderes erwartet.

»Gold«, flüsterte Melchior ehrfurchtsvoll. »Gold ist ein angemessenes Geschenk für einen König.«

Die Frau nahm die Schatulle entgegen, ohne sie anzusehen, und legte sie neben der Krippe auf den Boden. Nun trat Kaspar vor, fiel auf die Knie und reichte der Frau einen kleinen Alabastertopf.

»Weihrauch, Gnädigste«, sagte er schüchtern. »Um ihn, der einst mit Dornen gekrönt werden wird, zum König zu salben.«

Die Frau nickte und stellte den Topf neben die Schatulle. Mit zitternden Knien trat nun Balthasar vor, kniete nieder und hielt ihr ein silbernes Fläschchen entgegen.

»Myrrhe, Gnädigste«, flüsterte er. »Um ihn, der niemals sterben wird, zu ölen.«

Erneut überflog ein leichtes Lächeln das Gesicht der Frau. Sie nahm das Fläschchen aus Balthasars Händen entgegen, sah es sich kurz etwas näher an und stellte es dann neben die anderen Geschenke.

*Warum hat mir bloß niemand was davon verraten?* murmelte Nikolaus wütend in seinen Bart. *Diese alten Mistkerle hätten ja wenigstens eine Andeutung machen können, oder ist das zuviel verlangt?*

Es entstand eine kurze Pause, während der ihn die anderen drei erwartungsvoll anblickten. Er entschied sich, zu improvisieren, und holte etwas aus seinem Ranzen hervor, riß dabei eine Seite aus einem Buch, um dieses Etwas darin einzuwickeln (bei dem Buch handelte es sich um eine Abhandlung über Ornithologie, und auf der Seite, die er zufällig gewählt hatte, waren Rotkehlchen abgebildet), und trat vor.

»Ähm, hier …«, grummelte er verlegen und drückte der Frau das Päckchen in die Hand.

Sie sah ihn lange und durchdringend an und packte dann langsam das Päckchen aus.

»Aha, Socken. Genau das, was er sich immer gewünscht hat«, stellte sie lapidar fest, wobei ihr Gesichtsausdruck etwas ganz anderes verriet, als sie die beiden langen Kniestrümpfe ins Licht hielt.

Nikolaus zuckte zusammen. »Im Augenblick sind sie wahrscheinlich noch ein bißchen zu groß für ihn«, merkte er so leichthin wie möglich an, »aber das macht ja nichts, er wächst bestimmt hinein.«

Die Frau musterte ihn erneut mit kritischem Blick; dann rollte sie die Socken zu einer Kugel zusammen und ließ sie fallen. »Du kannst jetzt gehen«, sagte sie.

»Danke auch«, murmelte Nikolaus und wich verlegen zurück. »Ach ja, und frohe … oder fröhliche … na ja, eben alles Gute zu diesem festlichen Anlaß.«

Er stieß mit dem Kopf gegen einen Sparren, stolperte rückwärts durch die Tür hinaus und rannte um sein Leben.

»Nur zwei Wochen später lieferte ein Engel bei mir ein Päckchen ab«, setzte der Graf seine Erzählung fort. »Darin befanden sich ein Paar Socken und ein Brief.«

Er hielt kurz inne, schloß die Augen und fuhr schwer atmend fort: »Der Brief war nicht unterschrieben, aber das war auch gar nicht nötig. Die ersten drei Absätze will ich euch lieber ersparen, weil sie sich hauptsächlich um meine Person an sich drehten. Was man als den offiziellen Teil des Briefes bezeichnen könnte, das stand in den letzten paar Zeilen.

Um es kurz zu machen: über mich wurde ein Fluch verhängt, der besagt, daß ich bis ans Ende meiner Tage, wenn das Jesuskind zurückkehrt, um über die Lebenden und die Toten zu richten, allen Kindern auf der Erde Geschenke liefern muß, und das alljährlich jedes Jahr an meinem ... na ja, am Weihnachtsabend eben. Geschenke, die so unpassend, unerwünscht und sinnlos sind wie jenes Geschenk, das ich für den König aller Könige für angemessen gehalten hatte. Um dem Ganzen noch die Krone aufzusetzen und gerade so, als ob ich es nicht längst begriffen hätte und ständig daran erinnert werden müßte, hängen seither am Weihnachtsabend fast sämtliche Kinder dieser Erde die längsten Wollsocken ans Bettende, die sie auftreiben können.«

Eine ganze Weile herrschte betretenes Schweigen.

Dennoch versuchte Galahaut, nur wenig beeindruckt zu wirken, als er fragte: »Das ist ja alles schön und gut, aber was ist jetzt mit diesen Socken?«

»Mit den Socken?« Nikolaus von Weihnachten blickte ihn befremdet an und lachte laut. »Ja, hast du das denn immer noch nicht begriffen? Die Socken, nach denen du und dein Freund hier gesucht habt, sind genau *diese* Socken. Daher auch der Name. Die Socken des Unabwendbaren ...«, fügte er mit einem verbitterten Lächeln hinzu. »Und glaubt ihr etwa immer noch im Ernst, daß ich sie euch so einfach aushändigen kann?«

Boamund setzte eine Miene auf, die, wie er hoffte, innere Teilnahmslosigkeit verriet. »Das sollten Sie aber lieber tun, Graf, oder es kommt für Sie noch schlimmer, als es eh schon ist ...«

Von Weihnachten blickte ihn böse an.

»... bitte, ja?« fügte Boamund hinzu.

»Nein.« Der Graf schürzte die Lippen. »Glaubt ihr eigentlich, ich wäre nicht froh, wenn ich diese Dinger nie mehr sehen müßte? Schon von deren Anblick wird mir kotzelend. Aber sie gehören nicht mir. Ich kann nicht frei über sie verfügen und sie einfach jemandem geben. Und erst recht nicht euch«, fügte er hinzu.

Boamund verspürte, wie ihm jemand unablässig in die Seite knuffte, und er schaute nach unten. »Was ist denn, Zehennagel?« zischte er wütend. »Siehst du nicht, daß wir beschäftigt sind?«

»Das dauert nicht lange, Chef«, beschwichtigte ihn der Zwerg, »aber komm doch bitte nur mal kurz mit rüber, damit uns niemand hören kann.«

Boamund erhob sich achselzuckend, und die beiden schlenderten zum Kamin hinüber.

»Ich bin mir sicher, daß er uns nicht die ganze Geschichte erzählt hat«, flüsterte ihm Zehennagel zu.

»Im Ernst?« Boamund runzelte die Stirn. »In dem Fall muß die Geschichte ja noch länger sein …«

Zehennagel schüttelte ungeduldig den Kopf. »Nein, nein, bis dahin stimmt alles, also das mit den Socken und so. Trotzdem weiß ich, daß er uns irgendwas verschweigt.«

»Bist du dir sicher?«

»Ja.«

Boamund dachte darüber nach. Schon immer war er sich darüber im klaren gewesen, daß fast alle anderen, selbst Diener, über viel mehr Wissen verfügten als er – und so sollte es auch sein, denn ein Ritter hat viel wichtigere Dinge zu erledigen, als sich Wissen anzueignen. Darüber hinaus bekam man nach seiner Auffassung einen viel zu großen Kopf, wenn dieser voller Wissen steckte, so daß er in keinen Helm mehr passen würde. Nichtsdestotrotz war er der festen Überzeugung, diese Erkenntnis lieber für sich zu behalten.

»Und woher weißt du das so genau?« wollte er von dem Zwerg wissen.

Zehennagel blickte sich verstohlen um, winkte Boamund näher zu sich heran und zischte ihm ins Ohr: »Ich weiß es eben, das ist alles. Vielleicht liegt es einfach daran, daß ich ein Zwerg bin.«

»Was hat denn das damit zu tun?«

»Zum einen Vererbung, und zum anderen können

wir Zwerge wirklich selbst das Gras wachsen hören. Paß auf, am besten fragst du ihn mal nach dem Gral, und dann sehen wir ja, wie er reagiert. Einverstanden?«

Boamund nickte. Wie er wußte, besaßen alle großen Helden stets vertrauenswürdige und gescheite Berater, die, wenngleich sie unweigerlich einen niedrigeren Rang bekleideten, immer sehr schlau waren; und das Gute daran war, daß deren Namen dazu neigten, zu einem relativ frühen Zeitpunkt aus der Geschichte herausgestrichen zu werden.

Langsam und mit sorgenvoll gefurchter Stirn schlenderte Boamund durch die Halle zum Grafen zurück.

»Sie haben uns noch nicht alles gesagt, nicht wahr? Also spucken Sie's schon aus«, forderte er ihn auf.

»Scher dich zum Teufel!«

»Reden Sie gefälligst nicht in solch einem Ton mit mir«, erboste sich Boamund. »Was ist mit dem Gral? Rücken Sie schon raus damit.«

Anstelle einer Antwort brüllte von Weihnachten wie ein Stier und kämpfte wütend mit dem Bademantelgürtel, mit dem er an den Stuhl gefesselt war.

Galahaut runzelte die Stirn und griff nach dem Nudelholz, das er in der Küche aufgetrieben hatte. »Hören Sie endlich auf damit«, drohte er ihm. »Also wirklich, Leute gibt's ...«

»Ritter!« prustete von Weihnachten verächtlich. »Ihr seid doch alle gleich, ihr Scheißkerle! Solltet ihr mir jemals zwischen die Finger kommen, dann ...«

Galahaut versetzte ihm einen Schlag mit dem Nudelholz, der insofern einen gewissen therapeutischen Nutzen zu haben schien, als der Graf mit dem Herumbrüllen aufhörte und sich darauf beschränkte, finster dreinzublicken.

Boamund nickte zufrieden. »Danke, Gally.«

»Ach, nicht der Rede wert, Bo. War mir ein Vergnügen.«

Boamund zog einen Stuhl heran und setzte sich darauf. »Fangen wir also noch mal von vorn an«, schlug er vor. »Was ist nun mit dem Gral?«

Von Weihnachten machte seinerseits einen Vorschlag bezüglich dessen, wohin sich Boamund den Gral stecken könne, falls er ihn jemals finden sollte, woraufhin das Nudelholz erneut durch die Luft schoß.

»Was ist nun mit dem Gral?« wiederholte Boamund.

Dieses Mal gab von Weihnachten keinen Ton von sich, und die beiden Ritter blickten sich etwas ratlos an.

»Meinst du, daß man ihn auch dafür bestrafen kann, daß er nichts sagt?« fragte Galahaut. »Wahrscheinlich nicht, oder was meinst du?«

»Da hast du wohl leider recht«, stimmte ihm Boamund zu. »Schade drum, aber was soll man machen? Und was tun wir jetzt?«

Galahaut zuckte die Achseln. »Die Socken finden, schlage ich vor. He, Graf!« brüllte er von Weihnachten an, wobei er sich vorbeugte und ihm das Nudelholz unter die Nase hielt. »Wo sind die Socken?«

Als von Weihnachten versuchte, ins Nudelholz zu beißen, zog es Galahaut schnell zurück. »Ich frage mich, was der alte Knacker gegen Ritter hat«, grübelte er laut nach. »Geht es ihm nun um uns im besonderen oder eher um Ritter im allgemeinen?«

»Ich glaube, der Kerl mag überhaupt niemanden«, meinte Boamund. »Merkwürdig. Bedenkt man, in welcher Branche er tätig ist, müßte man eigentlich davon ausgehen daß jemand, der sein Leben lang nichts anderes macht, als Weihnachtsgeschenke ...«

Von Weihnachten heulte wie ein Wolf auf, und die Ritter tauschten vielsagende Blicke aus.

»Sieht ganz so aus, als würde ihm die Erwähnung eines ganz bestimmten Wortes nicht sonderlich behagen«, stellte Galahaut mit Genugtuung fest.

»Na, dann wollen wir doch mal sehen«, freute sich

Boamund. »Weihnachten!« zischte er dem Grafen ins Ohr und schreckte gleich darauf entsetzt zurück; nie hätte er geglaubt, daß eine einzelne Person einen derartigen Höllenlärm veranstalten könnte.

»Sehr schön, das ändert natürlich einiges«, meinte Galahaut mit einem arglistigen Grinsen im Gesicht und schrie dem Grafen ins Ohr: »Nicht wahr?!«

»Rutsch mir den Buckel runter!«

»Ich denke, es ist an der Zeit, ein fröhliches Liedchen anzustimmen, oder was meinst du, Bo?« schlug Galahaut vor.

Es folgte eine Szene, die Zehennagel bis ans Ende seiner Tage nicht würde vergessen können. Der Graf drehte und wand sich auf dem Stuhl und brüllte dabei so laut, bis man glaubte, seine Stimme würde zerbrechen. Links und rechts von ihm standen die beiden Ritter und sangen *Stille Nacht Heilige Nacht, O du fröhliche, Es kommt ein Schiff geladen* und *Ihr Kinderlein kommet.* Das letzte Lied gab schließlich den Ausschlag.

»Also gut, ihr Schweine!« schluchzte der Graf. »Ihr niederträchtigen Schweine! Ich werde reden..«

Radulf schnappte sich ungeduldig das Walkie-talkie.

»Röhr«, grunzte er in das Mikrofon. Dann schob er die Antenne hinein, nickte entschlossen mit dem Geweih, und drei mit Hellebarden ausgerüstete Edelknaben stürmten sofort die Treppe hinunter.

Irgendwo mußten sie ja sein. Zwei Ritter und ein übernatürliches Wesen konnten nicht einfach spurlos verschwunden sein …

*Denk doch mal nach, Radulf. Wozu sind die Ritter hierhergekommen? Nehmen wir mal an – nehmen wir nur mal an –, daß sie es irgendwie geschafft haben, den Grafen zu überwältigen, und ihn gezwungen haben, ihnen das Geheimversteck zu zeigen. Natürlich! Das muß es sein!*

Das einzige Problem daran war, daß das Geheimversteck wirklich sehr – na, eben sehr geheim war …

»Da drinnen?«

Von Weihnachten nickte. »Und viel Glück«, fügte er hinzu.

Boamund konnte dem Grafen zwar nicht ganz folgen, aber es war noch nie seine Stärke gewesen, irgendwem zu folgen, es sei denn, es handelte sich um die Fersen der betreffenden Person. Darin war er allerdings fast unschlagbar, sofern es dabei nicht allzu viele Tore oder andere Hindernisse zu überwinden galt.

Er zog die Schublade auf.

Socken. Die ganze Schublade war bis zum Rand *voll* mit Socken ...

»Du meine Güte!« seufzte Galahaut mit ehrfurchtsvoller Stimme. »Das müssen ja mehrere hundert Paare sein.«

Von Weihnachten lachte leise vor sich hin. »Eintausendeinundvierzig«, stellte er klar. »Keine schlechte Idee, wie?«

»Ich nehme nicht an, daß Sie uns verraten wollen, welches Paar das richtige ist, oder?« vermutete Galahaut.

»Richtig.«

Galahaut grinste. »Kennen Sie die Geschichte von König Wenzel dem Ersten?« wollte er vom Grafen wissen, doch kam ihm von Weihnachten zuvor. Mit einer plötzlichen Bewegung befreite er sich aus Galahauts Griff, stieß mit dem Kopf mit voller Wucht gegen den Türrahmen und schlug sich auf diese Weise selbst k.o.

»Ey, das gilt nicht! Das ist Betrug!« schimpfte der Edelprinz.

Boamund schaufelte mit beiden Händen eine Ladung Socken auf und ließ sie wieder fallen. »Jetzt guck dir das mal an«, staunte er. »In meinem ganzen Leben hab ich noch nie so viele Socken gesehen.«

»Ich auch nicht.«

»Ganz schön blöd, aber was soll's?« seufzte Boamund. »Dann müssen wir eben den ganzen Haufen mitnehmen und später versuchen, das richtige Paar auszusortieren. Hol uns mal einen sehr großen Sack, Zehennagel.«

Der Zwerg zuckte resigniert die Achseln und machte sich davon. Boamund und Galahaut zogen gemeinsam die Schublade heraus und kippten den gesamten Inhalt auf den Boden.

»Ich nehme an, daß wir die Socken mit dem Aufnäher ›Kölner Dom‹ aussortieren können«, meinte Galahaut. »Obwohl der Typ höllisch gerissen ist und ich ihm glatt zutraue, daß er zur Tarnung extra falsche Etiketten annähen ließ.«

Boamund nickte. »Es bleibt dabei, wir nehmen lieber gleich alle mit, Gally. Trotzdem, wer hätte gedacht, daß Socken so schwer sein können?«

»Genauso wie Sand in großen Mengen«, antwortete Galahaut welterfahren. »Hast du eigentlich dieses ganzes Gerede über Atlantis und das Bankwesen kapiert?« wechselte er das Thema.

»Jedenfalls nicht richtig«, gestand Boamund. »Das ist mir alles viel zu hoch. Aber wenn ich alles richtig verstanden habe, dann hat erst er diesen Gral gehabt und danach dieser Joseph von Dingsda.«

»Joseph von Arimathia.«

»Irgendwo hab ich diesen Namen schon mal gehört«, fuhr Boamund fort. »Jedenfalls hat sich dieser Joseph den Gral geschnappt und ist damit abgehauen, also bringt uns das jetzt auch kein Stück weiter. Sobald wir allerdings diese Schürze, den Terminplaner und das richtige Paar Socken hier aussortiert haben, kann das sowieso nicht mehr so wichtig sein, oder was meinst du?«

»Wollen wir's hoffen«, antwortete Galahaut. »Ich bevorzuge es nämlich, wenn alles so einfach wie möglich ist. Wo ist dieser verflixte Zwerg überhaupt?«

Sie blickten sich um.

»Wahrscheinlich hat er sich mal wieder irgendwo verdrückt«, vermutete Boamund. »So sind die nun mal.«

»Es sollte ja wohl kein Problem sein, hier irgendwo einen Sack aufzutreiben«, meinte Galahaut. »Wenn es hier überhaupt irgendwas gibt, dann einen Sack – wahrscheinlich voll mit Geschenken. Wie ich mich noch gut erinnern kann, hab ich mal in einem Jahr, als ich gerade kein Engagement hatte, einen Job als Weihnachtsmann in einem dieser großen Kaufhäuser angenommen. Im Sack steckten natürlich nur ein paar alte Zeitungen und zerrissene Kartons.«

Boamund blickte auf die am Boden liegende ohnmächtige Gestalt. »Wir können ja versuchen, den Grafen aufzuwecken, und singen dann noch ein paar Lieder oder so was in der Richtung.«

»Na ja, wenn du unbedingt meinst«, erklärte sich Galahaut einverstanden, wenngleich er sich noch etwas zögerlich anhörte; Boamunds Stimme konnte man nämlich nicht gerade als dünn bezeichnen – sie hatte vielmehr die betörende Klangfülle eines Preßluftbohrers –, da es jedoch keine Erfolgsgarantie gab und er nicht schon wieder solche Kopfschmerzen bekommen wollte, schlug er vor: »Oder wir treiben jemand anders auf, der in das Geheimnis eingeweiht ist. Irgendwen muß es hier doch geben.«

»Und wen?«

»Na, da wäre zum Beispiel dieses sensationslustige Mädchen.«

»Du meinst, diese junge Gräfin, die keine friedlichen Wettkämpfe mag?«

»Richtig, dieses ungeduldige Weibsstück. Jede Wette, daß sie weiß, welches Paar Socken das richtige ist.«

Boamund nickte begeistert. »Hervorragende Idee. Und wo ist das Mädchen jetzt?«

Galahaut wollte gerade sagen, er habe nicht die leiseste Ahnung, als die Tür aufsprang und das Mädchen hereinkam.

Die junge Gräfin war schlicht, aber attraktiv gekleidet: Sie trug eine modische Organdybluse mit farbigem Vorstoß und Bubikragen und dazu einen fliederfarbenen Baumwollrock. In den Händen trug sie auch etwas – nämlich ein Sturmgewehr.

Der Flipper brachte Aristoteles in Rage.

»Das ist doch Schiebung!« grummelte er wütend, während er seine Taschen nach Kleingeld durchsuchte. »Jedes Mal, wenn man über dreihunderttausend Punkte kommt, öffnet sich da unten das kleine Tor, und die Kugel eiert unwillkürlich da unten rein.« Mit den Handballen versetzte er dem Automaten seitlich einen kräftigen Stoß.

»Du bist mit den Händen viel zu flippig für den Flipper«, merkte Simon Magus in ruhigem Ton an.

»Was, zum Teufel, weiß du denn schon davon?«

»Entschuldigung, aber ich wollte dir nur einen Rat geben. Sag mal, Ari, hast du zufällig irgendwo meine Frau gesehen?«

»Nein.« Aristoteles zog den Griff zurück und schoß die erste Kugel ins Spiel. Während eines kurzen, spannungsgeladenen Zeitraums von etwa zehn Sekunden drückte er die beiden Knöpfe rund einhundertmal, bis die Kugel schließlich mit untrüglicher Sicherheit im Schlund des Automaten verschwand.

»Sie hat sich mal wieder irgendwohin davongemacht«, murmelte Simon Magus. »Frauen sind schon komische Wesen.«

Aristoteles sah ihn finster an. »Das kannst du wohl laut sagen. Wenn du mich fragst, taugen sie nicht die Bohne.«

»Dann frage ich dich lieber nicht«, entgegnete Simon Magus. »Danke für deinen weisen Tip.«

Aristoteles grunzte abfällig und schoß die zweite

Kugel ins Spiel, während sich Simon Magus in die Cafeteria begab. Doch auch dort hatte niemand Mahaud gesehen.

Schließlich spürte er sie auf der Aussichtsterrasse auf. Sie hielt ein riesiges Fernglas in den Händen und spähte in die allgemeine Richtung des Nordpols hinaus.

»Irgendwas geht da vor«, weihte sie ihren Mann ein.

»Ja, ich weiß«, entgegnete Simon Magus.

Mahaud setzte das Fernglas ab und blickte ihn erstaunt an. »Im Ernst? Worum geht's denn? Hat das irgendwas mit der Gralssuche von diesem Bedevere zu tun?«

»Das kann man so sagen. Würdest du mir bitte mal kurz das Fernglas geben?«

Er stellte es auf seine Augen ein, und stand eine Weile reglos da; dann setzte er das Fernglas ab und schürzte besorgt die Lippen. »Tja, ich fürchte, es ist bereits zu spät, um noch was dagegen unternehmen zu können.«

»Wie meinst du das?«

»Nun, es sieht ganz so aus, als hätte ich den falschen Mann für diese Aufgabe ausgewählt«, räumte er freimütig ein. »Erinnerst du dich noch an einen Jungen namens Boamund? So ein typischer Bursche aus Northgales, groß, schlaksige Gestalt und etwas tölpelhaft.«

»Natürlich erinnre ich mich an diese Rotznase. Snotty wurde er von den anderen Jungs genannt. Kein sehr schöner Name, aber passend.«

»Jedenfalls gehörte er zu den Leuten, die ich sozusagen per Schlaf auf Eis gelegt habe«, fuhr Simon Magus fort. »Und mit der Sache, die da gerade am Laufen ist, habe ich ihn betraut. Eigentlich hat er seine Aufgabe soweit ganz prima gemeistert, bis … na ja, so ist nun mal der Lauf der Dinge.«

Mahaud nahm von ihrem Mann das Fernglas zurück. »Was ist denn passiert?« wollte sie wissen.

»Frauenprobleme.«

»Ach je! Von Snotty hätte ich so was gar nicht erwartet.«

»Du hast 'ne Ahnung! Typen wie er sind gewöhnlich die schlimmsten«, schimpfte Simon Magus. »Verdammter Mist!«

»Mach dir nichts draus«, tröstete ihn Mahaud. »Man kann nun mal nicht immer Erfolg im Leben haben.«

»Da hast du leider mal wieder recht«, seufzte der Zauberer. »Trotzdem ist das jammerschade. Am erfolgreichen Ausgang dieser Geschichte lag mir nämlich sehr viel.«

»Hast du viel Arbeit reingesteckt?«

»Ja, eine ganze Menge sogar«, antwortete Simon Magus. »Und ich war fest davon überzeugt, die Geschichte wäre idiotensicher, aber leider gibt es eben solche und solche Idioten.«

Mahaud dachte eine Weile darüber nach. »Dennoch ist es nie zu spät, um ... na ja, sagen wir mal, um ihm ein wenig unter die Arme zu greifen.«

Simon Magus blickte seine Frau mit Argusaugen an. »Das ist aber unmoralisch. Du weißt schon, wenn man sie erst einmal auf die Menschheit losgelassen hat, dann muß man sie schalten und walten lassen, wie es ihnen gefällt. Höchst unanständig wäre das.«

»Niemand würde jemals etwas davon erfahren.«

»Doch, ich.«

»Ach so, da hast du natürlich recht.« Eine Weile stand Mahaud schweigend da, spielte ein wenig mit dem Fernglas herum und fragte schließlich ihren Mann, ob er Lust auf eine Partie Scrabble habe.

Simon Magus musterte seine Frau mit argwöhnischem Blick. »Du führst doch was im Schilde, Mahaud, stimmt's?«

»Unsinn.«

»Ach komm, ich kenne doch diesen Gesichtsausdruck. Du darfst dich da nicht einmischen, klar?«

»Nicht im Traum würde daran denken, und das weißt du auch«, wehrte sich seine Frau mit Unschuldsmiene.

»Na gut.« Er blickte auf die Uhr. »Mist! Ich muß mich beeilen. Ich hab Merlin nämlich versprochen, mit ihm eine Partie Domino zu spielen, danach können wir beide ja eine Partie Scrabble spielen.«

»Nur zu«, ermunterte ihn Mahaud. »Wir sehen uns dann später.«

Es war ein etwas peinlicher Augenblick.

»Na, da sind Sie ja schon!« tat Galahaut erfreut. »Wir wollten uns gerade auf die Suche nach Ihnen machen.«

»Ach, wirklich?«

»Ja, und gerade eben haben wir Ihrem Vater dabei geholfen, etwas Ordnung in die Schublade mit den Socken zu bringen.«

»Interessant.«

»Und dann«, log Galahaut unbeirrt weiter, »hat er uns gesagt, er fühle sich ein bißchen müde und wolle etwas schlafen. Also hielten wir es für angebracht, Sie zu suchen. Aber jetzt sind Sie ja hier, und somit hat sich das erledigt.«

Das Mädchen blickte ihn mißtrauisch. »Ich glaube Ihnen nicht.«

»Wirklich nicht?«

»Nein, kein Wort sogar.«

»Oh.«

»Ich glaube vielmehr, daß Sie versucht haben, die Spezialsocken meines Vaters zu stehlen«, stellte das Mädchen unmißverständlich klar. »Sie sind bestimmt *Einbrecher*, richtig?«

»Wie kommen Sie denn darauf?«

»Ach, tun Sie doch nicht so scheinheilig!« fauchte ihn das Mädchen an. »Wie ich es sehe, haben Sie sich hier unter dem Vorwand, Ritter zu sein, auf unrechtmäßige Weise Zugang verschafft, denn in Wirklichkeit sind Sie Sockendiebe. Wahrscheinlich gehören Sie sogar einer international operierenden Sockengang an«, fügte sie hinzu, als sie sich an eine Stelle aus einem Kriminalroman erinnerte, den sie mal gelesen hatte.

»Wir sind aber wirklich Ritter«, mischte sich Boamund ein. »Das steht außer Frage.«

»Ritter kämpfen aber auf gerechte und ehrliche Weise miteinander«, protestierte das Mädchen mit schluchzender Stimme. »Und Ritter fesseln auch keine Leute und schütten Schubladen auf den Boden aus. So was machen nur Einbrecher.«

»Ritter tun das manchmal aber auch. Das hängt immer ganz davon ab, ob gewisse Umstände ein solches Vorgehen erfordern oder nicht.«

Das Mädchen schüttelte den Kopf. »Mein Papi hat mir immer wieder eingetrichtert, ganz besonders auf Einbrecher aufzupassen. Und er hat gesagt: ›Sobald du welche im Schloß entdeckst, hol das Gewehr aus meinem Arbeitszimmer, und knall sie über den Haufen.‹«

»Ach, im Ernst?« tat Boamund erstaunt.

Galahaut lächelte. »Und Sie machen immer das, was Papi sagt, nicht wahr?«

»Immer.«

»Was für ein schrecklich eintöniges Leben müssen Sie bloß führen?«

Das Mädchen runzelte die Stirn. »Wie meinen Sie denn das?«

Galahaut zog eine Augenbraue hoch. »Damit meine ich, daß Sie höchstwahrscheinlich nur selten vor die Tür kommen. Oder gehen Sie hin und wieder mal auf eine Party oder irgendein Fest?«

»Natürlich nicht.« Das Mädchen wirkte sehr nachdenklich, während es mit dem Sicherungshebel des Gewehrs herumspielte – einerseits sicherlich sehr nachdenklich, doch andererseits auch äußerst gefährlich.

»Viele Leute in Ihrem Alter gibt es hier bestimmt nicht auf diesem Anwesen«, fuhr Galahaut fort.

Das Mädchen nickte. »Niemanden, natürlich mit Ausnahme einiger Diener und Edelknaben. Einige von denen sind wirklich ganz nett, oder zumindest einer von ihnen ...« Sie hielt kurz inne. »Aber mein Vater sagt immer, ich solle mit dem Personal nicht reden. Er meint, das wäre nicht ...«

Galahaut zog die Augenbraue ein kleines Stückchen höher, um seinem Interesse für das Schicksal des Mädchens noch mehr Nachdruck zu verleihen, doch die junge Gräfin schüttelte plötzlich den Kopf.

»Was hat das überhaupt mit Einbrechern zu tun?« wollte sie von ihm wissen.

»Ähm ...«

»Sie versuchen nur, mich ... mich zu verwirren. Das ist ein ganz typischer Trick von Einbrechern. Ritter würden niemals versuchen, Leute zu verwirren, weil sie so etwas nicht für ritterlich halten.«

Langsam hob das Mädchen das Gewehr in Schulterhöhe, und Boamund schloß die Augen. Dies alles stimmte überhaupt nicht mit seiner Idealvorstellung von einer in Bedrängnis geratenen holden Maid überein.

Gleich darauf hörte er ein zischendes Geräusch und einen dumpfen Schlag. Zuerst nahm er an, daß der dumpfe Schlag von seinem eigenen Körper herrührte, der leblos zu Boden gesunken war, doch nach einigen Sekunden revidierte er diese Meinung und öffnete wieder die Augen.

Das Mädchen lag, friedlich schnarchend, auf dem Boden, und Zehennagel verstaute gerade eine Sprühdose im Ranzen.

»Ich wußte doch, daß es nicht schaden könnte, dieses Zeug einzupacken«, meinte der Zwerg. »Diese Chemokeulen sind im wahrsten Sinne des Wortes wirklich umwerfend. Die wirken selbst bei großen Hunden Wunder. Leider habe ich keinen Sack auftreiben können, aber ich dachte mir, ein paar Bettbezüge tun es statt dessen auch. Geht das in Ordnung?«

Galahaut, dessen Gesicht eine recht komische Farbe angenommen hatte, kam mit schlotternden Knien aus einer Zimmerecke hervorgekrochen, in die er sich zuvor geflüchtet hatte. »Verdammt gutes Timing, mein Lieber«, seufzte er erleichtert. »Wirklich gute Arbeit, Zehennagel.«

»Danke«, antwortete der Zwerg etwas zurückhaltend, und er versuchte, sich daran zu erinnern, ob sich überhaupt schon mal jemand bei ihm bedankt hatte – gute Frage. »Ich bin da draußen in der Waschküche auf eine Frau gestoßen, die mir gesagt hat, ich würde hier dringend gebraucht, also bin ich stehenden Fußes zurückgekehrt.«

»Welche Frau denn?« wollte Boamund wissen.

»Keine Ahnung«, antwortete Zehennagel. »Irgendeine Frau eben. Sie tauchte aus dem Nichts auf und hielt ein Fernglas in der Hand. Dann trug sie mir auf, daß ihr beiden ganz schön in der… daß ihr beiden etwas von mir wollt, und verschwand wieder. Könnte sogar ein Hologramm gewesen sein.« Er öffnete einen Bettbezug und begann, ihn mit Socken vollzustopfen.

»Trotzdem wissen wir immer noch nicht, welches Paar das richtige ist«, merkte Boamund an. »Ich würde es nämlich für eine gute Idee halten, wenn wir es schon jetzt finden, weil wir sonst…«

Die beiden anderen blickten sich verständnislos an.

»Bo«, ergriff Galahaut schließlich das Wort, »ich möchte wirklich nicht den Eindruck erwecken, zu überstürzten Handlungen zu neigen, aber wenn es dir nichts ausmacht, würde ich es vorziehen, das Sortieren der Unterwäsche hintanzustellen, um zunächst einmal mit dem Leben davonzukommen. Natürlich nur, wenn du damit einverstanden bist.«

»Ich frage mich, wer diese Frau war. Sie könnte nämlich wissen, welche Socken die richtigen sind.«

»Du meinst dieses Hologramm?« fragte Zehennagel, während er kurz vom Bettbezug aufblickte.

»Falls sie wirklich ein Hologramm war«, gab Boamund zu verstehen. »Was ist eigentlich ein Hologramm?«

Zehennagel wollte es ihm gerade erklären, als ihn ein Geräusch vor der Tür daran hinderte. Falls er sich nicht gänzliche irrte, rührte das Geräusch von herannahenden Hufen her. Und von Füßen. Von vielen Füßen.

»Herrjemine, da sind schon wieder welche!« stöhnte er überdrüssig. Dann schnappte er sich die Sprühdose, schüttelte sie kräftig und zog verdrossen eine Schippe. »Da ist nicht mehr viel drin«, murmelte er. »Ich schlage vor, daß ihr hier verschwindet.«

»Und wohin?«

Zehennagel nickte in Richtung des Kamins. »Versucht es doch mal mit dem Schornstein«, schlug er vor.

»Du meine Güte! Wie haben die denn *das* geschafft?« staunte Simon Magus.

Mahaud blickte von den vor ihr aufgebauten Scrabblesteinen auf. »Was denn, mein Schatz?«

»Na, der kleine Snotty und dieser andere Junge«, antwortete der Zauberer und setzte das Fernglas ab. »Die sind tatsächlich dieses überdrehte Mädchen losgeworden. Offenbar ist an diesem Boamund doch mehr dran, als ich vermutet habe.«

Mahaud lächelte. »Na, das freut mich aber für dich, Schatz. Mal sehen, was kann ich bloß aus diesen Buchstaben machen …?«

Sie schob ihre acht Spielsteine hin und her. Da waren ein B, ein E, ein S, ein C, ein H, ein I, ein S und noch ein S.

»Gibt es ein Wort wie, ähm … Schibess?« fragte sie ihren Mann mit Unschuldsmiene.

Auf dem Dach war es windig.

»Gib mir auch noch diesen anderen Bettbezug rauf«, rief Boamund den Kamin hinunter. »Vorsicht, laß ihn bloß nicht fallen! Gut so.«

Kurz darauf tauchte Galahaut auf. Er war von oben bis unten mit Ruß beschmiert und hatte sich einen Fingernagel abgebrochen. »Schade, daß wir den Zwerg zurücklassen mußten«, keuchte er noch ein wenig außer Atem. »Aber was soll's?«

»Sobald wir wieder zu Hause sind, müssen wir versuchen, uns einen neuen zu besorgen«, schlug Boamund vor. »Ich hasse es nämlich, Schuhe zu putzen und Knöpfe anzunähen. Das ist so ein elendes Gefummel.«

Ein, zwei Meter neben ihren Köpfen schwebte mitsamt einem komplett angeschirrten Rengespann ein Schlitten in der Luft, der mit einem Seils an einem Ring an der Schornsteinseite festgebunden war.

»Na, das ist ja praktisch!« freute sich Boamund. »Ich hab mich nämlich schon die ganze Zeit gefragt, wie wir hier überhaupt wegkommen wollen.«

»Irgendwas findet sich immer«, meinte Galahaut. »Weißt du eigentlich, wie man mit solch einem Ding umgeht?«

»Nicht richtig. Allerdings glaube ich nicht, daß es allzu schwer ist, wenn man den Dreh erst mal raus hat. Wahrscheinlich tut's ein ganz gewöhnlicher Flugzauberspruch.«

»Ich hatte schon völlig vergessen, daß du diese ganzen Zaubersprüche draufhast. Ich hab immer Probleme damit gehabt, sie mir überhaupt zu merken, geschweige denn, sie richtig anzuwenden.«

Boamund hievte sich an den Kufen in den Schlitten, nahm von Galahaut die Bettbezüge entgegen und zog ihn zu sich auf den Kutschbock. »Alles klar«, seufzte er erleichtert. »Jetzt muß ich nur noch den passenden Zauberspruch sagen, und schon sind wir hier weg.«

Er sagte die entsprechende Formel auf, doch nichts geschah.

»Was ist denn falsch?«

»Irgendwas funktioniert nicht, das ist falsch.«

Galahaut, der Schauspieler, rümpfte die Nase. »Versuch doch mal, etwas mehr *Gefühl* reinzulegen. Motivation ist alles. Komm, laß es mich mal versuchen. Wie lautet der Spruch noch mal?«

Boamund verriet ihm die Formel. Galahaut saß ein Weile stumm da, um sich voll und ganz auf die Rolle zu konzentrieren, erst dann sagte er den Zauberspruch.

»Menschenskinder, das war wirklich große Klasse!« lobte ihn Boamund.

»Danke.«

»Obwohl wir uns noch immer kein Stück vom Fleck bewegt haben.«

»Wahrscheinlich bin ich ein bißchen zu melodramatisch gewesen«, räumte Galahaut ein. »Vielleicht eine Brise zuviel Olivier. Dieses Mal werde ich es mehr in Richtung Marlon Brando versuchen. Einverstanden?«

»Wer ist denn Marlon Brando?«

Galahaut sagte ... nein, trug erneut die Formel vor, und der Schlitten schaukelte nach wie vor sanft in der Brise.

»Allmählich wird mir das ein wenig langweilig. Bist du dir auch sicher, daß du mir den richtigen Spruch gesagt hast, Bo?«

»Ich denke, schon«, antwortete Boamund und murmelte die Formel zur Bestätigung einige Male vor sich hin; sie klang völlig in Ordnung. »Vielleicht funktioniert hier ja keine Magie«, vermutete er. »Wie ich gehört habe, soll es solche Orte geben.«

Im selben Augenblick sah Galahaut in der Schornsteinöffnung einen Arm auftauchen. Er zog das Schwert, hielt aber sofort inne. »Geht schon in Ordnung, das ist nur der Zwerg«, stellte er zu seiner eigenen Beruhigung fest.

Wie nicht anders zu erwarten war, erschien kurz darauf auch Zehennagels Kopf, und die beiden Ritter halfen ihm auf den Schlitten.

»Tut uns leid, daß wird dich zurücklassen mußten«, sagte Galahaut, »aber wir mußten uns entscheiden: du oder die Socken. Beides zusammen konnten wir nicht tragen, das verstehst du doch hoffentlich, oder?«

Zehennagel verstand das alles nur zu gut. Im Grunde war er allerdings noch recht glimpflich davongekommen; am rechten Bein hatte er einen häßlichen Abdruck behalten, der von einer Geweihstange herrührte, und sein Hals schmerzte an der Stelle, wo ihn ein Diener mit einer Teekanne getroffen hatte, doch ansonsten war er in Ordnung. Von der chemischen Keule war allerdings nichts mehr übrig.

»Wäre es nicht eine gute Idee, wenn wir uns allmählich auf den Weg machen würden?« schlug er vor. »Es ist nämlich so, daß die da unten etwas davon erwähnt haben, uns verfolgen zu wollen ...«

»Das ist leichter gesagt als getan«, antwortete Boamund. »Wir kriegen diese Mistding nämlich nicht dazu, sich zu bewegen. Wir haben es bereits mit dem Zauberspruch versucht, aber selbst das hat nicht funktioniert.«

Zehennagel blickte am Armaturenbrett hinunter.

»Vielleicht bringt es ja was, wenn du die Handbremse löst«, schlug er vor.

»Davonlaufen ist auch keine Lösung«, meinte Boamund, »und wir ...«

»Ich hab das schon häufig gemacht«, unterbrach ihn Zehennagel. »Wenn man erst mal den Dreh raus hat, ist das ziemlich einfach.«

»Aber richtig ist es nicht«, widersprach Boamund heftig. »Sir Lancelot ist nie vor jemandem weggelaufen.«

»Das mag durchaus sein«, konterte Galahaut, während sie eine holprige Stelle mit vielen Turbulenzen durchquerten. »Doch ausschlaggebend dafür war allein die Tatsache, daß alle eine Heidenangst vor ihm hatten. Allerdings habe ich das Gefühl, daß sich die Meute hinter uns nicht sonderlich vor uns fürchtet, oder was meinst du, Bo?«

Galahaut winkte mit der rechten Hand nach hinten. Als sich Boamund daraufhin umschaute, konnte er in der Ferne im ersten Verfolgerschlitten – es waren insgesamt zehn – von Weihnachtens Umrisse ausmachen, der auf dem Kutschbock stand und eine große Axt schwang. Einen sonderlich ängstlichen Eindruck machte er wahrhaftig nicht.

»Das hat doch damit gar nichts zu tun«, beharrte Boamund dennoch und duckte sich, um einer vorüberfliegenden Skuaraubmöwe auszuweichen. »Ich meine, solange wir vor denen weglaufen, können die sich auch nicht vor uns fürchten.«

»Ich glaube nicht, daß die alle plötzlich Angst bekommen, nur weil wir beschließen anzuhalten«, hielt ihm Galahaut entgegen. »Die werden sich höchstens darüber wundern und sich entsprechend freuen.«

Der Schlitten schaukelte heftig, als sie erneut in eine starke Thermik gerieten, und Boamund umklammerte mit beiden Händen die Haltestange. »Ich denke immer noch nicht, daß wir …«, begann er zu sagen, doch dann erblickte er weit unter sich die Erdoberfläche. »Du lieber Himmel …!« staunte er voller Ehrfurcht, wenngleich er die Erde meinte.

Die Verfolger kamen ihnen zusehends näher. Vor von Weihnachtens Schlitten war ein riesiges Ren gespannt. Es hatte eine rote Nase, graue Haare rings ums Maul und die Lamettastreifen in seinem Geweih krachten im Wind. Alles in allem machte das Tier einen ziemlich unfreundlichen Eindruck.

Zehennagel, der unterdessen das Handschuhfach erkundet hatte, zupfte Galahaut am Ärmel. »Hier, sieh mal. Ich glaube, das ist eine Art Gebrauchsanweisung.«

Galahaut nahm die Broschüre von Zehennagel entgegen und warf einen kurzen Blick hinein. »Nicht schlecht. Hör mal, Bo, wie wär's mit einem Kompromiß? Was würdest du davon halten, wenn wir gleichzeitig fliehen und kämpfen?«

»Red mal Klartext, Gally«, forderte Boamund ihn auf, wobei er es geflissentlich vermied, nach unten zu blicken. »Wie soll das funktionieren?«

»Dann hör zu. Anscheinend sind in diesen Schlitten nämlich einige nicht ganz serienmäßige Extras eingebaut. Ich hatte mich sowieso schon gefragt, warum der da oben auf dem Dach angebunden war. Wahrscheinlich handelt es sich um den Fluchtschlitten des alten Grafen. Laut Handbuch kann man damit allerlei Gemeinheiten anstellen – natürlich nur, wenn einem danach ist.«

Offensichtlich war Boamund danach, denn er blickte Galahaut erwartungsvoll an. »Und welche Gemeinheiten genau?«

»Na ja, dieser Knopf hier ist anscheinend für …«

Direkt unter ihnen ertönte ein zischendes Geräusch, und hinter dem Schlitten erschienen zwei Kondensstreifen. Kurz darauf gab es hinter ihnen am Himmel eine laute Explosion.

»… für hitzesuchende Raketen«, fuhr Galahaut fort. »Getarnt als in Geschenkpapier eingewickelte Sonnenschirme. Und das hier ist …«

Weiter kam er in seinem Satz nicht; die Luft füllte sich schlagartig mit dicken, schwarzen Wolken, die sich im Fahrtwind des Schlittens immer weiter aufblähten.

»… eine künstliche Nebelwand«, beendete Zehennagel den Satz für ihn. »Welcher dieser beiden Knöpfe hier ist jetzt für die Maschinengewehre und welcher für den hinteren Scheibenwischer?« Er zuckte mit den Achseln und drückte einfach auf beide Knöpfe.

Nachdem sich der Rauch aufgelöst hatte, wurden sie nur noch von sieben Schlitten verfolgt.

Boamund schnappte sich das Handbuch und blätterte darin herum. »Hier steht was von Düsenantrieb«, sagte er. »He, Gally, was heißt das?«

Bevor Galahaut antworten konnte, schoß der Schlitten wie ein Formel-1-Rodel durch den Himmel. Nur dadurch, daß er sich noch gerade am Riemen einer Schlittenglocke festhalten konnte, gelang es Boamund, nicht herauszufallen.

»Nicht von schlechten Eltern!« staunte Galahaut, während er Boamund auf den Kutschbock zurückzog. »Trotzdem werden die uns bald eingeholt haben; deren Schlitten sind nämlich noch immer etwas flotter als unserer.« Er sah den Zwerg nachdenklich an. »Wir haben einfach zuviel Gewicht an Bord. Wenn wir etwas Ballast abwerfen würden, wären wir schon ein ganzes Stück schneller.«

Zehennagel sagte nichts; er umklammerte mit den Armen einen der beiden Bettbezüge und setzte eine mürrische Miene auf. Galahaut zuckte die Achseln, sagte, es habe sich nur um einen Vorschlag gehandelt, und schaute Boamund beim Lesen des Handbuchs über die Schulter.

»Flugabwehrminen«, las er laut vor. »Noch nie von gehört, du schon mal, Bo?«

»Nein, aber ein Versuch kann ja nicht schaden.«

»Einverstanden.«

Sie drückten gemeinsam auf den Knopf. Sofort sprang die rückwärtige Frachttür des Schlittens auf, aus der Hunderte von kleinen, in buntes Papier gewickelte Weihnachtspäckchen fielen, die alle an winzigen Fallschirmen in der Luft schwebten. Wenige Sekunden später, als die Verfolgerschlitten durch diese Weihnachtsüberraschung hindurchflogen, stellten die beiden Ritter rasch fest, wie Flugabwehrminen funktionierten.

»Der wäre auch erledigt«, stellte Galahaut mit fast wehmütig klingender Stimme fest. »Trotzdem sind noch fünf von deren Schlitten übrig.«

»Es gibt hier einen Knopf, den wir noch nicht ausprobiert haben«, stellte Boamund fest.

»Auf den würde ich lieber nicht drücken, Chef«, warnte ihn Zehennagel eindringlich.

»Schleudersitz«, las Boamund laut vor. »Was das wohl wieder heißen mag?«

Zehennagel schlug auf die glatte Eisoberfläche auf und prallte sanft ab.

Während der Bettbezug mit den Socken unter ihm zerplatzte und fast den gesamten Inhalt verstreute, schlitterte der Zwerg für eine Weile auf dem Bauch, bis er von einer Schneewehe gebremst wurde. Er stand langsam auf und durchsuchte den arg lädierten Bettbezug, in dem er nur noch ein einziges Paar Socken entdecken konnte.

Dann blickte er zum Himmel hinauf. Ohne das Gewicht von ihm und den vielen Socken war der Schlitten der Ritter nun ein ganzes Stück schneller und konnte sich rasch seinen Verfolgern entziehen. Zehennagel stand noch eine Weile da und beobachtete, wie die Verfolgungsjagd am Himmel allmählich ihr Ende fand.

Wie es der Zufall wollte, befand sich mitten auf der Eisscholle ein Wegweiser.

*Hammerfest 1.200 km* stand dort zu lesen.

Der Zwerg holte das letzte Paar Socken aus dem Bettbezug und rollte es langsam auseinander, um sich den Aufdruck unter den Sohlen genauer anzusehen. Die Schrift war vom vielen Waschen kaum noch zu lesen, doch nach einer Weile gelang es ihm, die Wörter zu entziffern.

MADE IN SYRIA. 100 % COTTON. HANDWASH ONLY.

Er grinste, stopfte die Socken in den Ranzen und marschierte los.

Von Weihnachten brachte den Schlitten zum Stehen, beugte sich wütend vor und winkte mit der geballten Faust in Richtung des winzigen Flecks am Horizont.

»Das nächstemal kriege ich euch, ihr Mistkerle!« brüllte er. »Darauf könnt ihr euch verlassen!«

# 8

*Abgang Ken Barlow, gefolgt von einem Bären.*

Der Geist blickte auf das vor ihm liegende Blatt Papier, legte seine breite, nicht vorhandene Stirn in Falten und strich alles, was er gerade niedergeschrieben hatte, durch. Nicht gut; noch mal von vorn.

*Die Rückkehr der Vagabunden. Alf Roberts und Percy Sugden lehnen an der Bar.*

*Alf: So, wie ich es sehe, Percy, stehen wir vor einer Blütezeit des Menschengeschlechts, und es obliegt allein seiner Geistesreife, welch hehren Idealen es frönt. Ihr versteht schon, was ich meine.*

*Percy: Da bin ich ganz Eurer Meinung, Councillor. Ich habe erst gestern zu Mistress Bishop gesagt, wenn man in diesem Leben nicht jede sich bietende Gelegenheit beim Schopfe ergreift, ist man zu einem Dasein in Bedeutungslosigkeit und Elend verdammt.*

Nein, irgendwas fehlte. Einfach nicht flott genug.

Auch diese Zeilen fielen dem Rotstift zum Opfer, und der Geist stellte zu seinem Entsetzen fest, daß das Blatt Papier bereits auf beiden Seiten voll war. Er machte ein mürrisches Gesicht; ein makelloses Din-A4-Blatt, verschwendet für nichts und wieder nichts.

In der Halle surrte die alte Standuhr, hielt einen Moment lang inne und schlug dreizehnmal.

*Komisch, wie sie das macht,* sann der Geist nach. Soweit er sich erinnern konnte, hatte sie das schon immer so getan, und genauso hatte er sich schon immer über alle Maßen darüber aufregen können. Ironisch war es schon, daß ausgerechnet diese ausgeleierte alte Uhr das einzige Stück im ganzen Haus sein sollte, das von den Originalmöbeln noch übrig war. Warum man hier keine dieser modernen Digitaluhren anbringen konnte, war und blieb ihm ein Rätsel.

Er riß sich von diesen Gedanken los und konzentrierte sich wieder auf die Arbeit. Gedankenverloren kaute er an der Schreibfeder, spuckte ein Stück des Federkiels aus und schrieb:

*Die Rückkehr der Vagabunden. Vera, Ivy und Gail sitzen an einem Tisch.*

*Vera: Na, da wären wir ja mal wieder alle beisammen, wie? Scheißwetter. Draußen gießt's noch immer in Strömen.*

Etwas anderes, worüber er sich immer wieder über alle Maßen aufregen konnte, war, wie schnell seine Konzentration nachließ, wenn ihm mal etwas nicht so leicht von der Feder ging. Anstatt sich zusammenzureißen und sich ans Werk zu machen, neigte er dazu, mit den Gedanken abzuschweifen und sich solch irrelevanten und unwichtigen Dingen wie dieser dämlichen Uhr zuzuwenden, die seit diesem einen Tag sowieso nie richtig funktioniert hatte ...

Er spazierte in die Halle und versuchte, sich den Klang von Veras Stimme vorzustellen. Was würde diese verdammte Frau noch am wahrscheinlichsten sagen? Sie hat einen schweren Tag hinter sich, geht in die Kneipe und läuft dort zufällig ihrer besten Freundin und deren Schwiegertochter in die Arme ...

Vielleicht war es das Pendel. Auf keinen Fall lag es am Uhrwerk; er hatte es damals, als er gerade während der Arbeit an *Titus Andronicus* unter einer geistigen Blockade litt, auf dem Küchentisch in sämtliche Bestandteile zerlegt. Aber das Pendel hatte er damals nicht genauer untersucht. Wenn diese verflixte Uhr also nicht richtig funktionierte, dann konnte das durchaus am Pendel liegen – vielleicht hatten sich irgendwas verhakt, verklemmt oder was auch immer.

Natürlich könnte er die Szene von Anfang an mit Vera beginnen. Vielleicht mit zwei Höflingen einleiten …

*Erster Höfling: Wie es heißt, soll Jack Duckworth in letzter Zeit keinen Appetit mehr haben.*

*Zweiter Höfling: Vielleicht hat er davon gehört, daß Terry Probleme mit der Polizei hat – du weißt schon, wegen dieser Wagenladung gestohlener Federbetten, die man irgendwo in der Nähe der Rosamund Street gefunden hat …*

Nein.

Er öffnete die Tür der alten Standuhr und warf einen Blick hinein.

Dort waren seine Initialen, wo er sie im Alter von zwölf Jahren ins Gehäuse gekratzt hatte. Und selbst die Flecken waren noch zu sehen, die die Kaninchen hinterlassen hatten. Er hatte sie aus dem Obstgarten des Gutsherrn geklaut und dort versteckt, damit sie von Sir John Falstaffs Leuten während einer Hausdurchsuchung nicht gefunden werden konnten. Welch glückliche und unbeschwerte Zeiten das doch waren!

Er griff hinein und überprüfte das Pendel. Nichts saß lose, und auch sonst schien alles in Ordnung zu sein. Vielleicht lag es ja am …

Der Geist zog eine der unsichtbaren Augenbrauen hoch. Irgendwas war mit einem Strick fest um das Pendel gewickelt. Offenbar befand es sich dort schon seit einer Ewigkeit. Vielleicht hatte ja Dad mal versucht, die Uhrzeit einzustellen und dabei das Pendel festgebunden. Das wäre durchaus möglich gewesen, denn Dad war zwar nicht der Schlechteste, doch technisch völlig unbedarft. Dad hielt überhaupt nichts von technischen Errungenschaften, weshalb er sich auch geweigert hatte, seinem Sohn eine Lehre als Instrumentenbauer zu gestatten. Der Geist schüttelte betrübt den

Kopf; dennoch brachte es nichts, verpaßten Gelegenheiten hinterherzujammern, und letztendlich konnte er mit seinem beruflichen Werdegang auch so zufrieden sein.

Das um das Pendel gewickelte Etwas entpuppte sich als ein völlig aus der Mode gekommenes Stück Pergament. In Nostalgie schwelgend, löste es der Geist äußerst behutsam vom Pendel, glättete es vorsichtig und untersuchte es genauer. Fabelhaftes Material dieses Pergament; unendlich viel besser als dieser Müll aus zermahlenen Bäumen, den man heutzutage überall bekam. Sobald man ein vollgeschriebenes Blatt Pergament hatte, brauchte man sich nur einen Bimsstein besorgen, um damit die alte Schrift abzukratzen, und schon konnte man von vorn anfangen.

Er schloß die Tür von der Uhr und ging langsam zum Schreibtisch zurück, wobei er die ganze Zeit die Schrift auf dem Pergament begutachtete. Selbst nach seinen Maßstäben handelte es sich um eine ziemlich altmodische Schrift. Da waren ja auch Bilder; *unanständige* Bilder! Plötzlich fiel ihm ein Erlebnis aus seiner Kindheit ein; nur allzugut konnte er sich daran erinnern, wie Dad eines Abends von einer Versteigerung wiederkam und etwas davon sagte, er müsse die Uhr reparieren. Und obwohl ihn Mum darauf hingewiesen hatte, daß die Uhr völlig in Ordnung sei, hatte er ihr widersprochen und gesagt, daß könne nur er beurteilen. Seither mußte sich das bedauernswerte Pendel mit diesen Bildern herumgeschlagen haben – kein Wunder, daß die Uhr mit diesem Pornopendel nicht mehr richtig tickte.

Wie er rasch erkannte, war der Text in lateinischer Sprache, die für ihn ein Buch mit sieben Siegeln darstellte, und auf den zweiten Blick waren die Bilder gar nicht so unanständig, wie er zunächst vermutet hatte. Jedenfalls war es ein gutes Stück Pergament, an dem man wochenlang seine Freude haben konnte, wenn man aufpaßte und es nicht allzu kräftig abrieb. Er lächelte und nickte mit dem Kopf, dann legte er das Pergament beiseite und ging ins Badezimmer, um sich ein Stück Bimsstein zu holen.

»Na prima, und was machen wir jetzt?« wollte Sir Turquine wissen.

Sie hatten im Gemeinschaftsraum Hemden, leere Pizzaschachteln und Lamoraks Anglerzeitschriften vom Tisch geräumt und statt dessen eine Art Trophäensammlung aufgebaut.

Eine Schürze, ein kleines Buch mit Ledereinband und ein Paar Socken. Die ehrfürchtige Stille im Gemeinschaftsraum wurde lediglich durch ein äußerst geringes Maß an Peinlichkeit – nicht viel mehr als ein hunderttausendstel Milliliter – verdorben.

»Vielleicht irre ich mich diesbezüglich mehr als sonst«, fuhr Turquine fort, »aber meiner Meinung nach, und damit spreche ich jetzt wirklich nur für mich, sind wir auf der Suche nach dem Gral kein Stück weitergekommen, oder was meint ihr?«

Pertelope hatte aus der Brusttasche einen Kugelschreiber geholt und stocherte damit versuchsweise in den Socken herum.

»Richtig alt sehen die nicht gerade aus«, stellte er nach eingehender Untersuchung fest. »Seid ihr euch auch wirklich sicher, daß dieser dämliche Zwerg das richtige Paar mitgenommen hat?«

»Absolut«, antwortete Boamund.

»Und warum?«

»Darum.« Die anderen Ritter sahen ihn verdutzt an, und in einem brachliegenden Teil seines Verstandes begann er, erste Vermutungen darüber anzustellen, warum von dem Wörtchen ›darum‹ nicht mehr dieselbe Überzeugungskraft auszugehen schien wie zu seiner Kindheit.

»Vielleicht ist es eine Art Akrostichon oder ein Buchstabenrätsel oder so was«, schlug Lamorak vor.

Kurz herrschte nervöse Unruhe, während die sechs Ritter versuchten, aus den Anfangsbuchstaben der vor ihnen ausgebreiteten Gegenstände einen sinnvollen Begriff zu konstruieren.

»Nein, ich glaube, da steckt mehr dahinter«, unterbrach Boamund die allgemeine Ratlosigkeit. »Ich meine, selbst wenn wir die Sachen an sich nicht brauchen, dann müßten sie uns zumindest ... na ja, sozusagen als Anhaltspunkte dienlich sein.«

»Aha, als Anhaltspunkte also«, wiederholte Turquine.

»Vielleicht haben die Sachen ja irgendeine Gemeinsamkeit«, schlug Lamorak vor.

Sechs Augenpaare ruhten auf den Ausstellungsstücken; eine Schürze, ein Buch mit ledernem Einband und ein Paar Socken.

»Stadt, Land, Fluß, Tier, Pflanze, Name, Beruf ...?«

»Halt die Klappe, Turkey, ich denke nach.« Bedevere rieb sich mit den Fingerknöcheln über die Nase und nahm schließlich die Schürze in die Hand. »Ich frage mich, was will mir diese Schürze sagen?«

»Nicht viel«, antwortete Turquine. »Es sei denn, du hast mal wieder zu lange in der Sonne gelegen.«

Bedevere beachtete ihn nicht. »Eine Schürze also. Bei einer Schürze denkt man unwillkürlich an Hausarbeit, Sauberkeit, Ordnung, Kochen ...«

»Küchenfußboden«, ergänzte Lamorak. »Obstkuchen. Gummihandschuhe. Pril. Ich glaube nicht, daß uns das auf irgendeine Weise weiterbringt.«

»Möglicherweise sehen wir den Wald vor lauter Bäumen nicht mehr«, mischte sich Galahaut erneut ein. »Vielleicht geht es nicht um Schürzen im allgemeinen, sondern um diese Schürze im besonderen. Hat sich jemand von euch das Ding schon mal genauer angesehen? Bis ins letzte Detail, meine ich.«

»Na ja, so genau nun auch wieder nicht«, räumte Boamund ein, der sich angesprochen fühlte. »Ich meine, eine Schürze ist und bleibt nun mal eine Schürze.«

»Nicht unbedingt. Gib sie mir doch bitte mal her, Bo. Ich möchte sie mir genauer ansehen.« Galahaut nahm von Boamund die Schürze entgegen und stellte nach eingehender Untersuchung fest: »Das hier ist eine ganz einfache Schürze, sonst nichts.«

»Toll gemacht, du alter Schürzenjäger«, lobte ihn Turquine. »Damit wären wir ja schon ein ganzes Stück weiter. Wenn ihr mich fragt, hat uns jemand mit einem äußerst verschrobenen Sinn für Humor ganz schön zum Narren gehalten, das ist alles.«

»Ich fürchte, wir betrachten das Ganze aus einer völlig falschen Perspektive«, gab Pertelope zu bedenken. »Wir versuchen verzweifelt zu verstehen, was dahinterstecken könnte. Dazu sind wir aber nicht da; wenn es darum gegangen wäre, etwas zu verstehen, hätte man statt uns einen Haufen Professoren mit der Aufgabe betraut. Wie es aussieht, haben aber *wir* den Auftrag erhalten; und was können wir wirklich gut? Wir können tapfer sein und Leute verdreschen. Deshalb ...«

Bedevere gebot ihm mit erhobener Hand zu schweigen. »Per hat völlig recht. Das muß es sein! Ich meine, das Wesentliche an Rittern ist doch, daß sie, also wir, durch und durch na ja, dumm sind, stimmt's? Offensichtlich erwartet man doch von uns, daß wir diese Sachen nehmen, uns für ein Jahr und einen Tag auf Abenteuerreise begeben, und dann wird schon irgendwas passieren. Für mich steht das völlig außer Frage.«

»*Was* wird dann passieren, Bedders?« wollte Lamorak wissen.

»Na, *das* eben«, antwortete Bedevere. »Irgendwas, das uns dazu bringt, den Gral zu finden. Ich meine«, fuhr er händeringend fort, »so und nicht anders ist es schon immer gewesen. Du trittst eine Reise an, siehst irgendwann am Wegesrand ein kluges altes Weib sitzen, das dir irgendeine alte Zinnlampe oder ein Stück Teppich oder einen verzauberten Goldfisch gibt, und schon steckst du mitten im Geschehen. Du mußt nur ein bißchen Geduld haben, das ist alles. Also hat man uns die Suche überlassen.«

»Du mußt nur … also man hat uns …«, grummelte Turquine. »Ich, du, er, sie, es, wir, ihr, sie. Du bist ein Personalpronomenfetischist, Bedders.«

»Was ist denn ein Personalpronomen?«

»Und wen hast du da gerade als dumm bezeichnet, hä?«

Galahaut schlug entschlossen mit der Faust auf den Tisch. »Ich bin jedenfalls dafür, daß wir es auf einen Versuch ankommen lassen«, entschied er mit fester Stimme. »Ich meine, was kann das schon schaden? Und wenn letztendlich nur dabei herauskommen würde, daß wir uns für ein Jahr und einen Tag herumgetrieben und unseren Spaß gehabt haben, was wäre daran so schlimm? Wir können wieder bei Null anfangen, und alles weitere braucht uns nicht mehr zu jucken.«

»Gally hat recht«, stimmte ihm Bedevere zu. »Wann hat man schon mal was davon gehört, daß Ritter etwas selbständig organisieren oder gar richtige Pläne schmieden müssen? Unsereins muß man einfach nur machen lassen.«

Boamund nickte entschieden. »Bedders hat völlig recht«, pflichtete er ihm bei. »Stopft das ganze Zeug in einen Sack. Wir machen uns wieder auf die Suche.«

Zehennagel, der in einem Karton unter dem Tisch kauerte und gerade die Zuckerzange polierte, sprang hoch, lud die drei Schätze in eine Plastiktüte und verstaute sie in seinem Rucksack; von Anfang hatte er gewußt, worauf die Diskussion hinauslaufen würde.

»Können wir los?« fragte er.

»Wir müssen nur noch schnell packen«, sagte Lamorak. Zehennagel wies darauf hin, daß er bereits für alle gepackt habe, während sie noch gefrühstückt hätten, und die Koffer längst im Flur bereitständen.

»Na prima, dann wäre das ja auch erledigt«, stellte Boamund erfreut fest. »Also, nichts wie los, Jungs!«

Und so geschah es, daß sich drei Kleinbusse zur gleichen Zeit an drei völlig unterschiedlichen Stellen in Bewegung setzten.

Der erste – ein Bedford, einst ein Einsatzfahrzeug der British Telecom, mittlerweile in Besitz des Gralsritterordens – fuhr gerade auf der Ringstraße um Birmingham in Richtung London. Am Steuer saß Sir Pertelope, und Sir Turquine übernahm auf dem Beifahrersitz die Routenplanung. Wahrscheinlich lag es an allzu verständlicher menschlicher Unzulänglichkeit, daß sie sämtliche Abfahrten verpaßten und schließlich auf der A45 nach Coventry landeten.

Der zweite – ein achtsitziger Renault der Firma Avis, der offiziell vom Institut für experimentelle Mythologie angemietet worden war – verließ Glastonbury und fuhr kurz darauf im zügigen Tempo auf der M5 über Bristol in Richtung Midlands. An einer Raststätte legten die Insassen eine Pause ein, wobei sich einige an den Videospielautomaten im Vorraum vergnügten.

Der dritte – ein funkelnagelneuer, pechschwarzer Dodge mit getönten Fenstern, Breitreifen, Diplomatenkennzeichen und einem Aufkleber mit der Aufschrift ›Steuerplakette beantragt‹ – materialisierte sich auf der Einmündung der M40 in die M25 und fuhr, als wäre der Leibhaftige hinter ihm her, in Richtung Norden, blieb die ganze Zeit in der Überholspur und blendete die vor ihm fahrenden Autos so lange mit der Lichthupe, bis sie Platz machten.

»Nein!« widersprach Aristoteles. »*Ich* hatte die Eistorte, *Dio* die Schwarzwälderkirschtorte, *Merlin* den

Topfkuchen und *du* das Croissant und den Kaffee, so daß *du* mir noch drei Scheine schuldest.«

Die Mitglieder des sogenannten Kegelclubs sahen sich einander finster an. Nostradamus, der die Rechnung hatte, nahm den hinter seinem linken Ohr steckenden Bleistift in die Hand und begann, alles genau auseinanderzurechen.

»Ich hatte in Wirklichkeit einen Tee«, stellte Merlin klar. »Missis Magus hatte den Kaffee ...«

Simon Magus schaute kurz auf die Uhr. »In Ordnung. Ich lade euch ein und zahle alles, damit endlich Ruhe ist. Können wir jetzt bitte losfahren?«

Die Weisen aus dem Glasberg blickten ihn verdutzt an.

»Es gibt überhaupt keinen Grund, solch einen Ton anzuschlagen«, knurrte Aristoteles. »Es ist doch ganz einfach, ich hab Nostradamus einen Fünfpfundschein gegeben ...«

»Wir haben keine Zeit mehr, Ari«, drängte Simon Magus. »Laß uns das nachher während der Fahrt klären, okay? Du meine Güte, wo ist denn jetzt Mahaud schon wieder hin?«

»Soweit ich weiß, wollte sie am Kiosk noch Pfefferminzbonbons kaufen«, vermutete Merlin. »Sie hat gesagt, das Lutschen von Pfefferminzbonbons bewahre sie davor, daß ihr während der Fahrt schlecht wird.«

»Ach, das darf doch nicht wahr sein!« empörte sich Simon Magus. »Dio, sei doch so nett und sag ihr, daß wir ...« Doch Dio Chrysostomus, der noch immer schmollte, weil man ihm ein Kännchen Kaffee und ein Stück Käsekuchen unterschieben wollte, obwohl er nur eine heiße Schokolade und Kekse gehabt hatte, verschränkte die Arme und tat so, als würde er nichts hören. Allmählich schien die Lage etwas außer Kontrolle zu geraten.

Simon Magus runzelte die Stirn. Auf der einen Seite befanden sich hier acht der klügsten Köpfe aus dem

Glasberg, der letzten Quelle der Weisheit, dem Brunnen der Magie, der Säule und dem Schutzschild der Menschheit. Andererseits schien es vergleichsweise beruhigend zu sein, daß sie damals auf dem Internat nur den Mittelstufenabschluß geschafft hatten und hin und wieder sehr praktisch dachten. Er räusperte sich gewichtig.

»Also gut, der Bus fährt in drei Minuten los. Wer bis dahin nicht am Wagen ist, muß eben hierbleiben. Klar?«

Er klingelte mit dem Autoschlüssel, erhob sich und stolzierte allein auf den Parkplatz zu.

»O nein, so was Ärgerliches aber auch!« schimpfte die Königin von Atlantis. »Also steigen Sie bitte aus, und wechseln Sie ihn. Irgend jemand, bitte ...«

Zwar entstand eine gewisse Unruhe im Fond des Kleinbusses, doch ansonsten rührte sich niemand von der Stelle.

»Jetzt sagen Sie mir bloß nicht, daß in diesem Ding kein Ersatzreifen ist!« Die Königin lächelte eisig. »Hab ich recht?«

»Da ... ähm, war nirgendwo mehr Platz«, wagte sich ein etwas tollkühner Berater vor. »Wissen Sie, wir mußten alles, was nicht unbedingt wichtig ist, ausbauen, um die Überwachungsgeräte und das mobile Faxgerät installieren zu können, und ...«

»Und irgendwer hat den weisen Entschluß gefaßt, daß ein Ersatzreifen nicht wichtig ist, nicht wahr?« Die Königin schürzte ihre bezaubernden Lippen. »So ein Ersatzreifen ist ja auch mehr eine Art Luxusartikel wie eine eingebaute Hausbar. Ich *verstehe*. Nun gut, haben wir denn auch das Reifenpannenflickzeug als den Inbegriff genußsüchtiger Hemmungslosigkeit ausrangiert, oder ist das versehentlich nicht der Zensur zum Opfer gefallen?«

»Nein, nein, das ist noch da ...«

Wie Suchscheinwerfer blieben die Augen der Königin an ihrem Opfer haften. »Das ist ja hervorragend. Dann steigen Sie endlich aus.«

Widerwillig wie ein Torero, der einem Stier, lediglich mit einem Blumenstrauß und einem Zahnstocher bewaffnet, entgegentreten mußte, stand der tollkühne junge Berater auf, knallte zu allem Überfluß mit dem Kopf gegen das Autodach und taumelte aus der Tür.

Die Königin blickte in den Fond und schraubte ihr Lächeln bis zur Grenze des Erträglichen hoch. »Während wir warten, können wir ja mal nachsehen, was wir sonst noch alles vergessen haben, einverstanden?«

Glücklicherweise klingelte das Autotelefon.

»Turkey?«

Sir Turquine blickte vom Straßenatlas auf. Nach seinen Berechnungen hätten sie jetzt längst in Hertfordshire sein müssen, was nach seinem Dafürhalten nur bedeuten konnte, daß irgendein verdammter Idiot Coventry hundertfünfzig Kilometer nach Süden verschoben haben mußte. »Was ist denn?« fragte er genervt.

»Bist du dir *sicher*, daß dies der richtige Weg ist?«

»Hör mal, ich …«

Boamund, der nach dem Zwischenstopp in der Perry Bar rasch eingeschlafen war, wachte mit einem Ruck auf und rief: »Sofort anhalten!«

»Was ist los?«

»Ich hab gesagt, sofort anhalten!« wiederholte Boamund.

Turquine blickte ihn kopfschüttelnd an. »Das geht hier nicht. Wir sind auf einer Hauptstraße. Du mußt schon warten, bis wir an einer Tankstelle oder so was vorbeikommen.«

»Darum geht es doch gar nicht, du Idiot!« fauchte Boamund. »Wir sind da! Hier ist es!«

Pertelope zuckte die Achseln. »Du bist der Chef,

Snotty. Da vorne kommt eine Parkbucht. Geht das in Ordnung?«

»Ja, das reicht«, willigte Boamund ungeduldig ein. Er legte angestrengt die Stirn in Falten – optisch machte er einen angeschlagenen Eindruck, als würde er verzweifelt darum kämpfen, etwas Großes und Glitschiges in seinem Verstand festzuhalten.

»Alles klar mit dir, Bo?« erkundige sich Bedevere besorgt. »Du siehst, na ja, etwas entrückt aus.«

»Ehrlich gesagt, hatte ich einen Traum«, antwortete Boamund.

»Na also, da haben wir's ja mal wieder«, feixte Turquine. »Der kleine Snotty hat wohl mal wieder zuviel Klebstoff geschnüffelt, wie?«

Boamund winkte wütend ab. »Ach, halt's Maul, Turkey! Dieser Traum war wichtig, und ich versuche gerade, mich daran zu erinnern. Das ist nicht so einfach ...«

Der Wagen hielt an, und die Ritter stiegen aus. Draußen war es ungemütlich kalt, und es goß in Strömen. Jenseits der Telegrafenmasten verwischte aufsteigender Dunst die Konturen eines großen Kiefernwaldes.

»Dahinten ist es!« rief Boamund. »Dieser Wald dort. Auf der anderen Seite der Bäume befindet sich ein See. Genau dort müssen wir hin.«

Bedevere hatte sich mittlerweile den Straßenatlas unter den Nagel gerissen und prüfte ihn sorgfältig. »Er hat völlig recht«, stellte er anerkennend fest. »Zumindest gibt es dort überall überflutete Kiesgruben.« Während er den Atlas absetzte und in Richtung Norden nickte, fügte er hinzu: »Wenn der Ort dahinten wirklich Meriden ist, dann gibt es hinter diesem Wald jedenfalls etliche Kiesgruben. Wenn nicht, müssen wir uns verfahren haben und sonstwo sein ...«

Er hielte inne und blicke nach unten. Zehennagel zupfte an seinem Ärmel.

»Hast du eben Meriden gesagt?« erkundigte sich der Zwerg aufgeregt.

»Ja, das stimmt«, antwortete Bedevere. »Warum willst du das wissen?«

»Meriden«, wiederholte der Zwerg ehrfurchtsvoll. »Dort, wo die Motorräder herkommen.«

»Hat jemand eine Ahnung, was der Knirps damit meint?« wollte Bedevere wissen.

Galahaut nickte wissend. »Das alte Triumphwerk war in Meriden«, sagte er. »Und was soll damit sein, Zehennagel?«

Der Zwerg grinste. »Ach, nichts. Nur ist Meriden zufällig das exakte geographische Zentrum von Albion, das ist schon alles.«

Galahaut zog eine abfällige Grimasse. »Mein Gott! Wie ungeheuer interessant! Und jetzt sei brav und schwirr wieder ab, du störst hier nur ...«

»Sag das noch mal«, fuhr Bedevere dazwischen.

»Aus geographischer Sicht ist Meriden das exakte Zentrum von Albion«, wiederholte der Zwerg. An Bedevere gewandt, fügte er augenzwinkernd hinzu: »Ich dachte nur, es könnte nicht schaden, das zu erwähnen.«

»Danke.« Bedevere zuckte einige Male nervös mit der Nase und warf erneut einen Blick auf die Karte. »Wenn ihr mich fragt, dann halte ich das wirklich für höchst interessant.«

Lamorak sah ihn fragend an. »Findest du? Ich persönlich konnte geographischen Besonderheiten noch nie etwas abgewinnen. ›Wie heißt die Hauptstadt von Northgales?‹ und all dieser Quatsch. Ich meine, wen interessiert das schon?«

»Genau im Zentrum von Albion also ...«, murmelte Bedevere gedankenverloren vor sich hin. »Menschenskinder! Ich werde verrückt!«

»Eure Majestät?«

»Mmmm?«

»Ich halte es für besser, wenn Sie seitlich heranfahren, Eure Majestät.«

Die Königin schaute in den Rückspiegel und trat seufzend in die Bremse, während sich die Berater erwartungsfroh angrinsten.

Der Polizist, der gegen das Fahrerfenster klopfte, war jung, groß und rothaarig. *Komisch, wie jung die heutzutage alle aussehen,* dachte die Königin, während sie das Fenster herunterdrehte.

»Guten Tag, Officer«, sagte sie freundlich lächelnd.

Den Polizisten konnte ihr herzergreifendes Lächeln offenbar nicht recht beeindrucken, und wenn doch, ließ er sich zumindest nichts davon anmerken.

»Ist Ihnen eigentlich klar, daß Sie eben hundertachtzig Kilometer pro Stunde gefahren sind, Madam?«

»Du meinte Güte!« staunte die Königin. »Das ist ja schrecklich aufregend! Dabei hatte ich gar nicht das Gefühl, so schnell zu sein.«

»Bitte steigen Sie aus dem Wagen, Madam.«

»Aber es regnet doch.«

Der Polizist blieb gelassen. »Aussteigen, bitte. Und jetzt blasen Sie bitte hier …«

»Wie bitte?«

»Sie steigen jetzt aus, und blasen… quak! Quak! Quak! Quak!« sagte der kleine Laubfrosch, der nur langsam zu begreifen schien, daß sich etwas entscheidend verändert hatte. Er hüpfte ein paarmal auf der Stelle und hockte dann mit offenem Maul da.

Die Königin schüttelte betrübt den Kopf und winkte den anderen Polizisten zu sich heran. »Officer, leider muß ich Sie auch in einen Frosch verwandeln.«

Der Polizist starrte sie entsetzt an.

»Nehmen Sie das bitte nicht persönlich«, tröstete sie ihn, »denn ich weiß, daß Sie nur Ihre Pflicht erledigen und es wirklich nicht Ihre Schuld ist und so weiter und so fort. Ich verspreche Ihnen, daß es ganz bestimmt nicht weh tut.«

Sie lächelte, und ein zweiter Frosch lag ihr zu Füßen. Sehr behutsam, um nicht die zerbrechlichen Beinchen der kleinen Kreaturen zu beschädigen, hob die Königin die zwei Amphibien auf und setzte die beiden Expolizisten auf ihrer linken Handfläche ab.

»Eines Tages kommt eine Prinzessin diese Straße entlang«, erzählte sie ihnen. »Wahrscheinlich mit zweihundert Sachen, und das mit Pferdeanhänger! Wenn Sie jedoch schrecklich nett zu ihr sind und die Prinzessin nicht darum bitten, Ihnen den Führerschein zu zeigen, küßt sie Sie vielleicht, und dann sind Sie wieder ganz normale Polizisten. Falls nicht, versuchen Sie's doch mal mit Eintagsfliegen. Wie ich gehört habe, soll der Geschmack zwar etwas gewöhnungsbedürftig sein, dafür gelten sie aber als äußerst nahrhaft. Tschüs denn.«

Sie plazierte den rechten Zeigefinger sanft hinter den Hinterbeinen der Frösche, um sie dazu zu bewegen, von ihrer Hand zu springen, lächelte noch einmal zum Abschied und kehrte zum Wagen zurück.

»Das war's«, sagte sie.

»Wo denn nun?«

Boamund machte ein mürrisches Gesicht. Es war einer dieser intensiven Träume gewesen, von denen man weiß, daß man sich garantiert an sie erinnern wird. Doch dort, wo dieser Traum einmal in seinem Unterbewußtsein gewesen war, war allenfalls noch ein verschwommener Fleck zu sehen.

»Hier irgendwo muß das Ding sein«, beharrte er. »Ein See. Ganz neblig. Ihr wißt schon, was ich meine.«

Turquine schüttelte den Kopf. »Nirgends eine Spur von einem See zu entdecken, Snotty. Ich meine, so was wie ein See ist nicht so leicht zu übersehen. Komm schon, du mußt dir das nur eingebildet haben.«

»Ich hab mir das nicht nur eingebildet!« wehrte sich Boamund entschieden. »Das war ein See, und der war *hier*.«

»Jetzt aber nicht mehr«, warf Turquine grinsend ein.

»Nichts als ein Haufen Bäume und das da.« Er zeigte auf eine halb fertiggestellte Neubausiedlung in der Ferne und zuckte mit den Achseln.

Die anderen Ritter, die mit ihrem in Erklärungsnotstand geratenen Anführer ungewöhnlich behutsam umgingen, sagten erstaunlicherweise nichts.

»Wir können es ja mal dort versuchen«, schlug Boamund vor; und Bedevere fühlte sich an seine frühere Katze erinnert, die die Angewohnheit hatte, jedesmal, wenn es regnete, abwechselnd durch sämtliche Türen und Fenster nach draußen zu gehen, weil sie offenbar hoffte, wenigstens einen Ausgang zu finden, hinter dem die Sonne schien. »Wahrscheinlich wird er gerade vom Dunst verdeckt. Wenn wir einmal *richtig* suchen würden, dann bin ich mir sicher, daß wir ihn hier ...«

»Ach, hör schon auf«, unterbrach ihn Turquine in diesem unerträglichen Jetzt-laß-uns-endlich-mal-vernünftig-miteinander-reden-Ton. »Wir haben uns redlich Mühe gegeben. Hier gibt es keinen See. Also laß uns deinen Traum vergessen und endlich mal vernünftig miteinander ...«

Platsch! Na bitte, Turquine hatte einen See entdeckt.

Der Geist las noch einmal durch, was er geschrieben hatte, und wußte, daß es gut war. Als Geist entwickelt man mit der Zeit ein Gespür dafür.

Er blickte auf die Standuhr, die die Zeit jetzt genau anzeigte, und sah, daß es gerade halb zehn war. Gerade noch rechtzeitig, um das Manuskript an die Manchester Studios zu faxen, bevor man dort endgültig Feierabend machte.

Während der Geist durch das verlassene Haus spazierte, fragte er sich, warum ihm das Schreiben heute anfänglich so schwergefallen war. Als er nämlich erst einmal die Idee gehabt hatte, die Szene mit Mike Baldwin zu beginnen, war alles wie von selbst gekommen; als wäre da irgendwo jemand gewesen, der seinen

Kopf direkt mit Informationen gefüttert hätte. Er hatte sich einfach hingesetzt, nach dem Papier gegriffen und munter drauflos geschrieben, ohne auch nur eine Zeile streichen zu müssen.

Erst jetzt bemerkte er, worauf er die ganze Zeit geschrieben hatte; es war dieses komische Stück Pergament, das er zuvor in der Uhr gefunden hatte. Ohne nachzudenken, hatte er sämtliche Bilder und Verzierungen mit dem Bimsstein entfernt, nur diese alberne lateinische Schrift war von ihm vorerst verschont geblieben, da sie sowieso kaum Platz einnahm; und um sie jetzt noch abzukratzen, war es bereits zu spät, wenn das Fax noch rechtzeitig ankommen sollte.

Dennoch packte ihn nun ein wenig die Neugier. Er setzte sich auf eine Truhe und schielte auf das Manuskript. Es war schon Jahre hergewesen, seit er das letztemal versucht hatte, einen lateinischen Text zu lesen. Gott sei Dank! Eine saublöde Sprache, bei der die Hälfte der Wörter auf -us und der Rest auf -o endet. Zudem war die Schrift auf dem Pergament sehr eng und klein, was für deren Entzifferung nicht gerade hilfreich war.

*Historia verissima de calice sancto, quae Latine vortit monachus Glastonburiensis Simon Magus ex libello vetere Gallico, res gestas equitum magorumque opprobria argentariorumque continens …*

»… die wahre Geschichte über das heilige Dingsbums oder so«, murmelte er radebrechend vor sich ihn, »das Simon der Magier … *monachus* … ein Mönch, genau, ein Mönch aus Glastonbury, nach Latium … dingsbumste … das Verb ist am Zeilenende; aha, das enthält, enthält, ah ja, das die von Reitern und Zauberern gemachten Dinge enthält und die *opprobria,* die schändlichen Dinge von Dingsbums, *argentariorum,* von Leuten, die was mit Geld zu tun haben … ach, ich verstehe eh kein Wort. Nichts als dummes Geschwätz.«

*Sobald ich meinen Text durchgefaxt habe,* sagte sich der Geist, *werde ich diesen alten Mist mit dem Bimsstein bearbeiten, um dann vielleicht etwas Lesenswerteres darauf zu schreiben. Schändliche Dinge von Leuten, die etwas mit Geld zu tun haben! Wer will so einen Scheiß schon lesen?*

Er ging ins Büro, wählte die Nummer und steckte das Pergament in den automatischen Einzug des Faxgeräts. Es gab den üblichen Lärm strangulierter Enten, und das Pergament wurde unter krampfartigen Zuckungen langsam in den kleinen Plastikschlund gezogen. Als die Übertragung beendet war, nahm er das Pergament wieder heraus, riß vorsichtig das Übertragungsprotokoll ab und begab sich zum wiederholten Male auf Bimssteinsuche.

»Boamund?«

»Ja?«

»Ich will nicht persönlich werden, aber du erinnerst dich doch an dieses komische Lederbuch, oder? Du weißt schon, dieses Ding, das wir aus Atlantis zurückgeholt haben.«

»Ja. Was ist damit?«

»Da kommt gerade so ein verdammt großes Stück Papier raus.«

Danny Bennett griff gähnend nach der Kaffeetasse, stellte fest, daß sie leer war, und fluchte.

Halb zehn. Er hatte bereits einen langen Tag hinter sich. Dennoch kam er mit der Arbeit am neuen Dokumentarfilm gut voran, nach wie vor sprudelte er förmlich vor Ideen, und das Adrenalin schoß ihm noch immer durch die Adern. Wenn es ihm jetzt irgendwie gelänge, die Baulanderschließungsbehörde für brachliegende Insel- und Berglandflächen mit dem Massaker von Glencoe im Jahre 1692 in Verbindung zu bringen, dann hätte er wirklich eine Bombenstory.

Er zog das Diagramm näher zu sich heran und sah es

sich noch einmal genauer an. Wie all seine Verschwörungsdiagramme war es in mindestens sieben verschiedenen Farben dargestellt – die Farbe Blau für den CIA, Grün für das FBI, Rot für die MI6, Lila für die englische Nationaloper und so weiter. Es gab eine erfreulich farbenprächtige Verknüpfung mit der Flucht von Bonnie Prince Charlie im Jahre 1746 und eine gerade orangefarbene Linie, die dieses Ereignis mit Vergabe von Ölbohrlizenzen in der Nordsee verband. Alles, was diesem Komplottdiagramm noch fehlte, waren ein paar zartrosafarbene Stücke in der oberen rechen Ecke. Was war rosa? Ach ja, die Gesellschaft zur Erhebung von Bibliotheksabgaben in öffentlichen Leihbüchereien. Eindeutig ging dort irgend etwas vor. Aber was?

Aus dem Flur konnte er aus dem Teil des Gebäudes, wo die Macher dieser entsetzlichen Seifenopern untergebracht waren, ein Faxgerät surren hören. Seifenopernmacher! Der Abschaum der Menschheit. Seifenopern! Opium für das Volk. Warum erhielt *er* eigentlich nie irgendwelche Faxe?

Was allerdings für diesen Privatsender sprach, war, daß es hier sehr viel bessere Filzstifte als bei der BBC gab. Wenn man während eines nervenaufreibenden Denkprozesses versehentlich in eins dieser kleinen Prachtstücke biß, lief man wenigstens nicht gleich die nächsten drei Tage mit einer hellgrünen Zunge herum.

Etwas störte seine Konzentration. Zwar versuchte er angestrengt, es von sich fernzuhalten, aber es wollte nicht verschwinden; ein beharrliches Jaulen, als würde sich eine Maschine vor Schmerzen winden. Offenbar stammte es von dem Faxgerät auf der anderen Seite des Flurs; wahrscheinlich hatte sich ein Blatt verheddert und dieses faule Seifenopernpack war längst nach Hause gegangen. Nur äußerst widerwillig trennte er sich von dem Diagramm, da er soeben eine Möglichkeit gefunden hatte, die rosafarbene Linie mit der gelben zu verbinden, ohne dabei die blaue zu kreuzen, und ging den Korridor hinunter, um das verdammte Ding wieder in Ordnung zu bringen.

Wie nicht anders zu erwarten war, hatte sich das Papier verfangen. Ein paar harte Schläge mit der flachen Hand beendeten die Qualen des Geräts, und Danny Bennett zog den Zettel heraus, knallte ihn auf den Schreibtisch und wandte sich bereits zum Gehen. Dann verharrte er nachdenklich in der Bewegung und drehte sich noch einmal um.

Was, in Gottes Namen, wollten diese Seifenopernleute mit Telefaxen in lateinischer Sprache anfangen?

Sicher, es begann auf englisch – und von welcher Person dieses Fax auch immer stammen mochte, sie hatte einen fürchterlichen Schreibstil – und war irgendein wertloses Drehbuch über gewisse Leute namens Alf und Deirdre. Aber dort, wo der englische Text endete, gab es etwa zehn Absätze, die in einer winzigen Handschrift geschrieben waren und die, dessen war sich Danny sicher, auf lateinisch waren. Wenn er doch nur etwas mehr Latein verstehen könnte! Auf alle Fälle war das merkwürdig. Sehr merkwürdig sogar.

Es war mittlerweile ... na, fünfzehn, wenn nicht sogar zwanzig Jahre her, seit man es aufgegeben hatte, ihm auf der Schule Latein beizubringen; doch Dannys Verstand war wie der Kofferraum der Familiendroschke: Dinge, die niemand mehr wollte und von denen man sicher war, sie bereits vor Jahren weggeschmissen zu haben, sammelten sich dort an, um im Verborgenen zu bleiben und erst dann wiederaufzutauchen, wenn niemand mehr damit rechnete. Zu seiner Überraschung stellte er fest, daß er den Text einigermaßen verstehen konnte ...

Unwillkürlich setzte er sich auf den Schreibtisch und begann zu lesen.

»Was genau macht dieser komische Terminplaner denn, Bedders?« wollte Boamund wissen.

»Er druckt irgendwas aus«, antwortete Bedevere erschrocken. »Donnerwetter! Sieht ganz so aus, als wenn dieses Ding ein eingebautes Miniaturfaxgerät hat. Ganz schön intelligent!«

»Was ist denn ein ...?«

Bedevere untersuchte den dünnen Papierstreifen, der unaufhörlich seitlich aus dem Terminplaner der Weisheit herausquoll. »So ein Faxgerät ist der reinste Zauberkasten«, klärte er Boamund auf. »Damit kann man Briefe, Dokumente und solche Sachen in wenigen Sekunden quer über den ganzen Erdball versenden.«

»Ach, so was ist das«, seufzte Boamund erleichtert. »Aber wo hat das Ding denn seine Flügel?«

Bedevere blickte ihn skeptisch an. »Welche Flügel?«

»Na, wenn man zu meiner Zeit einen Brief in Sekundenschnelle von einem Ende der Welt zum anderen schicken wollte, hat man dazu einen Zauberraben benutzt. Wo sind also die Flügel?«

»Nun, man hat die Versendungsform verbessert«, klärte Bedevere ihn beiläufig auf, denn seine Aufmerksamkeit galt in erster Linie dem Papier, das er in den Händen hielt. »Das funktioniert heutzutage auf elektronischem Weg. Man nennt das flügellose Telegraphie oder so. Das hier könnte übrigens interessant sein. Da muß sich aber noch irgendwie jemand anders in die Leitung eingeschlichen haben, denn ...«

Nur zögernd kamen die Ritter näher heran und spähten ihm über die Schulter; mit Ausnahme von Turquine, der zu sehr damit beschäftigt war, sein Hemd auszuwringen und zu zittern. Die kleine Gruppe schwieg andächtig.

»Mhm, interessant«, murmelte Lamorak schließlich, »wirklich sehr interessant sogar, und das ist noch milde ausgedrückt. Irre, das mit Ken Barlow und Liz McDonald ...«

»Ach, darum, geht's doch gar nicht«, winkte Bedevere ab. »Der Abschnitt ganz unten ist doch erst ...«

»Aber der ist in Latein, Bedders. Ehrlich gesagt, konnte ich mit der Sprache noch nie was anfangen.«

Bedevere war ein sehr schneller Leser, und er war bereits mit dem Zeigefinger am Ende der Seite angelangt.

»Schade, am Schluß fehlt da was«, stellte er fest. »Aber immerhin ist das ein Anfang. Ich frage mich nur, wie, zum Teufel, es angehen kann, daß so was durch den Äther geschickt wird, denn…«

»Was steht denn nun da, Bedders?« unterbrach ihn Boamund ungeduldig. »Und wenn es keine Flügel hat, wie ist es dann überhaupt möglich, daß so was passiert?«

Bedevere hörte ihm jedoch nicht zu und lächelte nur wissend. »Ich verstehe«, grummelte er. »Wirklich, ganz schön schlau, sehr schlau sogar. Dazu sollte dieses Ding also dienen…« Erst jetzt schien er die anderen Ritter wieder wahrzunehmen, und er drehte sich zu ihnen um. »Was wir hier haben«, begann er in feierlichem Ton, »ist der erste Teil eines zeitgenössischen Berichtes – zumindest kommt es dem sehr nahe – über den Verlust des Heiligen Grals.« Sein Gesicht verzog sich plötzlich zu einem gewaltigen Grinsen. »Und ihre werdet nie darauf kommen, wer ihn geschrieben hat.«

*Die werden ganz schön sauer sein,* sagte sich Simon Magus, *und ganz besonders Mahaud.* Dabei hatte er sie noch gewarnt; doch wer nicht hören will, muß fühlen… Auf sich allein gestellt, war er wahrscheinlich sowieso besser dran.

Er warf einen Blick auf die Landkarte, die auf dem Beifahrersitz lag, doch war es bereits zu dunkel, um etwas sehen zu können. Also mußte er sich auf sein Erinnerungsvermögen verlassen, und das, obwohl es mittlerweile mehr als achthundert Jahre hergewesen sein dürfte, seit er hier das letztemal gewesen war. Glücklicherweise verfügte er über einen hervorragenden Orientierungssinn.

»Coventry«, murmelte er vor sich hin. Diese neumodischen Hinweisschilder waren schon ein gute Idee; auf diese Weise brauchte man nicht andauernd anhalten, um irgendwelche engstirnigen Bauerntrottel nach dem Weg zu fragen. Er beugte sich vor und schaltete das Radio ein, wo gerade das Reisequiz ›Kreuz und quer durch Großbritannien‹ lief – sehr schön. Eine seiner Lieblingssendungen. Angenehm unterhaltend, und der Name Robert Robinson wurde garantiert keinmal erwähnt.

Verständlicherweise war er ziemlich nervös. Auf die Verwirklichung dieses Plans, der ihn nicht nur viel Zeit, sondern auch viel Mühe gekostet hatte, hatte er lange warten müssen. Er blickte aufs Tachometer und nahm den Fuß ein wenig vom Gaspedal. Es gab keinen Grund zur Eile, und es wäre mehr als töricht gewesen, womöglich wegen Geschwindigkeitsübertretung angehalten zu werden.

(»Quak! Quak! Quak!« krächzte ein Frosch am Straßenrand, als der Kleinbus vorbeihuschte.)

Während er fuhr, rief er sich noch einmal die verschiedenen Dinge ins Gedächtnis zurück, die es noch zu erledigen gab. Natürlich gab es noch etliche Unwägbarkeiten, und sicherlich könnte noch einiges schiefgehen, doch so etwas ließ sich nun einmal nicht ändern. Irgendwann mußte ja der Zeitpunkt kommen, wo er nur noch dasitzen konnte und sie einfach weitermachen lassen mußte. Wenn man an diese Ritter nicht allzu viele Erwartungen knüpfte, konnte man sich allerdings recht gut auf sie verlassen. Außerdem stand ihnen dieser Zwerg zur Seite, der sicherstellen dürfte, daß sie nicht in allzu große Schwierigkeiten geraten sollten.

Nach dem Reisequiz kam die Wettervorhersage – die, wie Simon Magus anerkennend feststellen mußte, bemerkenswert genau war; bedachte man, mit welch entsetzlich primitiver Technologie die Meteorologen heutzutage arbeiten mußten, erledigten sie ihre Aufgabe wirklich sehr gut – und schließlich folgte eine Wiederholung der Sendung ›Du und dein Garten‹. Simon Magus gähnte gelangweilt und schaltete das Radio ab. Er müßte sowieso bald da sein.

Die Landschaft kam ihm bekannt vor, und er fuhr von der Autobahn auf die A45 ab. Fast konnte er schon hören, wie es ihn rief…

»Magus!«

Er blickte auf und sah Aristoteles' Gesicht im Rückspiegel. Mist! Er hatte vergessen, das verdammte Ding abzuschalten.

»Hallo, Ari«, meldete er sich. »Ich hab euch ja gewarnt. In drei Minuten fahren wir los, hab ich gesagt.«

»Was hast du dir eigentlich dabei gedacht, uns hier einfach mitten in der Walachei zurückzulassen, hä?« zischte ihn Aristoteles wütend an.

»Keine Sorge, ich hole euch auf dem Rückweg ab«, versicherte ihm Simon Magus. »Komm, stell dich nicht so an, Ari. Trink doch eine Tasse Tee, und spiel noch ein wenig an diesen Automaten. Ach, und noch was, Ari: Sag doch bitte Missis Magus, ich sei plötzlich wegen einer wichtigen Angelegenheit weggerufen worden oder so was in der Richtung, ja? Danke.«

Er langte hinter den Spiegel und drückte auf den dahinter befindlichen Schalter. Aristoteles verschwand und wurde durch den Blick auf einen DAF-Transporter ersetzt.

Falls er noch irgendwas vergessen haben sollte, dann war es jetzt eh zu spät.

Die Ritter wurden naß.

»Im Grunde ist eigentlich alles ganz einfach«, meinte Bedevere. »Albion ist überhaupt nicht Albion, sondern vielmehr das, was man als eine Art…« Er suchte nach dem passenden Ausdruck und fügte schließlich etwas holprig hinzu: »Na ja, man könnte Albion als eine Art

Geldinstitut bezeichnen.« Er wußte zwar, daß die Erklärung zumindest unzulänglich, wenn nicht gar völlig falsch war, aber das war jetzt auch egal. Es gab keinen Anlaß zu versuchen, einen Sinn darin zu sehen; alles, was sie tun mußten, war, so weiterzumachen wie bisher.

»Ich verstehe«, log Boamund. »Und was machen wir jetzt als nächstes?«

»Ich habe ein Reisebackgammon dabei«, schlug Lamorak vor.

Boamund dachte darüber nach. »Gute Idee. Und was dann?«

»Na ja, bis dahin wird hier bestimmt jemand auftauchen und uns erzählen, was wir als nächstes zu tun haben. Du hast ja gehört, was Bedders gesagt hat, Bo. Wir müssen nur etwas Geduld haben.«

Wie sich fast zwangsläufig herausstellte, hatte Lamorak die Würfel verlegt, so daß sie am Ende unter einem Baum Schutz vor dem heftigen Regen suchten und sich am Ratespiel ›Zwanzig Fragen und keine mehr‹ vergnügten. Mittlerweile war es stockdunkel, und der aufsteigende Nebel wirbelte wie eine dichte Wolkendecke um sie herum.

»Du bist dran, Bo. Laß dir was einfallen.«

Boamund dachte angestrengt nach. Als er »fertig« sagte, klang etwas in seiner Stimme mit, was Bedevere stutzen ließ, doch behielt er seine Gedanken für sich.

»Ein Gegenstand«, fuhr Boamund fort.

»Ein Gegenstand also«, wiederholte Galahaut. »Ist es etwas, was man in einem Haus vermuten würde?«

Boamund dachte einen Moment darüber nach; und fast war es so, als würde er einer Stimme zuhören, die ihm schließlich die Antwort zuflüsterte. »Ja«, sagte er, wobei er sich ziemlich überrascht anhörte. »Das war die erste Frage.«

»Ist der Gegenstand größer oder kleiner als ein Fußball?« fragte Turquine.

»Größer. Das war die zweite Frage.«

»Ist er aus Metall?«

»Ja«, antwortete Boamund und korrigierte sich gleich darauf: »Nein, eigentlich nicht. Das war die dritte.«

»Ein Haushaltsgegenstand, nicht aus Metall und größer als ein Fußball«, grübelte Pertelope. »Ist es ein mechanischer Gegenstand?«

»Nein. Vier.«

»Also auch nicht mechanisch, gut. Würde man ihn in einer Küche vorfinden?«

Boamund wartete ab, bis ihm die Antwort zugeflüstert wurde. Als sie kam, schien sie ihn selbst ziemlich zu erstaunen. »Ja. Fünf.«

»Ein Gegenstand, nicht aus Metall, größer als ein Fußball, nicht mechanisch, man findet ihn in der Küche«, faßte Galahaut zusammen. »Ein Mülleimer?«

»Nein. Sechs.«

»Ein Gemüseständer?«

»Nein. Sieben.«

»Ist er aus Plastik?« fragte Lamorak

Boamund horchte nach der Antwort, und einen Augenblick lang öffnete er vor Staunen den Mund. »Ja. Achte Frage.«

»Ein Nudeltopf?«

»So ein Ding ist doch nicht größer als ein Fußball, du Depp.«

»Einige doch«, rechtfertigte sich Turquine. »Ich bin mal in einem Laden gewesen, wo …«

»Jedenfalls ist der Gegenstand kein Nudeltopf«, griff Boamund besänftigend ein. »Neun.«

»Eine Küchenwaage«, schlug Pertelope vor. »Nein, so ein Ding ist ja mechanisch, das nehme ich zurück. Ich weiß es! Es handelt sich um einen großen Kuchenkasten oder eine Käseglocke aus Plastik.«

»Nein. Zehn.«

»Eine großes Tablett aus Plastik?«

»Nein. Elf.«

»Du meine Güte! Wir sind *so* nah dran...«, seufzte Lamorak. »Mal sehen, ein großes Küchenutensil aus Plastik, das nicht mechanisch ist. Ein Spülständer?«

»Nein. Zwölf.«

»Ganz schön knifflig«, meinte Galahaut. »Kann auch kein Zucker- oder Mehltopf sein, weil die aus Ton und nicht aus Plastik sind. Lammo, was bewahren wir eigentlich in dem Schränkchen unter dem Waschbecken auf? Ich meine, hinter dem Mixgerät.«

»Nichts, Gally.«

»Ach so.«

Eine Weile herrschte angespannte Stille. Bedevere blickte zum Himmel hinauf und sah, daß es zu regnen aufgehört hatte.

»Wie wär's mit einem Waschbeckenschoner?« vermutete Pertelope. »Das hatten wir noch nicht, oder?«

»Ein Waschbeckenschoner ist es jedenfalls nicht«, antwortete Boamund. »Das war übrigens die dreizehnte Frage. Was ist überhaupt ein Waschbeckenschoner?«

»Wie wär's mit einem Eimer? Kein Mülleimer, sondern einer, den man zum Bodenwischen braucht...«

»Vierzehn.«

»Laßt uns noch mal alles rekapitulieren«, schlug Turquine vor, und während sie dies taten, starrte Boamund (sozusagen) auf das scharfe, klare Bild, das ihm im Kopf herumspukte. Das konnte doch nicht wahr sein...!

»Kehrblech und Handfeger«, entschied Galahaut, der sich offenbar zum Sprecher berufen fühlte. »Ich meine, wenn man keinen Schrank im Flur oder unter der Treppe hat, bewahrt man so was auch in der Küche auf.«

»Fünfzehn«, murmelte Boamund geistesabwesend. Das Bild wollte einfach nicht aus seinem Hinterkopf verschwinden; wenn überhaupt, dann wurde es nur noch deutlicher.

»Ich überlege gerade, was wir bei uns in der Küche vom Pizzadienst haben«, dachte Turquine laut nach. Er schüttelte den Kopf. »Ne, mir fällt nichts ein. Guter Begriff, Bo, wirklich.«

»Ein Lampenschirm«, platzte es aus Lamorak heraus, doch schwang in seiner Stimme bereits ein Hauch von Verzweiflung mit.

Boamund schüttelte nur den Kopf. »Sechzehn.«

»Jetzt hab ich's!« triumphierte Pertelope. »Wie dumm von mir, daß ich nicht gleich darauf gekommen bin. Ein Plastiksieb!«

»Siebzehn.«

»Eine Gewürzbord aus Plastik?«

»Achtzehn.«

»Verdammt noch mal! Irgendwas muß es in der Küche doch geben.«

»Ein Besteckkasten?«

Boamund schüttelte erneut den Kopf. »Neunzehn.«

Die Ritter sahen einander fragend an.

Und dann räusperte sich Bedevere, der die ganze Zeit zum Himmel hinaufgeblickt hatte. Eigentlich hatte er dabei nur feststellen können, daß sich die Wolken allmählich auflösten und die Sterne hervortraten, und dennoch sagte er, als hätte er gerade eine göttliche Eingebung gehabt: »Ich glaube, es ist der Heilige Gral.«

»Stimmt«, bestätigte Boamund. »Zwanzig.«

# 9

Bevor jemand etwas sagen konnte, räusperte sich hinter ihnen jemand, und ein Mann trat vor.

»Guten Abend, Jungs.«

Ein seit Jahrhunderten in ihnen tief verwurzelter Instinkt ließ die Ritter artig in einer Reihe antreten.

»Guten Abend, Mister Magus«, begrüßten sie ihn im Chor.

Simon Magus blickte an seiner Kleidung hinunter und seufzte. Er hatte sich wirklich alle Mühe gegeben, um sich als ein in die Jahre gekommener Holzfäller zu tarnen, doch gehörte es nun einmal nicht zu seinen Stärken, sich Anlässen entsprechend zu verkleiden.

»Seid ihr bereit?«

Die Ritter sahen sich fragend an.

»Ja, Sir, wir sind bereit«, antwortete Boamund zum Erstaunen aller.

»Sehr schön«, stellte Simon Magus mit Genugtuung fest. »In dem Fall folge mir bitte, Boamund. Der Rest von euch wartet hier, bis ich euch rufe.«

Auf Seiten der Ritter erhob sich allgemeines Gemurmel – selbst aufmüpfige Äußerungen, daß so was nicht fair sei und eine gewisse Person schon immer Lehrers Liebling gewesen sei, mischten sich darunter.

Als sich Simon Magus zu ihnen noch einmal umdrehte und sie stumm ansah, herrschte sofort Ruhe. »Seid schön brav, ja?« sagte er und zog sich dann mit Boamund zurück.

»Du wirst es brauchen.«

Boamund hatte sich die ganze Zeit gefragt, was in der Segeltasche war. Es hätte eine Angelrute oder auch ein Abflußrohr oder eine kleine zusammenklappbare Staffelei oder möglicherweise sogar ein Fotostativ sein können, war es aber nicht.

»Vorsicht! Es ist ziemlich scharf«, warnte ihn der Zauberer.

Boamund, der dies bereits festgestellt hatte, leckte sich am Finger. Sehr scharf sogar und ebenso leicht, und es schien im matten Mondlicht sogar von selbst zu leuchten.

»Excalibur«, sagte Simon Magus, als sei dies das Normalste auf der Welt. »Es hat jahrelang bei mir ungenutzt auf der Hutablage gelegen. Also habe ich mir gesagt, wenn ich selbst schon keinerlei Verwendung dafür habe, kann ich es ebensogut jemandem geben, der damit was anzufangen weiß.« Er sah es wehmütig an.

Excalibur! Jemand oder irgendwas mit auch nur einem Hauch mehr Phantasie als Boamund – ein Stein zum Beispiel oder auch eine Baumwurzel – hätte sich vorstellen können, daß das schwache Licht, das auf der Klinge wie ein Flamme zu tanzen schien, beim Klang des Namen aufflackerte.

Boamund biß sich verlegen auf die Lippe. »Ähm, sind Sie sich sicher, Sir? Ich hab immer gedacht, der König hätte es irgendwo ins Meer geschmissen.«

Simon Magus grinste. »Das hat er auch. Hier, schau mal, dann weißt du, wo ich es herbekommen habe.«

Er zeigte auf eine kleine Buchstabengruppe, die in das Heft des Schwerts in Gold eingraviert waren; und während er dies tat, hätte es einem verziehen werden können, wenn man geglaubt hätte, daß sie für den Bruchteil einer Sekunde aufleuchteten.

EISEN- UND STAHLWERKE SHEFFIELD, stand dort zu lesen.

»Steck es jedenfalls erst mal ein«, fuhr Simon Magus fort. »Wollen wir nur hoffen, daß du's niemals brauchst. Aber eigentlich dürfte nichts passieren, was …«

»Stehenbleiben!«

Aus der Dunkelheit trat eine Gestalt hervor, von der man nur die Umrisse erkennen konnte, und Mondlicht blinkte auf gebläutem Stahl.

»In Ordnung«, sagte Simon Magus nach einer relativ langen Pause. »Wir sind stehengeblieben. Was können wir für Sie tun?«

»Ähm …« Die Silhouette drehte ihren Kopf nach hinten und flüsterte aufgeregt in Richtung des Busches, aus dem sie aufgetaucht war. Ziemlich widerwillig tauchten kurz darauf zwei weitere Silhouetten auf und stellten sich hinter die erste. »Sie können hier nicht vorbeigehen«, sagte die Gestalt.

»Warum nicht?«

»Das geht nicht. Gehen Sie schon.«

Simon Magus und Boamund verständigten sich per Blickkontakt.

»Darf ich?« fragte Boamund erwartungsvoll.

»Mach nur, mein Junge«, willigte Simon Magus ein. »Übertreib's aber nicht.«

Mit einem Freudenschrei zog Boamund das Schwert aus der Segeltasche, schwang es derart schnell über dem Kopf, daß Simon Magus beinahe ein Ohr verloren hätte, und stürzte sich in die Dunkelheit. Kurz ertönte ein sehr lautes, doch nicht minder musikalisches Klirren, und Boamund kehrte zurück.

»Die sind einfach davongelaufen«, beklagte er sich in fast jammerndem Ton.

»Mach dir nichts draus«, tröstete ihn der Zauberer. »Ich nehme an, da sind noch andere.«

Boamund nickte erstaunlich gelassen und steckte das Schwert in die Scheide zurück. »Vielleicht fallen die uns ja aus dem Hinterhalt an«, frohlockte er.

Simon Magus zuckte die Achseln. »Ich fürchte, ich muß dich enttäuschen, denn wie ich die kenne, sollte das bereits ein Angriff aus dem Hinterhalt gewesen sein. Sonderlich erfahren in solchen Dingen sind die jedenfalls nicht.«

Boamund stutzte. »Ach, dann wissen Sie, wer die sind?«

»Auf alle Fälle kann ich's mir gut vorstellen«, antwortete Simon Magus. »Ich nehme an, es handelt sich um unabhängige Finanzberater oder irgendwelche Bankmanager. Komm, wir müssen weiter.«

Sie gingen um den See herum. In einem Baum schrie direkt über ihren Köpfen eine Eule. Boamund bekam etwas ins Auge und blieb stehen, um es wieder herauszubekommen.

»Sie müssen schon entschuldigen, wenn ich Sie das frage, Sir«, traute er sich nur langsam vor, »aber sind Sie dieser Einsiedler gewesen, der mir nach meinem Aufwachen in dieser Höhle gesagt hat, ich solle mich auf Gralssuche begeben?«

Simon Magus nickte. »Richtig.«

»Ich hab Sie aber gar nicht erkannt.«

»Ich hatte mich verkleidet. Es hätte nichts gebracht, wenn du gewußt hättest, wer dahintersteckt. Allerdings fand ich die Verkleidung ziemlich schrecklich, und ich war ziemlich überrascht, daß du mich nicht gleich erkannt hast.«

Boamund dachte eine Weile über diese für ihn neuen Enthüllungen nach. »Also stecken Sie hinter der ganzen Geschichte, Sir? Haben Sie mich in den Schlaf geschickt und all das?«

»Auch das ist richtig.« Simon Magus zögerte, bevor

er hinzufügte: »Du bist mir doch hoffentlich nicht böse, oder? Oder hast du damals gerade was Wichtiges vorgehabt?«

»Nein, überhaupt nichts«, antwortete Boamund.

»Na prima. Ein bißchen war ich nämlich schon besorgt, dir ein wenig ins Handwerk gepfuscht zu haben.«

Eine schattenhafte Gestalt mit einem Messer zwischen den Zähnen sprang von einem Baum herunter. Leider hatte sie einen ungünstigen Zeitpunkt für ihren Absprung gewählt. Es gab einen dumpfen Schlag; und als die schattenhafte Gestalt wieder zu sich kam, standen zwei Männer über ihm.

»Sind Sie in Ordnung?« erkundigte sich Simon Magus besorgt.

»Ich hab mir mit diefem verdammten Dolch den ganfen Mund ferfnitten«, nuschelte der Angreifer. »Verluchte Feife!«

»Sie sollten wirklich vorsichtiger mit Ihrer Gesundheit umgehen, finden Sie nicht?« ermahnte ihn Simon Magus und gab dem Angreifer ein Taschentuch.

»Danke.« Er wischte sich den Mund ab, spuckte einen Zahn aus und verkroch sich um Gebüsch.

Simon Magus schüttelte verständnislos den Kopf. »Irgendwie hab ich das Gefühl, daß wir es heute mit der B-Mannschaft zu tun haben. Na ja, macht nichts. Trotzdem, ein wenig enttäuschend ist das schon.«

Eine Weile spazierten sie schweigend weiter, dann sagte Boamund: »Wozu der Terminplaner gut ist, weiß ich, aber was ist mit den Socken und der Schürze? Ich meine, dienen die auch zu irgendwas ...?«

Simon Magus schnalzte mit der Zunge. »Ich und mein Gedächtnis«, seufzte er. »Prima, daß du mich daran erinnerst, Junge. Hast du beiden Sachen dabei?«

»Ja, Zehennagel hat sie in meinen Ranzen gepackt.«

»Sehr schön. Komm, laß uns da vorn unter den Baum hocken. Dort ist es schön trocken und ...«

»Aua!« kreischte ein maskierter Mörder gereizt auf.

»'tschuldigung.«

»Warum, zum Teufel, schaust du nicht hin, wo du langgehst?«

»'tschuldigung«, wiederholte Boamund, »aber es ist ziemlich dunkel. Oder wolltest du noch mehr von mir?« erkundigte er sich voller Erwartung.

Der maskierte Mörder sah ihn mürrisch an. »Das ist wohl kaum wahrscheinlich«, während er mit schmerzverzerrtem Gesicht auf die Beine kam. »Wie es aussieht, hast du genug Schaden angerichtet.« Fluchend hinkte er davon und verschwand in der Dunkelheit.

»So, ich hoffe, wir bleiben mal für eine Weile ungestört«, sagte Simon Magus. »Und jetzt sei so lieb, und zieh dir bitte die Socken und die Schürze an.«

»Muß das sein, Sir?«

Simon Magus blickte ihn streng an. »Natürlich mußt das sein, sonst hätte ich es ja wohl nicht gesagt, oder?«

»Das mag ja sein, Sir, nur käme ich mir ziemlich dämlich vor, hier im Wald mit einer Blümchenschürze herumzulaufen.«

»Wenn du willst, kannst du sie ja unter deinem Mantel tragen«, schlug ihm der Zauberer entgegenkommenderweise vor. »Aber beeil dich bitte, mehr will ich ja gar nicht.«

Boamund kniete sich hin und schnürte die Schuhe auf. »Es ist wirklich wichtig, daß ich die Sachen anziehe, oder?« vergewisserte er sich noch einmal.

»Das ist unerläßlich, absolut unerläßlich. Und jetzt beeil dich. Wir haben nicht die ganze Nacht Zeit.«

»Die Socken kitzeln an den Füßen.«

»Jetzt mach schon ...«

Direkt hinter ihnen ertönte ein grauenerregender Schrei und Simon Magus schnellte herum.

»Entschuldigung, aber könnten Sie noch eine Sekunde damit warten?« fragte der Magier. »Wir sind nämlich noch nicht soweit.«

Der Kapuzengangster verharrte mitten in der Bewegung. »Was ist los?«

»Noch ein Momentchen Geduld«, antwortete Simon Magus. »Der Junge wechselt gerade seine Socken.«

»Seine *Socken?* Verarschen kann ich mich selbst ...«

»Alles klar, ich bin fertig«, meldete sich Boamund zurück, und gleich darauf blitzte blaues Licht auf, als er Excalibur aus der Segeltasche herauszog. »Komm her, Freundchen!« rief er voller Erwartung und sprang nach vorn. Es gab einen metallisch klingenden Ton, ungefähr in Dis, gefolgt von disharmonischen Klängen, als würde jemand in einer Rüstung über seine eigenen Füße stolpern und in einen Busch fallen.

»Das ist nicht fair«, grummelte eine Stimme aus dem Unterholz. »Ich war noch nicht fertig.«

»Schlägertypen wie dich, überfallen wir immer aus dem Hinterhalt«, klärte ihn Simon Magus auf.

»Nein, das habt ihr völlig falsch verstanden. *Ich* hab euch aus dem Hinterhalt überfallen.«

Simon Magus grinste. »Dann hast du deine Aufgabe aber sehr schlecht erledigt. Und jetzt komm, Boamund, wir sollten uns lieber beeilen.«

Als sie ein paar Schritte gegangen waren, sagte Boamund: »Das war nicht sehr fair von uns, oder? Ich meine, wenn er extra auf mich gewartet hat, dann ...«

»Unsinn!« unterbrach ihn der Zauberer energisch. »Ein Hinterhalt ist ein Hinterhalt. Wenn er das nicht weiß, dann ist er eben nicht fähig, solche Aufgaben allein zu erledigen.«

»Ich meine ja auch nur, daß ...«

»Ach, aber wenigstens rennst du nicht allein herum, oder?«

»Na ja, ich ...«

Als sie an eine Art Mole oder Landungssteg kamen, blieb Simon Magus stehen und musterte Boamund mit freundlichem Blick.

»Ich glaube, wir sind da. Ich wünsche dir alles Gute, und vergiß nicht, was ich dir gesagt hab.«

Boamunds zog ein langes Gesicht. »Aber Sie lassen mich doch nicht allein, oder?«

»Ich fürchte, doch«, antwortete der Zauberer. »Jede weitere Einmischung meinerseits wäre nicht rechtens, und ich will nicht, daß die ganze Suche auf technische Einzelheiten reduziert wird.«

»Alles klar«, antwortete Boamund, wenngleich er kein Wort verstanden hatte. Eine leichte Brise kam auf und kräuselte die Oberfläche des Sees. »Und was muß ich jetzt machen?«

»Das wirst du schon herausfinden«, sagte der Zauberer durch einen Vorhang aus blauem Feuer hindurch. »Mach's gut.«

»Auf Wiedersehen, Sir.« Boamund drehte sich um und blickte auf den See. »Ach, Sir?«

»Ja?«

»Was haben Sie mir noch mal gesagt, was ich auf keinen Fall vergessen sollte?«

»Ich hab's vergessen«, antwortete Simon Magus, und seine Stimme klang bereits hohl und undeutlich. Seine unsterbliche Hälfte war schon Tausende von Meilen und Hunderte von Jahren entfernt. »Es war wahrscheinlich nicht wichtig. Bleib auf der Hut, halt die Ohren steif oder so was in der Richtung. Viel Glück, Boamund.«

Die blaue Pyramide flammte kurz auf und erlosch gleich darauf, lediglich einige wenige Funken und eine leere Kekspackung blieben zurück. Der Wind begann stärker zu blasen, und die Blätter raschelten in den Bäumen. Der Mond ging auf, und es wurde allmählich kälter.

»Guten Abend.«

Boamund schnellte herum. Neben ihm – wo kurz zuvor, noch niemand gewesen war, es sei denn, dieser Jemand hatte es hervorragend verstanden, sich als

Kirschbaum zu verkleiden – stand plötzlich ein Mann, den er instinktiv für einen Einsiedler hielt.

»Hallo«, grüßte Boamund zurück. »Du bist bestimmt ein Einsiedler, alter Mann, nicht wahr?«

»Ja. Wie bist du darauf gekommen?«

»Ach, ich hab nur geraten«, antwortete Boamund. »Entschuldige mal, aber was macht ein Einsiedler eigentlich?«

Der Einsiedler kratzte sich am Ohrläppchen. »Das hängt wirklich ganz davon ab. In der guten alten Zeit pflegten wir zu meditieren, zu beten, zu fasten und uns mit Geistern zu unterhalten. Doch heutzutage sitzen die meisten von uns auf irgendwelchen Parkplätzen von Landstraßen unter einem bunt angestrichen Brett, auf dem ›Erdbeeren‹ steht. Du hast bestimmt schon mal einen von uns gesehen.«

»Ehrlich gesagt, nein«, antwortete Boamund. »Ich hab nämlich ziemlich lange geschlafen und ...«

»Ach ja, das hatte ich schon ganz vergessen«, unterbrach ihn der Einsiedler. »Auf jeden Fall nehme ich an, daß du einigermaßen aufgeregt bist, Boamund, stimmt's.«

»Na ja, ziemlich jedenfalls«, räumte Boamund ein. »Wirst du mir sagen, was als nächstes passiert?«

Der Einsiedler schüttelte den Kopf. »Leider nein. Ich spiele bei dieser ganzen Geschichte eher das, was man als eine kleine Nebenrolle bezeichnen könnte«, antwortete der Einsiedler geheimnisvoll. »Als eine sehr kleine Nebenrolle sogar«, fügte er mit einen Hauch Verbitterung hinzu. »Alles, was ich tun soll, ist, dir etwas Wahres, aber Irreführendes mitzuteilen. Es macht dir doch nichts aus, wenn wir das Ganze etwas in die Länge ziehen, oder? Ich habe nämlich fünfzehnhundert Jahre auf diesen Augenblick gewartet, und ich würde es furchtbar finden, jetzt alles zu überstürzen. Ich meine, es gibt nicht gerade viel, worauf ich mich in nächster Zeit freuen kann.«

»Ach, und wieso nicht?«

»Na ja, ich habe mir einen Platz in diesem schrecklich eintönigen Glasberg reservieren lassen. Bist du schon mal dort gewesen?«

»Nein.«

»Dann hast du auch nicht viel verpaßt«, klärte der Einsiedler Boamund auf. »Deshalb habe ich mich auch für diesen Job freiwillig gemeldet. Auf diese Weise hatte ich nämlich eine Entschuldigung dafür, meinen Einzug eine Weile aufzuschieben. Zwar war es alles andere als ein Vergnügen, all die Jahre neben der A45 im Regen mit zwanzig Pfund matschigen Erdbeeren zu sitzen, aber immer noch besser als das, was mich demnächst erwartet.« Der Einsiedler seufzte tief und wischte sich eine Fliege von der Nasenspitze.

»Ach, so ist das also«, warf Boamund ein; er fühlte sich ziemlich unbehaglich. »Tut mir wirklich leid für dich.«

»Na ja, was soll man machen?« fuhr der Einsiedler fort. »Dort landen wir alle irgendwann, wenn wir schließlich die Welt verlassen. Alle sind dort, die ganzen großen Zauberer und Magiere, Einsiedler und Anachoreten, und anscheinend haben sie nichts Besseres zu tun, als tagaus, tagein über Gott und die Welt zu lamentieren, um irgendwann, weil sie ihr eigenes Gejammer satt haben, in ihren Ledersesseln einzunicken. Ich nehme an, ich werde mich nach einer Weile daran gewöhnen.« Der Einsiedler schüttelte betrübt den Kopf. »Anscheinend tun sie das alle irgendwann, und das ist eigentlich das, was ich daran am schlimmsten finde.«

»Tut mir wirklich leid für dich«, wiederholte Boamund, weil ihm einfach nichts Besseres dazu einfallen wollte.

»Danke. Und jetzt sage ich dir, wie die Mitteilung lautet: Nur der wahre König von Albion kann den Heiligen Gral wiedererlangen. Viel Glück.«

Eine blaue Pyramide – kleiner als die, in der kurz zuvor Simon Magus verschwunden war, und auf undefinierbare und dennoch eindeutige Weise irgendwie zweitklassig – stülpte sich über ihn, funkelte kurz auf und verschwand.

Boamund blickte auf die Stelle, wo eben noch die Pyramide gewesen war, kaute gedankenverloren auf den Lippen herum und seufzte schwer. Als er sich zum See herumdrehte, erblickte er aus den Augenwinkeln heraus eine schattenartige Gestalt, die verstohlen auf ihn zuschlich. Er zog das Schwert und schnellte herum.

»Moment!« sagte die Gestalt. »Hast du gerade mit diesem Einsiedler geredet?«

»Ja. Warum willst du das wissen?«

»Verdammte Scheiße!« fluchte die Gestalt. »Dann bin ich zu spät dran. Vergiß es.«

»Ja, aber ...«

»Tut mir leid, meine Schuld. Das hab allein ich vermasselt. Ich weiß wirklich nicht, was ich diesem dämlichen Weib sagen soll, wenn ich ohne einen Kratzer zurückkehre. Wahrscheinlich werde ich ab Montagmorgen wieder hinter dem Tresen stehen und KFZ-Versicherungen verkaufen. Aber das läßt sich nun auch nicht mehr ändern.«

Boamund runzelte die Stirn. »Wie? Willst du, daß ich dir einen Hieb mit dem Schwert versetze?«

Die Gestalt nickte. »Dennoch, was passiert ist, ist passiert«, seufzte sie. »Trotzdem vielen Dank und auf Wiedersehen.«

Boamund holte zu einem mächtigen Schlag aus, doch die Gestalt war bereits verschwunden. Achselzuckend kehrte er zum Landungssteg zurück.

»Du meine Güte! Was ist denn das?« staunte er nicht schlecht, als er dort, wo er kurz zuvor auf den See hinausgeblickt hatte, einen großen blauen Wagen – einen Volvo – entdeckte, an dessen linkem Vorderrad ein merkwürdiger gelber Gegenstand befestigt war. Unter einem der Scheibenwischer klemmte ein Fetzen Papier. Boamund zog den Zettel heraus, faltete ihn auseinander und las:

> WER DIESEN WAGEN VON DIESER PARKKRALLE BEFREIT, SOLL DER RECHTMÄSSIGE KÖNIG VON ALBION SEIN.

Er kratzte sich am Kopf und blickte auf dieses gelbe Ding hinunter. Es sah wie eine Art Fußfalle oder so was aus, und er fragte sich, ob der Wagen Schmerzen hatte. Vielleicht war er sogar schon tot; denn bewegen tat er sich nicht.

Rechtmäßiger König von Albion …

»Na, dann wollen wir mal …«

Excalibur pfiff durch die Luft, und Boamund legte seine ganze Kraft in diesen Schlag. Aufgrund einer geringen Fehleinschätzung – die Klinge war etwa zehn Zentimeter länger, als er sich vorgestellt hatte – verlor ein Baum hinter ihm einen Ast. Boamund fand wieder festen Halt, rieb sich das Handgelenk, wo er sich am Baum gekratzt hatte, und unternahm einen zweiten Versuch. Es gab ein lautes Scheppern, und das gelbe Ding brach entzwei und fiel zu Boden.

»Sehr schön«, sagte eine Stimme hinter ihm. »Wirklich sauber Arbeit.«

Es war ein Mädchen, die eine gelb-blaue Uniform trug und einen Notizblock in den Händen hielt. Aus einem für ihn unerfindlichen Grund fühlte sich Boamund in seiner Rolle etwas unbehaglich.

»Das geht schon in Ordnung«, versicherte ihm die Politesse. »Ich bin nur allegorisch hier und habe nicht vor, Ihnen einen Strafzettel zu geben. Sie sollen jetzt in dieses Auto steigen, und den Zündschlüssel herumdrehen.«

»Kein Problem«, antwortete Boamund. »Ähm … was für einen Schlüssel?«

Die junge Politesse blickte ihn zunächst ratlos an, dann lachte sie. »Sie müssen schon entschuldigen, aber ich hatte völlig vergessen, daß Sie so lange geschlafen haben. In diesem Wagen ist ein großes Lenkrad. Dahinter steckte auf der rechten Seite ein kleiner Schlüssel. Wenn Sie den im Uhrzeigersinn ein Stück herumdrehen, springt der Motor an. Im Uhrzeigersinn ist übrigens so herum.« Sie demonstrierte es ihm und fügte hinzu: »Soweit alles klar, Sir?«

»Ja, danke auch.«

»Keine Ursache«, sagte das Mädchen und zu Boamunds Enttäuschung verschwand es gleich darauf. Er stieg in den Wagen, machte die Zündung ausfindig und drehte den Schlüssel herum.

Das Auto verschwand.

Boamund saß auf dem Boden und faßte sich auf den Kopf. Da war etwas. Eine Krone.

»Du meine Güte!« staunte er, als er die Krone sah. Sie war ziemlich leicht und dünn, und er vermutete, daß sie wahrscheinlich aus vergoldetem Silber war; ihr Rand war von der Form her wie eine Sägeklinge und in die kleine Juwelen eingelassen waren. Er setzte sie wieder auf und versuchte sich vorzustellen, ein König zu sein.

Als er aus mittlerer Entfernung ein Geräusch hörte, blickte er neugierig auf. Ganz gewiß handelte es sich nicht um ein Geräusch, das man in der Nähe eines See zu hören erwartet hätte, denn es kam von einem Telefon.

Er schaute sich nach hinten um und sah, wie etwa hundertfünfzig Meter vom Ufer entfernt eine Hand die Wasseroberfläche durchbrach. Sie steckte in einem weißen Seidenhandschuh und hielt ein Telefon in der Hand.

Plötzlich fragte sich Boamund, ob das Ganze ein blöder Scherz sein sollte.

Man weiß ja, wie das mit dem Telefonieren ist. Was

immer man gerade macht, wie beschäftigt und konzentriert man auch ist, früher oder später gibt man es auf und hebt den Hörer ab. Boamund erhob sich seufzend. Neben dem Landungssteg lag ein kleines Boot – das dort eben noch nicht gewesen war; doch langsam überraschte ihn bei dieser Geschichte gar nichts mehr –, und darin saß eine Kapuzengestalt, die bereits die Ruder in den Händen hielt.

»Jetzt komm schon endlich«, forderte ihn die Kapuzengestalt unwirsch auf. »Ich hole mir hier noch den Tod.«

Boamund drängte sich in das enge Boot, setzte sich und begann zu schmollen. Die Kapuzengestalt tauchte die Ruder ins Wasser und legte sich in die Riemen. Während das Boot Fahrt machte, gab es keinerlei Geräusch von sich und das Wasser war glatt wie Glas.

»Ist heute Donnerstag?« wollte der Fährmann plötzlich wissen.

Boamund blickte ihn verdutzt an. »Wie bitte?«

»Ich hab gefragt, ob heute Donnerstag ist?« wiederholte der Fährmann. »Man verliert völlig das Zeitgefühl, wenn man nur nachts unterwegs ist, und irgendwann weiß man nicht einmal mehr, welcher Wochentag es ist.«

»Das glaube ich gern. Aber wieso ist das überhaupt wichtig?«

»Wenn heute Donnerstag ist, dann ich habe nämlich vergessen, das Videogerät einzuschalten. Diese lahmarschige Kuh stört das natürlich nicht. Wahrscheinlich hat sie gerade die Beine hochgelegt und glotzt die Nachrichten. Bist du verheiratet?«

»Nein.«

»Sehr gescheit«, lobte ihn der Fährmann, und erst jetzt konnte Boamund erkennen, daß unter der Kapuze kein Gesicht zu sehen war. »So, und jetzt drück schon auf die Empfangstaste.«

Boamund zögerte noch. »Wenn ich das mache, dann

verschwindet das Boot doch hoffentlich nicht, oder? Ich meine, beim Auto war das auch so.«

»Nimm endlich das Gespräch an.«

»Na gut.« Er beugte sich vor, nahm das tragbare Telefon in die Hand und drückte auf die Empfangstaste. »Du bist dir auch wirklich ganz sicher, daß das Boot nicht verschwindet, ja?«

Die Kapuzengestalt warf ihm einen verächtlichen, augenlosen Blick zu, und er setzte artig das Telefon ans Ohr.

»Ja bitte?« sagte er.

Das Boot verschwand.

Danny Bennett war am Ende der Seite angelangt und seufzte schwer.

Also ging es um einen Hunderte von Jahre alten, ökonomisch wie ökologisch bedeutsamen, internationalen Versicherungs-, Finanzierungs- und Bankbetrug, gedeckt durch ausländische Kapitalgesellschaften sowie durch Verschwörungen, Korruption, Intrigen, Vertuschungen und Bestechungen auf höchster Ebene, in die praktisch jede bekannte historische Persönlichkeit von Julius Cäsar bis Spiro Agnew verwickelt war, so daß nicht nur der Fall des Eisernen Vorhangs in einem völlig neuen Licht erscheint, sondern auch das Turiner Grabtuch, die Osterinseln, das Monster von Loch Ness, der Fall von Konstantinopel, Alexander Newski, die *Mary Rose*, Christopher Marlowe, der *Fliegende Holländer*, Cortés und Montezuma, die Pulververschwörung, Scarlett O'Hara, die Hexen von Salem, die Flucht von Bonnie Prince Charlie, Mozarts Tod, der Krieg von Jenkins' Ear, die *Marie Celeste*, Jack the Ripper, Charles Darwin, der Hund von Baskerville, Ned Kelly, Grace Kelly, Rorke's Drift, Anastasia, Ötzi, der Schwarze Freitag, die Lindbergh-Kindesentführung, das Bermudadreieck, der Reichstagsbrand, der Verlust von fünfzig Tonnen Nazigold in der Nähe des Genfer Sees 1945, McCarthy, der Sueskanal, Watergate, die Umstellung auf die Dezimalwährung, der Tod von Papst Johannes Paul I., Three Mile Island, der Untergang der *Belgrano* und das Verschwinden von Shergar.

»Nichts als wertloser alter Müll«, stellte er mit Kennerblick fest.

Er zerknüllte die Seiten zu einer Kugel und warf sie in den Papierkorb. Dann ging er an seinen Schreibtisch zurück und machte sich wieder an die Arbeit.

»Ach, guten Tag auch«, sagte eine Stimme und fügte kichernd »Eure Majestät« hinzu.

Boamund öffnete die Augen. Also stimmte es, daß während dieser schrecklichen wenigen Sekunden im Wasser sein ganzes Leben im Zeitraffer an ihm vorbeigezogen war; da er jedoch die meiste Zeit seines Lebens geschlafen hatte, war es nicht furchtbar interessant gewesen: Er hatte sich schnarchend in einer Höhle liegen sehen, während seine Rüstung allmählich von Rost zerfressen wurde.

»Wo bin ich?« fragte er.

Die (weibliche) Stimme kicherte erneut. »Das ist eine sehr gute Frage«, sagte sie. »Vielleicht sollten wir lieber mit etwas Leichterem beginnen. Wie lautet zum Beispiel die Quadratwurzel von zwei?«

Boamund versuchte, sich zu bewegen, es gelang ihm aber nicht. Von dort, wo er lag, konnte er nur die Decke sehen. Sie schimmerte dunkelgrün und an der Stelle, wo man eine Deckenleuchte vermutet hätte, schwamm ein Fisch.

»Das liegt am Wasserdruck«, erklärte ihm die Stimme. »Auf dir lasten etliche Tonnen Wasser, und da du nicht daran gewöhnt bist, wirst du praktisch zerdrückt.«

»Ach so, dann bin ich ertrunken?«

»Nein, natürlich nicht«, antwortete die Stimme.

»Wenn du ertrunken wärst, wärst du jetzt tot, Dummerchen. Du bist auf dem Grund des Sees.«

»Ach so«, wiederholte Boamund. Irgend etwas Spitzes stach ihm in den Rücken.

»So, nun bist du also tatsächlich hier«, stellte die Stimme überflüssigerweise fest.

»Ja. Ähm ... bin ich hier denn richtig, oder hab ich was falsch gemacht? Ich meine, war das so vorgesehen, daß ich jetzt hier bin?«

Die Stimme lachte. »Unbedingt sogar. Du hast in jeder Hinsicht Erfolg mit deinen Bemühungen gehabt und alles ganz hervorragend gemacht.«

Boamund dachte über seine Lage nach und kam zu dem Schluß, daß Erfolg wahrscheinlich ein wenig überbewertet wurde. »Und was geschieht jetzt?« wollte er wissen. »Und wer bist du überhaupt?«

Plötzlich spürte er, wie das Gewicht von ihm glitt und er mit einem Ruck aufrecht saß. Er saß einer jungen Frau gegenüber; sie war groß, schlank, anmutig, mit goldenem Haar und einem tragbaren Telefon. Sie saß in einem Rohrstahlsessel, trug eine cremefarbene Seidenbluse und zitronengelbe Bermudashorts. Neben ihr schwamm ein Hecht mit einer Untertasse im Maul, auf der er eine kleine Kaffeetasse balancierte. Die Frau griff nach der Tasse und hielt sie zwischen Daumen und Zeigefinger fest.

»Kann ich dir was anbieten, Boamund?« fragte sie. »Kaffee? Einen Doughnut vielleicht? Du kommst mir ganz so vor, als wenn du gern Doughnuts magst.«

Boamund errötete leicht. »Nein danke, erzähl mir lieber, was hier vorgeht. Du scheinst mir eine wichtige Person zu sein, wenn ich das mal so sagen darf.«

»Du meinst, erst die Arbeit, dann das Vergnügen, wie?« fragte die Frau keck. »Mir soll's recht sein. Mein Name ist übrigens Kundry.«

Boamund schaute sich nach hinten um und sah, worauf er die ganze Zeit gelegen hatte. Er hob die arg zusammengedrückte Krone auf und versuchte, sie wieder zurechtzubiegen. Irgendwie fühlte sich ziemlich niedergeschlagen, wußte aber nicht, warum.

»Mach dir deshalb keine Sorgen«, sagte Kundry. »Das ist in Wirklichkeit keine richtige Krone, sondern nur etwas, um weitermachen zu können, hat also eine rein allegorische Bedeutung.«

Dieses komische Fremdwort erinnerte Boamund an etwas. »Jetzt erkenne ich dich. Du bist dieses Mädchen, das mir gesagt hat, ich solle in den Wagen steigen.«

Kundry lächelte. »Die Politesse, das stimmt, und auch die Hand mit dem Telefon.« Sie zeigte auf das tragbare Telefon, das auf dem neben ihr stehenden Rauchglastisch lag. »Auch der Einsiedler, der unpünktliche Mörder und die Eule. Offen gesagt, bin ich schon in Tausende von Rollen geschlüpft.«

»Also bist du eine Zauberin?« fragte Boamund.

»Na klar«, antwortete Kundry. »Zwar ist das seit den fünfziger Jahren nicht mehr strafbar, doch kann man in meiner Position nicht vorsichtig genug sein.«

»Mhm … und welche Position bekleidest du?«

»Ich bin die Königin von Atlantis«, antwortete Kundry. »Neben vielen anderen Dingen natürlich. Ich bin auch die Hohepriesterin von New Kettering und die Gräfin von Weihnachten, wobei letzteres nicht ganz richtig ist. Seit meiner Scheidung darf ich den Titel nämlich nicht mehr tragen, deshalb ist jetzt meine Tochter Katya die neue Gräfin. Ein schreckliches Mädchen, meine Tochter. Sagen wir also, ich bin die geschiedene Gräfin von Weihnachten, denn nach sechshundert Jahren Ehe mit dem Grafen, habe ich mir diesen Titel nach meinem Dafürhalten redlich verdient. Eigentlich steht mir auch ein Orden zu«, fügte sie hinzu. »Was dich angeht, ist allerdings nichts davon für dich von Belang. Das einzige, was dich interessieren sollte, ist, daß ich die Zauberin Kundry bin.«

»Aha.« Boamund suchte seinen Verstand verzweifelt

nach einer passenden Formulierung, bis er über etwas stolperte, das zu passen schien. »Dann weißt du offensichtlich mehr als ich.«

Kundry zog eine ihrer beiden wunderbar angemalten Augenbrauen hoch. »Wie soll ich das verstehen? Hast du noch nie etwas von Kundry gehört?«

»Nöh ...«

»Du meine Güte! Dann frage ich mich allen Ernstes, was man dir in der Schule beigebracht hat!« empörte sich Kundry.

»Falknerei«, antwortete Boamund wahrheitsgemäß. »Auch Fechten, Tjostieren, Wappenkunde – sogar die moderne Wappenkunde mit den heraldischen Farben und so –, Hofmachen, Mystizismus und bis zur dritten Klasse Magie mit Unterweisung in religiöse Praktiken. Na ja, und dann noch Flötespielen«, fügte er hinzu. »Richtig begeistern konnte ich mich allerdings nie dafür, trotzdem kann ich *Edi Bi Thu* und *San'c Fuy Belha ni Prezada* ganz gut spielen; das heißt, wenn das Tempo nicht zu schnell ist.«

»Fertig? Das mit der Schule war nämlich eine rhetorische Frage«, seufzte Kundry. »Mann o Mann, ich hatte mich dir ganz anders vorgestellt.«

»Im Ernst?«

»Ja.« Kundry trank einen Schluck Kaffee und ließ die Tasse fallen. Eine winzige Plötze flitzte nach oben, fing die Tasse am Henkel mit dem Maul auf und verschwand mit einem kurzen Schlag der Schwanzflosse, während ein Flußbarsch die Untertasse zurückholte. »Du hast mich eben gefragt, wo du hier bist.«

»Stimmt.«

»Nun, das hier ist die Registratur der Lyonesser Aktiengesellschaft Großbritannien, wir befinden uns im genauen geographischen Zentrum von Albion. Du sitzt sogar darauf.«

Boamund wand sich unbehaglich.

»Hier befindest du dich genau auf halbem Weg zwischen Atlantis und dem Nordpol«, fuhr Kundry fort. »Sagt dir das irgend etwas?«

»Nein, eigentlich nicht so recht.«

»Na, das hätte ich mir auch denken können. Vergiß es einfach. Trotzdem nehme ich an, daß du wissen möchtest, wo der Heilige Gral ist, richtig?«

»Klar, und ob ich das möchte.«

Kundry lächelte. »Gut. In dem Fall halte ich es für angebracht, die Geschichte ganz von vorn zu erzählen. Alles begann vor sehr langer Zeit …«

In einer engen Gasse lehnte ein römischer Legionär an seinem Schild. Von hier aus hatte er einen prächtigen Ausblick auf die Stadt Jerusalem und tat sein Bestes, die Essengerüche zu ignorieren, die aus dem oberen Zimmer des hinter ihm befindlichen Hauses kamen.

Es roch nach Knoblauch und nach Lammbraten im eigenen Saft. Er konnte Koriander, frischgebackenes Brot, Thymian und in Dillsauce und Bockshornklee gedämpften Sägebarsch riechen. Es war die reinste Folter.

In der Küche direkt über seinem Kopf rührte Bartholomäus' Freundin die Sauce für den gebratenen Pfau an und blätterte mit der freien Hand in dem Kochbuch herum.

»Verrühren Sie die Hefe mit etwas Milch«, murmelte sie geschäftig vor sich hin, »bis sie schaumig wird.«

Sie hatte das Rezept zuvor noch nie ausprobiert, doch es klang wundervoll – pikantes Brötchen mit Zimt und Korinthen! Mhmmm.

Bartholomäus' Freundin kochte leidenschaftlich gerne, und als jemand vorgeschlagen hatte, zu Simon Petrus' Geburtstag ein großes Festmahl mit allem Drum und Dran zu veranstalten, hatte sie sich auf der Stelle bereit erklärt, das Kochen zu übernehmen. Und, als man ihr gesagt hatten, daß auch noch Christus kommen werde – nun, da war sie tagelang fürchterlich aufgeregt gewesen. Das mußte man sich mal vorstellen – sie kochte für den großen Messias!

Nach unvorstellbaren inneren Qualen und Gewissenskämpfen hatte sie sich schließlich für Lamm entschieden. Mit Lamm konnte man nicht viel falsch machen, jedenfalls nicht zu dieser Jahreszeit; und die Marinade würde sowieso vieles aufwiegen. Dann hatte Simon Petrus diesen wirklich schönen Barsch gefangen – man konnte von Simon halten, was man wollte, doch seine Fische waren immer absolut frisch, was man nicht von allen Händlern behaupten konnte –, und Philippus hatte von der netten römischen Dame, für die er zweimal wöchentlich den Garten machte, einen Pfau geschenkt bekommen, so daß für genügend Fleisch gesorgt war. Die kleinen Zimtbrötchen waren jedoch ihre eigene Idee gewesen.

»Bestreuen Sie den Teig mit Mehl«, las sie laut vor, »und kneten Sie ihn acht Minuten, bis er schön glatt und weich ist.«

Zwar wäre es nach ihrem Dafürhalten nett gewesen, wenn wenigstens ein einziges Mal einer von ihnen die Manieren besessen hätte, danke zu sagen; aber so waren Männer nun einmal. Sie lächelte nachsichtig und dachte an die Zeit zurück, als sie von einer Reise diese ganzen Leute mitgebracht hatten und außer ein paar Laiben Brot und einigen winzigen Makrelen nichts mehr im Haus gewesen war.

Sie mochte ihren Bartholomäus sehr. Ein netter, zuverlässiger junger Mann, der sich nicht einfach davonmachen würde, um in die Armee einzutreten oder monatelang mit Karawanen durch die Wüste zu ziehen. Sie störte sich nicht daran, auf ihn zu warten, bis er diese religiöse Phase, in der er gerade steckte, hinter sich gebracht hatte – lange Verlobungszeiten hatten auch etwas Gutes, wirklich, man lernte die kleinen Macken und Gemeinheiten des Partners kennen, so daß man, wenn man schließlich heiratete, keine böse

Überraschung mehr erlebte. Darüber hinaus blieb ihr auf diese Weise viel Zeit, ihr Hochzeitskleid zu nähen.

Während sie die Lasur für die Brötchen zubereitete, kreisten ihre Gedanken um die ziemlich seltsamen Gerüchte, die ihr heute morgen auf dem Markt zu Ohren gekommen waren. Nicht, daß es an dem Messias irgend etwas auszusetzen gegeben hätte – wie es hieß, war er ein heiliger Mann, einer von diesen Propheten oder so was Ähnliches –, doch entsprach es nun einmal der Wahrheit, daß die Römer überhaupt nichts von Propheten hielten, und sich den Römern zu widersetzen hatte noch nie etwas eingebracht. Sie faßte den Entschluß, sich auf keine Kompromisse einzulassen. Gleich nach ihrer Hochzeit wollte sie Bartholomäus davon abhalten, zu all diesen Gebetstreffen und sonstigen Veranstaltungen zu gehen. Wenn er es wirklich ernst damit meinte, in nächster Zeit einen eigenen Sandalenmacherladen aufzumachen, hätte er für derlei Hobbys sowieso keine Zeit mehr.

»So, das wäre geschafft«, sagte sie und schloß die Ofentür. Dann wischte sie sich ihre mehligen Hände an einem Handtuch ab, nickte zufrieden und begann, die Blumen auf dem Tisch zu arrangieren. Dreizehn zum Abendessen geladene Gäste hätten viele Mädchen in ihrem Alter in Panik versetzt, doch sie hatte es geschafft.

Als erster kam Jakobus der Jüngere. Ein schüchterner Junge, der ständig irgendwelche Tischverzierungen umstieß. Er half ihr beim Tischdecken, sagte aber kein Wort, weil er sich dabei wahrscheinlich zu sehr konzentrieren mußte.

Andreas, Jakobus der Ältere und Johannes trafen gemeinsam ein.

»Johannes, wann lernst du es endlich mal, dir die Sandalen richtig abzuputzen? Jetzt schau dir nur mal den schönen Fußboden an!« Sie wandte sich wütend ab und holte den Mop; doch kaum hatte sie den Schaden behoben, kamen Simon Petrus und Thomas, die auch noch ihre Arbeitskleidung trugen, und sie konnte erneut alles saubermachen. Niemand bemerkte die Blumen, obwohl es sie eine halbe Stunde gekostet hatte, sie so hübsch zu arrangieren.

Matthäus und Simon ließen ihre verdreckten Umhänge einfach auf der Arbeitsplatte in der Küche liegen, und Judas Jacobi pulte von einem der Brötchen die liebevoll dekorierten Früchte ab. Sie war zu ihm ziemlich unhöflich.

Als sie sich allmählich Sorgen machte, das Fleisch könne anbrennen, trafen endlich auch Philippus, Judas Ischarioth und Bartholomäus ein. Leider konnte sie ihnen für ihr Zuspätkommen keine Vorwürfe mehr machen, da sie in Begleitung des Messias gekommen waren; Bartholomäus mochte es nämlich überhaupt nicht, wenn sie ihm vor dem Messias Vorwürfe machte. Und obwohl sich Judas Jacobi schon vor dem Essen die Hände an einer ihrer geliebten Servietten aus Damaskus abwischte, und Philippus' Hund den Schirmständer umwarf, sagte sie keinen Ton. Schon ihre Mutter hatte ihr immer gesagt, sie besäße eine Engelsgeduld.

Als endlich der große Augenblick des Festmahls eingeläutet wurde, hatte sie kaum Spaß am Essen. Obwohl der Lammbraten wunderbar zart, der Pfau köstlich und der Sägebarsch genau auf den Punkt gekocht war, schien niemand hungrig zu sein. Alle saßen nur das, stocherten im Essen herum und nahmen hin und wieder einen kleinen Happen; und der Messias selbst aß den ganzen Abend über nichts anders als ein paar Stücke Brot. Während des Essens blickten alle finster drein und unterhielten sie ausschließlich über theologischen Themen, und sie hatte den Eindruck, daß alle ziemlich niedergeschlagen und nervös waren. Klar war, daß ihr niemand behilflich war, das Essen aufzutragen oder gar das Geschirr abzuräumen – nicht einer hob den Finger, um zu fragen, ob er ihr helfen könne, obwohl sie das bei der ganzen Arbeit hätte erwarten dürfen –, so daß sie insgesamt vielleicht fünf Minuten mit am Tisch saß. Und natürlich mußte dieser Tölpel Judas Ischarioth die Bratensauce über die beste Tischdecke ihrer Mutter verschütten. Um dem ganzen die Krone aufzusetzen, schien es auch niemand für notwendig zu halten, wenigstens ein einziges von den raffinierten und so hübsch dekorierten Zimtbrötchen zu probieren. Allmählich gewann sie den Eindruck, daß niemand recht Appetit hatte, doch hatte sie nicht die leiseste Ahnung, warum dies so war.

Schließlich blickte Simon Petrus auf die Wasseruhr und erwähnte etwas davon, daß es Zeit sei zu gehen, und alle erhoben sich, um sich auf den Weg zu machen. Das erst war der Zeitpunkt, wo für Bartholomäus' Freundin das Maß voll war.

»Ihr müßt schon entschuldigen, aber habt ihr nicht was vergessen?« fragte sie mit funkelnden Augen in die Runde.

Andreas und Thomas blickten sie abfällig an, doch sie beachtete die beiden einfach nicht. Sie hatte die Schnauze gestrichen voll, und falls Bartholomäus auch nur ein bißchen an ihr lag, dann würde er jetzt ein Machtwort sprechen.

In Ermangelung dieses Machtworts übernahm sie wieder das Kommando. »Ihr habt den Abwasch vergessen! Ihr wollt doch wohl nicht wirklich einfach hier weggehen und mich mit dem Abwasch allein zurücklassen, oder?«

Eine Weile herrschte peinlich berührtes Schweigen; dann grummelte Simon Petrus etwas davon vor sich hin, daß sie sich beeilen müßten, weil sie sonst zu spät kämen.

»Da dauert nicht lange«, sagte Bartholomäus' Freundin. »Wenn sechs von euch abwaschen und der Rest abtrocknet, seid ihr im Nu fertig.« Sie drängte sich an ihnen vorbei und stellte sich mit verschränkten Armen in die Haustür.

»Himmel, Ar… Geh aus dem Weg, Weib!« forderte Matthäus sie unmißverständlich auf. »Wir haben es eilig!«

»Ihr werdet dieses Haus nicht eher verlassen, bevor ihr nicht den Abwasch erledigt habt«, beharrte Bartholomäus' Freundin. »Ich bin es nämlich satt, daß ihr hier zu jeder Tages- und Nachtzeit mit euren verdreckten Sandalen ein- und ausgeht, alles umstoßt, eure schrecklichen Hunde und vollen Fischnetze mitbringt, alles dreckig macht, überall eure Sägen und Bohrer liegenlaßt, um dann noch von mir zu erwarten, daß ich euch Essen auftische, das Geschirr abwasche, eure lächerlichen Klamotten stopfe und immer nur lächelnd durch die Gegend renne. Wirklich, es reicht allmählich!«

Und dann brach sie in Tränen aus.

»Hör mal, wir machen das später, einverstanden?« schlug Jakobus der Ältere vor. »Nur ist es wirklich sehr wichtig, daß wir jetzt gehen, verstehst du?« Er versuchte, sich an ihr vorbeizudrängen, doch fuhr sie den Ellbogen aus, und erneut herrschte betretenes Schweigen.

Der Messias, der die ganze Zeit nichts gesagt hatte, blickte sie nun an und gab ihr mit einem Handzeichen zu verstehen, sie möge den Weg freimachen, doch blieb sie, wo sie war.

»Und was dich angeht, da hätte ich auch noch einiges zu…«, begann sie zu sagen. Doch der Messias wandte sich von ihr ab, trat an das Spülbecken heran und nahm das kleine Wischtuch in die Hand. Als Simon Petrus ihm den Spüllappen abnehmen wollte, blickte er ihn finster.

*»Der die Hand mit mir in die Schüssel getaucht hat, der wird mich verraten«*, ermahnte er ihn auf seine typische Art. *»Gleichwie des Menschen Sohn ist nicht gekommen,*

*daß er sich dienen lasse, sondern diene.«* Er hielt kurz inne und gab Judas Ischarioth das Spültuch. *»Es ist genug, daß ein jeglicher Tag seine eigene Plage habe.«*

Judas Jacobi, der sich zum Abtrocknen bereit erklärt hatte, ließ vor Schreck einen Teller fallen.

Typisch war natürlich auch, daß der Rest von ihnen entweder dämlich glotzend herumstand oder das Geschirr falsch einsortierte, während Philippus' Hund auf den Tisch sprang und die angetrocknete Bratensauce von den Platten leckte. Alles in allem war es einer jener Abende, die man am liebsten vergessen hätte.

Erst als sie endlich mit dem Abwasch fertig waren, machte Bartholomäus' Freundin die Tür frei, und ohne ein Wort zu sagen, marschierten sie mit mürrischen Gesichtern an ihr vorbei. Selbst Bartholomäus sagte keinen Ton, was ihr aber ganz recht war, weil sie mit ihm sowieso nie wieder sprechen wollte.

Der einzige, der sich zu einem Kommentar hinreißen ließ, war Simon Petrus. »Ich hoffe nur, du bist jetzt zufrieden, Weib!« fauchte er und stampfte wütend hinaus.

Als endlich alle verschwunden waren, räumte sie erst einmal das Geschirr richtig ein. Dabei fiel ihr auf, daß sich die alte Terrakotta-Spülschüssel verändert hatte. Irgendwas war mit ihr passiert. Sie war nicht mehr braun und schwer, sondern leicht und hatte eine hellblaue Farbe angenommen. Vor Staunen ließ sie das gute Stück fallen, doch anstatt zu zerschellen, prallte die Schüssel vom Boden ab, drehte sich für einen Moment wie ein Kreisel und rollte schließlich seitlich hinter den Gemüseständer.

Es war mal wieder ein Wunder. Wie damals diese schreckliche Szene in Kanaan, als während der Hochzeit ihrer Cousine Judith alle sturzbesoffen waren und sie die Wache rufen mußte. Als hätte sie nicht schon genug am Hals gehabt!

Kundry schwieg eine Weile, ihr Gesicht war plötzlich alt geworden.

»Und was passierte danach?« fragte Boamund.

»Na, du kannst dir ja vorstellen, wie mies ich mich am nächsten Tag gefühlte habe, als ich davon erfuhr, daß man Jesus festgenommen hatte. Es war einfach furchtbar. Ich meine, in unserer Familie hatte noch nie jemand Scherereien mit der Polizei gehabt. Ich war fast dankbar, daß meine Mutter das nicht mehr erleben mußte. Sie wäre furchtbar entsetzt gewesen.«

»Aber … aber bist du denn damals wirklich so ein blödes Weib gewesen und hast nicht gewußt, wer dieser Messias war?«

Kundry blickte Boamund böse an. »Natürlich wußte ich das«, zischte sie ihn an. »Ich habe das schon sehr früh erfahren. Ein Engel hat's mir erzählt, und ich war ganz schön sauer.«

»Sauer?«

»Stinksauer sogar«, stieß Kundry zwischen zusammengepreßten Zähne hervor. »Das war alles furchtbar ungerecht. Weißt du, was die mit mir gemacht haben? Die haben über mich einen Fluch verhängt, der besagt, daß ich bis ans Ende meiner Tage, wenn das Jesuskind zurückkehrt, um über die Lebenden und die Toten zu richten, dazu ausersehen sei – *ausersehen*, daß muß man sich mal vorstellen! – für ihn und all seine feinen Freunde abzuwaschen, wie ich es sie für mich habe tun lassen. Seither bin ich dazu verdammt, für immer und ewig mit dieser dämlichen Plastikschüssel durch die Welt zu streifen. Na, ich hab denen gesagt, daß sie mich mal …«

»Dann ist es diese Schüssel, richtig?« fuhr Boamund aufgeregt dazwischen. »Ich meine, diese Schüssel ist der Heilige Gral, stimmt's?«

»Na klar«, antwortete Kundry, und ihre Fingerknöchel waren weiß vor Wut. »Was hättest du denn sonst gedacht, du Dussel? Jedenfalls habe ich denen gesagt, daß dieses ewige Herumlungern und Warten nur eine Sache sei, an die ich mich zudem längst gewöhnt hätte, daß es aber etwas ganz anderes sei, mein Lebtag eine billige Plastikschüssel mit mir herumschleppen zu müssen. Oh ja, ich kann dir sagen, ich bin damals ganz schön energisch geworden.«

Boamund starrte sie fassungslos an. Selbst wenn Kundry über hervorragende Kochkünste verfügen mochte, so war das alles auf einmal doch ein wenig schwer zu verdauen. Nach einer Weile schien Kundry ihre Beherrschung wiedergefunden zu haben, denn sie lächelte und nahm von einem vorbeischwimmenden Gründling ein Stück *After Eight* entgegen.

»Nicht lange danach lernte ich Nikolaus kennen«, fuhr sie fort. »Er war damals noch immer dabei, seine Doktorarbeit der Universität von Damaskus zu beenden, wenngleich er längst das Interesse daran verloren hatte, und als wir beide entdeckten, was wir aufgrund dieser ... dieser Person dasselbe Schicksal erlitten hatten, fühlten wir uns natürlich schon wegen dieser Gemeinsamkeiten zueinander hingezogen und heirateten bald darauf. Natürlich war das ein Fehler, doch keiner von uns beiden wollte sich das eingestehen. Statt dessen sahen wir zu, wie wir am besten miteinander klarkamen.«

»Dieser Nikolaus ist also demnach der Graf von Weihnachten, stimmt's?« fragte Boamund. »Ich glaube, allmählich ...«

»Natürlich ist das oder, besser, war das Nikolaus von Weihnachten«, unterbrach ihn Kundry mit leicht angewiderter Stimme. »Aber wo war ich gerade? Ach ja. Als wir etwa ein Jahr verheiratet gewesen waren, entschied sich Nikolaus die Universität zu verlassen und nach Atlantis zurückzukehren, wo er ursprünglich herkommt. Ich bin natürlich mit ihm nach Atlantis gegangen – ich hatte nämlich nicht vor, ihn so leicht davonkommen zu lassen, jedenfalls nicht ohne eine angemessene Unterhaltsregelung. Er erzählte mir alles über das magische Gold und den Mond und die Rotation der Erde und so weiter, und mir wurde sofort klar, daß sich dort für jemanden mit einem ausgeprägten Geschäftssinn unglaubliche Möglichkeiten boten. Also kümmerte ich mich näher darum. Nikolaus kam erst einmal gar nicht dahinter, was ich machte, weil er viel zu sehr mit der Auslieferung der ganzen Geschenke und dem dazugehörigen Schreibkram beschäftigt war, und ich erzählte ihm erst davon, als der Laden schon richtig in Schwung gekommen war. Ich nehme an, du weißt, wovon ich spreche, oder?«

»Du meinst bestimmt diesen ganzen Versicherungskram und das alles, stimmt's?« antwortete Boamund. »Ich glaube kaum, daß ich jemals begreifen werde, wie genau Versicherungen tatsächlich funktionieren, aber das tut jetzt ja auch nichts mehr zur Sache. Erzähl lieber weiter.«

»Etwa zwanzig Jahre später besuchte mich mein Onkel Joe, der dazu extra aus Arimathia angereist war. Er hatte die Spülschüssel mitgebracht, und wie du dir vorstellen kannst, war ich bei deren Anblick anfangs nicht gerade begeistert. Doch dann erzählte er mir, welch fabelhafte Dinge man damit anstellen konnte und was sie alles mit der Steuer und so weiter anrichtete – in jenen Tagen betrug die Grundsteuer in Arimathia im Schnitt drei Denare, und man konnte sich dort wirklich nicht beklagen –, und deshalb setzte ich sie sofort für meine Zwecke ein. Onkel Joe blieb in Atlantis, und wir gaben ihm einen Sitz im Aufsichtsrat, und alles lief für eine gewisse Zeit wie geschmiert. Na ja, vielleicht auch nicht ganz so gut geschmiert, denn Nikolaus und ich unterhielten uns nur noch während der Aufsichtsratssitzungen und meistens gerieten wir uns dabei auch noch heftig in die Haare. Weißt du, ich hatte so eine dumpfe Ahnung, daß er etwas im Schilde führte. Es kursierten etliche Gerüchte, daß er vorhatte, mich aus dem Aufsichtsrat zu werfen, damit er und Onkel Joe den ganze Laden allein übernehmen konnten. Natürlich konnte ich schon allein die Vorstellung nicht ertragen!

Schließlich kam ich dahinter, was die beiden vorhatten. Sie hatten herausgefunden, daß dieser Ort – also Albion – lange vor unserer Zeit von den alten Atlantikern errichtet worden war, um die beiden magnetischen Felder zu trennen, und sie wollten ihn nun für Steuermanipulationen benutzen. Zu dem Zeitpunkt, als ich endlich dahintergekommen war, war ihr Vorhaben längst zu weit fortgeschritten, als daß ich es noch hätte im Keim ersticken können, doch immerhin gelang es mir, ihnen sozusagen das Hintertürchen zu verbauen. Natürlich waren sie stinksauer, daß ich ihren Plan durchkreuzt hatte, doch konnten sie nicht mehr viel dagegen ausrichten. Dumm daran war nur, daß Onkel Joe es gelungen war, sich den Gral unter den Nagel zu reißen – ich denke, wir können die olle Plastikschüssel ruhig wieder als Gral bezeichnen, obwohl ich persönlich den Namen ziemlich albern finde. Er schmuggelte den Gral aus Albion heraus, um ihn irgendwo zu verstecken. Außer ihm und Nikolaus kannte noch irgendein Mönch aus Glastonbury das Versteck, doch das waren auch schon alle. Ohne mein Wissen konnten sie den Gral zwar nicht verwenden, doch ich natürlich auch nicht. Im Grunde war das alles unglaublich dumm und albern, aber so sind nun mal Männer. Entsetzlich!

Jedenfalls spitzte sich die Lage zu, und ich ließ mich von Nikolaus scheiden. Er erhielt das Sorgerecht für unsere Tochter und nahm sie mit zum Nordpol, wo er direkt auf dem magnetischen Eisenerzlager ein furchtbar riesiges Schloß errichten ließ. Ich nehme an, daß seine Idee dabei war, auf diese Weise das Gleichgewicht zwischen den beiden magnetischen Feldern zu stören – und das alles einzig und allein, um sich an mir zu rächen, was ihm jedoch bis heute noch nie gelungen ist. Wahrscheinlich ist er immer viel zu sehr in seinen Geschenkeversand eingespannt. Die Bevölkerungsexplosion in den letzten zweihundert Jahren hat ihm ganz schön zu schaffen gemacht. Geschieht ihm ganz recht.

Onkel Joe packte einfach seine Koffer und verdrückte sich. Das letztemal, was ich von ihm gehört habe, ist, daß er in diesem komischen Ort namens Glastonbury von einer Art blauen Rauchwolke oder so was wie vom Erdboden verschluckt worden sei, falls man solchen Berichten überhaupt Glauben schenken kann. Zwar gab es später auch noch ein paar Gerüchte, er hätte einen Job als Lehrer an einem Jungeninternat angenommen, doch kann ich mir das am allerwenigsten von ihm vorstellen. Die Quintessenz des Ganzen ist, daß er den Gral mitgenommen hat, und ich nicht weiß, wo das Ding ist. Also kann ich dir auch nicht behilflich sein. Tut mir leid.«

Boamund saß eine Weile mit großen Augen da, dann sagte er: »Danke, Kundry. Du bist mir eine große Hilfe gewesen. Ich glaube, ich weiß jetzt, was da gespielt wird.«

Kundry blickte ihn baß erstaunt an. »Im Ernst? Ich nämlich nicht. Daß etwas im Gange ist, weiß ich auch, denn warum sonst hätte Nikolaus neulich so urplötzlich auftauchen sollen, als er hinter deinen Freunden her war? Ich hatte ihn seit Jahren nicht mehr gesehen. Außerdem haben deine Freunde ihre Sache wirklich gut gemacht.«

»Ich glaube, ich weiß, warum er dort aufgetaucht ist«, sagte Boamund. »Er wußte, daß Mister Ma... ähm, daß dein Onkel Joe uns bei der Gralssuche geholfen hat, und er wollten herausfinden, was wir wissen.«

»Onkel Joe?« Kundry klappte die Kinnlade herunter. »Was hat denn Onkel Joe damit zu tun? Wie ich schon sagte, habe ich von ihm schon seit einer Ewigkeit nichts mehr gehört oder gesehen. Eigentlich war ich davon ausgegangen, daß er längst tot ist.«

Boamund schüttelte den Kopf. »Nein, das kann man so nicht direkt behaupten.«

»Hast du ihn etwa gesehen?« bohrte Kundry ungeduldig nach. »Weißt du, wo er ist?«

»Ja, ich weiß, wo er ist«, antworte Boamund mit ruhiger Stimme. »Allerdings weiß ich nicht, wo man ihn finden kann. Falls du verstehst, was ich meine.«

Kundry seufzte. »Nein, jedenfalls nicht so ganz. Ach, übrigens haben deine Freunde neulich etwas von mir mitgenommen. Wärst du vielleicht so lieb und würdest es mir wiedergeben, sobald du deine Suche beendet hast?«

Boamund nickte. »Nochmals vielen Dank«, sagte er und fügte hinzu: »Übrigens, das mit dem Abwaschen und all das fand ich auch ziemlich mies. Aber gut, manchmal muß man sich eben von Leuten – von wichtigen Leuten – einiges gefallen lassen, falls du weißt, was ich meine. Das ist wie mit Rittern und Zwergen. Ich meine, Ritter sind nun mal nicht besonders schlau, und Zwerge helfen ihnen eine Menge beim Denken. Und Zwerge erledigen die ganze Hausarbeit, vom Wäschewaschen bis zum Aufräumem, und wir vergessen manchmal, uns bei ihnen dafür zu bedanken. Aber so ist das nun mal im Leben. Sie verstehen das und wir auch – mehr oder weniger jedenfalls.«

Kundry runzelte über ihn die Stirn und seufzte: »Typisch Mann!«

Boamund stand auf. »Ich glaube, ich sollte langsam zurückkehren. Wie… ähm… komme ich eigentlich hier wieder raus?«

»Keine Sorge, ich kümmere mich schon darum«, versicherte ihm Kundry. »Und grüß mit bitte deinen Freund Bedevere. Irgendwie fand ich ihn recht sympathisch.«

»Mach ich. Und nochmals vielen Dank.«

»Dann auf Wiedersehen, Eure Majestät«, sagte Kundry.

Als Boamund schließlich auftauchte, saß Zehennagel im Boot. Der Zwerg hielt ihm einen Bootshaken entgegen und hievte ihn an Bord.

»Glücklicherweise habe ich trockene Kleidung und ein paar Handtücher dabei«, sagte der Zwerg. »Als ich nämlich hörte, daß wir an einen See fahren werden, hielt ich es für angebracht, lieber ein paar Sachen mitzunehmen, falls jemand reinfallen sollte ...«

Boamund wischte sich das Wasser aus den Augen. »Ich habe nichts davon gesagt, daß wir an einen See fahren.«

»*Du* natürlich nicht«, räumte der Zehennagel ein. »Woher hättest du das zu jenem Zeitpunkt auch wissen sollen?«

Boamund zuckte die Achseln und trocknete sich kurz die Haare ab. Der Zwerg nahm die Ruder in die Hand und steuerte auf das Ufer zu.

»Sag mal, Zehennagel, auf welcher Seite stehst du eigentlich?« wollte Boamund plötzlich wissen.

»Natürlich auf deiner«, antwortete der Zwerg spontan. »Warum fragst du?«

»Ach, nur so. Ich war gerade etwas verwirrt, das ist schon alles.«

Mit dem linken Ruder riß der Zwerg das Boot in Richtung des Landungsstegs herum. »In unserer Familie sind wir schon immer Zwerge gewesen, das ist so Tradition bei uns. Ich glaube, ich hab dir das auch schon alles erzählt. Erinnerst du dich?«

»Ach ja?« Boamund bemerkte, daß er Excalibur verloren hatte; falls es sich bei dem Schwert wirklich um Excalibur gehandelte hatte. »Ähm, du mußt schon entschuldigen, aber ich bin eben mit meinen Gedanken ganz woanders gewesen.«

»Das glaube ich noch nicht einmal«, meinte der Zwerg. »Also hast du's herausgefunden, ja?«

Boamund blickte ihn stutzig an. »Wie? Was denn?«

»Na, das über den Gral und Mister Simon natürlich. Oder hat sie dir nichts davon erzählt?«

»Willst du etwa damit sagen, daß du die ganze Zeit alles gewußt hast?« fragte Boamund aufgebracht.

»Nur zum Teil, so was nennt man bei uns angeborenes Gedächtnis«, besänftigte ihn Zehennagel. »Zwerge können sich an sämtliche Begebenheiten erinnern, die allen anderen Zwergen, die jemals auf dieser Welt gelebt haben, widerfahren sind. Zwar nicht an alle Einzelheiten auf einmal, doch immerhin bruchstückweise, wenn es notwendig ist.«

»Aha, ich glaube, ich kann dir folgen. Aber um auf deine Frage zurückzukommen: Ja, sie hat mir alles erzählt. Ehrlich gesagt, ein bißchen erstaunt war ich schon.«

»Und ich komme schon die ganze Zeit aus dem Staunen nicht mehr raus, Chef«, meinte der Zwerg mit einem Grinsen. »Mir gefällt das aber, dadurch kommt wenigstens keine Langweile auf. So, da wären wir.«

Das Boot stieß sanft gegen den Landungssteg an, und Boamund sprang hinauf.

»Schaffst du's allein?« fragte er den Zwerg.

»Na klar«, antwortete Zehennagel und schwang sich mit einer gekonnten Bewegung auf den Landungssteg. »Warum fragst du?«

»Ach, nur so«, antwortete Boamund nachdenklich. »So, dann wollen wir mal ...«

»Hier entlang«, forderte Zehennagel ihn auf.

»Ich wette zehn zu eins, das er sich verlaufen hat«, meinte Turquine. »Snottys Orientierungssinn ist so katastrophal, daß er sich glatt in einem Aufzug verlaufen würde.«

»Oder es ist ihm etwas zugestoßen«, gab Galahaut

zu bedenken. »Zum einen ist er nicht gerade sehr praktisch veranlagt, unser Boamund, und zum anderen vom Pech verfolgt. Ich schlage jedenfalls vor, daß wir ihn suchen. Findet ihr nicht?«

Turquine gähnte gelangweilt. »Warum sollten wir? Ehrlich gesagt, habe ich schon längst keine Lust mehr, von diesem eingebildeten Schnösel herumkommandiert zu werden. Was Schlimmeres konnte Magus wirklich nicht einfallen, als ihn zum Klassensprecher... ich meine, Anführer oder was auch immer zu ernennen. Seither hat er nichts als Flausen im Kopf und ist schon längst nicht mehr...«

»Ich hab mich auch die ganze Zeit gefragt, warum Magus das gemacht hat«, mischte sich Pertelope ein. »Einen ungeeigneteren Anführer als Bo kann man sich eigentlich gar nicht vorstellen.«

Sie hatten ein Feuer angezündet – Lamorak war es mit Hilfe einer provisorischen Steinschleuder irgendwie gelungen, ein Kaninchen zu erlegen – und nahmen gerade ein verspätetes Abendessen zu sich.

»Ich fürchte, er hat sich allen Ernstes eingebildet, dadurch Snottys Charakter formen zu können«, meinte Lamorak, während er den Spieß herumdrehte. »Er wollte was aus ihm machen, ihn aus der Reserve locken. Tja, hat wohl nicht geklappt, zumindest ist er dadurch unerträglich geworden.«

»Noch unerträglicher als er es eh schon war«, ergänzte Turquine. »Selbst in sein besten Zeiten ist er schon immer ein Ekelpaket gewesen. Ich finde jedenfalls, daß uns Mister Magus einige Antworten schuldig ist.«

»Hat da zufällig jemand meinen Namen erwähnt?« fragte eine Stimme aus dem Dunkel. Sofort sprangen die fünf Ritter auf die Beine und blickten schuldbewußt zu Boden, was weniger auf unbedingten Gehorsam, sondern vielmehr auf unbedingten Reflex zurückzuführen war.

»Guten Abend, Sir«, murmelte Turquine verlegen. »Wir haben uns gerade gefragt, wo Boamund stecken könnte, Sir. Haben Sie ihn vielleicht gesehen?«

»Mit dem wird schon soweit alles in Ordnung sein«, antwortete Simon Magus. »Na, was haben wir denn da Feines, Turquine? Gegrilltes Kaninchen?«

»Ja, Sir.«

Simon Magus setzte sich ans Feuer und wärmte sich die Hände. »Wie früher, was? Ich kann mich noch gut daran erinnern, wie ihr im Sommer immer aus dem Schlafsaal ausgebüxt seid, Kaninchen gewildert habt und dann ... na, sagen wir mal, inoffizielle Barbecues hinter den Stallungen abgehalten habt. Die Landwirte aus der Gegend waren damals ganz schön sauer auf euch, insbesondere auf dich, Turkey.«

Turquine lief puterrot an und sagte nichts.

»Gehe ich recht in der Annahme«, fuhr Simon Magus fort, während er das Kaninchen mit einem Stock drehte, »daß ihr eben darüber diskutiert habt, warum ich den kleinen Boamund am Ende des dritten Schuljahrs zum Klassensprecher ernannt habe? Oder haben mich meine alte Ohren getäuscht?«

Es herrschte betretenes Schweigen, bis sich Bedevere traute, etwas zu sagen.

»Ja, Sir, ein bißchen ratlos waren wir schon«, räumte er freimütig ein. »Zumindest fanden wir die Wahl ziemlich merkwürdig, wenn ich das mal so sagen darf. Und nach unserer Meinung hat er seine Aufgabe auch alles andere als gut erledigt.«

»Ich glaube, das Kaninchen ist jetzt fertig«, stellte Simon Magus fest, und Bedevere fiel dabei auf, daß der alte Mann in das Feuer starrte, als ob er etwas in dem blauen Teil der Flamme erkennen könnte. »Gewiß war das eine etwas unkonventionelle Entscheidung, doch ich hatte meine Gründe dafür. Wenn ihr etwas Geduld habt, werdet ihr sie in ein, zwei Minuten sogar erfahren. Hast du zufällig dein berühmtes Taschenmesser dabei, Turquine? Oder habe ich's dir etwa damals nicht zurückgegeben, nachdem ich es von dir eingezogen hatte? Ich kann mich gar nicht daran erinnern.«

Provozierend langsam kramte Turquine ein altes und völlig zerkratztes Taschenmesser hervor und reichte es ihm; zwar fand dieser Vorgang nicht zum erstenmal statt, doch immerhin zum erstenmal freiwillig.

»Ah ja, da ist ja das gute alte Stück«, sagte Simon Magus und begann, das Kaninchen zu zerlegen.

»Also eigentlich, ähm, wollte ich sie etwas fragen, Sir«, druckste Bedevere herum. »Und zwar dreht es sich natürlich um diese Gralssuche, Sir. Warum ...«

Doch bevor er den Satz beenden konnte, raschelte es in den Büschen, und Boamund tauchte mit Zehennagel auf, der mit einem Bündel nasser Kleidung in den Armen hinter ihm hertrabte. Simon Magus stand langsam auf, legte das Kaninchen hin und lächelte liebevoll. Dann kniete er nieder und sagte:

»Heil dir König Boamund der Erste, rechtmäßiger König von Albion.«

Es breitete sich ein solch massive Stille aus, daß man ein Haus darauf hätte bauen können, und dann gab Turquine ein Geräusch von sich, als würde man ihn gerade erdrosseln.

»Ach, du dicke Scheiße, das darf doch nicht wahr sein!« würgte er mit letzter Anstrengung hervor. »Sag mir bitte einer, daß das nicht stimmt ...«

Simon Magus stand auf. »Das hat schon alles seine Richtigkeit«, klärte er die Ritter auf. »Allerdings handelt es sich um eine rein ehrenamtliche Position, da es kein Königreich von Albion mehr gibt.«

»Mein Gott, bin ich erleichtert, das zu hören!« seufzte Turquine. »Man stellte sich nur mal vor, was für ein Horror es wäre, würde man von dieser schrecklichen Fresse von einer Briefmarke aus angestarrt werden.«

Boamund ließ das alles recht gelassen über sich ergehen. Zwar wirkte er etwas blaß, wenngleich es sich dabei auch um Täuschung des Lichts handeln konnte, doch ansonsten stand er nur ruhig da, blickte den Zauberer an.

»Und? Bist du einigermaßen gut zurechtgekommen?« erkundigte sich Simon Magus.

Boamund nickte. »Ja, Sir, ich denke, ich bin einigermaßen gut zurechtgekommen.«

»Und weißt du jetzt, wo der Gral ist?«

»Nein, Sir«, antwortete Boamund. Sir Turquine prustete abfällig, doch Simon Magus ermahnte ihn zur Ruhe.

»Ich weiß zwar nicht, wo er ist«, fuhr Boamund fort, »doch weiß ich, wer es weiß, falls Sie mir folgen können, Sir. Das stimmt doch, oder?«

Simon Magus lächelte; oder zumindest zog er die Mundwinkel um einige Millimeter hoch. »Prima gemacht, mein Junge. Und jetzt setz dich zu uns ans Feuer und iß etwas Kaninchen.«

# 10

Er schläft«, flüsterte Bedevere. »Er war total erschöpft.«

»Das wundert mich nicht«, meinte Simon Magus. »Könnte ich vielleicht eine Tasse Tee bekommen? Ich bin nämlich völlig verdurstet.«

Sie gingen in die Küche, die ungewöhnlich vorzeigbar war. Bedevere nahm den Topf herunter, in dem die Teebeutel aufbewahrt wurden und seufzte schwer.

»Leer«, stellte er betrübt fest. »Das war mal wieder Lamorak. Er ist der einzige von uns, der den anderen nie Bescheid sagt, wenn er den letzten Beutel verwendet hat. Wissen Sie, wir erledigen einmal im Monat unseren Großeinkauf; wir spazieren mit ein paar von diesen Einkaufswagen durch den Supermarkt und kaufen eigentlich alles ein, was wir brauchen, doch schienen wir nie genug Teebeutel oder auch Zucker mitzunehmen. Tut's auch eine Tasse Kaffee?«

»Kaffee geht völlig in Ordnung«, antwortete Simon Magus. »Wo sind eigentlich die anderen?«

»Die spielen im Gemeinschaftsraum Siebzehnundvier. Galahaut betrügt mal wieder.«

Nachdem sie den Kaffee gekocht hatten, setzten sie sich an den Küchentisch und sahen sich einander nachdenklich an.

»Kekse?«

»Nein danke«, winkte Simon Magus ab. »Als du eben nach ihm geschaut hast, hatte er ihn da immer noch bei sich?«

»Ja. Er hielt in den Händen, als wäre er ein Teddybär oder so was.« Bedevere lachte, wenngleich er sich nicht sonderlich belustigt anhörte. »Verrückt, daß er die ganze Zeit in der Garage in diesem großen Karton mit dem ganzen anderen Trödel gelegen hat. Wir dachten alle, in dem Karton wären irgendwelche Dosen ohne Etiketten, die Lamorak immer auf dem Großmarkt kauft.«

Simon Magus hatte den Anstand, leicht beschämt dreinzublicken. »Es war die beste Stelle für ein Versteck, die mir einfiel. Der einzige Ort, wo man nicht einmal im Traum daran denkt, dort nachzusehen. Na ja, und ich sollte recht behalten.«

»Finden Sie nicht auch, daß das ein wenig zu dick aufgetragen war, Sir?« erboste sich Bedevere. »Ich meine, dadurch stehen wir doch wie ein Haufen Vollidioten da. Mal im Ernst, da durchstreifen die berühmten Gralsritter die halbe Welt, und das verflixte Ding ist die ganze Zeit in ihrer Garage, versteckt in einem alten Karton. Wenn das jemand herausfindet, sind wir doch die Lachnummer des ganzen Rittertums.«

Simon Magus schmunzelte etwas verlegen. »Trotzdem mußt du zugeben, daß es ein gutes Versteck war.«

»Aber warum dann das ganze Theater?« wollte Bedevere wissen. »Ich meine, warum diese Suche und all das? Wenn Sie wollten, daß man ihn nicht findet, warum haben Sie uns dann auf diese Suche geschickt? Das ergibt doch keinen Sinn.«

Simon Magus rührte den Kaffee um und lächelte. »Du bist immer sehr gescheit gewesen, Bedevere. Ungewöhnlich gescheit sogar, leidest aber unter einem eigenartigen Mangel an Energie. Wirklich ein Jammer, aber so ist es nun einmal. Ich halte nichts davon, Leute zu etwas zu zwingen, was sie nicht wollen. Und was dich angeht, so glaube ich, daß du nie etwas anderes sein wolltest, als ein ganz normaler Mensch. Habe ich recht?«

»Absolut sogar«, stimmte ihm Bedevere vorbehaltlos zu. »Aber das ist doch wohl ein ganz anderes Thema, oder? Ich meine, warum haben Sie erst den Gral so sorgfältig versteckt und uns dann auf die Suche nach ihm zu geschickt? Und warum haben Sie dafür gesorgt, daß sich alles so sehr in die Länge gezogen hat?«

Simon Magus nickte anerkennend. »Jaja, du stellst mal wieder wie üblich die richtigen Fragen. Erinnerst du dich noch daran, was ich euch über das richtige Stellen von Fragen gelehrt habe?«

»Ein richtig gestellte Frage ist eine Frage, die nur eine einzige mögliche Antwort zuläßt«, rezitierte Bedevere. »Aber ich verstehe nicht, was …«

»Dann denk doch mal nach«, unterbrach ihn Simon Magus. »Warum habe ich den Gral versteckt, warum habe ich euch, oder besser, Boamund beauftragt, ihn zu finden, und warum mußte alles so lange dauern? Nun mach schon, du bist doch nah dran.«

Bedevere dachte lange nach. »Nun, Sie haben ihn versteckt, weil sie nicht wollten, daß er gefunden wird«, sagte er schließlich.

»Ja, völlig richtig. Und weiter?«

»Sie haben Boamund mit der Suche beauftragt, weil Sie wollten, daß Boamund ihn findet.«

»Wieder richtig.«

»Und es hat so lange gedauert, weil der Gral zum richtigen Zeitpunkt gefunden werden sollte. Ja, ich glaube, ich komme langsam dahinter.«

Simon Magus lehnte auf seinem Stuhl zurück und schlürfte genüßlich seinen Kaffee. »Mach nur weiter«, forderte er Bedevere auf.

»Sie haben ihn versteckt, weil Sie nicht wollten, daß er von diesen Atlantikern gefunden wird. Wie war doch gleich der Name von dieser Frau …?«

»Kundry«, half ihm Simon Magus auf die Sprünge. »In Wirklichkeit ist sie meine Nichte, allerdings haben wir uns nie sehr nahegestanden.«

»Sie wollten also nicht, daß diese Kundry ihn kriegt«, fuhr Bedevere fort, »und Sie wollten auch nicht, daß er diesem alte Weihnachtsmann in die Hände fällt.«

»Völlig richtig«, bestätigte der Zauberer. »Schreckliche Leute diese beiden. Ich kenne sie schon seit frühester Jugend ziemlich gut, und schon damals wirkten sie auf mich ziemlich unausgeglichen. Na ja, heute sind die beiden natürlich ziemlich verrückt; wegen der über sie verhängten Flüche aber auch unsterblich. Folglich konnte ich einerseits nicht warten, bis ihr Problem auf biologischem Weg erledigt hätte, andererseits ging es um es eine heilige Reliquie, um die heiligste aller Reliquien überhaupt, so daß ich sie nicht einfach zerstören konnte. Also mußte ich sie wohl oder übel verstecken.«

»Gut. Also haben Sie Gral genommen und dort versteckt, wo man ihn niemals vermuten würde. Und Sie haben die Gralsritter absichtlich für die Suche beauftragt, damit sie den Gral *nicht* finden, so daß jeder auf diese Weise erfährt, daß er für immer und ewig verschollen ist. Denn niemand würde im Traum daran denken, in der Garage der Gralsritter zu suchen.«

»Sehr gut«, lobte ihn Simon Magus. »Weiter so.«

»Aber ...« Bedevere faßt sich kurz den Kopf mit beiden Händen an den Kopf und dachte angestrengt nach. »Und dann haben Sie einen Ritter genommen, einen besonders dummen, aber idealistischen und aufrechten Ritter, dem Sie von Kindesbeinen an beigebracht haben, *wirklich* strohdumm und *wirklich* idealistisch und aufrecht zu sein, damit er sich zu genau jener Person entwickeln konnte, bei der sie davon ausgehen konnte, daß der Gral bei ihr sicher aufgehoben ...«

»Genau. Der heilige Narr«, stimmte ihm Simon Magus zu. »Fügsam, tugendhaft, dumm und furchtbar wichtigtuerisch; jene Sorte Mensch also, die nie von Gier, Größenwahn oder sonst was befallen wird. Im Grunde der perfekte Gralsritter.«

»Ich hätte darauf kommen müssen, als ich mich daran erinnert habe, daß Sie und Boamund zur selben Zeit ans Internat gekommen sind und Sie das Internat auch gemeinsam mit ihm verlassen haben.«

»Vielleicht.« Simon Magus lächelte. »Es wäre mir allerdings sehr ungelegen gekommen, wenn du das getan hättest.«

»Jedenfalls haben Sie diesen Ritter so ausgebildet, daß er genau ihren Ansprüchen entsprach; doch das allein reichte noch nicht. Um ganz sicher zu sein, haben Sie ihn jahrhundertelang in den Schlaf geschickt, weil er nach dem Aufwachen völlig ohne Orientierung sein sollte. Er würde keine Familie, keine Krawatten, keinen Platz in der Gesellschaft, einfach gar nichts haben; außer diesem wahrhaft stark ausgeprägten Sinn für das ihm zugedachte Schicksal, weil das die einzige Möglichkeit für ihn ist, eine Erklärung dafür zu finden, was mit ihm geschehen war.« Bedevere hielt kurz inne. »Nach meinem Dafürhalten war das ein wenig ... na ja, rücksichtslos von Ihnen. Ich meine, nicht unbedingt fair gegenüber dem armen Kerl, finden Sie nicht? Ich weiß zwar, daß er ein bißchen meschugge ist, aber alles hat seine Grenzen.«

Simon Magus zuckte die Achseln. »Boamund war und ist der perfekte Ritter«, sagte er. »Tapfer, aufrichtig und dumm. Er ist zum Ritter geboren, und das höchste aller Gefühle ist für einen Ritter die abenteuerliche Suche nach dem Heiligen Gral. Und deshalb glaube ich ganz ehrlich nicht, daß ich ihm zu arg zugesetzt habe.«

Bedevere dachte darüber nach. »Wie dem auch sei. Auf alle Fälle hielten Sie den Zeitpunkt für gekommen, weckten Boamund auf und führten ihn, wenn auch auf

Umwegen, untrüglich zu der Stelle, wo der Gral war. Obwohl ich noch immer nicht ganz verstehe, warum wir diese drei Gegenstände suchen mußten. Wozu sollten die dienen? Waren diese betreffenden Sachen, die Socken und so weiter, wirklich notwendig? Oder waren sie eher nebensächlich?«

»Wirklich völlig nebensächlich«, antwortete Simon Magus. »Zweck der ganzen Übung war einzig und allein, Nikolaus und Kundry so laut und eindeutig wie möglich darauf aufmerksam zu machen, daß der Gral immer noch existiert und jemand nach ihm sucht. Das war unbedingt notwendig, weil ich diesem ganzen atlantischen Unsinn ein für allemal einen Riegel vorschieben will, damit die beiden keinen Schaden mehr anrichten können. Du hast bestimmt mal von diesem Sonderkommando gehört, das einst ausgesandt worden war, um mit ihnen fertig zu werden, und was dann daraus wurde. Jedenfalls stellten die beiden schon seit geraumer Zeit eine Bedrohung dar, und deshalb sah ich mich gezwungen zu handeln. Außerdem hatte diese hinterhältige Kundry von der Existenz dieses Manuskripts von Glastonbury erfahren, auf dem die ganze Geschichte festgehalten war. Es war natürlich furchtbar unachtsam von mir, das Pergament einfach so achtlos herumliegen zu lassen, aber ich war fest davon überzeugt gewesen, daß es im sechzehnten Jahrhundert vernichtet worden war. Als ich dann davon erfuhr, daß die Lyonesser Firmengruppe die Hinterzimmer sämtlicher unter Denkmalschutz stehender Gebäude angemietet hatte, war mir klar, daß Kundry auf der Spur von diesem verflixten Ding war und sie es sehr schnell finden könnte, wenn ich nicht sofort einschreiten würde. Das Ganze war ein Wettlauf mit der Zeit.« Und er erzählte Bedevere vom Telefax, das von Shakespeares Geburtshaus verschickt worden war.

»Ich verstehe«, sagte Bedevere. »Auf alle Fälle hat

Boamund jetzt den Gral, und alles ist jetzt in bester Ordnung. Jetzt ist doch wirklich alles in bester Ordnung, oder?«

»Doch, doch, oder zumindest sollte es jetzt so sein. Daumen drücken.«

»Eine Frage habe ich noch, Mister Magus. Wozu haben Sie uns gebraucht? Ich meine, warum mußten wir die ganze Zeit auf diese Suche warten? Hätte Boamund das nicht auch allein erledigen können?«

Die beiden blickten sich eine Weile an.

»Nein«, gab sich Bedevere schließlich selbst die Antwort. »Nein, ich fürchte, das hätte er nicht. Bo ist wirklich ein prima Kerl, aber ...«

»Du sagst es«, stimmte ihm Simon Magus zu. »Danke für den Kaffee.«

»Dennoch hätte er noch etwas warten können, um sich zu verabschieden«, beschwerte sich Boamund.

Es war kalt auf dem Hang und Bedevere zitterte leicht. »Er mußte sich beeilen«, antwortete er. »Eine dringende Besprechung oder so was in der Richtung. Aber ich soll die herzlich von ihm grüßen.«

Boamund nickte. »Na gut, wir sehen uns dann später im Haus. Ich muß jetzt nur noch dort oben in der Höhle was ... ähm ... vergraben.«

Bedevere wollte etwas sagen, brachte es aber nicht über die Lippen. Statt dessen wandte er sich um und rannte den Hügel hinunter.

Boamund blickte ihm noch eine Weile hinterher und schaute dann nach unten auf den Zwerg.

»Na, dann wollen wir mal wieder«, sagte Zehennagel. »Wie du gesagt hast, habe ich den Spaten gleich mitgebracht.«

Boamund nickte, klemmte sich die schwarze Plastiktüte, in der sich der Gral befand (wovon natürlich nur er wußte) unter den Arm und eilte, so schnell wie er konnte, den Berg hinauf.

In der Höhle war noch alles so wie zu dem Zeitpunkt, als er hier vor nicht allzu langer Zeit aufgewacht war. Überall lagen noch rostige Stücke der Rüstung herum, und es roch stark nach Most und Kriechöl.

»Ganz schön schlau von dir, ausgerechnet diese Stelle ausgewählt zu haben, Zehennagel«, lobte er den Zwerg.

Doch Zehennagel wich Boamunds Blick aus und murmelte etwas davon vor sich hin, daß die Höhle dringend aufgeräumt werden müsse.

»Na gut, dann räum du die Höhle auf, während ich kurz das Loch grabe«, willigte Boamund ein.

Etwa zehn Minuten später legte Boamund den Spaten beiseite, wischte sich den Schweiß von der Stirn und kniete sich hin. Der Gral paßte in seine letzte Ruhestelle genau hinein. Boamund nickte ihm zum Abschied respektvoll zu, dann schaufelte er die Erde ins Loch zurück und klopfte es mit dem Spaten flach.

»Nach dieser ganzen Schaufelei mußt du ziemlich durstig sein, stimmt's«, fragte Zehennagel, der vom Aufräumen selbst völlig erschöpft war.

»Und ob. Ich würde jetzt alles für ein schönes Glas kühle Milch geben.«

Zehennagel lief rot an und wühlte in seinem Ranzen herum. »Deshalb habe ich auch gleich welche eingepackt«, versuchte er zu sagen, doch schien seine Zunge schwer wie Blei zu sein.

»Ach, Zehennagel, so, wie du an alles denkst, grenzt das wirklich an ein Wunder«, sagte Boamund, nachdem er einen kräftigen Schluck Milch genommen hatte. »Ich wüßte wirklich nicht, was ich ohne dich machen sollte. Ich weiß, daß ich manchmal vergesse, mich bei dir zu bedanken, aber … Hey, was ist denn? Es gibt doch keinen Grund zu weinen.«

»Heuschnupfen«, schnaufte der Zwerg. »Sei mir bitte nicht böse.«

»Tut mir leid.« Boamund trank den Rest Milch aus. »Weißt du was? Plötzlich fühle ich mich so furchtbar … furchtbar …«

Er lehnte sich zurück und schlief kurz darauf ein. Zehennagel nahm die Milchflasche aus seinen Händen und stellte sie neben ihm ab. Dann setzte er die große Segeltasche ab, die er auf den Schultern getragen hatte. Sie war sehr groß und sehr schwer.

»Dieser alte Trick mit der Milch klappt doch immer wieder«, murmelte der Zwerg vor sich hin. Er öffnete den Sack und nahm vorsichtig ein Schwert und eine goldene Krone heraus.

»Tschüs denn, Boamund«, grummelte er verlegen, als könnte ihn der Ritter noch hören. Dann setzte er ihm die Krone auf den Kopf, legte das Schwert unter seine Händen und schlich auf Zehenspitzen aus der Höhle. Draußen blieb er stehen, kramte den Zettel hervor, den er von Simon Magus erhalten hatte, und las die darauf stehende Worte mit selbstbewußter Stimme laut vor. Ein gewaltige blaue Flamme flackerte auf, und die Höhle verschwand, als ob es sie nie gegeben hätte.

Eine ganze Weile stand Zehennagel wie benommen da; dann fiel ihm ein, daß die restlichen Ritter vor ihrer Abreise bestimmt nichts gegen eine Tasse Tee einzuwenden hätten. Auch sie hatten einen langen Weg vor sich; die ganze Strecke über das Meer bis zur Insel von Avalon, wo es weder Herbst noch Winter gibt, wo die Menschen nicht altern, und wo man sich (jedenfalls laut Simon Magus) die Pizza noch selbst holen mußte, wenn man Appetit darauf hatte. Turquine konnte es kaum abwarten.

»Also werden die auch einen Zwerg brauchen«, sagte sich Zehennagel. Er blickte noch einmal auf den Hang zurück, wo der Höhleneingang gewesen war, bückte sich instinktiv, um eine leere Kartoffelchipstüte aufzuheben, und rannte, so schnell er konnte, den Hügel hinunter.

HEYNE BÜCHER

# DAVID WINGROVE

Die Chronik des Chung Kuo
Nach dem Untergang der westlichen Zivilisation der Aufstieg Chinas zur Weltherrschaft

Im 22. Jahrhundert ist die Welt der Hung Mao, der »Westmenschen«, vergangen. Das große Reich der Han, der Chinesen, ist wiedererstanden. Chung Kuo, das Reich der Mitte, umspannt die ganze Erde. Sieben gewaltige Städte, Hunderte von Ebenen hoch, überwölben die Kontinente, um die riesigen Bevölkerungsmassen zu beherbergen. Sieben T'ang, Kaiser von gottgleicher Macht, herrschen über sie.

**Das Reich der Mitte**
06/5251

**Die Domäne**
06/5252

**Die Kunst des Krieges**
06/5253

**Schutt und Asche**
06/5254

Wilhelm Heyne Verlag
München